KARINA URBACH

DAS HAUS AM GORDON PLACE

KARINA URBACH

DAS HAUS AM GORDON PLACE

KRIMINALROMAN

LIMES

Der Verlag behält sich die Verwertung des urheberrechtlich geschützten Inhalts dieses Werkes für Zwecke des Text- und Data-Minings nach § 44 b UrhG ausdrücklich vor. Jegliche unbefugte Nutzung ist hiermit ausgeschlossen.

Penguin Random House Verlagsgruppe FSC® N001967

6. Auflage
Copyright © 2024 by Limes
in der Penguin Random House Verlagsgruppe GmbH,
Neumarkter Straße 28, 81673 München
produktsicherheit@penguinrandomhouse.de
(Vorstehende Angaben sind zugleich
Pflichtinformationen nach GPSR)

Redaktion: Angela Kuepper
Umschlaggestaltung: www.buerosued.de
Umschlagmotiv: mauritius images/Greg Balfour Evans/
Alamy/Alamy Stock Photos
StH · Herstellung: sam
Satz: satz-bau Leingärtner, Nabburg
Druck und Bindung: GGP Media GmbH, Pößneck
Printed in Germany
ISBN 978-3-8090-2766-9

www.limes-verlag.de

»... John le Carré würde ich am liebsten vierteilen.
Er behauptet, unsere Arbeit sei eine Welt
des eiskalten Verrats. Das ist sie eben nicht.
Sie beruht auf Vertrauen. Du kannst
keinen Agenten führen ohne gegenseitiges Vertrauen.«

MI6-Geheimdienstoffizierin Daphne Park
über ihren ehemaligen Kollegen,
den Schriftsteller John le Carré

1

John F. Kennedy Airport
New York
27. Februar

Hunt sah neidvoll zu, wie Leute in Rollstühlen an ihm vorbeigeschoben wurden. Seit zwei Stunden stand er in der Einreiseschlange am New Yorker Flughafen. Er war sich sicher, dass die Rollstuhlbenutzer weder altersschwach noch gehbehindert waren. Wahrscheinlich hatte ihnen ein korrupter Arzt Behindertenbescheinigungen ausgestellt, damit sie schneller durch die Visumskontrolle kamen. Wieso hatte er nicht an so etwas gedacht? In seinem Wohnviertel konnte man unter der Hand Ausweise für Behindertenparkplätze kaufen. Sicher gab es so etwas auch für Flughäfen.

Die Warteschlange schob sich jetzt ein paar Zentimeter nach vorn. Es war eine übellaunige Gruppe, jeder starrte phlegmatisch vor sich hin, niemand redete miteinander. Gelegentlich schwankte ein Schlangenmitglied vor Übermüdung, aber bisher war noch niemand kollabiert. Hunt befürchtete, dass es nur eine Frage der Zeit war, bevor jemand auf ihn drauffiel. Vielleicht würde auch er bald umfallen, er fühlte sich alles andere als gut.

An den Absperrungen patrouillierte das amerikanische Flughafenpersonal wie Zoowärter an ihnen vorbei, um

Ordnung zu halten. Im Grunde war ihre Anwesenheit überflüssig. Jeder Versuch, sich vorzudrängeln, würde mit Sicherheit vom Rest der Gruppe brutal geahndet werden. Wahrscheinlich, indem man den Drängler lautlos zerquetschte.

Seit einer halben Stunde musste Hunt dringend auf die Toilette, aber er wagte es nicht, seinen Platz aufzugeben. Er ahnte, dass die Schlange ihn nie wieder aufnehmen würde.

Die ganze Reise war bisher eine Kette von Katastrophen gewesen. Es hatte damit angefangen, dass seine Maschine mit zwei Stunden Verspätung aus London abgeflogen war. Dann waren während des Fluges Turbulenzen aufgetreten, die das ganze abscheuliche Airline-Essen in ihm hochgebracht hatten. Und nun stand er um vier Uhr morgens in dieser deprimierenden Wartehalle, anstatt in einem Vier-Sterne-Hotelbett zu liegen und seinen Jetlag auszuschlafen.

Bisher waren nur fünf Einreiseschalter besetzt gewesen, aber auf einmal bewegte sich etwas. Hunt beobachtete, wie ein wuchtiger Einreisebeamter eines der leeren Kontrollhäuschen aufsperrte und eine grüne Lampe einschaltete. Durch die Schlange ging ein Raunen. Hunt konnte sehen, wie das Flughafenpersonal jetzt neue Absperrungen errichtete, jedes Kontrollhäuschen bekam seine eigene kleine Schlange von zehn Leuten. Und dann geschah das Wunder. Zuerst konnte er es kaum glauben. Einer der Zoowärter winkte ihn zum neu eröffneten Kontrollhaus, vorbei an dreißig Wartenden. Hunt spürte, wie die Schlange ihn kollektiv hasste. Ein paar Leute blockierten seinen Weg und jemand rief etwas von wegen »unfair«. Er drückte sich so schnell wie möglich an den Blockierern vorbei und versuchte, an das Kontrollhaus zu gelangen, bevor eine Revolte ausbrach. Wenn jetzt alles gut ginge, würde er in zehn Minuten diese grauenhafte Halle hinter sich lassen können. Im Hotel würde er sich etwas beim Roomservice bestellen, er brauchte dringend ein Glas Wein.

Der Einreisebeamte hatte Hunts Sprint zum Kontrollhaus beobachtet und starrte ihn jetzt misstrauisch an. Er war ein wuchtiger Mann mit einer Halbglatze und ungesunder Gesichtsfarbe, einem dunklen Pink wie bei diesen farbigen Donuts mit Streuseln. Hunts eigene Cholesterinwerte waren stark erhöht, aber er vermutete, dass dieser Mann ihn um ein Vielfaches überbot. Er reichte ihm seinen britischen Pass und die Visumsunterlagen.

»Zeigefinger, Mittelfinger, Ringfinger da drauflegen!«

Der Einreisebeamte deutete auf einen kleinen Scanner.

Hunt legte schnell drei Finger auf die Maschine.

»Fehlmeldung!«, schnaufte der Einreisebeamte sofort. Er war offensichtlich in einer üblen Laune. Hunt bemerkte, dass an seinem Unterarm eine keltische Kleeblatt-Tätowierung mit einem Kreuz prangte. Es musste sich um einen irischstämmigen Amerikaner handeln. Das war alles andere als ein gutes Omen. Aus langjähriger Erfahrung wusste Hunt, dass die meisten irischen Amerikaner alle möglichen Vorurteile gegenüber Briten wie ihm pflegten. Sie hatten zu viele Filme über den Nordirlandkonflikt konsumiert, in denen britische Soldaten mit sadistischem Lachen irische Kinder erschossen. Seinem Alter nach hätte Hunt noch einer dieser Soldaten sein können. Genau das schien jetzt auch der Einreisebeamte zu denken. Er starrte auf das Geburtsdatum in Hunts Pass und bellte dann:

»Jetzt noch mal für die ganz Schlauen. Zeigefinger, Mittelfinger, Ringfinger DA drauflegen!«

Hunt versuchte es erneut. Das Gerät blinkte wieder rot auf. Auch die Gesichtsfarbe des Beamten changierte jetzt, sie nahm ein noch tieferes Pink an. Vielleicht dachte er ja, Hunt würde die Maschine absichtlich torpedieren.

»Ihr Engländer habt wirklich immer die miesesten Tricks drauf!«

Hunt glaubte, nicht richtig gehört zu haben. Hatte der Mann das wirklich gesagt? Vielleicht war es der Jetlag, vielleicht war es der Umstand, dass er jetzt wirklich sehr dringend auf die Toilette musste, aber die Worte kamen einfach aus ihm heraus:

»Und Ihr irres Land hat keine beschissene Vergangenheit?«

Es klang aggressiver, als er es beabsichtigt hatte. Der Satz zeigte sofortige Wirkung. Der Einreisebeamte drückte auf einen Knopf. Zwei Sicherheitskräfte brachten Hunt in eine Arrestzelle.

2

**Arrestzelle
JFK, New York**
28. Februar

»Professor Hunt? Mein Name ist Emma Spencer. Ich bin vom britischen Konsulat.«

Emma Spencer war eine attraktive Frau Ende dreißig mit einer überraschend tiefen Stimme. Hunt hatte schon immer eine Schwäche für erotische Stimmen gehabt, aber die Situation war im Moment alles andere als gut. Er würde sich auf keinen Fall lächerlich machen und mit ihr flirten.

»Es sollte nur eine witzige Bemerkung sein. Zugegeben, keine besonders gute. Aber die Amerikaner verstehen keine Ironie. Ich habe irgendetwas über schlechte Vergangenheiten gesagt und dann hat er gleich auf diesen Knopf gedrückt …«

»Wir haben eine Videoaufzeichnung von dem gesamten Vorgang, Professor Hunt.«

»Eine Videoaufzeichnung?«

Hunt hatte keine Ahnung, ob das für oder gegen ihn sprach.

»Sie haben Amerika als ein irres Land bezeichnet, aber Sie wollen es besuchen. Was ist der Grund für Ihre Einreise, Professor Hunt?«

»Habe ich wirklich *irre* gesagt?«

Emma Spencers Gesicht wurde jetzt strenger. Sie erinnerte ihn an seine Ex-Freundin Jenny. Die Assoziation löste bei ihm gemischte Gefühle aus.

»Ihr *Einreisegrund,* Professor Hunt?«

»Ich bin Historiker und recherchiere für mein neues Buch. Ich war froh, von London wegzukommen, meine Wohnung wird gerade renoviert.«

Emma Spencer blätterte in ihren Unterlagen:

»Sie wohnen in South Kensington. Am Gordon Place. Eine schöne Gegend.«

Hunt schaute sie irritiert an. Er lebte in einer der teuersten Gegenden Londons und hatte immer das Gefühl, sich dafür rechtfertigen zu müssen: »Ich habe dort eine kleine Wohnung geerbt.«

»Ja, Sie haben sie 2015 von Ihrer Ex-Freundin Jenny Green geerbt.«

Hunt verstand nicht, woher Emma Spencer das wusste. Die Sache mit Jenny und der Erbschaft stand sicherlich nicht in seinen Visumsunterlagen. Er redete äußerst ungern über sein Privatleben. Im Gegensatz zu seinem Berufsleben war es nicht besonders erfolgreich verlaufen. Er war ein geschiedener Mann mit drei erwachsenen Kindern, die er gelegentlich anrief und die selten zurückriefen. Seine erste Freundin, Jenny, die einzige Frau, mit der er wahrscheinlich glücklich geworden wäre, wenn sie sich nicht verkracht hätten, war tot. Seine Ex-Frau hingegen lebte noch, das konnte er an seinen monatlichen Kontoauszügen sehen.

»Von welcher Abteilung sind Sie, Miss Spencer?«

Sie ignorierte die Frage.

»Ihre Wohnung, Professor Hunt. Mich würde interessieren ...«

»Nein, nein. Stopp! Ich sitze hier in einer amerikanischen Arrestzelle, und Sie behaupten, Sie kommen vom britischen Konsulat. Aber Sie wollen mit mir über meine *Wohnung* in London reden? Was ist passiert? Hat es einen Wasserrohrbruch gegeben? Haben meine Nachbarn sich beschwert? Wird so was jetzt umgehend ans britische Konsulat in New York gemeldet?«

Emma Spencer schob ihre Unterlagen zur Seite.

»Gut. Dann reden wir Klartext. Ich bin nicht hier, weil Sie einem amerikanischen Einreisebeamten gesagt haben, dass er in einem irren Land lebt.«

»Ich wollte ja nur erklären, dass die amerikanische Geschichte eben auch dunkle Kapitel …«

»So gerne ich mit Ihnen die dunklen Kapitel der amerikanischen Geschichte aufarbeiten würde, Professor Hunt, wir haben im Moment ein aktuelleres Problem. Ich bin hier, weil Ihr Nachbar Gerald Fraser tot in Ihrer Londoner Wohnung aufgefunden wurde.«

Es brauchte einen Moment, bis Hunt reagieren konnte:

»Sie meinen, Fraser ist in *seiner* Wohnung tot aufgefunden worden?«

»Nein, Professor Hunt. In *Ihrer* Wohnung. In Ihrem Wohnzimmer. Erschlagen. Wir ermitteln noch den genauen Zeitpunkt des Mordes.«

»Das muss ein Irrtum sein. Wieso sollte jemand Gerald Fraser das antun? In meiner Wohnung? Das ist völlig verrückt. Ich habe ihm nie den Schlüssel zu meiner Wohnung gegeben, nicht mal zum Blumengießen. Sie ist ja halb leer geräumt für die Renovierungsarbeiten.«

»Darüber würde ich gerne mit Ihnen reden.«

»Bin ich deswegen von diesem Einreisebeamten provoziert worden, damit Sie mit mir *reden* können?«

»Ja, der amerikanische Kollege hat uns geholfen, Sie diskret aus der Schlange herauszufischen.«

»Das nennen Sie *diskret*? Da waren ungefähr zweihundert Leute in der Warteschlange hinter mir, die haben das alle mitbekommen! Ich bin ein emeritierter Cambridgeprofessor, ein Fellow der British Academy, und ich werde wie ein Verbrecher abgeführt?«

»Es hat Sie bestimmt niemand erkannt. Da müssen Sie sich keine Sorgen machen.«

Hunt kam zu dem Schluss, dass Emma Spencer zwar eine hocherotische Stimme hatte, aber auf keinen Fall sein Typ war.

»Stehe ich unter Verdacht?«

»Ja.«

Hunt lachte ihr ins Gesicht

»Das ist doch ein Witz! Glauben Sie im Ernst, ich habe Gerald Fraser umgebracht und dann seelenruhig ein Flugzeug nach Amerika bestiegen? Warum hätte ich so etwas Wahnsinniges tun sollen? Ich bin Historiker, kein Killer. Ich weiß nicht mal, was der alte Fraser früher beruflich gemacht hat. Wir haben uns immer nur über das Wetter unterhalten. Der Mann war der größte Langweiler, der mir jemals begegnet ist. Mein Kühlschrank hatte ein aufregenderes Innenleben als *Gerald Fraser*.«

»Ihr Nachbar Gerald Fraser war wohl ein Bekannter von Daphne Parson. Sie wissen, dass Ihre Wohnung früher Miss Parson gehörte?«

»Ja, aber Parson ist vor Ewigkeiten gestorben! Seitdem hat Jenny dort gelebt und jetzt ich.«

»Sie wissen, wer Daphne Parson war?«

»Irgendwas Wichtiges im britischen Geheimdienst.«

Hunt hielt einen Moment inne. »Lassen Sie mich raten, Miss Spencer. Sie sind ebenfalls von dieser Truppe?«

Emma Spencer packte ihre Unterlagen zusammen.

»Sie werden mit dem nächsten Flugzeug nach London zurückfliegen. Wir treffen uns morgen früh zu einer Tatortbegehung.«

»Zu einer was?«

»Zu einer Rekonstruktion des Mordes an Gerald Fraser in Ihrer Wohnung. Ich kann Ihnen sogar ein Business-class-Ticket für den Rückflug anbieten.«

»Und wenn ich mich weigere und hierbleibe?«

Emma Spencer setzte jetzt das verbindliche Lächeln einer Stewardess auf, die es mit einem besonders schwierigen Passagier zu tun hatte.

»Sie sind hier in einer Arrestzelle, und ich werde dafür sorgen, dass Sie nicht nach Amerika einreisen können. Sie sind des Mordes verdächtig. Wir haben sehr gute Beziehungen zu unseren amerikanischen Kollegen. Wir helfen einander in solchen Fällen gerne.«

»Das ist völlig lächerlich. Ich habe gerade erst diesen Horrorflug hinter mir, ich fliege jetzt nicht wieder zurück.«

Emma Spencer lächelte ihn weiter in Grund und Boden.

»Kennen Sie die Geschichte von dem Mann, der achtzehn Jahre lang auf dem Pariser Flughafen leben musste, weil er nicht einreisen durfte? Wer hat den noch mal in der amerikanischen Verfilmung gespielt?«

»Tom Hanks«, sagte Hunt trocken.

»Richtig! Tom Hanks. Meines Erachtens eine Fehlbesetzung. Ich finde, er war einfach nicht *verzweifelt* genug in der Rolle.«

3

Wien
Oktober 1948

Der Abstieg in den Tunnel kostete Daphne Parson jedes Mal Überwindung. In den ersten Momenten hatte sie immer das Gefühl, als bekäme sie keine Luft mehr. Instinktiv wollte sie dann umkehren. Sie musste ihren Körper dazu zwingen, diesem Reflex nicht nachzugeben und weiter die Leiter hinabzusteigen. Sie wusste, sobald sie die menschlichen Schatten im Tunnel vorbeihuschen sah, würde sie sich etwas besser fühlen. Sie war da unten nicht allein.

»Alles in Ordnung, Daphne?«

Marjorie Aitken stand am Fuß der Leiter und wartete auf sie. Ihr Anblick hatte etwas Beruhigendes. Niemand strahlte so viel Gelassenheit aus wie Marjorie. Wenn Daphne ihre Kollegin ansah, dachte sie an schöne Dinge aus der Vergangenheit: an Gartenpartys auf dem Land, bei denen die Frauen Blumenkleider trugen und Kinder durch den Park rannten und riefen: »Fang mich, fang mich, ich bin der Gingerbreadman!« So war das Leben vor dem Krieg gewesen, und nichts hatte Daphne und Marjorie auf das Chaos vorbereitet, in dem sie sich seit Jahren befanden.

Daphne bewunderte Marjorie dafür, wie sie dieses Chaos einfach ausblendete. Eine ihrer Methoden war es, stoisch an den alten Ritualen festzuhalten und weiterhin jeden Nachmittag Tee zu servieren. Mit dem Unterschied, dass sie es jetzt nicht mehr in einem Garten in Kent oder Devon tun konnte, sondern stattdessen in einem Tunnel zwanzig Meter unter der Erde.

Über ihnen lagen Wien und das normale Leben, aber im Tunnel herrschte eine andere Realität. Hier unten verlor man schnell das Gefühl für Richtungen und Entfernungen. Man hätte überall auf der Welt sein können.

Der Tunnel befand sich in der britisch besetzten Zone Wiens und galt dadurch als relativ sicher. Trotzdem wusste Daphne, dass sie jederzeit auffliegen konnten. Für die richtige Bezahlung hätte jeder Wiener sie an die Russen verraten. Manchmal kamen deswegen albtraumhafte Bilder in ihr hoch. Sie stellte sich dann vor, wie sie gegen ihren Willen in die Tiefe des Tunnels gesogen wurde. Sie überlebte den Fall, aber als sie sich am Boden liegend umsah, waren Marjorie und die Belegschaft verschwunden. Stattdessen tauchte aus dem Inneren des Tunnels eine Gruppe von sowjetischen Soldaten auf, die ihre Maschinengewehre auf sie richteten.

Natürlich konnte sie niemandem von diesen Angstszenarien erzählen. Sie wusste, Marjorie würde solche Gedanken gar nicht erst in ihren Kopf lassen. Auch heute hatte sie wieder Make-up aufgelegt und ihre schönen braunen Haare in Wellen gelegt. Es war unwahrscheinlich, dass einer der männlichen Mitarbeiter diesen Aufwand im Halbdunkel des Tunnels überhaupt bemerkte, aber das spielte für sie sicher keine Rolle. Marjorie ließ sich einfach nie gehen, selbst hier unten nicht.

Hinter ihr im schlecht beleuchteten Tunnel konnte Daphne einen Teil des Teams erkennen. Fünfzehn Männer und Frauen, die an Tischen entlang der Tunnelwand saßen, vor ihnen große Kästen mit Spulen, die sich unentwegt drehten, über ihnen endlose Kabel, die mit den Kästen verbunden waren. Alle trugen Kopfhörer und wirkten wie immer hoch konzentriert. Auf den ersten Blick hätte man sie für Telefonisten halten können, die bei der Post Anrufe vermittelten. Tatsächlich waren sie britische Nachrichtenoffiziere, die eine lange Ausbildung als Übersetzer durchlaufen hatten. Mit ein paar von ihnen hatten Daphne und Marjorie in Sprachkursen Russisch gepaukt.

»Viel los bei unseren russischen Freunden heute«, sagte Marjorie. »Sie haben wohl in der Inneren Stadt einen schweren Autounfall gehabt.«

»Schlimm?«, fragte Daphne.

»Totalschaden«, sagte Marjorie fröhlich. »Ich konnte dabei neue sowjetische Schimpfwörter lernen. Unser Major Kolobanow hat wirklich keinen guten Tag. Willst du seine Telefonleitung übernehmen?«

Daphne nickte. Es überraschte sie selbst immer noch, was hier unten alles möglich war. Im Tunnel konnten sie fast alle Telefonate der sowjetischen Besatzungsmacht zwischen Wien, Baden und Moskau abhören. Sie lauschten den geheimsten Gesprächen und Plänen ihrer Gegner, so als säßen sie mit ihnen in einem Zimmer.

Der Abhörtunnel war die Idee ihres MI6-Chefs Peter Lunn gewesen. Als enthusiastischer Skifahrer hatte Lunn vor dem Krieg an unzähligen Skiwettbewerben in Österreich teilgenommen. Aber es waren nicht nur die Alpen, die ihn begeisterten. Die Metropole Wien – ihr oberirdischer und ihr sehr, sehr unterirdischer Teil – erregte ebenfalls sein Interesse. Er fand heraus, wie man die Telefonleitungen des Gegners anzapfen konnte, und gab den Bau des Abhörtunnels in Auftrag.

Daphne ging an Marjories Tisch und setzte sich die Kopfhörer auf. Wie immer hörte sie zuerst einmal ein ohrenbetäubendes Rauschen. Sie drehte den Ton herunter und wartete. Manchmal dauerte es eine Weile, bis man ein interessantes Gespräch in die Leitung bekam. Ihre Vorgesetzten interessierten sich vor allem für Truppenbewegungen. Wo waren welche sowjetischen Einheiten stationiert, wer war wohin versetzt worden? Gab es irgendwelche Anzeichen für einen kommunistischen Putschversuch?

Daphne konnte jetzt undeutlich hören, wie der Adjutant von Major Kolobanow auf einem Nebenapparat darüber lamentierte, dass die Butter ausgegangen war. Der Mann schien sich vor allem für Nahrungsmittel zu interessieren. Daphne kannte ihn mittlerweile gut. In zahllosen privaten Gesprächen, die er mit seiner Wiener Geliebten in einer Mischung aus Russisch und Deutsch führte, ging es meistens um die Beschaffung von Essen und Alkohol. Auch seine Frau in Moskau verlangte ständig Paketsendungen aus Österreich. Daphne überlegte sich, ob man ihn anwerben könnte. Die Chancen standen nicht schlecht. Das westliche Leben hatte ihn vollends korrumpiert und die Telefonate mit seiner Ehefrau waren in den letzten Wochen immer frostiger geworden. In Moskau erwartete ihn nicht nur Nahrungsmittelknappheit, sondern auch eine erkaltete Gattin.

Marjorie stellte eine Tasse Tee und eine Keksdose neben Daphne. Der Tee schmeckte in der stickigen Luft hier unten nicht besonders gut, trotzdem trank ihn jeder. Es gehörte zum Ritual.

Daphne konnte jetzt ein Klicken in der Leitung hören, Kolobanow nahm seinen Hörer ab. Bisher hatte keiner es geschafft, ihn zu fotografieren, aber Daphne stellte ihn sich als einen großen, bärenhaften Mann vor, der unablässig Zigarren rauchte. Vielleicht war er in Wirklichkeit das völlige Gegenteil davon – ein kleines, spindeliges Männlein, das mit überlauter Stimme versuchte, seine körperlichen Unzulänglichkeiten zu überspielen. Obwohl Daphne nicht wusste, wie er aussah, glaubte sie ihn zu kennen. In all den Telefongesprächen, die sie abgehört hatte, klang er fast immer angespannt. Seine Wortwahl war knapp und direkt, wie man es von einem Soldaten erwartete. Nur wenn er mit seinen Kindern in Moskau telefonierte, wurde seine Stimme etwas weicher. In diesen Momenten mochte sie ihn fast, aber in den letzten Wochen war selbst diese Weichheit verschwunden.

Er rief jetzt von der sowjetischen Kommandantur in Baden aus an und redete mit einem Mann in Wien. Daphne konnte auch die Antworten seines Gesprächspartners hören. Der Mann musste ein Ausländer sein, sein Russisch klang holprig, aber auf merkwürdige Art vertraut. Sie verstand nicht, warum. Wieso kannte sie diese andere Stimme? Sie hatte sie mit Sicherheit noch nie zuvor in der Leitung gehabt. Es war auf keinen Fall jemand von Kolobanows üblichen Gesprächspartnern, deren Stimmen kannte sie in- und auswendig. Sie hatte ihnen sogar schon Spitznamen gegeben: der Schleimer, der Brüller, der Zögerer. Aber wer war dieser Ausländer?

Ihr Körper merkte es, bevor ihr Kopf es realisierte. Schnitte in Wellen. Von den Beinen ausgehend, krochen sie ihren Bauch herauf. Immer mehr davon. Sie kannte diesen Ausländer. Aber das konnte nicht sein, sagte ihr Kopf.

Diese Stimme gab es schon lange nicht mehr, diese Stimme war seit vier Jahren tot. War das möglich, dass Stimmen sich so ähnelten? Bestimmt. Es existierten ja auch Doppelgänger. Wenn es Leute gab, die sich ähnlich sahen, gab es sicher auch unzählige Menschen, die sich ähnlich anhörten. Es war also ein Zufall. Sie tastete nach ihrer Teetasse. Und dann kam es: Kolobanows Gesprächspartner stotterte leicht beim Buchstaben »r«. Nur *er* tat das. Es war eindeutig seine Stimme. Daphne hörte nicht mehr, wie ihre Teetasse auf dem Boden aufschlug. Sie musste nur noch raus hier, raus aus dem Tunnel.

4

**Gordon Place
London
29. Februar**

Hunt stieg mit seinem Rollkoffer an der U-Bahn-Station South Kensington aus. Seine Wohnung lag am Gordon Place, nicht weit vom Victoria and Albert Museum. Es war Donnerstagvormittag und Touristenhorden zogen an ihm vorbei in Richtung der Museumslandschaft Albertopolis. Hunt bezweifelte, dass Bildungshunger sie antrieb. Seiner Ansicht nach verbrachten diese Leute die meiste Zeit im Museumsshop und kauften scheußliche Souvenirs, mit denen sie dann ihre Wohnungen zupflasterten.

South Kensington und Chelsea gehörten zu den teuersten Gemeinden Londons. Hier lebten Leute wie die Beckhams und Elton John. Hunt hatte neulich irgendwo die Prognose gelesen, dass Kinder, die hier geboren wurden, eine Lebenserwartung von zweiundneunzig Jahren hatten. Ihre reichen Eltern konnten sich die beste Krankenversicherung und die gesündeste Ernährung für sie leisten. Anders sah die Prognose für die Kinder im Norden von Kensington aus. Dort lagen die Sozialbaublocks. Der berühmteste von ihnen, Grenfell Tower, war 2017 abgebrannt und hatte zweiundsiebzig Menschen das Leben gekostet. Hunt hatte jedes Mal ein schlechtes Gewissen, wenn er an diesen Tag dachte. Er hatte damals die Rauchwolke gesehen und einfach nur das Fenster zugemacht.

Er überquerte die Ampel und rollte seinen Koffer Richtung Gordon Place. Sein Zuhause war Teil eines architektonischen Juwels. In den 1820er-Jahren hatte man vierzig weiße Stuckhäuser in einem Quadrat um einen Park gebaut und sie nach dem Earl von Gordon benannt.

Am oberen Ende des Quadrats prunkte eine Kirche, St. Paul's. Sie war das einzige unattraktive Gebäude am Gordon Place. Obwohl er seit Jahren hier lebte, hatte Hunt die Kirche noch nie betreten. Das lag nicht nur an ihrer düsteren Ästhetik, sondern weil sie ihn an seine Internatszeit erinnerte. Jeden Morgen mussten sie damals zum Frühgottesdienst in der eiskalten Schulkapelle antreten, selbst wenn man sich die Seele aus dem Leib hustete. Seitdem hatte er Probleme mit der anglikanischen Kirche.

Hunt würdigte St. Paul's keines Blickes und ging auf den kleinen Park zu. Er zog seine Chipkarte aus der Tasche und öffnete das Parktor. Nur die Bewohner von Gordon Place hatten Zugang zu dieser privaten Gartenanlage mit ihren hohen, alten Bäumen und den klassischen Holzbänken. Es war eine perfekte gepflegte Oase inmitten der hektischen Stadt. Öffentliche Gartenanlagen in London hatten endlose Müllprobleme, aber im kleinen Privatpark von Gordon Place herrschte Ordnung. Selbst wenn die reichen Teenagerkinder hier ihre Partys feierten und leere Flaschen auf dem Rasen zurückließen, musste man sich keine Sorgen machen. Am nächsten Tag brachten die Gärtner alles wieder in einen perfekten Zustand.

Hunt hatte die Wohnung 2015 von seiner Ex-Freundin Jenny Green geerbt. Zuerst hatte er die Sache für einen

Scherz gehalten. Sie waren seit Jahren zerstritten gewesen und er hatte nie etwas von der Existenz dieser Wohnung gewusst. Jenny hatte genau wie er in Cambridge unterrichtet und dort nur ein paar Straßen von ihm entfernt gewohnt. Erst nach ihrem Tod hatte Hunt erfahren, dass sie ein zweites geheimes Leben in London geführt hatte.

Der Weg durch den Park war eine kleine Abkürzung für Hunt. Seine Wohnung lag im letzten Stuckhaus, der Nummer 30. Als er 2015 zum ersten Mal davorstand, erinnerte es ihn sofort an die alte Fernsehserie *Das Haus am Eaton Place*. Zwar befand sich das reale Eaton Place in einer völlig anderen Gegend Londons, aber die Häuser ähnelten sich vom Stil her. Die großen weißen Säulen vor den schwarzen Eingangstüren sorgten dafür, dass die Gebäude Selbstbewusstsein und Wohlstand ausstrahlten. Wenn man vor der Nr. 30 stand, erwartete man fast, dass der Fernsehbutler Hudson die Tür öffnete und den Gästen Hut und Mantel abnahm. Wahrscheinlich hatte es früher wirklich einen Butler in der Nr. 30 gegeben, aber nach dem Ersten Weltkrieg hatte der Niedergang eingesetzt. In den 1920er-Jahren war das Haus in sieben Wohnungen aufgeteilt worden. South Kensington galt damals als eine heruntergekommene Gegend und erst in den 1980er-Jahren sollte sich das wieder ändern. Mittlerweile kosteten die Wohnungen am Gordon Place zwei bis drei Millionen Pfund.

Hunt zog seinen Koffer gerade die Eingangsstufen hinauf, als die schwarze Haustür von Clarissa Barclay, seiner Nachbarin aus dem ersten Stock, aufgerissen wurde. Sie versuchte, eine große Traube Luftballons mit der Aufschrift HAPPY BIRTHDAY BOYS! unbeschadet durch den Türrahmen zu manövrieren.

»Professor Hunt! Ich dachte Sie machen Amerikaurlaub! Sind Sie wegen dem *armen Gerald* zurückgekommen?«

Clarissas Sätze hatten immer einen leicht ironischen Unterton. Selbst jetzt, wenn es um einen Todesfall ging, klang sie amüsiert. Hunt nahm an, dass Clarissa eines dieser teuren Mädcheninternate besucht hatte, auf denen man den Schülerinnen beibrachte, nichts im Leben wirklich ernst zu nehmen.

»Ja, ich musste wegen Gerald zurückkommen. Aus irgendeinem verrückten Grund starb er in meiner Wohnung.«

»Rücksichtslos von ihm«, lachte Clarissa, »nein, im Ernst. Es ist *furchtbar, furchtbar, furchtbar*! All diese Leute in weißen Overalls stapften gestern durchs Haus und stellten Fragen. Meine Jungens waren gar nicht mehr zu beruhigen!«

Clarissa hatte sechsjährige Zwillinge, und Hunt war überzeugt, dass deren Hyperaktivität in erster Linie an einem schweren Zuckerüberschuss lag. Ständig sah er sie Süßigkeiten mampfen.

»Ich bin sicher, es wird sich alles schnell aufklären«, sagte Hunt.

»Glauben Sie? Also, ich habe Simon schon vorgewarnt, wenn sich hier im Haus die Mörder rumtreiben, ziehen wir SOFORT zu ihm nach Hongkong! Er war IN PANIK!«

Clarissa lachte so laut, dass sie beinahe ihre Luftballons losgelassen hätte. Hunt konnte sich nur noch dunkel an ihren Ehemann Simon erinnern. Er arbeitete für irgendeine Bank in Hongkong und besuchte die Familie nur alle paar Monate. Verübeln konnte man es ihm nicht. Mit den wilden Zwillingen eine Wohnung zu teilen war in Hunts Augen lebensverkürzend. Trotzdem verstand er Simons Abwesenheiten nicht ganz. Eine attraktive Frau wie Clarissa so lange allein zu lassen erschien ihm als ein strategischer Fehler.

»Wissen Sie, ob diese Overallmänner in meiner Wohnung schon fertig sind, Clarissa?«

»Oh ja, das ging am Ende *zack, zack, zack*. Jetzt wartet wohl nur noch diese Polizistin auf Sie. Emma irgendwas.«

»Spencer?«

»So was in der Art. Sie hat mich noch nicht befragt, aber ich zittere schon. Von Weitem sieht sie aus wie das *head girl* in meiner Schule. UNERBITTLICH STRENG.«

Hunt nickte. Emma Spencer war ein Albtraum.

»Möchten Sie einen der roten Ballons, Professor Hunt? Ihre Wohnung braucht doch jetzt dringend etwas Farbe.«

Hunt winkte ab und rollte seinen Koffer durch die Eingangshalle zum Aufzug. Jedes Mal, wenn er das Haus betrat, überkam ihn ein wohliges Gefühl von Luxus. Die große Eingangshalle erinnerte ein wenig an eine elegante Hotellobby. Sie war mit einem dicken dunkelblauen Teppich ausgelegt, der vom Hausmeister Mr. Carr zweimal am Tag gestaubsaugt wurde. Aber am meisten gefiel Hunt der alte Aufzug. Er war in den 1920er-Jahren eingebaut worden und seine Wartung kostete die Hausbewohner ein Vermögen. Damit sich die Kosten auch rentierten, nahm Hunt den Aufzug öfter. Für seine Kondition wäre es sicher besser gewesen, die Treppen zu steigen, aber nicht einmal sein Arzt hätte nach diesem anstrengenden Reisemarathon von ihm verlangen können, einen schweren Rollkoffer drei Stockwerke hochzuschleppen. Darüber hinaus musste er sich mental auf das Wiedersehen mit Emma Spencer vorbereiten. Es würde mit Sicherheit unangenehm werden.

Als die Aufzugstür im dritten Stock aufging, sah er, dass Emma Spencer gerade den Türrahmen seiner Wohnung vermaß. Hunt spürte, wie Wut in ihm aufstieg, diese Frau schien seine Wohnung so gut wie gehijackt zu haben. Bevor er etwas sagen konnte, lächelte sie ihn an.

»Eben kam ein Anruf. Ihre neue Küche wird heute noch geliefert. Ich habe es ausgemessen, der Kühlschrank wird problemlos durch die Tür passen. Und Ihr Badezimmer ist schon fertig. Der Rest der Möbel kommt morgen zurück.«

Hunt verstand nicht, warum sie auf einmal so freundlich zu ihm war. Es passte nicht zu der Emma Spencer, die er in New York erlebt hatte. Er rollte wortlos seinen Koffer an ihr vorbei in die Wohnung. Es roch anders als sonst. Nach starken Desinfektionsmitteln. Er war kein Mann, der viel Ahnung vom Putzen hatte, aber selbst ihm fiel auf, dass die Wohnung professionell gesäubert worden war.

»Ich beneide Sie um diese Wohnung!«, sagte Emma. Sie schien bester Laune zu sein. Hunt fragte sich, ob so »Tatortbegehungen« durchgeführt wurden. Er warf ihr einen sarkastischen Blick zu.

»Sie beneiden mich um eine Wohnung, in der jemand ermordet wurde? Ich glaube, der Verkaufswert ist damit drastisch gesunken.«

»Machen Sie sich da keine Sorgen. Wir halten das aus der Presse raus. Wir haben dafür eine DSMA-Notice bekommen.«

»Eine was?«, fragte Hunt irritiert.

»Früher hieß das D-Notice. Sie unterbindet die Medienberichterstattung bei Fällen, die nachrichtendienstliche Ermittlungen betreffen.«

»Das ist doch alles völlig verrückt«, murmelte Hunt. Er blickte sich um. Teile des Wohnzimmers waren mit Planen abgedeckt.

»Ich kann hier nicht wohnen.«

»Machen Sie sich keine Sorgen. Wir werden Ihnen helfen, hier schnell alles in Ordnung zu bringen. Die neue Küche wird heute Nachmittag eingebaut, wir setzen dafür extra unsere eigenen Handwerker ein.«

»Wieso machen Sie das für mich, Miss Spencer? Ich dachte, ich habe meinen Nachbarn umgebracht?«

Emma Spencer ignorierte seine Frage.

»Die Häuser am Gordon Place erinnern mich ein wenig an Retro-Puppenhäuser. Als Kind hatte ich ein wunderschönes georgianisches Puppenhaus. Im Keller lag die Küche, die Empfangszimmer waren im ersten Stock und im zweiten Stock der Ballsaal.«

Hunt war überrascht, dass eine Frau wie Emma mit Puppenhäusern gespielt hatte. Sie wirkte nicht wie der verträumte, mädchenhafte Typ. Er sah sie eher beim Grashockey ihrer Schulmannschaft im Angriff spielen.

»Ich habe keine Ahnung von Puppenhäusern, aber Clarissa aus dem ersten Stock feiert im ehemaligen *Ballsaal* immer noch eine Kinderparty nach der anderen.«

Emma lächelte.

»Das dachte ich mir. Wie gut kennen Sie Ihre anderen Nachbarn, Professor Hunt?«

Jetzt klang sie wieder wie die geschäftsmäßige MI6-Frau, die Informationen sammelte. Hunt war entschlossen, so wenig wie möglich preiszugeben.

»Ich bin der Ansicht, dass man seine Nachbarn grundsätzlich meiden sollte. Nur mit Clarissa Barclay rede ich manchmal. Sie ist amüsant.«

»Ja, sie hat sich mit meinen Kollegen lange über Gerald Fraser unterhalten. Auch die anderen Nachbarn wollten informiert werden. Lediglich der Mann im Dachgeschoss hat keine einzige Frage gestellt.«

»Sie meinen Dorian Gray?«

»Mir wurde gesagt, sein Name ist *David* Gray.«

»Ja, eigentlich David. Aber im Haus nennen ihn alle nach Oscar Wildes Romanfigur Dorian Gray. Er war wohl mal *schön* und *wild* und jetzt lebt er schwer ramponiert im Dachgeschoss und leckt seine Sünden.«

»Witzig«, sagte Emma, ohne zu lächeln.

»Haben Sie schon irgendeine Vorstellung davon, was Gerald Fraser in meiner Wohnung wollte?«

Emma zögerte. Es war offensichtlich, dass es ihr schwerfiel, Informationen preiszugeben. Sie war es gewohnt, die Fragen zu stellen.

»Wir glauben, dass Gerald Fraser etwas gesucht hat. Etwas, was wir übersehen haben.«

»*Übersehen?* Wie meinen Sie das?«

»Nach dem Tod von Daphne Parson. Wenn einer unserer MI6-Mitarbeiter stirbt, schicken wir die *weeders* rein.«

Hunt ging diese Insidersprache langsam auf die Nerven. Zuerst DSMA-Notice und jetzt das.

»Was meinen Sie mit *weeders*? Ist das ganz wörtlich als Unkrautvernichter zu verstehen?«

»Tatortreiniger klingt vielleicht passender. Es sind Experten, die auf ihre Art säubern. Sie nehmen alle privaten Unterlagen unserer verstorbenen Kollegen mit, damit sie nicht in falsche Hände geraten. Das ist auch nach dem Tod von Daphne Parson alles ganz korrekt abgelaufen. Die Wohnung war sauber.«

»Beruhigend zu wissen«, sagte Hunt sarkastisch.

»Natürlich brechen wir keine Fußböden auf oder suchen nach versteckten Hohlräumen.«

Hunt begann zu verstehen.

»Sie meinen, Daphne Parson hatte etwas in meiner Wohnung ... versteckt?«

Emma ging zum Wohnzimmerfenster.

»Sie zog 1950 hier ein. Das Badezimmer und die Küche wurden seitdem mehrmals modernisiert, aber das Wohnzimmer wurde nie renoviert. Man hat es immer wieder neu gestrichen und Dinge repariert, aber mehr nicht.«

Emma deutete auf das große Loch unterhalb der Fensterbank. Es war ausgerechnet Hunts Lieblingsfenster, von hier aus schaute er jeden Morgen auf den Park und trank seine erste Tasse Kaffee.

»Dieser aufgebrochene Hohlraum hier unter dem Fenster war mit Material zugemauert worden«, sagte Emma, »das seit Mitte der Fünfzigerjahre nicht mehr verwendet wird. Und in den Fünfzigern lebte Daphne Parson in der Wohnung.«

»Haben meine Handwerker dieses Loch geschlagen?«

»Nein. Die ganze Sache wurde relativ amateurhaft aufgebrochen. Vielleicht von Gerald Fraser. Er lag direkt davor.«

»Wieso sollte er so etwas tun?«

»Eine andere Möglichkeit wäre, dass er ein Geräusch hörte, in Ihre Wohnung ging und jemanden dabei überraschte. Der Vorschlaghammer, der zum Aufbrechen benutzt wurde, ist verschwunden.«

»Und Sie meinen, in diesem Hohlraum war etwas versteckt? Was? Dokumente?«

»Was auch immer es war, wir wollen es haben«, sagte Emma. Sie zog einen Schlüsselbund aus ihrer Manteltasche. »Kommen Sie, ich nehme Sie mit auf eine Zeitreise, Professor Hunt. Es ist einfach nur über den Gang.«

Hunt zögerte.

»Wieso erzählen Sie mir das alles? Bedeutet das, ich stehe nicht mehr auf Ihrer Verdachtsliste?«

»Seit heute Morgen nicht mehr. Wir kennen jetzt den Todeszeitpunkt. Als Gerald Fraser hier ermordet wurde, saßen Sie im Flugzeug nach New York. Sie scheiden also aus. Aber Ihre Rückkehr war nicht völlig umsonst. Ich brauche einen Historiker.«

Hunt konnte es nicht fassen.

»Verstehe ich das richtig? Ich bin zu Unrecht in einer amerikanischen Arrestzelle festgehalten worden, habe deswegen mein teures New Yorker Hotelzimmer verloren und innerhalb von achtundvierzig Stunden zweimal den Atlantik überqueren müssen. Und Sie können mich *brauchen*?«

Emma Spencer blickte ihn ungerührt an.

»Sie können versuchen, uns deswegen einen Anwalt auf den Hals zu hetzen, aber glauben Sie mir, er würde nicht weit kommen. Außerdem biete ich Ihnen etwas viel Besseres als einen Forschungsaufenthalt in Amerika. Kommen Sie, ich zeige Ihnen etwas in Gerald Frasers Wohnung.«

Hunt war so wütend, dass ihm ausnahmsweise die Worte fehlten. Natürlich wollte er wissen, warum Gerald Fraser umgebracht worden war, aber die Art, wie diese Frau mit ihm redete, war eine Unverschämtheit. Er drehte ihr den Rücken zu und sah hinunter auf den Park. Wieso hatte Daphne genau an dieser Stelle unter dem Wohnzimmerfenster etwas versteckt? Weil es der schönste Platz in der Wohnung war?

Er blickte auf die kahlen Bäume. Daphne musste hundertmal an diesem Fenster gestanden haben und später stand dann seine Ex-Freundin Jenny hier und erlebte die wechselnden Jahreszeiten des Parks. Er hatte nie begriffen, warum die zwei Frauen sich so nahestanden. Daphne hätte

Jennys Mutter, vielleicht sogar schon ihre Großmutter sein können. Soweit er sich erinnern konnte, hatte Jenny sich nie für ihre eigene hausbackene Mutter interessiert. Vielleicht hatte sie in Daphne die aufregendere Mutter gesucht? Aber was für eine Art von Mutter war Daphne gewesen, als sie ein achtzehnjähriges Mädchen wie Jenny für den MI6 rekrutiert hatte? Keine liebende Mutter hätte das ihrer Tochter angetan. Es war eine Art von Kindesmissbrauch, ein so junges Mädchen in die Geheimdienstwelt einzuführen. Und trotzdem blieb Jenny ihrer »Rekruteurin« Daphne treu. In gewisser Weise wurde sie sogar eine zweite Daphne. Sie arbeitete ihr Leben lang für den MI6 und erbte am Ende Daphnes Wohnung. Es war wie ein Stabwechsel beim Marathonlauf. Aber die letzte Übergabe ergab keinen Sinn. Wieso hatte Jenny kurz vor ihrem Tod den Stab ausgerechnet an ihn weitergereicht? Warum hatte sie ihm diese teure Wohnung vermacht? Sie waren vor so langer Zeit ein Liebespaar gewesen, ganz am Anfang ihres Erwachsenenlebens, aber dann war es zu so vielen Missverständnissen gekommen, so vielen falschen Entscheidungen, und erst am Ende, als Jenny im Krankenhaus gelegen hatte und entsetzlich vom Krebs zerfressen gewesen war, da hatten sie sich versöhnt. Er wünschte, er hätte früher von Jennys anderem Leben erfahren und verstanden, warum sie es tat. Warum sie nie aus dieser Geheimdienstwelt ausgestiegen war. Warum sie Daphne Parson so ergeben blieb.

Er glaubte nicht an spirituelle Erfahrungen, er hatte noch nie in seinem Leben eine gehabt, aber als er jetzt am Fenster stand und auf den Park blickte, fühlte er plötzlich, dass es einen Grund geben musste, warum er diese Wohnung geerbt hatte. Dass Jenny ihm damit eine Aufgabe gestellt hatte. Er hatte keine Ahnung, was die Aufgabe war und ob er sie lösen konnte.

Emma Spencer schien mittlerweile gemerkt zu haben, dass sie mit ihrer forschen Art zu weit gegangen war. Sie sagte jetzt: »Ihre Hilfe wäre mir wichtig, Professor Hunt.«

Die Worte schienen ihr schwerzufallen. Hunt fragte sich, unter welchem Erfolgsdruck Frauen im Geheimdienst standen. Er hatte irgendwo gelesen, dass mittlerweile viele von ihnen in Führungspositionen saßen. Aber wahrscheinlich gab es immer noch eine große Anzahl von männlichen Kollegen, die glaubten, diesen Job sehr viel besser erledigen zu können. Es wäre schade, wenn sie recht behielten. Emma war zwar eine anstrengende Frau, aber wenn er ehrlich mit sich war, interessierte ihn keine andere Sorte. Er hatte eine Schwäche für komplizierte Frauen.

Er drehte sich um und schaute Miss Spencer an.

Er konnte das alles nicht in Worte fassen – sein schlechtes Gewissen, wenn er an Jenny dachte, seine negativen Gefühle gegenüber Daphne Parson und sein großes Misstrauen gegenüber Geheimdiensten. Am Ende nickte er einfach nur und ging mit Emma Spencer zur Wohnungstür. Gemeinsam überquerten sie den Gang zu Frasers Wohnung. Es waren nur ein paar Schritte, aber Hunt hatte dabei ein ungutes Gefühl. Obwohl er fast zehn Jahre lang Wand an Wand mit Fraser gelebt hatte, war er noch nie im Apartment seines Nachbarn gewesen. Als Emma Spencer jetzt die Wohnungstür mit einem großen Schlüsselbund aufschloss, kam es ihm vor, als begingen sie Hausfriedensbruch.

Emma tastete nach dem Lichtschalter, und Hunt verstand innerhalb von Sekunden, was sie mit dem Satz »Ich nehme Sie mit auf eine Zeitreise« gemeint hatte. Die hell erleuchtete Wohnung katapultierte ihn um Jahrzehnte zurück.

Gerald Fraser schien in einer Zeitkapsel gelebt zu haben, die sich Ende der 1950er fest geschlossen hatte. Die gesamte Inneneinrichtung war eine einzige Symphonie aus Nachkriegskitsch: Eine blassrosa Blumentapete zog sich vom Flur bis ins Wohnzimmer. Dort standen dicht gedrängt abgeschabte Fünfzigerjahre-Möbel: eine Rockabilly-Kommode, auf der sich alte Quality-Street-Dosen stapelten, Walnussschränke und natürlich der unvermeidliche Nierentisch. Die Möbel erinnerten Hunt an den Mief und die Spießigkeit seiner Kindheit. Aber selbst wenn er ein Fan jener Zeit gewesen wäre, diese Exemplare waren so schäbig, dass sie kein Antiquitätenhändler in Kommission genommen hätte. Das einzig Neue in der heruntergekommenen Wohnung schien ein zwanzig Jahre alter Fernseher zu sein. Hunt wusste nicht, was er daraus schließen sollte. War Gerald Fraser ein sentimentaler alter Mann gewesen oder hatte er sich nicht einmal mehr einen neuen Fernsehapparat leisten können? Bisher hatte Hunt keinen einzigen Gedanken daran verschwendet, wovon Gerald Fraser eigentlich lebte. Er hatte angenommen, dass er ein pensionierter Beamter war, der die Wohnung vor langer Zeit gekauft hatte. Vielleicht in den 1980er-Jahren, als die Gegend noch relativ preiswert gewesen war und sich kein Millionär dafür interessiert hatte. Ihm fiel jetzt ein, dass Fraser nie besonders teuer angezogen gewesen war, aber das bedeutete für einen Mann seiner Generation nicht viel. Hunt kannte einige wohlhabende Männer in ihren Siebzigern und Achtzigern, die jahrelang alte Jacketts auftrugen und ihren Ehefrauen verbaten, löchrige Pullover wegzuwerfen. Teure Kleidung empfanden sie als neureich. War

Fraser so ein Mann gewesen? Fürs Essen schien er gerne Geld ausgegeben zu haben. Hunt erinnerte sich, wie er ihn mehrmals im Lift angetroffen hatte, beladen mit Tüten von der Gourmetabteilung bei Marks & Spencer. Wenn er diese schäbige Wohnung sah, kamen ihm jedoch Zweifel. Vielleicht hatte Fraser nur alte M&S-Einkaufstüten benutzt und stattdessen im Billigladen Tesco eingekauft? Es wäre durchaus möglich. Die gesamten Lebenshaltungskosten waren in den letzten Jahren so drastisch gestiegen, dass vielleicht auch Fraser nicht mehr mit seiner Pension ausgekommen war. Besonders teuer war vor allem die Gemeindesteuer von South Kensington geworden. Hunt zahlte dafür zehntausend Pfund im Jahr. Und als Bewohner vom Gordon Place mussten sie zusätzlich auch noch das Gehalt des Hausmeisters und die Kosten für die Gärtner anteilig übernehmen. Das konnte man sich nur mit einer sehr guten Pension leisten.

»Wissen Sie, wann Gerald Fraser in diese Wohnung eingezogen ist?«, fragte Hunt.

Emma blätterte durch ein altes Fotoalbum: »1950. Als Siebenjähriger. Am Dekor hatte er auch nach dem Tod seiner Eltern nichts mehr geändert.«

»Er kannte also Daphne Parson?«, fragte Hunt.

»Ja. Wir fanden dieses Album in seinem Schlafzimmer. Es beginnt nach dem Krieg und endet irgendwann in den Fünfzigerjahren. Leider sind keine der Fotos beschriftet. Ein paar Dinge sind jedoch eindeutig: Hier zum Beispiel, das ist der Stephansdom in Wien, und davor steht Daphne Parson mit ein paar anderen Leuten. Der Dom hat 1945 gebrannt und auf dem Bild ist der Chor noch nicht wiederaufgebaut. Das Foto muss also vor 1952 aufgenommen worden sein.«

»Das ist Daphne?« Hunt konnte es nicht glauben. Er kannte nur Bilder der alten, pummeligen Daphne. Aber auf diesem Foto sah ihm eine selbstbewusste, schlanke Frau mit wunderschönen schwarzen Haaren direkt ins Gesicht.

»War sie damals schon beim MI6?«

»Ja«, sagte Emma.

»Was hat sie in Wien gemacht?«

»Alles, was so anfiel. In den Nachkriegsjahren mussten unsere Mitarbeiter Geheimdienst- und Polizeiaufgaben erledigen. Laut ihrer Personalakte hat Daphne damals Nazis verhört, Schwarzmarktgeschäfte untersucht und 1948 war sie in einem Abhörtunnel eingesetzt.«

»Sie hat im Wiener Abhörtunnel gearbeitet?« Hunderte Fragen schossen Hunt durch den Kopf. »Darüber ist bis heute fast nichts bekannt. Kann ich mir das Album ausleihen?«

Emma gab es ihm.

»Natürlich. Wir haben alles gescannt. Der Fall interessiert Sie also?«

Hunt sah sie an. Sie wussten beide, dass es eine rhetorische Frage war.

5

**Hotel Sacher
Wien
Oktober 1948**

»Wie lange sind wir verheiratet?«, fragte Daphne Parson.

Alex March lag voll bekleidet auf dem Hotelzimmerbett des Hotel Sacher und rauchte eine Zigarette.

»Was?«

Daphne versuchte es noch einmal: »Wie – *lange* – sind – wir – verheiratet? Zwei, drei oder fünf Jahre? Haben wir noch im Krieg geheiratet oder jetzt erst?«

»Ist das wichtig?«, fragte Alex.

Sie kannten sich erst seit einer halben Stunde. Daphne verstand nicht, wieso ihr Vorgesetzter auf die Idee gekommen war, dass Alex March und sie das »perfekte Ehepaar« abgeben könnten. Schon rein äußerlich stimmte das nicht. Alex sah aus wie ein Straßenköter, allerdings ein Straßenköter von der attraktiven Sorte: zerzauste schwarze Haare, unrasiert und mit verhangenen Augen, als hätte er zu viele Nächte durchgemacht. Seine Uniform schien schon lange nicht mehr gereinigt worden zu sein. Der Kragen hatte einen schwarzen Rand und am rechten Ärmel fehlte ein Knopf.

Daphne versuchte es jetzt mit dem geduldigen Lehrerinnenton.

»Es ist wichtig, wie lange wir verheiratet sind. Ein Paar, das erst zwei Jahre verheiratet ist, benimmt sich anders als ein fünfjähriges.«

»Na gut, dann eben fünf Jahre.«

»Das ist schwerer«, sagte Daphne.

»Warum?«

»Es ist leichter, ein verliebtes Paar zu spielen, als ein Paar, das nach fünf Jahren bereits völlig genervt voneinander ist.«

Alex grinste.

»Ich bin sicher, wir schaffen das.« Er deutete mit seiner Zigarette auf ihre Haare: »Ihre Hochsteckfrisur ist eine gute Idee. Passt perfekt für die Rolle. Sie sehen damit aus wie eine brave Hausfrau, bieder und langweilig. Aber ich kann mithalten. Ich hab den richtigen Anzug für meine Ehemannrolle dabei. Hatte nur noch keine Zeit, mich umzuziehen.«

Daphne versuchte, nicht zu zeigen, wie sehr die Worte *bieder* und *langweilig* sie ärgerten.

»Wann sind Sie angekommen?«

»Heute Morgen. Wien sieht schlimmer aus, als ich erwartet hatte. Nur dieses Hotel ist nicht schlecht. Das Sacher, wirklich erste Wahl.« Er tastete nach einem Aschenbecher auf dem Nachttisch.

»Im Badezimmer funktioniert nur der Kaltwasserhahn«, sagte Daphne. »Und falls Sie sich Hoffnungen auf gutes Essen machen, der Starkoch vom Sacher arbeitet hier nicht mehr. Es wird nur das übliche Kantinenessen für unsere Streitkräfte serviert. Abgesehen davon ist es ein ausgezeichnetes Hotel. Jede Besatzungsmacht hat ein Grand Hotel bekommen. Wir das Sacher, die Amerikaner das Bristol und die Russen das Imperial.«

»Und die Franzosen sitzen im Hotel Metropol?«, fragte Alex.

Daphne war überrascht von der Frage.

»Sie kennen das Metropol von früher?«

»Gott sei Dank nur von außen. War doch der Folterkeller der Gestapo.« Alex drückte langsam seine Zigarette aus. Er schien sie fast in den Aschenbecher hineinzubohren.

»Das Metropol steht nicht mehr. Es hat dort kurz vor Kriegsende gebrannt«, sagte Daphne.

»Wirklich?« Alex sah sie überrascht an.

»Die Ursache wurde nie ganz geklärt. Wahrscheinlich wollte die Gestapo ihr Material noch schnell vernichten.«

»Also keine Akten mehr übrig?«, fragte Alex.

»Angeblich. Vielleicht hat sie aber auch jemand verschwinden lassen und sie tauchen eines Tages wieder auf dem Schwarzmarkt auf. Käufer gäbe es mit Sicherheit.«

Alex schien das Interesse an dem Thema verloren zu haben.

»Was ist politisch hier los? Wird Österreich demnächst von den Russen überrannt?«

»Bisher hatten wir es immer besser als die Berliner«, sagte Daphne. »Es war relativ einfach, von den westlichen Zonen in die sowjetische Zone Wiens zu kommen. Es gibt nur Hinweisschilder. Aber seitdem sich die Kommunisten in Prag an die Macht geputscht haben, Ungarn eine kommunistische Regierung hat und die Sowjets Berlin blockieren, wird stärker kontrolliert. Mit anderen Worten: Ja, wir sind hier alle nervös.«

»Und warum verschwenden wir dann unsere Zeit damit, als nettes deutsches Ehepaar in eine Wohnung in der *Guglgasse* einzuziehen?«, fragte Alex. »Schon der Name –

Guglgasse. Das liebe ich so an meinen Landsleuten. Selbst unsere Straßennamen klingen wie eine Nachspeise.«

»Ich kann Ihnen versichern, nichts an dieser Geschichte ist niedlich.«

Alex grinste Daphne an.

»Erklär's mir genauer, *Schatzerl*.«

»*Schatzerl*?«

Er lachte: »Haben nicht alle guten Ehefrauen einen Kosenamen? Wäre Ihnen Mausi oder Spatzi lieber? Nein, ich hab's! Kaiserin! Passt perfekt.«

»Das können Sie vergessen, Alex.«

»Ach, kommen Sie. Ich weiß nicht, ob das so gut ankommt, wenn ich Sie vor den Hausbewohnern in der Guglgasse mit *Colonel* anrede. Das könnte man ganz falsch verstehen.«

»Das ist nicht mein Rang.«

»Nicht? Okay, er wird einen Hauch darunter liegen. Erklär's mir einfach, *Schatzerl*.«

Daphne stand auf.

»Auf jeden Fall ist er höher als Ihrer, Alex, und deswegen kommandiere ich Sie jetzt zu einem Friseurbesuch ab. Deutscher Kurzhaarschnitt und Rasur.«

»Das ist nicht Ihr Ernst!«

Daphne gab ihm einen Zettel.

»Der Salon Elisabeth ist der beste in dieser Stadt. Fragen Sie nach Lisl.«

6

Britische Besatzungszone, Major Blannings Büro
Wien
Oktober 1948

Alex March ahnte, was ihn in Major Blannings Büro erwarten würde. 1944 war Blanning eine Zeit lang sein Vorgesetzter in der Armee gewesen und hatte Alex regelmäßig mit Wien-Anekdoten gelangweilt. Der Major hielt sich für einen Kenner Österreichs, weil er dort vor dem Krieg seine Sommerurlaube verbracht hatte. Seitdem schwelgte er in klebrigen Poesiealbum-Erinnerungen an hübsche Wiener Mädel und reichhaltige Nachtische. Selbst der österreichische Jubel für die Nationalsozialisten 1938 hatte Blannings Österreich-Liebe nicht geschmälert. In seinen Augen hatte es sich bei dem »Anschluss«-Jubel nur um eine vorübergehende *amour fou* gehandelt, die jeder Mensch einmal durchmachte. »Schwamm drüber«, wie er gerne sagte.

Alex vermutete, dass Blanning 1945 auf einer sofortigen Versetzung nach Wien bestanden hatte, um endlich in seiner Traumstadt leben zu können. Doch mittlerweile schien eine völlige Wandlung mit dem Major vorgegangen zu sein. Als Alex das Büro betrat, brach Blanning in eine Tirade aus.

»Ihre Heimatstadt ist ein einziges Sodom und Gomorra geworden, March«, bellte er. »Schieberbanden, Kidnappings und dreizehnjährige Prostituierte. Unsere Leute fangen sich hier Geschlechtskrankheiten ein, für die es noch nicht mal einen Namen gibt. Wir haben deswegen schon wieder zwei Leute nach Hause schicken müssen. Versprechen Sie mir, sauber zu bleiben, Alex, auch wenn's schwerfällt!«

»Ist es so schlimm, Sir?«

»Schlimmer. Die einzige Genugtuung ist, dass die Amerikaner noch mehr Fälle haben. Die GIs bekommen für ihre Luxuswaren einfach mehr Frauen, die könnten jede Nacht eine andere haben. Gestern erzählte mein amerikanischer Kollege von seinem besten Fall, einem GI namens Harry. Er musste diesem Harry die Nachricht überbringen, dass seine Kriegsbraut in Texas nicht nur mit ihm, sondern noch mit ein paar anderen Soldaten verheiratet war. Insgesamt mit drei GIs. Allen war die Ehezulage vom Sold abgezogen worden. Der betrogene Harry konnte sich über diesen Verrat gar nicht mehr beruhigen. Was ihn aber besonders aufregte, war, dass er das Geld so viel lieber für seine Wiener Freundinnen ausgegeben hätte.«

Alex grinste.

»Die amerikanische Bürokratie scheint noch chaotischer zu sein als unsere.«

»Ja, die haben drei Jahre gebraucht, bis sie der Texas-Braut draufkamen. Aber die Sache wurde dann noch besser. GI Harry hatte ein ganz besonderes Händchen für die falschen Frauen. Ein paar Monate später musste er feststellen, dass er sich auch seine Wiener Freundin mit jemandem teilte. Pikanterweise mit einem Russen. Das fiel ihm allerdings erst auf, als der Russe die beiden in flagranti erwischte. Dank des Russen bekam er dann nicht nur einen Nasenbeinbruch, sondern auch noch Tripper. Natürlich könnte es auch umgekehrt gewesen sein und er hat ihn dem Russen angehängt, wer kann das schon so genau wissen.«

»Ich bin sicher, unsere politisch gefestigten Soldaten teilen sich keine Russenbräute.«

Blanning schien die Ironie in Alex' Stimme nicht zu bemerken.

»Wer weiß das schon. Sie fangen sich jedenfalls mit irgendwem irgendwas ein. Jetzt muss ich mir zwei neue Soldaten fürs Wachpersonal besorgen. Aber gut, das interessiert Sie nicht. Sie wissen, für was ich Sie brauche?«

Alex zögerte einen Moment.

»Ja.«

»Es bleibt unter uns. Der Rest des Teams hat keine Ahnung.«

»Wer arbeitet im Moment für uns in der sowjetischen Zone?«, fragte Alex.

»Viele kleine Fische. Österreichische Mädchen, die die sowjetischen Soldaten ›bedienen‹ und uns auf dem Laufenden halten über Stationierungen, mögliche Truppenstärke, Bezeichnung der militärischen Einheiten etc. Unsere beste Frau drüben ist zurzeit eine Sekretärin, die bei einem ranghohen sowjetischen Militär beschäftigt ist. Parson und Aitken betreuen sie. Apropos, wie kommen Sie mit Parson aus?«

»Liebe auf den ersten Blick«, sagte Alex sarkastisch.

Blanning nickte.

»Ja, Daphne ist eine Herausforderung. Sie erinnert mich an mein Kindermädchen. Ein Gletscher – kühl und unerreichbar.«

»Sie wird ihre Gründe haben.«

Blanning zögerte einen Moment.

»Es gibt Geschichten über Daphne ... Das hätte keiner von uns überlebt, ohne anschließend Alkoholiker zu werden.«

»Wo war sie im Krieg, Sir?«

»In Griechenland mit der SOE. Manchmal, da hat sie diese Absencen, es dauert nicht lange, sie ist wie weggetreten, keine Ahnung, was der richtige Fachausdruck dafür ist. Falls so etwas passiert ... Sie braucht jemanden, der in diesen Momenten auf sie aufpasst. Verstehen Sie, was ich meine?«

»Miss Parson hat keine Verwandten mehr?«, fragte Alex.

»Nein. Eine Vollwaise wie Daphne zu heiraten war ja immer mein Traum. Stattdessen muss ich mich jedes Weihnachten mit meinen Schwiegereltern in Schottland rumschlagen. Da hilft dann wirklich nur noch Alkohol.«

Blanning sah auf die Uhr. »Apropos. Vier Uhr. Gehen wir ins Hawelka was trinken? Nicht Kaffee, was Richtiges.«

»Ich würde sehr gerne, Sir, aber Miss Parson hat einen Friseurtermin für mich vereinbart.«

Blanning warf einen Blick auf Alex' Haare.

»Gute Idee.«

7

Tweed- und Lodengeschäft
Wien
Oktober 1948

Als Daphne das Lodengeschäft erreicht hatte, lief sie daran vorbei, ohne ins Schaufenster zu blicken. Sie wusste genau, was die Verkäuferinnen dort dekoriert hatten: neue Tweedjacketts, Damenlodenmäntel und Tirolerhüte.

Ein Lodengeschäft als Tarnung zu eröffnen war Blannings Idee gewesen. Er hatte argumentiert, dass nichts besser zu Wien passen würde als Loden.

Seit 1945 war die Nachfrage nach Lodenmänteln enorm gestiegen. Den ganzen Krieg über hatten Uniformmäntel das Stadtbild geprägt, aber im Mai 45 hatten alle Wiener schnell wieder die Lodenmäntel vom Speicher geholt. Die meisten waren von Motten zerfressen und völlig unbrauchbar geworden. Sich einen neuen Lodenmantel zu kaufen wurde ein begehrtes Statussymbol.

Daphne hatte die Möglichkeit, direkt in den Laden zu gehen oder einen Umweg zu nehmen. Sie glaubte zwar nicht, dass jemand das Geschäft observierte, aber sie entschied sich trotzdem für den Umweg. Gleich neben dem Laden befand sich ein heruntergekommenes Mietshaus.

Von der Parterrewohnung aus konnte man unbemerkt in den hinteren Teil des Lodengeschäfts gelangen.

Jedes Mal, wenn Daphne das Mietshaus betrat, roch es nach Kohlrüben. Ausgerechnet Kohlrüben, die sie schon als Kind nicht ausstehen konnte. Sie versuchte, die aufkommende Übelkeit zu unterdrücken, und schloss schnell die Parterrewohnung auf. Der MI6 hatte zur Sicherheit alle Wohnungen in dem Haus gemietet, aber die Parterrewohnung links vom Eingang war entscheidend. Sie lag Wand an Wand mit dem Warenlager des Lodengeschäfts. Blanning hatte eine Verbindungstür einbauen lassen, die jeder von ihnen benutzen konnte. Es war eine simple Idee, die perfekt funktionierte. In der Wohnung schoben immer zwei Soldaten Dienst, die die Tür bewachten. Sie spielten gerade Karten und standen sofort auf, als Daphne den Raum betrat. Der Kohlrübengeruch schien auch bei ihnen angekommen zu sein. Daphne warf einen Blick auf die Karten.

»Wer gewinnt?«

»Wir haben aufgehört zu zählen«, sagte der junge Soldat. Er lächelte, aber Daphne konnte sich gut vorstellen, wie langweilig der Dienst in dieser Wohnung sein musste.

»Alles ruhig in der Nachbarschaft?«, fragte sie.

Man musste immer damit rechnen, dass einem aufmerksamen Beobachter aus den umliegenden Häusern das Kommen und Gehen der Tunnelmitarbeiter auffallen könnte.

»Alles ruhig«, sagte der Soldat.

Daphne fiel jetzt wieder ein, dass sein Name Colin war.

»Was ist mit den neuen Nachbarn im Haus gegenüber, Colin? Haben die irgendwelche Fragen gestellt?«

»Sie denken, wir machen hier irgendwelche Schiebereien. Einer von ihnen hat heute früh Miss Aitken auf der Straße angesprochen und gefragt, ob es in unserer Wohnung preiswerte Zigaretten zu kaufen gäbe.«

Daphne lachte.

»Das ist gut. Wer kocht hier übrigens ständig Kohlrüben?« Colin warf einen vorwurfsvollen Blick auf seinen Kameraden.

»Das ist Stuarts einziges Gericht. Was anderes kann er nicht kochen.«

»Das ganze Haus stinkt danach, Stuart«, sagte Daphne. »Bitte bringen Sie sich nächstes Mal Sandwiches mit.«

Stuart nickte betreten. »Es wird nicht wieder vorkommen, Miss Parson. Darf ich Ihnen vielleicht mit der Verbindungstür helfen? Sie klemmt etwas.«

Er ging mit Daphne in das Nebenzimmer und öffnete mit einem schnellen Ruck die Tür. Daphne betrat den hinteren Teil des Lodengeschäfts und die Verbindungstür schloss sich sofort wieder hinter ihr. Es war eine Erleichterung, den Kohlrüben zu entkommen, im Warenlager roch es angenehm, nach Stoffen und neuen Lodenmänteln. Alles hier strahlte Gediegenheit aus. Daphne setzte sich auf einen Stoffballen und hörte den Stimmen aus dem Verkaufsraum zu. Die zwei Verkäuferinnen sprachen ein melodisches Wienerisch, das beruhigend klang. Auch sie waren eine Idee von Blanning gewesen. Er hatte darauf bestanden, zwei einheimische Verkäuferinnen mittleren Alters einzustellen, nicht zu attraktiv, genau die Art von mütterlichen Frauen, denen man vertraute. Niemand wäre jemals auf die Idee gekommen, dass diese netten Damen ein Tarngeschäft für die britische Besatzungsmacht führten.

Die Ladenglocke läutete jetzt, Daphne hörte die überhöflichen Begrüßungsformeln der Verkäuferinnen und die

Stimme eines Mannes, der dringend einen günstigen Wintermantel kaufen wollte.

Es war mittlerweile 17.30 Uhr, Zeit für den Abstieg in den Tunnel. Daphne wartete noch einen Moment, ob eine der Verkäuferinnen zu ihr in das Warenlager kommen würde. Der Kunde fing jetzt an, mit den Verkäuferinnen zu scherzen, es konnte also ewig dauern, bis er sich für einen Mantel entscheiden würde. Daphne wollte nicht länger warten. Sie ging zur Falltür hinter den Stoffballen und schob den Riegel zur Seite. Wie immer musste sie sich dazu überwinden, in die Tiefe zu steigen. Sie versuchte, gleichmäßig zu atmen und langsam die Stufen zu ertasten. Es ging heute etwas besser als sonst. Vielleicht lag es daran, dass sie an seine Stimme dachte. Er war der einzige Grund, warum sie diese Extraschicht übernommen hatte.

Nach fünf Sprossen konnte sie endlich Schatten im Tunnel erkennen.

Dieses Mal stand Jacob Winner am Fuß der Leiter und wartete auf sie.

»Geht es Ihnen wieder besser, Miss Parson? Miss Aitken sagte, Ihnen war neulich schlecht?«

»Alles wieder in Ordnung, Jacob, danke«, sagte Daphne.

»Es ist wirklich sehr muffig hier unten. Ich versuche gerade wieder mal die Luftzufuhr zu verbessern.«

Sie nannten den Tunnel »Old Smoky«. Die Sauerstoffzufuhr war so schlecht, dass man häufig Kopfschmerzen bekam. Jacob tat sein Bestes, um es etwas erträglicher zu machen, aber seine Mittel waren begrenzt. Daphne wusste, wie viel er hier unten schon geleistet hatte. Niemand kannte sich so gut mit dem Leben unter der Erde aus wie Jacob. Er hatte Daphne erzählt, dass er in einer Bergwerksfamilie in Wales aufgewachsen war und schon mit vierzehn Jahren einfahren musste. Wahrscheinlich litt er deswegen hier unten nie unter klaustrophobischen Zuständen. Ohne seine praktische Erfahrung wäre der Tunnelbau wahrscheinlich noch schwieriger verlaufen. In einer Großstadt wie Wien einen Tunnel zu graben, ohne dabei entdeckt zu werden, hatte das ganze Team vor enorme Herausforderungen gestellt. Besonders schwierig war es gewesen, die Erdmassen unbemerkt loszuwerden. Sie hatten die Erde in der benachbarten Parterrewohnung lagern müssen und dann in Kisten verpackt als Umzugsgut abtransportiert. Der Aufwand war enorm gewesen, aber es hatte sich gelohnt.

Daphne ging zu einem der freien Plätze und legte ihr Notizbuch auf den Tisch. Der Kollege rechts von ihr hob kurz die Hand zur Begrüßung. Er trug wie alle Übersetzer Kopfhörer und in dem fahlen Licht sah sein Gesicht blass und angestrengt aus. Sicher konnte er es kaum erwarten, nach Schichtende durch die frische Nachtluft zu laufen. Daphne setzte die Kopfhörer auf und schraubte sie so fest, wie es ging. Sie musste den Ton schnell herunterdrehen, weil das Rauschen dieses Mal ohrenbetäubend war. Erst nach einer Weile hörte sie die ersten Wortfetzen von Kolobanows Untergebenen. Wie immer waren sie gespickt mit »fick dies, fick das«. Die Worte schockierten sie nicht. Schimpfwörter in einer fremden Sprache bedeuteten ihr wenig. Das Niveau wurde nach ein paar Minuten etwas besser. Ein sowjetischer Adjutant erklärte seinem Freund in der Kommandantur in Baden detailliert, was für gute Geschäfte er auf dem Schwarzmarkt im Resselpark gemacht hatte. Im Resselpark besserten sich viele Soldaten mit Verkäufen ihren Sold auf. Sie brachten Fleisch, Gemüse und Obst, das sie auf den Bauernhöfen der Umgebung »requiriert« hatten, nach

Wien und tauschten es dort gegen Kleidung und Schmuck. Die Geschäfte liefen anscheinend blendend. Dann folgten banale Gespräche über Ersatzteile, die man dringend brauchte, und anschließend eine lange Diskussion, ob ein Kollege strafversetzt werden würde oder nicht.

Daphne machte sich nur wenige Notizen. Was sie aufschrieb, war nicht entscheidend. Alle Gespräche wurden aufgezeichnet, transkribiert und später übersetzt. Die einzige Aufgabe hier unten war es zu reagieren, falls eine Unterhaltung »sofortiges Handeln« erforderte. Seit der Berlin-Blockade im Juni war die Angst größer geworden, dass etwas Ähnliches in Wien passieren könnte. Die Stadt war eine kleine internationale Insel inmitten der sowjetischen Besatzungszone. Die westlichen Sektoren Wiens konnten jederzeit von den Russen abgeschnitten werden. Aber Daphne interessierte sich im Moment nicht dafür, ob die britische Zone morgen von Russen besetzt sein würde, sie dachte nur noch an die Stimme. Das leichte Stottern, es konnte niemand anders sein als Alfred Gesrich.

Sein Gespräch neulich mit Kolobanow war niemandem außer ihr aufgefallen. Wer den Kontext nicht kannte, musste es für eine unwichtige Unterhaltung gehalten haben. Kolobanow redete einfach nur mit einem Ausländer, der schlecht Russisch sprach, und verabredete sich mit ihm in Wien. Daphne hatte sich mehrmals die Tonbandaufzeichnung des Gesprächs angehört, aber die Qualität war nicht besonders gut gewesen. Aus Sparsamkeitsgründen wurden die Bänder, nachdem sie abgeschrieben worden waren, mit neuen Gesprächen überspielt. Das Telefonat war deshalb auf einem alten, ausgeleierten Band aufgenommen worden und Daphne konnte zwischendurch immer wieder Fetzen von früheren Aufzeichnungen hören.

Sie wusste, dass eines Tages dieses ganze Material – die Bänder und Abschriften – zerstört werden würde. Niemand würde mehr wissen, was im Nachkriegswien wirklich geschehen war. Und sie musste jetzt dafür sorgen, dass niemand von Alfred Gesrich erfuhr. Sie schraubte die Hörer noch fester in ihre Kopfhaut.

8

Gordon Place
London
März

Es war acht Uhr früh und Hunt drehte das Radio ab. Er konnte es einfach nicht mehr ertragen. Die BBC 4 Today Show war jahrzehntelang seine bevorzugte Nachrichtensendung gewesen. Jetzt bestand sie nur noch aus einer Aneinanderreihung von Interviews, in denen immer irgendjemand weinte. Natürlich gab es genügend Gründe, über die Welt zu weinen, aber mittlerweile schienen die Journalisten regelrecht darauf hinzuarbeiten, ihre Interviewpartner zum Schluchzen zu bringen. Alles war Emotion, nichts mehr Information. Seine Nackenmuskulatur hatte sich wegen des Geheules bereits nach dem Aufstehen völlig verspannt. Eigentlich konnte man in der Früh nur noch Musik hören. Heavy Metal machte ihn weniger aggressiv als dieser BBC-Leidensporno. Eine andere Alternative war es, ins Fitnessstudio zu gehen. Seit Jahren hielt ihm sein Arzt Vorträge über die großen Freuden, die ihn dort erwarten würden. Es gab demnach nichts Schöneres, als seinen Körper an die Grenzen der Belastbarkeit zu bringen. Hunt hörte sich die Vorträge immer wieder an und hatte bisher nichts getan. Es gab zwar nur ein paar Straßen vom Gordon Place entfernt ein großes Fitnessstudio, aber sein Verlangen, es aufzusuchen, hielt sich in Grenzen. Er wusste, dass Clarissa Barclay dort jeden Morgen zur Selbstoptimierung hinjoggte. Es war der letzte Ort, an dem er von seiner attraktiven Nachbarin gesehen werden wollte. Es gab einfach keinen lächerlicheren Anblick als einen hechelnden älteren Mann auf einem Laufband. Trotzdem konnte er es nicht mehr ignorieren, dass ihm jeden Morgen alle Knochen schmerzten. Er würde etwas unternehmen müssen, irgendwann.

Hunt schlurfte in die neue Küche, um sich einen Kaffee aufzusetzen. Sie sah strahlend schön aus. Emma Spencers Handwerker hatten ganze Arbeit geleistet. Vielleicht war das der einzige Vorteil, wenn man mit dem Geheimdienst zusammenarbeitete, man bekam die besten Handwerker. Er beschloss, die Küche jetzt öfter zu putzen und nicht immer seine Bücher hier herumliegen zu lassen. Neben dem Herd hatte er tatsächlich eines vergessen. Um besser zu verstehen, was Daphne Parson in Wien erlebt haben könnte, hatte er sich mehrere Bücher über Österreich in der Nachkriegszeit gekauft. Am liebsten würde er sie jetzt alle aus dem Fenster werfen. Sie brachten ihn keinen Schritt weiter. Umso tiefer er in diese Zeit eintauchte, umso verworrener wurde es. Jeder schien damals käuflich gewesen zu sein – die Einheimischen wie die Besatzer. Wie sollte er herausfinden, was Daphne Parson und ihre Kollegen wirklich getrieben hatten? Und selbst wenn er es herausfand, hatte es irgendeine Relevanz? Vielleicht hatte Daphnes Vergangenheit in Wien überhaupt nichts mit Gerald Frasers Ermordung zu tun. Der einzige Hinweis, den Emma Spencer dafür hatte, war das Fotoalbum in Frasers Wohnung. Und natürlich waren diese Wienbilder alle nicht beschriftet, was die Sache noch schwieriger machte. Hunt hatte noch nie in seinem Leben ein privates Fotoalbum angelegt, aber als Historiker trieb es ihn in den Wahnsinn, wenn Fotos nicht richtig beschriftet waren. Woher sollte man achtzig Jahre später wissen, wer die große Dunkelhaarige auf dem Sofa oder der kleine Dicke auf dem Bild links war? Es war so gut wie aussichtslos. Die Wienfotos aus Frasers Fotoalbum zeigten Unmengen von Menschen, die keiner mehr identifizieren konnte. Bis auf Daphne. Sie war auf vielen der Bilder zu sehen. Eine attraktive, junge Daphne. Das verwunderte ihn am meisten. Bisher kannte er nur Fotos von der alten Daphne, die weniger schmeichelhaft waren. Darauf sah sie aus wie die Schauspielerin Margaret Rutherford in den Miss-Marple-Verfilmungen. Eine rundliche Frau mit blickdichten Strümpfen und praktischen Schuhen. Ihre streng zugeknöpften Tweedkostüme kamen ihm vor wie ein Schutzpanzer. Auch die junge Daphne trug auf den Fotos hochgeschlossene Blusen, aber sie hatte sich noch keinen Schutzpanzer zugelegt, ihr offenes Gesicht strahlte Hoffnung aus. Wann hatte diese sprühende junge Daphne die Hoffnung aufgegeben und sich in Margaret Rutherford verwandelt? Wann genau hatte sich diese Härte in ihr Gesicht eingeschlichen? Fing das alles in Wien an? Dort zu arbeiten musste besonders für eine junge Frau gefährlich gewesen sein. Was genau konnte sie dort gesehen haben? Hunt schlug noch einmal das Buch auf, das er am Herd hatte liegen lassen, und las das Kapitel über Kidnappings. 1948 wurden fast täglich Leute vom sowjetischen Geheimdienst aus dem Westsektor entführt. Historiker schätzten, dass zwischen 1946 und 48 etwa vierhundertfünfzig bis achthundert Menschen gekidnappt wurden. In einem zeitgenössischen Zeitungsartikel hieß es dazu: »Die willkürlichen Verhaftungen, die in letzter Zeit sowjetischerseits in Österreich vorgenommen wurden, haben die Öffentlichkeit begreiflicherweise beunruhigt. ... Da verschwinden Österreicher und Staatenlose eines Tages einfach, da erfolgen Geheimvernehmungen, denen noch nie ein Anwalt beigewohnt hat, da erfahren die Angehörigen niemals mehr, was mit den Verhafteten geschehen ist, wohin sie gekommen sind, ob sie noch leben oder ob vielleicht die Möglichkeit besteht, sie einmal nach Jahren und Jahrzehnten wiederzusehen. Es scheint vielmehr ein Moloch die Angeschuldigten verschlungen zu haben.«

Die Sowjets schafften es sogar, amerikanische Soldaten für die Kidnappings zu benutzen. Hunt betrachtete die im Buch abgedruckten Fotos von zwei neunzehnjährigen GIs, die von irgendeiner gottverlassenen Farm in Kansas kamen. Auf den ersten Blick sahen sie so unschuldig aus wie ihre Rinder, aber Wien hatte sie restlos korrumpiert. Der eine hatte ein Verhältnis mit einer Wienerin *und* ihrer minderjährigen Tochter, der andere spezialisierte sich auf vierzehnjährige Prostituierte. Ihre Freizeit verbrachten die Jungen in Bars im sowjetischen Sektor, weil dort der Alkohol preiswerter floss. Irgendwann ging ihnen trotzdem der Sold aus. Und dann kam der Klassiker, der sich in all diesen Geschichten immer wiederholte. Man machte ihnen ein Angebot. Keine schnöde Erpressung, einfach nur ein wirklich großzügiges *Angebot*. Es kam von einem netten Barmann, der schon öfter eine Runde ausgegeben hatte. Für ein gutes Honorar sollten sie ihm einfach einen Gefallen tun. Er bat sie, ein paar »österreichische Informanten« aus dem Westsektor Wiens in den Ostsektor zu bringen. Ein Kinderspiel. Die Kansas-Jungen dachten nicht lange darüber nach. Viel Geld für einfache Arbeit. Dank ihrer amerikanischen GI-Uniformen erhielten sie überall schnell Zugang. Sie klopften an die Privatwohnungen der gesuchten »Informanten« und erklärten ihnen, sie müssten sie jetzt sofort für eine Befragung auf die Wache des Counter Intelligence Corps bringen. Mit ihrem Jeep fuhren sie dann allerdings nicht zur CIC Station, sondern in den Ostsektor und händigten ihre Opfer dem netten russischen Barmann aus. Es war ein gutes Geschäft für sie. Dass ihre Opfer danach für immer in Sibirien verschwanden oder gleich erschossen wurden, interessierte die Kansas-Jungen nicht weiter. Sie waren neunzehn und brauchten das Geld. Hunt war sich ziemlich sicher, dass zwanzig Prozent seiner Studenten ebenfalls keine Skrupel gehabt hätten. Vielleicht sogar dreißig.

Natürlich gab es in Wien nicht nur geldgierige Neunzehnjährige, die so etwas erledigten, sondern auch professionelle Kriminelle. Während Hunt jetzt seinen ersten Kaffee trank, las er die Geschichte des Gangsters Benno Blum. Blums richtiger Name lautete eigentlich Nikolai Borrisov und er stammte aus Bulgarien. Als Berufskrimineller hatte er es im Konzentrationslager nach ganz oben geschafft. Die Nationalsozialisten hatten gerne mit Leuten wie ihm zusammengearbeitet. Die Regeln in der Unterwelt waren die gleichen wie bei den Nazis: einfache Gesetze und ein strenger Ehrenkodex. Wer sich wehrte, wurde ausradiert.

Auf den Fotos sah Borrisov aus wie die Karikatur eines Kriminellen – ein bulliger Mann mit schwarzem Schnurrbart. Nach dem Krieg tauchte er plötzlich in Österreich auf und entwickelte ein lukratives Geschäftsmodell: Die neue Währung waren Zigaretten, also schmuggelte er Zigaretten. Die Russen schützten seine Schmuggelware und im Gegenzug kidnappte er Leute für sie. Das Arrangement funktionierte gut. Die westlichen Besatzer brauchten relativ lange, um ihm auf die Spur zu kommen. Bei einer wilden Schießerei mit dem CIC wurde Blum tödlich verletzt. Für die Amerikaner war das alles andere als ein Erfolg, sie hätten ihn lebend besser gebrauchen können. Kurz darauf übernahm ein anderer Krimineller Blums Geschäfte.

Hunt konnte deswegen gut verstehen, dass sich die österreichische Bevölkerung nicht besonders sicher fühlte. Er hatte gelesen, dass die Einheimischen gelegentlich die Sache einfach selbst in die Hand genommen hatten. Als Passanten in der Inneren Stadt hörten, wie ein Mann aus einem russischen Wagen heraus um Hilfe schrie, zogen sie ihn an einer Ampel mit aller Kraft aus dem Auto. Er überlebte das Kidnapping.

Hunt goss sich seine zweite Tasse Kaffee ein und ging zum Fenster. Die Bäume im Park waren immer noch kahl. Anfang März konnte man nichts anderes erwarten, aber er hoffte, dass dieses Jahr der Frühling etwas früher kommen würde.

Es klingelte. Wahrscheinlich wieder eine Amazon-Lieferung für Clarissa Barclay, er nahm ständig Pakete für sie an. Hunt öffnete die Tür. Vor ihm stand Emma Spencer.

»Ich habe Croissants mitgebracht, um die neue Küche einzuweihen. Haben Sie Lust?«

Er versuchte, nicht überrumpelt zu wirken. In der Früh brauchte er immer eine Ewigkeit, bis er sich mit Leuten unterhalten konnte. Selbst als junger Dozent in Cambridge hatte er nie eine Vorlesung vor zehn Uhr morgens angesetzt.

»Waren wir verabredet?«

Emma lächelte.

»Nein, aber ich habe interessante Neuigkeiten.«

Sie ging an ihm vorbei ins Wohnzimmer. Hunt fand es

leicht irritierend, wie zu Hause sie sich in seiner Wohnung fühlte.

»Sie sind ein Perfektionist, Professor Hunt. Die Möbel sind ja schon alle ausgepackt. Sogar die Bücherkisten!«

»Ihre Geheimdienst-Handwerker haben mir geholfen. Obwohl ich nicht einmal weiß, für wen Sie eigentlich genau arbeiten, Emma – MI5 oder MI6?«

»Da wir uns in Großbritannien befinden, ist das ein Fall für den Inlandsgeheimdienst MI5, aber die Kollegen haben mich ausnahmsweise hinzugezogen.«

»Sie sind also MI6? Aber wieso ermittelt der *Auslands*geheimdienst Gerald Frasers Ermordung?«

Emma ignorierte die Frage. Sie setzte sich auf das Sofa und zog ein iPad aus ihrer Tasche.

»Wir haben einen Terminkalender in Gerald Frasers Wohnung gefunden. Er hat nur wenige Einträge, Fraser muss ein sehr zurückgezogenes Leben geführt haben. In den Wochen vor seinem Tod war er öfter bei seinem Arzt, einem Dr. Andrews. Und er sah sich nach einem Altersheim um.«

Hunt fand das nicht besonders spektakulär, aber er versuchte, Interesse zu zeigen.

»Konnte er sich nicht mehr selbst versorgen?«

»Laut seinem Arzt hatte Gerald Fraser Herzprobleme. Finanzielle Sorgen müssen noch dazugekommen sein. Er erhielt nur eine kleine Rente und am Gordon Place zu leben ist ja sehr teuer.«

»Wem sagen Sie das.«

»Fraser konnte sich wohl auch kein privates Altersheim leisten. Er sah sich mehrere staatliche Einrichtungen an. Eine davon war in Ealing. Er kannte dort jemanden. Neben dem Eintrag steht ›kleine Natalie‹.«

»Ein Kind?«

»Nicht ganz. Ich habe in Ealing angerufen. Die kleine Natalie ist mittlerweile zweiundachtzig, selber Jahrgang wie Fraser. Die Rezeptionistin erinnerte sich gut an Gerald Frasers Besuch. Die Heimbewohnerin Natalie Geary habe ihn herumgeführt. Sie schienen sich von früher zu kennen.«

»Ein alt gewordenes Kind«, sagte Hunt.

»Wir werden mit Mrs. Geary reden müssen. Aber ich habe noch etwas Besseres. Die Namen von den MI6-Leuten, mit denen Daphne Parson in Wien gearbeitet hat. Es ist eine lange Liste, aber die wichtigsten sind für uns ihr Vorgesetzter, Major Blanning, ihre Kollegin Marjorie Aitken und ein gewisser Alexander March. Und dann waren da natürlich noch die Klempner.«

»Die Klempner?«

»Ein Insiderwitz. So nennen wir unsere technischen Mitarbeiter. Sie tragen bei der Arbeit Klempner-Overalls, um übersehen zu werden. Die Amerikaner haben das von uns übernommen. Erinnern Sie sich an die ›Klempner‹, die für Präsident Nixon in das Watergate Hotel einbrachen und dabei erwischt wurden? Es hat Nixon seine Präsidentschaft gekostet.«

»Ich hoffe, britische ›Klempner‹ sind erfolgreicher?«

Emma lächelte jetzt.

»Auf jeden Fall. Einer von ihnen war Jacob Winner, ein junger Mann, der vor dem Krieg als Bergmann gearbeitet hatte. Der half bei der Tunnelkonstruktion. Und dann gab es da seinen Kollegen Ed Gray. Der zog 1950 in den ersten Stock von Gordon Place 30!«

Emma Spencer sah Hunt an wie eine stolze Schülerin. Es war tatsächlich ein Volltreffer.

»Sie meinen, mein Nachbar in der Dachwohnung, der verlebte Dorian Gray, ist mit diesem Ed Gray verwandt?«

»Er ist sein Sohn. Er kam erst in den Sechzigerjahren auf die Welt, aber er muss Daphne Parson gut gekannt haben. Sein Vater hatte für sie in Wien gearbeitet und er wuchs im selben Haus mit ihr auf.«

Hunt versuchte, seine Gedanken zu ordnen. Es war immer noch viel zu früh am Morgen. Vielleicht würde ein dritter Kaffee helfen.

»Möchten Sie Tee oder Kaffee?«

»Kaffee bitte. Und haben Sie Honig? Für die Croissants?«

Hunt sah auf die frischen Croissants und dachte an seine Cholesterinwerte. Emma Spencer schien ihn umbringen zu wollen.

»Ich kann Ihnen Marmelade und Honig anbieten.«

»Beides bitte!«, sagte Emma erwartungsvoll.

Hunt ging in die Küche, um Marmelade und Honig zu suchen. Als er zurückkam, sagte er: »Dass David Gray in diesem Haus aufwuchs, ist merkwürdig. Es bedeutet ja, dass er Gerald Fraser seit seiner Kindheit gekannt haben muss. Ich habe mich nie groß für meine Nachbarn interessiert, aber eine Nähe zwischen den beiden wäre mir aufgefallen. Einmal im Jahr haben wir immer unsere Sommerparty im Park, und ich kann mich nicht daran erinnern, dass die beiden jemals ein einziges Wort miteinander gewechselt hätten.«

Emma bestrich eines der Croissants mit Honig.

»Es könnte am großen Altersunterschied liegen. Gerald Fraser ist 1942 geboren, David Gray 1965. Und obwohl sie im selben Haus lebten, bewegten sie sich in sehr unterschiedlichen Welten. Fraser war bei der Post angestellt und verdiente sehr wenig, während David Gray eine Zeit lang als Finanzgenie galt.«

»Gray war ein *Finanzgenie*?« Hunt konnte sich das kaum vorstellen.

»Ja, Ende der Achtzigerjahre. Er war einer von Thatchers jungen Bankern. Ein Wunderkind unter den Hedgefonds-Managern, bis die Polizei ihn bei einer Kokainparty mit Prostituierten hochnahm. Eine der Damen verkaufte die Geschichte an die *Daily Mail*. Sie enthielt wenig Schmeichelhaftes über Grays Charakter. Angeblich hatte er bei den Orgien geprahlt, wie er seine Kunden abzocke. Natürlich übertreibt die *Daily Mail* solche Geschichten immer, aber der Hedgefonds brach kurz darauf zusammen.«

»Das klingt genau nach dem Gray, den ich kenne«, sagte Hunt.

»Ich habe einen Termin mit ihm vereinbart. Nach unserem Frühstück gehe ich hinauf in seine Dachwohnung.«

»Deswegen sind Sie heute hergekommen? Wegen Gray?«

Emma biss in ihr Croissant. Für eine Frau, die gerne fettreich aß, war sie überraschend schlank.

»Ich bin nicht nur wegen Gray hier. Ich wollte Sie um etwas bitten. Könnten Sie in dieses Altersheim gehen und mit Natalie Geary reden?«

»Warum ich? Weil ich auch alt bin?«

Es sollte humorvoll klingen, aber der leichte Ton gelang Hunt nicht ganz. Emma sah ihn überrascht an.

»Nein, um Gottes willen. Ich dachte nur, Mrs. Geary redet lieber mit einem Mann als mit mir. Sie war insgesamt drei Mal verheiratet.«

Hunt nahm eines der Croissants vom Teller. Es war ihm jetzt egal, was mit seinen Cholesterinwerten geschah. In Emmas Augen schien er sowieso nur noch gut für Frauen jenseits der achtzig zu sein.

9

David Grays Wohnung
Gordon Place
März

Es war elf Uhr vormittags, als Emma an David Grays Tür klingelte. Als er endlich aufmachte, trug er einen Bademantel. Er wirkte noch verschlafener als Professor Hunt.

»Bin ich zu früh?«

Gray schaute Emma misstrauisch an.

»Nein, war noch nicht im Bett. Habe das Ende des Asien-Markts abwarten müssen.«

Er gähnte.

»Sie arbeiten als Banker?«, fragte Emma. Beinahe hätte sie »immer noch als Banker« gesagt. Sie hatte angenommen, dass er nach den Skandalen an der Börse auf Lebenszeit gesperrt worden war.

»Ein altes Hobby von mir.«

David Gray führte sie ins Wohnzimmer und legte sich in einen großen amerikanischen Ledersessel. Sein Bademantel war zu kurz und Emma konnte seine dünnen weißen Beine sehen. Sie nahm auf einem kleinen Stuhl gegenüber Platz und versuchte, nicht auf die nackten Beine zu starren.

»Sie haben von Gerald Frasers Tod gehört?«

»Was genau war es? Schlaganfall?«

»Er wurde ermordet. Erschlagen.«

»Im Ernst?« Gray schien von dieser Mitteilung fast amüsiert zu sein. »Wieso sollte man jemanden wie Fraser ermorden? Der Mann hatte doch nichts.«

»Sie kannten ihn gut?«

»Nein, wirklich nicht! Wir lebten einfach jahrelang im selben Haus.«

»Sie wohnten als Kind in der großen Wohnung im ersten Stock?«

»Ja, ich wurde in den herrschaftlichen ersten Stock hineingeboren und bin dann ins Dachgeschoss abgestiegen.«

Emma sah sich mit einem gut geschulten Inventurblick um. Seine Wohnung kam ihr nicht wie ein gesellschaftlicher Abstieg vor. David Gray musste immer noch gut verdienen. Den Wert seiner hochmodernen Entertainment-Anlage und der zwei neuen Computer schätzte sie auf vierzigtausend Pfund.

»Hatten Sie Streit mit Gerald Fraser?«

»Streit? Wer hat das behauptet? Klatsch-Clarissa? Hat diese überflüssige Frau sonst nichts zu tun? Sie sollte lieber mal ihre Psychopathen-Kinder unter Kontrolle bekommen oder besser noch ihren Ehemann in Hongkong. Der Mann ist ein komplettes Antitalent, der hat seinen Job nur wegen seines Barclay-Nachnamens. Aber selbst Nepotismus hat nur für Hongkong gereicht. Es gibt eine uralte Banker-Weisheit, die immer noch gilt: ›Failed in London, try Hong Kong.‹ Die trifft auf diesen Kretin hundertprozentig zu. Die Kassiererin bei Tesco hat mehr Ahnung von Investmentbanking als der. Möchten Sie was trinken, Miss Spencer?«

»Nein, vielen Dank.«

Er grinste.

»Ich meinte nichts Alkoholisches. Tee, Kaffee?«

»Nein, danke. Ich hatte gerade ein großes Frühstück. Wann genau zogen Ihre Eltern in dieses Haus ein?«

»Keine Ahnung. Lange vor meiner Geburt, so um 1950.« Er gähnte noch einmal.

Gray schien der Typ Mann zu sein, der permanent von allem gelangweilt war und damit seine Umgebung langweilte. Emma war sich sicher, dass sie ihn aus dieser Stimmung befreien konnte.

»Ihr Vater zog hier zur selben Zeit wie Daphne Parson ein?«

Für einen kurzen Moment kniff David Gray seine Augen zusammen: »Parson?«

»Daphne Parson war die Dame, die bis zu ihrem Tod 1990 in Professor Hunts Wohnung lebte.«

»Ja, sicher. Die alte Parson.«

»Ihre Eltern waren befreundet mit Mrs. Parson?«

»Ich hab mich als Kind wirklich nicht dafür interessiert, mit wem meine Eltern befreundet waren. Haben Sie sich für die Freunde Ihrer Eltern interessiert, Miss Spencer?«

»Ihr Vater arbeitete nach dem Krieg mit Daphne Parson in Wien zusammen. Wussten Sie, dass Ihr Vater für den MI6 arbeitete?«

Gray wirkte nicht überrascht von dieser Information.

»Er sagte, er habe was Technisches für die gemacht. Mehr nicht. Sind Sie auch bei dem Verein? Sie sehen zu classy aus für eine gewöhnliche Polizistin. MI5 oder MI6?«

Emma lächelte ihn freundlich an: »Können Sie sich an Daphne Parson erinnern?«

»Vage.«

»Das überrascht mich, Mr. Gray. Sie hat für Sie ausgesagt, in Ihrem Kokain-Prozess 1988. Als Entlastungszeugin.«

Jetzt hatte Emma ihn aufgeweckt. Er stand abrupt von seinem Sessel auf und einen Moment lang drohte sein Bademantel aufzugehen.

»Was soll der Scheiß? Haben Sie das aus der *Daily Mail*? Ich war damals dreiundzwanzig! Verstehen Sie, was das bedeutet? Wenn man wegen eines kleinen Fehlers mit dreiundzwanzig Jahren zum Aussätzigen wird? Für alle Zeiten? Glauben Sie, ich weiß nicht, wie Clarissa mich nennt? *Dorian* Gray. Dabei nehme ich das Zeug seit Jahrzehnten nicht mehr. Mein Betäubungsmittel ist mittlerweile nur noch Alkohol …«

Er ging zu seinem Schreibtisch und steckte sich eine Zigarette an. Emma sah ihm dabei zu.

»Mich interessieren weder Ihr Alkohol- noch ihr Kokainkonsum, Mr. Gray. Ich versuche, den Mord an Gerald Fraser aufzuklären.«

Er zog an seiner Zigarette.

»Daphne Parson. Gut. Ja. Man ging zu ihr, wenn es ein Problem gab.«

»Warum gerade zu ihr?«, fragte Emma.

»Als ich in Schwierigkeiten geriet, sagte mein Vater zu mir, Daphne wird dir helfen. Sie ist die Problemlöserin.«

»Und Daphne Parson hat Ihr Problem gelöst?«, fragte Emma.

David Gray setzte ein ironisches Lächeln auf.

»Ach, kommen Sie, Sie kennen ja ganz offensichtlich meine Akte, Sie wissen, was passiert ist. Ein Jahr auf Bewährung und eine Geldstrafe, weil Daphne mich rausgehauen hat. Aber das war nicht das Wichtigste, was sie für mich getan hat. Sie hat es *verstanden*.«

»Was hat sie verstanden?«, fragte Emma.

»Was nachher kam. Der ganze Dreck danach. Dass einen dieser Fehler ewig verfolgt. EWIG. Sie wusste, was das bedeutete. Sie sagte mir, ihr wäre das Gleiche passiert. Genau in meinem Alter.«

»Hat sie Ihnen gesagt, welchen Fehler sie damals gemacht hatte?«

»Das ging mich einen Scheiß an und es geht auch Sie einen Scheiß an. Daphne ist seit über dreißig Jahren tot. Lassen Sie sie doch einfach in Ruhe.«

Emma stand auf.

»Ich danke Ihnen für das Gespräch, Mr. Gray.«

• • •

Emma verließ Grays Apartment und ging die Treppen hinunter. Als sie an den Wohnungen im ersten Stock vorbeikam, sah sie, wie Clarissa Barclay gerade ihre Tür aufsperrte. Sie trug einen knallgelben Trainingsanzug von Ralph Lauren und sah verschwitzt aus.

»Mrs. Barclay? Wir sind einander noch nicht vorgestellt worden. Mein Name ist Emma Spencer.«

Es war eine sehr englische Art der Annäherung. Sie erinnerte eher an das Kennenlernen auf einer Gartenparty als bei einer Befragung. Clarissa reagierte enthusiastisch darauf.

»ENDLICH! Ich hatte schon darauf gewartet, von Ihnen BEFRAGT zu werden. Ich habe gesehen, wie Sie all diese Overallmänner dirigiert haben. Sie sind die Chefin, nicht wahr? Bitte kommen Sie rein. Ich war gerade laufen.«

Emma folgte Clarissa Barclay in ihre Wohnung. Die Einrichtung war das völlige Gegenteil von David Grays klinisch kühlem Apartment. Die Wände quietschend gelb wie Clarissas Jogginganzug und gepflastert mit gerahmten Kinderkunstwerken. Auf dem Fußboden lagen die Spielsachen der Zwillinge.

»Achtung, die Legosteine tun weh, wenn man drauftritt«, sagte Clarissa. »Kann ich ihnen einen Kaffee anbieten oder Wasser? Ich brauche DRINGEND Wasser.«

Sie rannte in die Küche, bevor Emma antworten konnte. Innerhalb von Sekunden kam sie mit Gläsern und einer großen Mineralwasserflasche zurück. Sie wirkte hektisch, eine Frau in Daueraufregung.

»Der ARME Gerald. Keiner von uns kann verstehen, was passiert ist. Er war ein WUNDERBARER älterer Herr. Immer freundlich. Sogar zu meinen Zwillingen und die sind ja etwas SPEZIELL.«

Clarissa Barclay lachte. Es war ein stark forciertes Lachen, und Emma kam der Gedanke, dass sie vielleicht Antidepressiva nehmen könnte. Sie wäre nicht die erste überforderte Mutter, die zu solchen Mitteln griff.

»Wie lange kannten Sie Gerald Fraser?«

»Ich bin hier nach meiner Hochzeit eingezogen. Also, das ist jetzt … zehn, nein elf Jahre her. Aber er lebte ja sehr zurückgezogen und wollte keinen großen Kontakt. Ein sehr schüchterner Mann.«

»Wann haben Sie ihn zuletzt gesehen?«

»Ah, die Frage kenne ich aus KRIMIS! Ich glaube, am Tag vor seinem Tod? Vielleicht im Lift? Aber ganz sicher bin ich mir nicht. Ist das sehr *schlimm*?«

Clarissa schien sich über sie lustig zu machen, aber Emma ging darüber hinweg.

»Haben Sie Kontakt zu den anderen Leuten im Haus?«

»Oh, natürlich! Das Ehepaar Adams und Mrs. Reynolds im Parterre sind WUNDERBARE Nachbarn. Alle drei

Anwälte. Leider arbeiten sie Tag und Nacht. Genau wie Professor Hunt. Ein SO interessanter Mann. Aber er ist immer auf irgendwelchen Recherchereien. Dabei ist er doch schon emeritiert. Und trotzdem schreibt er ein Buch nach dem anderen.«

Clarissa Barclay deutete auf ein Bücherregal. »Habe sie alle gekauft. Aber bisher hatte ich einfach keine Zeit zum Lesen.«

Emma war sich ziemlich sicher, dass Clarissa die Bücher nie lesen würde. Sie waren Dekor für die Gäste.

»Und was ist mit David Gray?«, fragte sie.

»Oh, DAVID. Na gut, also, ich glaube, es ist kein Geheimnis hier im Haus, aber ich bin kein FAN von ihm. Er hat meine Kinder als MONSTER bezeichnet. Nur weil sie frühmorgens gerne an seiner Tür klingeln und er letztes Jahr im Aufzug auf der Seife ausgerutscht ist. Aber die Zwillinge waren das auf keinen Fall. Es muss die Schuld der Putzfrau gewesen sein.«

»Hat er sich verletzt?«, fragte Emma.

»Angeblich war sein Arm gebrochen. Er lief wochenlang mit einer melodramatischen Schiene herum. Aber sicher war das nur eine Verstauchung. Er muss volltrunken in den Aufzug getorkelt und dann auf der Seife ausgerutscht sein. Sie können sich sein GETOBE vorstellen.«

Emma konnte es sich sehr gut vorstellen.

»In der Nacht, als Gerald Fraser starb, waren Sie zu Hause?«

»Ja, die Kinder und ich waren hier. Wenn man sich vorstellt, dass nur ein Stockwerk über uns dieser Mord passiert ist! Ich frage mich, WIE SICHER wir hier noch sind. Glauben Sie, es wird einen WEITEREN MORD geben?«

»Ich hoffe nicht«, sagte Emma Spencer.

Clarissa schenkte Emma Wasser nach.

»Ihr Wort in Gottes Ohr, wie meine Großmutter immer sagte. Sie kommen mir übrigens so bekannt vor. Auf welcher Schule waren Sie? Benenden?«

»St. Paul's Girls.«

»ST. PAUL'S! Sie sind eine *old Paulina*! Ich bin beeindruckt. Also, dann kennen wir uns von woandersher?«

Emma stand auf, um zu gehen.

»Nein. Ich glaube nicht. Aber wir sehen uns sicher bald wieder.«

10

Albert Memorial, Kensington Gardens
London
März

Hunt wartete in Kensington Gardens auf Emma. Der Park lag nur ein paar Gehminuten vom Gordon Place entfernt und er kam hier häufiger vorbei. Am Parkeingang stand das vergoldete Denkmal für Prinz Albert. Hunt hatte sich die Reliefs mehrmals angesehen. Sie umrahmten den gesamten Sockel und stellten in mehreren Bildern die verschiedenen Interessen des Prinzen dar. Royale Geschichte hatte Hunt nie interessiert, aber er sah ein, dass es hier nicht nur um die Verherrlichung eines Prinzgemahls ging. Die Reliefs spiegelten all die Ambitionen der Viktorianer auf eine bessere Zukunft wider. Ihren unbeirrbaren Glauben an Kultur, Wissenschaft und Fortschritt.

»Mir ist das hier nie aufgefallen«, sagte Emma.

»Sie haben das Albert-Denkmal übersehen? Es ist ja nicht gerade klein.« Hunt lachte.

»Vielleicht liegt es an meiner Geschichtslehrerin. Sie hat uns immer die dunklen Seiten des neunzehnten Jahrhunderts gepredigt. Armut, Fabriken und Kolonien. Ein goldenes Denkmal für einen Unterdrücker stand nicht auf dem Unterrichtsplan.«

Hunt überlegte, auf welche Schule Emma gegangen war. Er hasste den Snobismus seiner Landsleute, wenn es um Ausbildungsstätten ging. In keinem anderen Land der Welt redete man so viel über dieses Thema. Entweder deutete man – mit falscher Bescheidenheit – an, in Eton, Winchester oder St. Paul's gewesen zu sein, oder man betonte, es trotz einer staatlichen Schulausbildung aus eigener Kraft nach ganz oben geschafft zu haben. Hunt war sich ziemlich sicher, dass Emma genau wie Clarissa Barclay eine teure Privatschule besucht hatte. Wahrscheinlich war Emma zur Klassensprecherin und Clarissa zum Partygirl des Jahres gewählt worden.

»Dann hat Ihre Lehrerin nur den einen Teil der Geschichte erzählt. Die Viktorianer waren eine kuriose Mischung aus Unterdrückern und Befreiern. Während sie die Kolonien ausbeuteten, versuchten sie gleichzeitig, durch Weiterbildung und soziale Reformen ihre eigene Gesellschaft zu verbessern. Prinz Albert war einer von ihnen: Sehen Sie das Relief hier? Es feiert seinen Einsatz für die Wissenschaft.«

»Also ein Bild mit vielen Grautönen«, fasste Emma zusammen.

Es hatte angefangen zu regnen und sie spannten ihre Regenschirme auf. Hunt fand das rhythmische Trommeln auf seinem Schirm beruhigend.

»Wie lief es mit David Gray?«

»Glauben Sie mir, Professor Hunt, der Vorname *Dorian* passt besser zu ihm. Er ist wirklich das Klischee eines verlebten Mannes. Aber Daphne Parson scheint eine Art Mutterrolle in seinem Leben gespielt zu haben. Ganz am Ende sagte er diesen merkwürdigen Satz. Mit dreiundzwanzig Jahren habe Daphne, genau wie er, einen Fehler gemacht, der ihr nachhing.«

Hunt blieb stehen.

»Was für einen Fehler?«

»Er hat nicht nachgefragt. Angeblich aus Taktgefühl. Es könnte aber auch daran liegen, dass er sich ausschließlich für sich selbst interessiert.«

»Vielleicht ist dieser Fehler der Grund für den Einbruch in meiner Wohnung? Wo war Daphne Parson als Dreiundzwanzigjährige eingesetzt?«

»Sie war Jahrgang 1921. 1944 arbeitete sie für die Special Operation Executive in Griechenland.«

»Sie hat im Krieg für die SOE gearbeitet? Das wusste ich nicht. Wieso hat man sie ausgerechnet nach Griechenland geschickt?«

»Ihre Mutter war Griechin. Sie verstand das Land.«

»Sie war also ein Fisch«, sagte Hunt.

Emma warf ihm einen anerkennenden Blick zu.

»Das war einer der ersten Sätze, die ich in meiner Ausbildung gelernt habe – ›der ideale Guerilla schwimmt im Volk wie ein Fisch im Wasser‹.«

»Sie haben beim MI6 Sätze von Mao Zedong gelernt, Emma? Jetzt bin ich doch beeindruckt.«

»Sie unterschätzen uns, Professor Hunt. Aber auch Fische müssen gelegentlich auftauchen und nach Luft schnappen. Und Daphne Parson ist beim Auftauchen erwischt worden. Sie wurde Anfang 1944 von den Deutschen in Athen verhaftet. David Gray muss sich also irren. Es war ja ein verzeihlicher Fehler, geschnappt zu werden. Das passierte damals den Besten.«

Hunt dachte nach.

»Sie meinen, es war kein Fehler, der einen ein Leben lang verfolgt?«

»Im Gegenteil. Es wurde eine Erfolgsgeschichte. Daphne

Parsons ganze Nachkriegskarriere baute auf dieser Sache auf. Man bewunderte sie. Und zu Recht. Sie hatte in der Haft durchgehalten.«

Der Regen war unerbittlich geworden. Mittlerweile hatten sie den vorderen Teil des Parks durchlaufen und standen wieder vor dem Albert Memorial. Gegenüber dem Denkmal, auf der anderen Straßenseite, thronte der Konzertsaal Albert Hall. Das Gebäude erinnerte Hunt jedes Mal an eine überdimensionale Hochzeitstorte.

»Ist Daphne in meiner Wohnung gestorben?«

Emma sah ihn überrascht an.

»Nein, sie starb 1990 in Griechenland. Im Urlaub.«

»Woran starb sie?«

»Ich habe keine Ahnung. Sie war neunundsechzig.«

»Das ist keine Todesursache.«

»Ja, natürlich«, sagte Emma schnell. Sie hatte sich heute schon zum zweiten Mal der Altersdiskriminierung schuldig gemacht. »Ich schau mir noch mal den Totenschein an.«

Hunt sah nach oben, auf den vergoldeten Prinzen.

»Prinz Albert starb jung, mit zweiundvierzig Jahren. Er hatte sich verausgabt für politische Projekte, aber vor allem für seine Familie. Queen Victoria soll deswegen Schuldgefühle gehabt haben. Trotzdem überlebte sie ihn um vier Jahrzehnte.«

»Sie war die Stärkere?«

»Auf jeden Fall«, sagte Hunt.

»Könnte Daphne Schuldgefühle gehabt haben? Weil sie die Haft überlebte und viele ihrer Freunde damals nicht?«

»Vielleicht.«

Emma schien vom Regen mittlerweile genug zu haben. Ihre Schuhe sahen durchnässt aus.

»Ich muss zurück ins Büro, Professor Hunt. Können wir unser nächstes Treffen vielleicht wieder drinnen machen?«

Hunt nickte. Er blickte ihr nach, wie sie Richtung U-Bahn-Station lief. Für eine Britin reagierte sie überraschend empfindlich auf Regen. Vielleicht hatte sie für den MI6 in wärmeren Ländern gearbeitet. Sie würde ihm mit Sicherheit nie erzählen, wo man sie eingesetzt hatte. Aber wieso hatte sie erst jetzt Parsons Zeit in Griechenland erwähnt? Es machte alles noch komplizierter. Soweit sich Hunt erinnern konnte, waren die SOE-Operationen in Griechenland keine reine Erfolgsgeschichte gewesen. Hatte Daphne damals einen Fehler gemacht oder doch erst später in Wien? Hunt beschloss, die Wiener Zeitungen bis 1950 durchzugehen. Sie waren mittlerweile alle online und er würde Stunden vor seinem Computer verbringen müssen. Er konnte sich vorstellen, was das für seinen Rücken bedeuten würde.

11

MI6-Verhörzimmer
Wien
Oktober 1948

»Jansen oder Johanson?«, fragte Daphne.
»Johanson, mein Name ist *Johanson*.«
Der Mann, der sich Johanson nannte, saß kerzengerade auf seinem Stuhl. Daphne betrachtete ihn mit freundlicher Verachtung. Sie hatte schon so viele Nazis verhört, sie kannte ihre Lügengeschichten auswendig. Es würde einfach sein, ihn schnell abzufertigen. Sie hatte Wichtigeres zu erledigen. In zwei Stunden wollte sie wieder im Tunnel sein.
»Sie sind norwegischer Staatsbürger?«
Er zog seinen Pass aus der Jacketttasche und legte ihn auf den Tisch. Er wirkte nervös. Von einer jungen Frau verhört zu werden, irritierte ihn offenbar.
Daphne blätterte den Pass betont langsam durch.
»Ein schönes Land, Norwegen. Wenn ich die Wahl zwischen dem kaputten Wien und Oslo hätte, ich würde Oslo nehmen. Warum beehren Sie uns gerade jetzt in Wien, Herr Jansen?«
»Mein Name ist *Johanson*.«
»Warum Wien?«

»Geschäftlich. Ich bin in der Lederindustrie.«

»Wäre Fisch nicht besser gewesen?«

»Pardon?«

»Um einen überzeugenden Norweger darzustellen. Wenn ich an Norwegen denke, fallen mir Öl und Fisch ein. Und natürlich Aluminium. Ich bin sicher, die Wiener brauchen norwegisches Leder für neue Lederhosen, aber ich hätte mir als Beruf Fischhändler ausgesucht. Es wirkt bodenständiger.«

»Hier muss ein Missverständnis vorliegen«, es kostete ihn mittlerweile eine gewisse Anstrengung, ruhig zu bleiben, »ich bin ein norwegischer Geschäftsmann und seit fünfzehn Jahren in der Lederindustrie.«

Daphne nickte verständnisvoll.

»Sie müssen verstehen, Herr Jansen, man merkt es an Kleinigkeiten, woher jemand kommt. An der Art, wie er seine Krawatte bindet, den Hut aufsetzt oder in Ihrem Fall an der strammen Körperhaltung, mit der Sie auf diesem Stuhl sitzen. Ich spreche kein Norwegisch, aber ich bin mir ziemlich sicher, dass Sie Deutscher sind und in der Wehrmacht gedient haben. Mein norwegischer Kollege wird bald hier sein, und er wird mir mit großer Wahrscheinlichkeit sagen, dass Sie Norwegisch mit einem deutschen Akzent sprechen.«

Er lehnte sich nach vorn, um eine andere Körperhaltung einzunehmen.

»Vielleicht sollte ich Ihnen das besser erklären, Fräulein. Ich habe einen norwegischen Vater und eine deutsche Mutter. Aber ich bin in Norwegen aufgewachsen. Wir Norweger lieben England. Wir sind Ihnen … ich meine, den Engländern dankbar für die Befreiung unseres Landes. Wir haben alle furchtbar unter den Nazis gelitten.«

Daphne lächelte.

»Ich habe vergessen, Ihnen etwas anzubieten. Einen Kaffee vielleicht?«

Er war überrascht, sein Körper entspannte sich ein wenig.

»Danke. Ein Kaffee wäre gut. Ihre Leute haben mich vor dem Frühstück aus dem Bett gezerrt. Meine Hauswirtin war ganz durcheinander. Sie weckte mich und schrie: ›Die englische Gestapo ist da.‹«

»Die was?«, fragte Daphne, während sie mit der Thermoskanne hantierte.

»So nennt man Sie hier in Wien wohl, die englische Gestapo. Sie sind doch der britische Geheimdienst?«

Daphne füllte seine Tasse bis zum obersten Rand mit frischem Kaffee.

»Glauben Sie an Selbstjustiz, Herr Jansen?«

Er nahm vorsichtig die volle Kaffeetasse.

»Nein, natürlich nicht. Kein anständiger Mensch tut so etwas.«

»Also, ich muss Ihnen gestehen, in dem Punkt bin ich ganz *unanständig*. Als 45 die Lager und Gefängnisse geöffnet wurden, hätten wir den Häftlingen unsere Waffen geben und ihnen sagen sollen: ›Viel Spaß mit den Wachleuten, in ein paar Stunden kommen wir wieder vorbei.‹«

Er schaute sie vorsichtig an.

»Aber Sie sind Repräsentantin eines demokratischen Landes und haben so etwas natürlich nicht getan.«

»Der Krieg hat uns alle brutalisiert. Ich persönlich bin der Meinung, dass man Verbrecher wie Sie hinrichten sollte. Erzählen Sie mir von Terboven.«

»Was?«

Es war vorbei mit seiner Entspannung. Für einen Moment dachte Daphne, er würde auf sie losgehen.

»Sie haben noch nie von Terboven gehört, Herr Jansen?«
»Doch, natürlich, jeder in Norwegen hat das! Hitlers Reichskommissar. Ein Monster!«

Daphne nickte zufrieden.

»Richtig. Aber leider kein einsames Monster. Er hatte Leute wie Sie, Herr Jansen. Und an diesem Punkt wird es für mich als Engländerin interessant. Sehen Sie, Terboven hat viele norwegische Widerständler umbringen lassen, das wissen wir mittlerweile. Was uns weniger bekannt war – er hat auch englische Kriegsgefangene umgebracht. Sie wurden nach Österreich geschickt, ins KZ Mauthausen, und da hat man sie Steine schleppen lassen, bis sie nicht mehr konnten, und dann, es war schon Winter, hat man sie mit eiskaltem Wasser überschüttet, bis sie erfroren sind, und die wenigen, die immer noch lebten, die hat man dann mit der Axt erschlagen … Sie verstehen sicher, worauf ich hinauswill. Ich nehme das – wie soll ich es höflich ausdrücken –, ich nehme das irgendwie sehr persönlich, wie man meine Landsleute umgebracht hat.«

Er schrie jetzt: »Sie haben meinen Pass! Sehen Sie! Ich bin Norweger. Ich habe nie mit den Nazis zusammengearbeitet. Was Sie mir hier unterstellen, ist unglaublich!«

Sein Ausbruch versetzte Daphne in besonders gute Laune. Sie nahm den Pass und warf ihn in den Mülleimer neben ihrem Schreibtisch.

»Meine Branche, Herr Jansen, das ist eine Branche, die wirklich am meisten vom Krieg profitiert hat. Wir sind einfach immer besser geworden, notgedrungen sozusagen. Ich habe Dinge im Geheimdienst gelernt, von denen jeder Kriminelle nur träumt. Ich kann Tresore knacken, Sprengstoff herstellen und Dokumente fälschen. Natürlich bin ich nicht auf allen Gebieten gleich gut. Aber als Fälscherin, da war ich *Jahrgangsbeste*. Und als Jahrgangsbeste muss ich Ihnen sagen, dieser Pass ist eine Enttäuschung. Ich hoffe, Sie haben dafür wenig bezahlt?«

Er starrte auf den Papierkorb.

»Was wollen Sie von mir?«

»Ein Geständnis wäre hilfreich.«

»Was, wenn ich nichts zu gestehen habe?«

»Dann schicke ich Sie zur *Spezialbehandlung* nach London. Wissen Sie, wir von der *englischen Gestapo* haben für Leute wie Sie extra ein neues Zuhause eingerichtet, man nennt es den London Cage. Wie der Name schon sagt, eine Art großer Käfig. Beste Lage, in einem Haus gleich neben Kensington Palace. Ich war einmal beruflich dort, wunderschöner Garten. Nur leider werden Sie die Blumen nie sehen. Der Londoner Käfig befindet sich in einem sehr, sehr tiefen Keller.«

Es entstand eine lange Pause, bis er wieder das Wort ergriff.

»Ich habe etwas für Sie.«

»Lederwaren? Bedaure. Lederhosen stehen mir nicht. Meine Beine, die sind einfach nicht schlank genug dafür. Das hat meine verstorbene Mutter immer zu mir gesagt. ›Trage keine zu kurzen Röcke, du hast nichts Interessantes zu bieten.‹«

»Die Kidnappings in dieser Stadt, die sind kein Problem für Sie?«

Daphne lachte.

»Sie werden mir jetzt das große Geheimnis verraten, dass die Russen in dieser Stadt Leute kidnappen und in ihren Sektor verschleppen. Das ist nichts Neues. Sie haben dafür sogar eine eigene Spezialeinheit des NKWD gebildet.«

Er beugte sich nach vorn.

»Sind Mikrofone in diesem Raum?«

»So wichtig sind Sie wirklich nicht, Herr Jansen.«

Er schien ihr nicht zu glauben und sprach jetzt sehr leise: »Einer von uns arbeitet für diese Spezialeinheit des NKWD.«

»Einer von *uns,* Herr Jansen?«, fragte Daphne sarkastisch.

»Sie wissen genau, was ich meine. Ein ehemaliger SD-Mann. Er hat die Seiten gewechselt und treibt es jetzt mit den Russen. Ein Kameradenschwein. Ich kann Ihnen helfen, den Kerl zu schnappen.«

Daphne schwieg. Jansen schien dies als Aufforderung zu verstehen. Er zog einen Zettel und einen Stift aus seiner Jackentasche. Einen Moment lang zögerte er, aber dann schrieb er einen Namen darauf und legte ihn auf Daphnes Schreibtisch. Sie starrte den Namen an und bereute sofort, dass sie ihren Gesichtsausdruck nicht schnell genug unter Kontrolle bringen konnte.

Jansen lächelte. Er hatte gewonnen.

12

Wien
Oktober 1948

Ed Gray hatte den Sonntag im amerikanischen Casino verbracht. Die Amerikaner schenkten bei ihren Einladungen hochprozentigen Alkohol aus und galten deswegen als die beliebtesten Gastgeber der Stadt. Ed hatte seinen Kollegen Jacob mitgenommen, damit er die Spirituosen ebenfalls genießen konnte. Jetzt gingen sie leicht beschickert nach Hause. Die Amerikaner waren großzügig, keine Frage, aber trotzdem gingen sie Ed mit ihrer verdammten Überheblichkeit auf die Nerven. Es fühlte sich manchmal so an, als wäre man bei einem reichen Onkel eingeladen, der ständig durchblicken ließ, wie erfolgreich er war. In ganz Wien schmissen diese Yankees mit ihren Dollars um sich. Wenn Ed einen Nachtclub betrat und dort Amerikaner sah, wusste er sofort, dass er keine Chance bei den Frauen hatte. Die Yankees verteilten Zigaretten und traten wie die allergrößten Helden auf. Dabei hatten sie ja nur ein paar Jahre kämpfen müssen, während er von Anfang an den ganzen Scheiß mitgemacht hatte, sechs endlose Jahre lang. Ed versuchte, das zu verdrängen, der Bourbon war ja wirklich sehr gut gewesen, so etwas hatte er noch nie zuvor getrunken.

Er bog gerade mit Jacob um die Ecke des amerikanischen Casinos, als er eine Menschenmenge sah, die auf etwas zu warten schien. Es waren dreißig oder vierzig Männer und ein paar Kinder in schäbiger Kleidung. Einer der Jungen sah aus wie ein Sechsjähriger, aber vielleicht war er schon zwölf und vor Hunger kaum gewachsen. Mit seinem spitzen Gesicht erinnerte er Ed an einen kleinen Greis.

Die Gruppe war vollkommen still, alle starrten hoch konzentriert auf den Hintereingang des Casinos.

Ed blieb stehen. Wenn er nicht so angeheitert gewesen wäre, hätte ihn seine langjährige Erfahrung wahrscheinlich dazu gedrängt, so schnell wie möglich weiterzugehen. Aber es war ein guter Tag gewesen, und in seinem Zustand erwartete er, dass es angenehm bleiben würde. Er irrte sich.

Die Hintertür des Casinos ging jetzt auf und ein Koch mit fleckiger Schürze schleppte einen turmhohen, randvollen Mülleimer heraus. Er blickte kurz auf die Meute und leerte dann den ganzen Abfalleimer vor ihnen auf der Straße aus. Es schien wie in Zeitlupe zu geschehen, aber sobald er fertig war, drehte er sich ganz schnell, fast pirouettenartig um und verschwand wieder in seiner sicheren Küche.

Was als Nächstes geschah, erinnerte Ed an die Zoobesuche aus seiner Kindheit. Vor dem Krieg hatte es im Londoner Zoo noch genug Fleisch gegeben, um die Löwen zu füttern. Ed hatte damals am liebsten bei den Fütterungen zugesehen. Es war aufregend zu erleben, wie diese eleganten Tiere, die sonst nur gelangweilt durch die Gegend schlichen, sich in wilde Wesen verwandelten. Doch bei aller Wildheit gab es bei der Fleischverteilung eine klare Hierarchie. Männliche Löwen kamen zuerst, dann die Frauen und die Kleinsten zuletzt. Diese Hierarchie verstand Ed gut. Es war fast wie bei ihnen zu Hause. Sein Vater bekam immer das erste und beste Stück des Sonntagsbratens. Erst dann folgten Eds älterer Bruder und er selbst. Das kleinste Stück nahm sich am Ende immer seine Mutter.

Eine ähnliche Hierarchie erwartete Ed jetzt auch bei dieser Meute. Frauen konnte er in der Menge nicht erkennen, wahrscheinlich rechneten sie sich bei dem Kampf um die Essensreste wenig Chancen gegen die Männer aus. Und diese klapperdürren Gestalten entwickelten tatsächlich eine überraschende Energie. Es schien keinen Herdenführer unter ihnen zu geben, keine Rangordnung, jeder kämpfte gegen jeden, brutaler als die Löwen im Zoo. Das Verblüffende daran war, dass die Kämpfe fast lautlos abliefen. Es wurde nicht geschrien, das einzige Geräusch, das man hören konnte, waren Körper, die aufeinanderkrachten. Ed sah, wie das Greisenkind von einem Mann zur Seite geschubst wurde, auf den Boden fiel und zwei weitere Männer einfach über es hinwegtrampelten, um an die Essensreste zu gelangen. Ed hörte das Krachen von Knochen und war schlagartig nüchtern. Jacob schien es ähnlich zu gehen. Er war Ed schon einen Schritt voraus und rannte auf die Meute zu.

»Militärpolizei! Auseinander! Auseinander!«

Jacob war kein Militärpolizist, aber in dieser Situation würde das keine Rolle spielen. Sie trugen beide ihre Royal-Engineers-Uniformen und damit galten sie als Autoritätspersonen. Niemand in der Meute würde in diesem Moment groß darüber nachdenken, warum zwei Briten im amerikanischen Sektor Befehle gaben. Die Meute blickte sich nach Jacob und Ed um und reagierte sofort. Einige stopften sich noch schnell die Taschen mit klebrigen Essensresten voll und stoben dann in alle Richtungen davon. Es war ganz offensichtlich, dass keiner von ihnen eine Verhaftung riskieren wollte.

Das zertrampelte Kind blieb am Boden liegend zurück. Es lag auf dem Bauch, und Ed und Jacob drehten es vorsichtig zur Seite, um zu sehen, ob es noch lebte. Es atmete und Ed bemerkte sofort die gelblichen Augen. Er hatte solche Kinder in den KZs gesehen. Sie konnten einen mit allen möglichen Krankheiten anstecken, aber gelbe Augen waren auf jeden Fall schon etwas besser als rote, tränende Augen. Rote Augen bedeutete, sie hatten die Ruhr. Bei blau angelaufenen Augen mit Flecken am Körper konnte es Typhus sein und das war noch schlimmer. Hauptsache, der Junge hat keinen Typhus, dachte Ed.

Aber wieso hatte so ein krankes Kind das Risiko auf sich genommen, hier mit den Erwachsenen um Essensreste zu kämpfen? Die Versorgungslage war seit 47 für Wiener Kinder etwas besser geworden, das wusste Ed. Er hatte sich extra danach erkundigt, weil er auf der Straße ständig von Kindern angebettelt wurde. In der Verwaltung hatte man ihm gesagt, österreichische Schulkinder bekämen etwas zu essen, nichts besonders Reichhaltiges, aber immerhin Essen. In der Sowjetzone wurden schrumpelige Erbsen verteilt und in der Westzone dieses Zeug, das aus Dosen kam, die wie Hundefutter aussahen – faschierte Fische, so nannte man das. Man hatte ihm auch gesagt, dass es in den Schulen eine »Schwedenausspeisung« gab, eine Suppe, die die Kinder stärken sollte. Ganz schwache Kinder bekamen noch etwas extra – die Quäker-Spende. Ein Brötchen mit Kakao. Ed dachte, dass dieser Junge auf jeden Fall die Quäker-Spende verdient hätte. Aber vielleicht war er durchs Raster gefallen und ging nicht zur Schule? Vielleicht lebte er auf der Straße?

»Spürst du deine Beine?«, fragte Ed in seinem besten Deutsch.

Der Junge starrte ihn an.

»Ich glaube, er versteht dich nicht«, meinte Jacob. Er versuchte es auf Englisch, aber auch darauf erhielt er keine Reaktion.

Ed deutete auf sein eigenes Bein und bewegte es. Der Junge schien langsam zu begreifen.

»Man skauda koja.«

»Was zum Teufel ist das für eine Sprache?«, fragte Jacob. »Ist das Tschechisch oder Ungarisch?«

»Scheißegal jetzt. Er kann ganz offensichtlich nicht aufstehen. Vielleicht haben diese Tiere sein Rückgrat gebrochen. Wir müssen ihn ins britische Hospital bringen. Ich bleib bei ihm und du holst ein Taxi. Wir sind nicht weit vom Bahnhof entfernt. Da habe ich Taxis gesehen. Hast du genug Geld dabei?«

Jacob nickte, gestern war Zahltag gewesen.

»Sollten wir nicht die Amerikaner um Hilfe bitten? Wir sind schließlich in ihrer Zone.«

Ed wurde unwirsch.

»Wir brauchen nicht ständig die Yankees für alles, Jacob. Wir können das wirklich allein lösen!«

Jacob nickte und rannte, so schnell er konnte, Richtung Bahnhof.

Der Junge fing jetzt an zu wimmern. Es war ein sehr leises Wimmern, so als wollte er niemandem damit Unannehmlichkeiten machen. Ed kannte dieses Wimmern gut. Einige seiner verwundeten Kameraden hatten so gewimmert, vor Schmerzen, aber auch, um zu signalisieren, dass sie noch lebten, dass man sie noch nicht abschreiben sollte. Dieses Wimmern konnte das Ende bedeuten, aber wenn man Glück hatte, gab es noch eine Chance. Ed kramte in seiner Uniformjacke nach irgendetwas Essbarem für den Jungen. Ideal wäre jetzt ein Schnaps gewesen, nichts half mehr als Schnaps, um Schmerzen zu betäuben, sicher auch bei Kindern. Aber er hatte nichts Alkoholisches dabei. Und dann fand er doch noch was in seiner Jackentasche, sein Lieblingsbonbon, ein Toffee von Quality Street. Seine Mutter hatte ihm zum Geburtstag eine ganze Dose davon aus England geschickt. Es musste sie ein Vermögen gekostet haben, wahrscheinlich hatte sie dafür monatelang Lebensmittelmarken gespart. Er wickelte das Toffee aus dem lila Papier und zerteilte es, damit der Junge sich nicht daran verschluckte. Dann gab er ihm das erste Stück und machte Schmatzgeräusche, um ihm zu zeigen, er solle das Toffee lutschen und nicht gleich runterschlucken.

Der Junge verstand. Er sog an dem Bonbon. Er schien wirklich zu versuchen, den Moment so lange wie möglich hinauszuziehen, aber dann überkam ihn die Gier, und er schluckte es herunter.

»Ich bus mehr.«

»Ich« und »mehr« klangen deutsch, das verstand Ed. Er gab ihm die zweite Hälfte und kramte weiter in seinen Uniformtaschen. Er fand lauter unnützes Zeug, seinen Ausweis, einen Bleistift, einen Straßenbahnfahrschein und Kleingeld.

Er schüttelte den Kopf und sagte zu dem Jungen:

»Wenn du im Krankenhaus bist, bringe ich dir mehr davon. Die ganze Dose. Halte einfach durch fürs Hospital, ja?«

Der Junge schien es zu verstehen. Woher kam er? Was er sagte, klang nicht jiddisch. Vielleicht war er Rumäne?

Es gab so viele Flüchtlinge in Wien, etliche waren aus Lagern entlassen worden, kein Mensch wusste, aus welchen – KZs, Gefangenenlager, Straflager oder was der Teufel für Lager –, und man brachte sie hier in Wien einfach wieder in neuen Lagern unter. In überfüllten Flüchtlingslagern für DPs, Displaced Persons, in denen Gewalttaten an der Tagesordnung waren. Aus so einem DP-Lager musste der Junge kommen. Er verstand kein Deutsch oder Englisch wie die cleveren Wiener Kinder, die Ed ständig anbettelten: »*Sweets, Sir! Sweets, please!*« Dieses eine Mal hätte Ed gerne tonnenweise *sweets* dabeigehabt.

Der Junge wimmerte jetzt wieder. Es klang etwas schwächer als vorher. Ed wusste, es war nicht wichtig, was man zu Verwundeten sagte. Hauptsache, sie hörten eine beruhigende Stimme, selbst wenn diese Stimme in einer fremden Sprache redete. Also erzählte er dem Jungen einfach von den Bonbons, die er ihm bald verschaffen würde. Berge davon. Ihr Name sei Quality Street und sie basierten auf einem alten Rezept. Ausgezeichnetes englisches Toffee, in bunten Papieren verpackt. Man könnte durch die Papiere durchsehen und dann war die Welt grün, lila, rot oder blau. Auf jeden Fall besser als die Wirklichkeit.

Ed versuchte, an die Quality-Dose zu denken, weil das etwas Schönes war, und er wusste, man musste in solchen Situationen an schöne Dinge denken, damit die Stimme wärmer klang, zuversichtlich. Zuversichtlich zu sein, das verlangte in dieser Lage allerdings viel an schauspielerischem Talent.

»Also die Geschenkdose«, erklärte er dem Jungen, »die ist besonders edel. Eigentlich eher etwas für Mädchen wegen dem Blumenrand, aber in gewisser Weise auch eine historische Dose. Auf dem Deckel ist eine Frau im Reifrock abgebildet, die mit einem schmucken Offizier einen Spaziergang macht. Sie gehen an eleganten Häusern vorbei, Häuser aus dem achtzehnten oder neunzehnten Jahrhundert. Mit Säulen davor. Sehr prächtige Häuser. In London, da komme ich her, da gibt es solche Häuser mit Säulen nur in den besten Gegenden. Belgravia und so. Da leben der Adel und die anderen reichen Leute.«

Ed fiel jetzt ein, dass er Rose, seiner ehemaligen Freundin, auf Heimaturlaub mal so eine Dose geschenkt hatte. Sie waren in den Film *Lord Nelsons letzte Liebe* gegangen und die Schauspielerin Vivien Leigh hatte genau so ein Kleid getragen wie die Frau auf der Dose, einen Reifrock. Rose war begeistert davon gewesen und deswegen hatte er ihr die Dose gekauft. Er fragte sich, wie es Rose mittlerweile ging. Sie war eine Frohnatur gewesen und nicht unattraktiv. Vielleicht hätte er ihr doch einmal aus Wien schreiben sollen. Aber sicher war sie schon verheiratet und Mutter von drei Kindern.

Der Junge hatte zugehört, aber er gab jetzt keinen Ton mehr von sich. Das war ein schlechtes Zeichen. Wo zum Teufel blieb Jacob? Vielleicht war es doch falsch gewesen, ihn loszuschicken, sie hätten wirklich ins Casino gehen und die Amerikaner um Hilfe bitten sollen, aber das hätte so schwach ausgesehen. Ed konnte sich genau vorstellen, wie sie aus der Sache mit dem Jungen eine große Nummer gemacht hätten: »Wir helfen den kleinen Jerries. Die haben's allein wieder mal nicht auf die Reihe gekriegt«, etc. pp. So was in der Art.

Keine Reaktion von dem Jungen mehr, aber endlich konnte Ed das Taxi um die Ecke biegen sehen. Es hielt genau vor ihnen und Jacob sprang heraus. Sogar der Taxifahrer kam mit und half ihnen, den Jungen aufzuheben, leicht wie eine Feder war der arme Kerl, aber man musste vorsichtig sein und ihn behutsam auf die Rückbank legen. Ed setzte sich neben ihn und Jacob nahm den Platz beim Fahrer ein.

»Ins britische Hospital!«

»Spital«, verbesserte Ed. »Die Österreicher nennen das Spital.«

Der Junge verstand das Wort. Vielleicht war er schon einmal in einem Spital gewesen? Mit dem Wort schien er etwas Gutes zu verbinden. Er konnte nicht lächeln, das war klar, aber für einen Moment sah er beinahe wie ein richtiges Kind aus.

13

Major Blannings Büro
Wien
Oktober 1948

Daphne und Alex standen vor Major Blannings Schreibtisch wie zwei bockige Schüler, denen man Nachsitzen angedroht hatte. Ihr Mangel an Professionalität irritierte Blanning.

»Was konnten Sie von dem falschen Norweger erfahren, Parson?«

»Eine Namensverwechslung, Sir, ich musste ihn gehen lassen.«

Blanning sah Daphne forschend an.

»Sind Sie sicher? Na gut, wir haben jetzt sowieso was anderes zu tun. Morgen früh ziehen Sie mit March in die Guglgasse 3, vierter Stock ein. Die Wohnung gleich neben Frau Haak. Bis vor Kurzem lebte dort auch noch Herr Haak. Das eigentliche Ziel unserer Begierde.«

»Wir suchen einen Mann namens Haak, Sir?«, fragte Alex.

Blanning fing an, sich die Pfeife zu stopfen.

»Ja, er ist uns vor ein paar Monaten abhandengekommen und einfach untergetaucht.«

»Und Frau Haak weiß, wo ihr Mann sich versteckt?«

»Das ist eher unwahrscheinlich. Aber er wird sie besuchen.«
»Weil er ein liebender Ehemann ist?«, fragte Alex ironisch.
»Nein, Haak gehört zu der brutalen Sorte von Ehemann. Schlägt gerne zu. Aber seine Frau hat den Hund.«
»Den Hund?«
»Ein Jagdhund, großer Münsterländer. Der Hund ist Haaks einzige Schwäche, seine Achillesferse. Bis vor Kurzem haben wir mehrere Briefe an seine Frau abfangen können. Darin geht es immer nur um den Köter. Anweisungen, wo sie für ihn was zu fressen abholen kann etc. Dieses Monster frisst so viel, davon könnte man mehrere Familien ernähren.«

»Verstehe ich das richtig, Sir?«, fragte Alex. »Miss Parson und ich ziehen extra in das Haus ein, weil wir hoffen, Haak wird *seinen Hund* besuchen?«

»Ja, Parson und Sie werden sich mit Frau Haak anfreunden und dann den Hund vergiften.«

»*Vergiften?*«

Blanning zog an seiner Pfeife. Alex' ironischer Ton ging ihm langsam auf die Nerven.

»Sie werden ihn nicht *umbringen*. Einfach eine vorübergehende Vergiftung, damit Frau Haak ihren Mann kontaktiert. Wenn der Hund schwer krank ist, wird Haak kommen.«

»Und wenn nicht?«, fragte Alex. »Ist das den ganzen Aufwand wert, Sir? Ist dieser Haak wirklich so wichtig für uns?«

Major Blanning sah Alex irritiert an. Er war es nicht gewohnt, hinterfragt zu werden.

»Haak ist ein ehemaliger SD-Mann und hat uns wichtige Hinweise gegeben. Wir müssen ihn zurückbekommen.«

»Verstehe ich das richtig, Sir? Wir lassen einen Kriegsverbrecher für uns arbeiten?«

Jetzt war Alex zu weit gegangen. Blanning reichte es.

»Sie wollen mir eine Moralpredigt halten, March? Im Ernst? Was, haben Sie gedacht, läuft hier? *Wir müssen* alte Nazis als Informanten anheuern, weil wir es anders nicht mehr schaffen. Wir brauchen ihr Wissen. Wir sind *umzingelt* von den Russen, die haben jetzt auch die Tschechoslowakei und Ungarn in ihrer Hand, wer weiß, was sie noch in Berlin und Wien vorhaben. In dieser Lage *muss* man Kompromisse machen. Glauben Sie, wir sind die Einzigen in dieser von Gott verlassenen Stadt, die alte Nazis beschäftigen? *Alle* tun es. Früher hat dieser Haak eben Juden aufgespürt, heute spürt er Leute für uns auf. In meinen Augen eine deutliche Verbesserung.«

Blanning schaute Daphne an. Er erwartete, dass sie ihm beipflichten würde, aber sie schwieg. Irgendetwas stimmte mit ihr heute nicht.

»Ist alles in Ordnung, Parson?«

»Ja, natürlich, Sir. Keine weiteren Fragen.«

»Ich hätte noch eine«, sagte Alex. Seine Stimme klang jetzt nicht mehr ironisch.

»Was?«

»Wie heißt Haaks Hund, Sir?«

»Da kommen Sie nie drauf.« Blanning machte eine Pause, um den Effekt zu steigern. »Bello.«

14

**Guglgasse
Wien**
Oktober 1948

Der Mietmarkt boomte in Wien. Außenstehende hätte das überrascht, denn die meisten der angebotenen Wohnungen waren in einem verwahrlosten Zustand. Die Heizungsrohre pfiffen, der Putz bröckelte von der Decke und die zugigen Fenster mussten im Winter mit Pappe zugeklebt werden. Trotzdem konnten die Hausbesitzer hohe Mieten verlangen. Es herrschte Wohnungsnot in Wien; drei Millionen Flüchtlinge waren ins Land geströmt, die in Kellern und Blechhütten hausten. Von einer Wohnung erwartete man wenig Komfort und tat dennoch alles, um sie nicht zu verlieren. Die Miete wurde überpünktlich in Naturalien oder mit den letzten Familienerbstücken bezahlt. Überfällige Reparaturen übernahm man selbst, um den Vermieter nicht zu verärgern. Auch das Haus in der Guglgasse 3 hätte dringend Reparaturen benötigt, aber keiner der Mieter hatte ein Interesse daran, den Hausbesitzer zu kontaktieren. Man tat alles, um nicht aufzufallen. Besonders vorsichtig verhielt sich die Mieterin aus dem dritten Stock. Frau Haak war eine große, walkürenhafte Frau Ende vierzig, die seit Kriegsende mit ihrem Mann in der Guglgasse lebte. Seitdem er vor drei Wochen verschwunden war, verließ sie das Haus nur noch, um den Hund auszuführen. Daphne und Alex nahmen an, dass sie auf neue Nachbarn besonders misstrauisch reagieren würde. Sie hatten daher beschlossen, einen Antrittsbesuch bei ihr zu machen, um – wie Daphne es ausdrückte – »das Eis zu brechen«. Als sie an der Wohnungstür klingelten, schlug sofort der Hund an. Es dauerte eine Weile, bis Frau Haak ihre Tür einen Spaltbreit öffnete.

»Was?«

»Frau Haak? Wir möchten uns bei Ihnen vorstellen, wir sind die neuen Nachbarn«, sagte Alex.

Der Hund bellte jetzt noch wütender.

»Bello still. Still!« Frau Haak öffnete ihre Haustür etwas weiter. Der Hund schoss sofort auf Daphne zu.

»Bello! Du Mistvieh. Zurück. Nein!«

Daphne war gut vorbereitet. In ihrer Hand hielt sie kleine Fleischstücke. Er schnappte danach.

»Ein so lieber Hund«, log Daphne.

»Schmarrn. Ein Sauhund ist er, der Bello«, sagte Frau Haak. »Aber ich brauche ihn zur Bewachung. Wegen all dem Gesindel hier.«

Sie sah Daphne und Alex an, als verortete sie die beiden ebenfalls in der Kategorie Gesindel. Alex reagierte darauf mit einem besonders freundlichen Lächeln.

»Ganz Ihrer Meinung, Frau Haak. Die Stadt ist voller Gesocks. Aber an so einem tapferen Hund kommt sicher keiner vorbei. Da haben wir als Ihre Nachbarn ja auch etwas davon.«

Frau Haak ignorierte ihn und wandte sich an Daphne. »Hat man Ihnen gesagt, wann S' das Treppenhaus reinigen müssen?«

»Ja, jeden ersten Dienstag im Monat«, sagte Daphne in ihrem besten Deutsch.
»Sie sind nicht von hier?«, fragte Frau Haak misstrauisch.
Alex und Daphne waren auf die Frage vorbereitet.
»Meine Frau ist Griechin«, sagte Alex.
»Griechin? Hams' 44 als Andenken mitgebracht?«
Alex grinste. »So war's. Hab sie einfach nicht mehr losbekommen.«
Der Hund leckte jetzt Daphnes Hand, er hoffte auf mehr.
»Bello! Lass die Frau in Ruhe!«
Frau Haak griff Bello an seinem Halsband und zerrte ihn in die Wohnung zurück.
»Kein Lärm nach zweiundzwanzig Uhr!«
»Auf gute Nachbarschaft, Frau Haak!«, rief Daphne. Aber Frau Haak hatte ihre Haustür bereits zugeknallt.
»Das war eine echte Hetz«, sagte Alex.
Daphne versuchte, sich den Hundesabber von der Hand abzuwischen.
»Der Hund ist so reizend wie seine Besitzerin.«
Alex lachte
»Soll ich dich jetzt über die Schwelle tragen, Schatzerl?«
Daphne verdrehte die Augen.
»Ich könnte mir nichts Romantischeres vorstellen.«

15

Britisches Krankenhaus
Wien
Oktober 1948

Ed brauchte eine Frau, die ihn ins britische Krankenhaus begleiten konnte. Nicht irgendeine Frau. Es musste eine *Dame* sein. Den Unterschied zwischen einer Frau und einer Dame hatte man ihm schon als Kind beigebracht. Eine *Dame* kam aus der Oberschicht, sprach so geschliffen wie die Ansager in der BBC und hatte Hausangestellte. *Frauen* wie Eds Mutter oder Eds Schwester arbeiteten für *Damen*. Solchen Damen wurde großer Respekt entgegengebracht.

Ed hatte einen starken Cockneyakzent, und ihm war klar, dass er im Krankenhaus sehr viel mehr erreichen konnte, wenn er in Begleitung einer *Dame* erschien, die schön sprach. Vielleicht könnte ihm das später sogar helfen, einen guten Heimplatz für den Jungen zu organisieren.

Er überlegte lange, wen er fragen sollte. Ideal erschienen ihm Daphne Parson oder Marjorie Aitken, aber die beiden waren nicht nur seine Vorgesetzten, auch gesellschaftlich lagen Welten zwischen ihnen. Er musste es trotzdem versuchen. Miss Parson befand sich auf einem Einsatz mit Alex March, also blieb ihm nur noch Miss Aitken. Während einer Morgenschicht im Tunnel fand er den Mut, sie anzusprechen. Zu seiner Erleichterung verstand sie sofort, wie wichtig die Angelegenheit für ihn war. Sie stellte keine großen Fragen und sagte zu, ihn noch am selben Tag zu begleiten.

Das britische Krankenhaus befand sich nicht weit entfernt vom Abhörtunnel und nach ihrer Schicht machten sie sich gemeinsam auf den Weg. Es regnete und die Stadt sah noch trostloser aus als sonst, aber Miss Aitken unterhielt ihn mit komischen Geschichten aus ihrer Zeit als Provokateurin. Sie war im Krieg darauf spezialisiert gewesen, britische Offiziere auf ihre Verschwiegenheit zu testen. Anscheinend hatten fast alle Männer beim Flirt mit ihr sofort über die »wichtigen Einsätze« geprahlt, an denen sie beteiligt gewesen waren.

Ed konnte sich sehr gut vorstellen, dass Marjorie Aitkens Trefferquote enorm hoch gewesen war. Er hätte ihr auch so ziemlich alles erzählt. Sie war die netteste *Dame*, die er je getroffen hatte.

Am Krankenhauseingang standen bewaffnete Wachposten, die Eds und Marjories Ausweise kontrollierten. Ed hatte gehört, dass es die wichtigste Aufgabe dieser Wachposten war, Einheimische davon abzuhalten, ins Krankenhaus einzudringen. Einige Österreicher riskierten anscheinend alles, um ihre kranken Verwandten einzuliefern oder, wenn das nicht funktionierte, Medikamente zu stehlen. Vor allem die Diebstähle hatten in letzter Zeit stark zugenommen. Auf dem Schwarzmarkt konnte man mit Medikamenten ein Vermögen verdienen, Penicillin wurde besonders hoch gehandelt.

Der Wachposten erklärte ihnen den Weg zur Kinderstation, aber als sie dort ankamen, dauerte es eine Weile, bis sie eine der englischen Krankenschwestern fanden.

»Wie geht es dem Jungen, den ich vorgestern eingeliefert habe?«, fragte Ed.

Die Krankenschwester musterte ihn abschätzig. Er war sich sicher, dass es an seinem Cockneyakzent lag.

»Die Knochenbrüche werden verheilen. Aber er ist sehr schwach. Er hat Hungerödeme, die Mangelernährung hat sein Wachstum aufgehalten.«

Marjorie wollte etwas fragen, aber Ed kam ihr zuvor.

»Wissen Sie, woher er kommt? Er spricht eine Sprache, die ich noch nie gehört habe.«

Die Krankenschwester warf ihm einen abschätzigen Blick zu. »Wir haben es nur durch Zufall herausgefunden, eine unserer Hilfsschwestern hier hat ihn verstanden. Er spricht Litauisch.«

»Litauisch?« Ed war überrascht. Wie war der Junge den ganzen Weg von Litauen nach Wien gekommen? Es mussten an die neunhundert Kilometer sein.

Die Schwester schien seine Gedanken zu erahnen.

»Er weiß nicht mehr, wie er hierhergekommen ist. Sein Gedächtnis funktioniert nicht, vielleicht ist das auch besser so. Er scheint in Scheunen und dann verschiedenen Lagern gelebt zu haben, aber er kann sich an keine Ortsnamen erinnern. Er verhält sich genauso wie andere Lagerkinder, die wir hier behandeln.«

»Ist er jüdisch?,« fragte Marjorie.

»Nein, er ist nicht beschnitten. Vielleicht ist seine Mutter als Fremdarbeiterin aus Litauen deportiert worden und er kam deswegen in ein Lager. Solche Fälle haben wir viele.« Die Krankenschwester winkte ein junges Mädchen in Schwesterntracht herbei: »Das ist unsere litauische Hilfsschwester Daina. Sie wird Ihnen zeigen, wo wir den Jungen untergebracht haben.«

Ed und Marjorie folgten Daina den Gang hinunter. In einem großen Saal standen etwa vierzig Kinderbetten. Ed konnte anfangs nicht glauben, dass es ein Saal voller Kinder war. Seiner Erfahrung nach machten Kinder Krach. Aber diese hier lagen fast regungslos in ihren Betten. Sie schienen zu schwach oder zu krank für Geräusche zu sein.

Daina ging zum hinteren Teil des Raumes, und da war er, der Junge vom Abfallhaufen. Ed hätte ihn kaum erkannt. Sein Körper steckte in einer Art Streckvorrichtung und sogar um seinen Kopf war ein Verband gewickelt. Hatte er auch eine Kopfwunde gehabt? Ed konnte sich daran nicht mehr erinnern. Er versuchte, nicht zu zeigen, wie sehr der Anblick ihn erschreckte. Der Junge starrte die drei Erwachsenen mit stumpfen Augen an.

Ed zog seine Quality-Street-Dose mit Bonbons aus der Tasche. Er wollte sie dem Jungen geben, aber natürlich konnte der nicht danach greifen. Er legte sie ihm auf die Bettdecke. Der Junge flüsterte etwas und Daina übersetzte.

»Er fragt, was Sie dafür haben wollen?«

Ed starrte sie an.

»Nichts, ich will nichts dafür haben. Es ist seine Dose. Ich hatte sie ihm versprochen. Als ich ihn fand … kennenlernte, da hatte ich nur ein einziges Quality-Bonbon in der Tasche, und«, er öffnete den Deckel der Dose, »und jetzt kann er alle haben.«

Daina übersetzte. Der Junge schloss die Augen und machte den Mund auf. Bis zu diesem Zeitpunkt hatte Marjorie nur stumm am Bett gestanden, aber jetzt griff sie in die Dose und wickelte eines der roten Bonbons aus. Sie steckte es dem Jungen in den Mund. »Nicht schlucken. Lutschen«, sagte sie und spitzte den Mund, um es vorzumachen.

»Er wird sich verschlucken, er kann sich ja nicht aufrichten«, sagte Ed. Er merkte, dass er sich wie ein besorgter Vater anhörte. Er verstand selbst nicht, warum. Bisher hatte er sich nie groß für Kinder interessiert.

»Nein, er macht das richtig«, sagte Marjorie. Sie wandte sich an Daina. »Kann er sich an seine Mutter erinnern?«

»Er sagt, er hat keine Eltern mehr.«

Marjorie strich über das rote Bonbonpapier.

»Können Sie ihn fragen, was er gerne machen würde, wenn er entlassen wird?«

Die Schwester stellte dem Jungen die Frage und lachte über seine Antwort.

»Was meint er?«, fragte Marjorie.

»Er hat gesagt: ›Ich will Taschendieb lernen.‹«

Ed sah Marjorie an, sie erwiderte seinen Blick. Der Junge hatte natürlich vollkommen recht, wenn man auf der Straße überleben wollte, brauchte man eine gute kriminelle Ausbildung.

Ed wandte sich an die Hilfsschwester.

»Sagen Sie ihm, wir werden versuchen, eine andere Ausbildung möglich zu machen.«

Der Junge murmelte etwas und Daina übersetzte wieder:

»Er sagt, Ihre Frau ist wunderschön.«

Ed wollte etwas erklären, aber Marjorie unterbrach ihn und nahm die Hand des Jungen.

»Du bist ein sehr kluger Junge. Wie ist dein Name?«

»Sein Name ist Jone«, sagte Daina.

»*Jone*«, sagte Marjorie. »Ich habe gute Neuigkeiten für dich. Du hast ab heute sehr einflussreiche Freunde.«

16

Gordon Place
London
März

Die Hausmeisterwohnung befand sich im Keller vom Gordon Place Nr. 30. Noch in den 1990er-Jahren galten diese Kellerwohnungen als dunkel und heruntergekommen. Aber um das Millennium herum hatte man sie völlig renoviert und mit geschickter Deckenbeleuchtung in helle Luxusapartments verwandelt. In einem »Basement« in South Kensington zu leben kostete auf dem Wohnungsmarkt mittlerweile ein Vermögen.

Mr. Carr, der Hausmeister von Nr. 30, musste keine Miete zahlen. Er lebte kostenlos hier, die Wohnung war Teil seines Arbeitsvertrags. Das hatte Vor- und Nachteile. Der Nachteil für Mr. Carr war, dass zu jeder Tages- und Nachtzeit Hausbewohner an seine Tür klopften, wenn sie sich aus Versehen ausgeschlossen hatten oder es wieder mal eine Überschwemmung im Badezimmer gab. Der Vorteil für Mr. Carr bestand darin, dass er mit seiner Frau kostenlos in der teuersten Gegend Londons leben konnte. Seine geringe Armeepension hätte nicht einmal für ein kleines Zimmer in South Kensington gereicht. Er schien sich dessen bewusst zu sein. Auf Emma machte er einen durchaus zufriedenen Eindruck. Sie saß ihm in seinem hell erleuchteten Wohnzimmer gegenüber, das mit Souvenirtassen und Bildern der Royal Family dekoriert war.

»Mr. Carr, ich weiß, meine Kollegen haben Sie schon ausführlich befragt, aber könnten Sie mir noch einmal genau schildern, wie Sie Mr. Frasers Leichnam entdeckt haben?«

»Natürlich, Ma'am.«

Mr. Carr hatte früher in der Armee gedient und das Denken in militärischen Hierarchien vollkommen verinnerlicht. Im Gegensatz zu David Gray misstraute er Emma Spencer nicht. Er hatte sofort verstanden, dass sie eine ranghohe Polizistin sein musste, und behandelte sie mit ausgesuchter Höflichkeit.

»Mein Arbeitstag beginnt um sieben Uhr morgens. Alle Hausbewohner stellen abends ihre Mülltüten vor die Tür. Jeden Morgen sammle ich diesen Müll ein und bringe ihn zu den Containern. Mr. Fraser und Professor Hunt leben ja im selben Stockwerk, sozusagen Tür an Tür. Ich wusste, dass Professor Hunt verreist war, und erwartete deswegen keinen Müllsack vor seiner Tür. Aber vor Mr. Frasers Tür stand auch keiner, was ungewöhnlich war. Seine Wohnungstür war zu. Als ich zu Professor Hunts Tür hinübersah, fiel mir auf, dass jemand das Schloss beschädigt hatte. Ich drückte gegen die Tür, sie ging sofort auf. Ich rief etwas in die Wohnung, und als ich keine Antwort erhielt, ging ich hinein.«

»Das war richtig von Ihnen«, sagte Emma.

»Danke, Ma'am. Natürlich hatte ich später Sorge, damit Spuren verwischt zu haben, aber bei der Armee hat man uns beigebracht, bei Gefahr in Verzug schnell zu handeln. Mein erster Gedanke war, es könnte jemand bei einem Einbruch verletzt worden sein. Ich ging also rein, ohne etwas anzufassen, und da sah ich unter dem Wohnzimmerfenster Mr. Fraser liegen. Blutüberströmt. Es war offensichtlich, dass er schon tot war. Jemand schien ein Loch unterhalb der Fensterbank geschlagen zu haben. Aber ich sah keine Werkzeuge oder dergleichen herumliegen. Ich habe dann sofort die Polizei verständigt.«

Emma zog ein iPad heraus, auf dem sie sich jetzt Notizen machte.

»Können Sie mir ein wenig über Gerald Fraser und die anderen Hausbewohner erzählen, Mr. Carr? Wie viele Parteien leben im Haus?«

»Es sind insgesamt acht Apartments – unsere Basement-Wohnung mitgerechnet. Im Parterre, in Wohnung Nummer eins, lebt Miss Reynolds. Sie arbeitet in der City als Anwältin und ist oft verreist. Neben ihr in Wohnung Nummer zwei wohnt das Ehepaar Adams. Sie sind beide ebenfalls Anwälte und eng mit Miss Reynolds befreundet. Die Wohnung Nummer drei im ersten Stock ist gerade zum Verkauf angeboten worden, sie steht seit einer Woche leer. Clarissa Barclay und ihre Familie leben in der Wohnung Nummer vier, gleich daneben. Und dann natürlich ein Stock höher die zwei Wohnungen von Professor Hunt und Mr. Fraser. Sie liegen nebeneinander. Und unterm Dach wohnt Mr. Gray.«

»Wie würden Sie die Atmosphäre im Haus beschreiben? Sind die Mieter miteinander befreundet oder eher verfeindet?«

Der Hausmeister zögerte einen Moment. Er schien den Eindruck vermeiden zu wollen, Klatsch zu verbreiten.

»Mr. Fraser lebte sehr zurückgezogen, aber er war bei allen im Haus beliebt. Das zumindest war immer mein Eindruck. Ich hätte es nie für möglich gehalten, dass jemand diesem freundlichen alten Herrn etwas antut. Und ich verstehe auch nicht, warum dieser Mord ausgerechnet in Professor Hunts Wohnung geschah. Soweit ich weiß, hatten die beiden Herren kaum Kontakt.«

»Ja, das entspricht auch unserem Wissensstand, Mr. Carr. Wissen Sie, ob Mr. Fraser gesundheitliche Probleme hatte? Er hat wohl in letzter Zeit öfter seinen Arzt aufgesucht.«

»Ja, manchmal ging es ihm nicht besonders gut. Dann habe ich Botengänge für ihn erledigt. Es muss etwas mit dem Herzen gewesen sein.«

»Gibt es unter den Hausbewohnern irgendwelche Unstimmigkeiten?«

»Das Ehepaar Adams und Miss Reynolds sind wie gesagt eng befreundet und gehen oft abends gemeinsam aus. Nur Clarissa Barclays Zwillinge sind etwas wild, da gibt es manchmal Beschwerden von den anderen Bewohnern, aber sie versucht ihr Bestes. Ihr Mann arbeitet in Hongkong und es ist ja nicht einfach für eine alleinerziehende Mutter. Nur Mr. Gray aus der Dachwohnung ist nicht sehr beliebt im Haus.«

»Wieso ist er unbeliebt?«

»Zweimal im Jahr haben wir eine Hausbewohnerversammlung, bei der ich auch anwesend bin. Mr. Gray stimmt prinzipiell gegen alle Vorschläge. Er will auch keine Reparaturen durchführen lassen.«

»Woran könnte das Ihrer Meinung nach liegen?«

»Es könnte etwas mit den steigenden Ausgaben zu tun haben. Ich weiß nicht genau, wovon Mr. Gray lebt, aber für Mr. Fraser waren die Ausgaben für die letzte Liftreparatur ja auch eine große finanzielle Belastung. Er hat sich trotzdem daran beteiligt. Mr. Gray weigerte sich wieder einmal.«

Emma wischte über ihr iPad.

»Ich habe ganz vergessen, Sie das zu fragen. Seit wann sind Sie hier Hausmeister?«

»Seit 2010. Ich kannte noch die Dame, die vor Professor Hunt in seiner Wohnung lebte.«

»Sie kannten Jenny Green?«, fragte Emma.

»Ja. Und daher sind Sie mir auch gleich aufgefallen, Ma'am. Sie haben doch Mrs. Green so oft besucht.«

17

South Kensington
März

David Gray streifte durch die Regalreihen von Tesco. Er suchte nach einem Fertiggericht. Mit seiner Tesco Clubcard bekam er ein paar davon ermäßigt. Er überlegte, was erträglicher war: das versalzene Thai-Gericht oder die chinesischen Pfannkuchen, die nach Papier schmeckten? Er hatte beides schon so oft gegessen, dass es ihm mittlerweile zum Hals raushing. Er entschied sich für die dritte Option und warf das Katsu Curry in seinen Einkaufskorb. Jetzt brauchte er noch ein paar Bier und eine Packung Paracetamol, dann konnte er nach Hause. Früher hatten nur die Dienstboten, die in South Kensington arbeiteten, in dieser Tesco-Filiale eingekauft, aber mittlerweile traf man hier alle Einkommensklassen an. Sogar einige Bewohner der Nr. 30 waren Tesco-Kunden geworden. Nur Gerald Fraser hatte hier nie eingekauft. Der war von gutem Essen richtiggehend besessen gewesen und hatte seine ganzen Ersparnisse in der Gourmetabteilung von Marks & Spencer verplempert. Ständig war er mit M&S-Einkaufstüten bepackt nach Hause gekommen, als hätte er damit demonstrieren wollen, wie gut es ihm ging.

David versuchte, nicht daran zu denken, weil es ihn nur wieder aufregte, aber diese absolut geistige Null Fraser hatte es sich jahrelang perfekt eingerichtet am Gordon Place. Spielte den tumben Toren, redete kaum und lächelte nur manchmal schüchtern vor sich hin. Wieso hatte der eigentlich immer so gelächelt, als wäre er geistig zurückgeblieben? Dieses Lächeln war auch eine Art von emotionaler Erpressung gewesen. Gerald Fraser hatte der Welt den bescheidenen, hilflosen Mann vorgespielt, um den sich alle kümmern mussten. Das war sein Trick gewesen und der hatte wirklich wunderbar funktioniert. Alle im Haus hatten sich immer um den armen Gerald gesorgt. Selbst die resolute Daphne war in Geralds Gegenwart so weich wie ein Marshmallow geworden. Dass Muttertiere jemanden wie Gerald permanent umsorgten, war gerade noch nachvollziehbar, aber warum hatte sein eigener Vater immer so ein Gewese um Gerald gemacht? Ed Gray war ja sonst nicht gerade ein sanftmütiger Mann gewesen. David konnte sich an unzählige Ohrfeigen von ihm erinnern. Nur bei Gerald hatte sein Vater immer Milde walten lassen. So als ob der sein ältester Sohn wäre, der *bessere* Sohn, an dem David sich ein Vorbild nehmen sollte. Den Punkt hatte er wirklich nie verstanden. Warum hätte er sich ausgerechnet an Gerald ein Vorbild nehmen sollen? Der Mann war erstens nicht mit ihm verwandt und er war zweitens dreiundzwanzig Jahre älter als er, noch im Krieg geboren, eine völlig andere Generation, und drittens, und das was entscheidend: Gerald war nicht gerade der Hellste gewesen. Was hatte der je Großes geleistet? Bei der Post gearbeitet und Briefe sortiert. Aber alles, was Gerald getan hatte, war immer hoch gelobt worden, als wäre es ein echtes Wunder.

David konnte sich nicht an eine einzige Gelegenheit erinnern, bei der sein Vater *ihn* jemals gelobt hätte. Dabei war er ein Mathegenie gewesen, er hatte ein Stipendium für Oxford bekommen, drei Top-Banken hatten ihn umworben. Aber all diese Erfolge waren von seinem Vater einfach nicht kommentiert worden. Stattdessen hatte der alte Sturkopf seine ganze Freizeit mit Gerald verbracht. Bis ins hohe Alter waren die beiden auf Anglerausflüge gegangen, und wenn dann Gerald etwas gefangen hatte, war bei der Rückkehr ein Tamtam darum gemacht worden, als ob dieser Trottel Moby Dick persönlich erlegt hätte.

Es hatte nur einen kurzen Moment gegeben, in dem David seinem Vater etwas nähergekommen war. Als diese Kokaingeschichte passiert war. Damals war sein Vater wirklich besorgt gewesen, nicht wütend, wie er es erwartet hatte, sondern aufrichtig besorgt. Einen Moment lang hatte David sogar das Gefühl gehabt, sie würden jetzt neu anfangen können. Eine richtige Vater-Sohn-Beziehung haben. Natürlich war das eine Illusion gewesen, sein Vater hatte am Ende die ganze Sache an Daphne delegiert. Er war nicht mal im Gerichtssaal erschienen, Daphne hatte das übernommen. Und dann, als sein Vater starb, kam der Höhepunkt an Erniedrigung, als er ausgerechnet Gerald seine Erinnerungsstücke vermachte. Es waren zwar nur alte Quality-Street-Dosen voller Souvenir-Ramsch, aber sie dokumentierten alles, was die beiden zusammen erlebt hatten: Postkarten von ihren Ausflugsorten, Anglerhaken, mit denen sie weiß Gott was zusammen gefangen hatten – und dann all die Fotos, die sein Vater mit einer alten Leica gemacht hatte. Man konnte neben drögen Fischfotos Gerald auf einem Kinderfahrrad sehen, wie er wacklig den Gordon Place herunterfuhr, und auf einem anderen Bild stand er mit Daphne und seiner Mutter vor dem Haus und umarmte lachend die Säule mit der Nr. 30. Wieso umarmte der eine Säule? Wie bescheuert war das? Solche Witzfotos hatte sein Vater nie mit ihm gemacht. Wenn seine Mutter nicht gelegentlich ein paar Bilder von ihm vor einem Weihnachtsbaum aufgenommen hätte, dann wäre es David so vorgekommen, als ob seine Kindheit gar nicht stattgefunden hätte. Oder zumindest ohne seinen Vater stattgefunden hätte. Der hatte ja bereits alles mit Gerald erlebt, was Väter so erleben. Radfahren, Zoobesuche, Angeln. Was für ein Scheißhobby war ANGELN eigentlich? Nur Spießer angelten.

David griff nach den Bierflaschen. Vier oder sechs? Er würde sie nach Hause schleppen müssen, also waren vier dann doch besser.

18

Gordon Place
London
März

Es war einundzwanzig Uhr. Hunt stand in der Eingangshalle von Nr. 30 und überlegte sich, ob er die Treppen oder den Aufzug nehmen sollte. Treppensteigen würde seinen Herzkreislauf anregen, andererseits hatte er eine schwere Einkaufstasche dabei, die ihm Rückenschmerzen verursachte. Bevor er sich entscheiden konnte, ging die Lifttür auf. Es dauerte eine Viertelsekunde, bis er erkannte, dass auf dem Boden des Aufzugs Clarissa Barclay kauerte. Sie hatte ihren Körper in eine Embryoposition gerollt und weinte. Nichts an diesem Bild passte zusammen. Die Clarissa, die Hunt kannte, trug selbst beim Joggen makellose, bunt-fröhliche Trainingsanzüge. Aber dieses weinende Bündel war in einen schlabbernden alten Pullover über einer verdreckten schwarzen Jogginghose gehüllt. Als sie den Kopf hob, bemerkte Hunt das verlaufene Augen-Make-up. Sie sah aus wie ein verzweifelter Pandabär. Hunt wusste instinktiv, dass Clarissa auf keinen Fall in diesem Zustand von jemandem gesehen werden wollte. Er stieg in den Lift ein und drückte auf den Knopf für den 3. Stock.

»Wir gehen in meine Wohnung, Clarissa, ja? Und dort ruhen Sie sich aus.«

Er war sich nicht sicher, ob sie ihn gehört hatte. Das Weinen war stärker geworden, eine neue Welle schien ihren Körper zu erfassen. Als sich die Aufzugtüren im dritten Stock öffneten, zog er Clarissa mit beiden Händen nach oben und schob sie so schnell wie möglich auf den Gang. Sie schwankte. Einen Moment lang dachte er, sie hätte vielleicht etwas getrunken, aber ihr Atem roch nicht nach Alkohol. Sie klammerte sich jetzt so stark an seinen rechten Arm, dass er versuchen musste, mit der linken Hand die Wohnungstür aufzuschließen.

»Sie legen sich auf das Sofa im Wohnzimmer, Clarissa, und ich bringe Ihnen Taschentücher.«

Die großen Panda-Augen schauten Hunt verzweifelt an.

»Es tut mir sehr leid, Sie … zu belästigen.«

»Clarissa, ich habe in meinem Beruf mit Dutzenden von weinenden Studenten zu tun gehabt. Machen Sie sich da gar keine Gedanken.«

»Haben Sie ihnen helfen können?«

»Selten. Ich war die falsche Generation. Uns hat man noch gepredigt, sich zusammenzureißen. Niemand hatte damals irgendeine Ahnung. Ich wusste bis in die 1990er-Jahre nicht einmal, was Bulimie ist. Als eine Studentin mir sagte, sie leide unter Essstörungen, habe ich ihr ernsthaft geraten, sich in der Kantine über den miserablen Collegefraß zu beschweren.«

Clarissa setzte sich auf das Sofa und versuchte zu lächeln.

»Zusammenreißen, ja, das hätten meine Eltern auch gesagt.«

»Sie haben zwei anstrengende Kinder, Clarissa, da ist es doch kein Wunder, dass Sie mal die Nerven verlieren.«

»Es sind nicht die Kinder ... Es ist Simon.« Sie fing wieder an zu weinen.

»Ich mache uns einen Kaffee«, sagte Hunt.

Es überraschte ihn nicht. Simons Interesse an seiner Frau schien minimal zu sein. Hunt verstand es nicht. Selbst als weinender Pandabär sah Clarissa noch attraktiv aus. Er versuchte, den Gedanken zu verdrängen, und ging in die Küche, um Kaffee aufzusetzen. Als er mit zwei großen Tassen zurückkam, saß Clarissa aufrecht auf dem Sofa.

»Er hat eine Chinesin kennengelernt ... in Hongkong. Sie ist zweiundzwanzig Jahre alt.«

»Klassiker«, sagte Hunt.

»Ist Ihnen so etwas schon mal passiert?«

Hunt dachte an seine Scheidung und die zahlreichen Affären, die er mit jüngeren Kolleginnen gehabt hatte. Mittlerweile war das sicher illegal. Er würde Clarissa auf keinen Fall davon erzählen.

»Ihr Ehemann ist ein Kretin, Clarissa.«

»Er will eine schnelle Scheidung. Und natürlich NICHTS zahlen.«

»Werden Sie die Wohnung behalten können?«, fragte Hunt. Die Vorstellung, dass Clarissa ausziehen müsste, deprimierte ihn.

Sie war von der Frage überrascht.

»Natürlich. Es ist meine Wohnung. Mein Großvater hat sie mir vererbt, ihm gehörten viele Wohnungen hier am Gordon Place.«

»Ihrem Großvater?«

Hunt hatte immer angenommen, dass Simon Barclay den teuren Lebensstil von Clarissa finanzierte. Es war ihm peinlich, sie danach gefragt zu haben, aber es schien sie von ihrem Kummer abzulenken.

»Mein Großvater kam 1950 auf die Idee, Häuser aufzukaufen, die im Krieg beschädigt worden waren. Wussten Sie, dass damals in London Tausende von Häusern zerstört waren? Er setzte ein paar Londoner Häuser wieder instand und machte damit ein Vermögen.«

»Ihr Großvater besaß unser Haus, die ganze Nr. 30?«

»Ja, er hat das Haus in den Fünfzigerjahren gekauft.«

»Wissen Sie zufällig, ob er meine Wohnung an Daphne Parson verkauft hat?«

Bevor Clarissa antworten konnte, klingelte es an der Wohnungstür.

»Keine Sorge, ich lasse niemanden rein«, sagte Hunt.

Als er die Tür öffnete, stand David Gray vor ihm. Es war die zweite Überraschung des Abends. Gray hatte noch nie zuvor bei Hunt geklingelt. Er hielt eine Einkaufstüte in der Hand.

»Sind das Ihre Einkäufe? Standen vor der Lifttür. Suppen, Pasta, eine Flasche Wein und zwei Magazine. Ich glaube, außer Ihnen liest in diesem Haus niemand *Private Eye* und das *TLS*. Sie müssen die Tüte im Parterre vergessen haben.«

Grays Ironie war nicht zu überhören. Er schien Hunt für einen vergesslichen alten Trottel zu halten.

»Perfekt kombiniert. Ich danke Ihnen.«

»Immer zu Diensten«, sagte Gray grinsend. Er drehte sich mit einem betont federnden Schritt um, wahrscheinlich wollte er damit seine vermeintliche Jugendlichkeit demonstrieren.

Hunt wartete einen Moment, bis er wieder ins Wohnzimmer zu Clarissa ging. Er wusste nicht, wie er sie trösten könnte. Sie brauchte jemanden, der ihr zuhörte. Obwohl Hunt nichts mehr hasste, als über Beziehungsprobleme zu reden, würde er das jetzt ertragen müssen.

»Dorian Gray hat meine Einkaufstüte vor dem Lift gefunden.«

Clarissa reagierte geradezu erschrocken.

»Weiß er, dass ich hier bin?«

»Nein, sicher nicht. Er wollte nur ein guter Nachbar sein.«

»Das klingt nicht nach Dorian Gray«, sagte Clarissa.

»Vielleicht ist er einer dieser Desaster-Voyeure und wollte eine Wohnung sehen, in der jemand ermordet wurde. Aber all das ist jetzt vollkommen egal, wir sollten über Sie reden, Clarissa.«

»Nein, nein. Das ist nicht wichtig, wirklich.«

Clarissa wischte sich ihr verschmiertes Make-up mit den Taschentüchern ab und versuchte zu lächeln.

»Sie hatten mich vorhin etwas anderes gefragt, Professor Hunt. Wegen der Wohnungen hier?«

Hunt verstand, dass sie sich für ihren Gefühlsausbruch schämte. Es war eine Erleichterung für ihn, nicht mehr über Scheidungen reden zu müssen.

»Ich hatte gefragt, ob Ihr Großvater Daphne Parson vielleicht diese Wohnung verkauft hatte?«

»Ich habe keine Ahnung. Er fing als Bergmann in Wales an, aber später lernte er dann alles am Bau. Leitungen verlegen, Dachdecken. Er wurde REICH MIT GORDON PLACE!«

Sie hatte die letzten Worte gesungen, als wäre es der Werbeslogan einer Immobilienfirma. Sie schien jetzt wieder die amüsante Clarissa sein zu wollen.

»Und ich dachte, Sie kommen aus einer Oberschichtfamilie.«

Clarissa setzte ihren geschliffensten Akzent auf: »Immer nur die *teuersten* Schulen, dafür hat meine Großmutter gesorgt. Sie hatte *große* gesellschaftlichen Ambitionen: ›Mein Jacob besorgt uns einen Platz in der ersten Reihe!‹ Das war ihr Mantra.«

»Der Name Ihres Großvaters war Jacob?«, fragte Hunt.

»Sehr biblisch, ich weiß. Aber in Wales war man damals noch fromm. Und der Name muss ein gutes Omen gewesen sein. Gott schenkt Jacob Land und meinem Großvater fielen seine Besitzungen auch in den Schoß.«

»Sein Nachname war nicht zufällig Winner?«, fragte Hunt.

»Jacob Winner. Ja, das war mein Großvater.«

Hunt ging zu seinem Schreibtisch und zog Gerald Frasers Fotoalbum hervor.

»Schauen Sie sich mal diese Fotos an. Die meisten sind ein paar Jahre nach dem Krieg in Wien aufgenommen worden. Ich weiß nicht, wer all diese Leute sind. Keines der Bilder ist beschriftet. Identifizieren kann ich nur Daphne Parson. Erkennen Sie Ihren Großvater darauf?«

Clarissa blätterte die Seiten durch und hielt an einer Stelle abrupt inne.

»Das da ist mein Großvater, dort vor dem Friseurladen!«

Der Anblick schien sie für einen Moment zu verstören. Hunt beugte sich vor, um den Schriftzug über dem Laden lesen zu können.

»Salon Elisabeth. Und die junge Frau daneben ist Ihre Großmutter?«

Clarissa beugte sich vor.

»Nein. So schön war sie nicht. Er hatte sicher viele Freundinnen. Aber warum er ausgerechnet vor einem Friseursalon steht, weiß ich nicht. Er hasste es, zum Friseur zu gehen.«

»Vielleicht arbeitete diese Frau im Salon Elisabeth? Sie taucht hier noch einmal auf. Dieses Foto ist in einem

Tanzlokal aufgenommen worden, zwei Paare – Daphne Parson sitzt in der Mitte, und das da ist dann wieder Ihr Großvater?«

Clarissa sah sich das Bild genauer an.

»Er sitzt wieder neben dem Mädchen vom Friseurladen. Sie muss was Ernstes gewesen sein. Was hat er denn in Wien gemacht?«

»Hat er nie davon erzählt?«

»Nie!!! Das ist aufregend! Haben Sie noch mehr Fotos für mich? Es macht Spaß, Detektiv mit Ihnen zu spielen, Professor Hunt!«

Hunt klappte das Fotoalbum zu.

»Sie hatten einen anstrengenden Tag, Clarissa, Sie müssen jetzt schlafen. Wir machen ein anderes Mal weiter.«

Sie zögerte. Vielleicht graut es ihr davor, in ihre eigene Wohnung zurückzugehen, dachte Hunt. Er konnte das gut nachvollziehen. Es erinnerte ihn an seine Scheidung. Er hatte damals alle möglichen Forschungsreisen unternommen, um nicht ständig die vorwurfsvollen Gesichter seiner Kinder sehen zu müssen. Ganz zu schweigen von den wütenden Blicken seiner Frau.

Clarissa sah jetzt auf ihre Uhr.

»Sie haben recht! Ich muss ins Bett. Die Jungens haben morgen um sieben Uhr früh eine Tennisstunde!«

Sie stand auf und umarmte Hunt zum Abschied. Er hatte noch nie väterliche Gefühle für attraktive Frauen verspürt, aber zum ersten Mal empfand er genau das. Es beunruhigte ihn. Vielleicht wurde er langsam doch alt.

19

London
März

Nachdem Clarissa gegangen war, schrieb Hunt eine SMS an Emma Spencer. Es war mittlerweile Mitternacht und er erwartete keine schnelle Antwort. Trotz der späten Uhrzeit erhielt er sie ein paar Sekunden später. Entweder hatte Emma kein Privatleben oder sie litt unter Schlafstörungen.

Hunt wollte ihr nicht schon wieder einen Spaziergang im Regen aufzwingen und schlug stattdessen für den nächsten Tag ein Treffen im John Sandoe vor. Der Buchladen lag nicht weit von ihm entfernt in Chelsea. Inmitten all der Luxusgeschäfte wirkte Sandoe wie ein revolutionärer Ort. Jeder Zentimeter des verwinkelten Ladens war vollgestopft mit Büchern. Man konnte leicht darin verloren gehen und genau das passierte Hunt am nächsten Morgen. Er brauchte eine Weile, bis er Emma fand. Sie stand im ersten Stock, an einem Regal mit österreichischer Literatur.

»Wissen Sie, dass Buchläden in Spionagefilmen immer eine große Rolle gespielt haben, Professor Hunt? Agenten gehen in einen Buchladen und fragen nach einer ganz bestimmten Ausgabe von *Anna Karenina* und dann ist auf Seite 380 ein Mikrofilm versteckt.«

»Ich wusste, Sie würden sich hier zu Hause fühlen«, sagte Hunt.

Emma Spencer nahm eines der Bücher aus dem Regal.

»Wir sind auf jeden Fall in der richtigen Abteilung. Hier ist die ideale Lektüre für uns: *Wiener Straßennamen nach 1945*. Ich nehme an, da mussten einige nach dem Krieg schnell umbenannt werden. Sie haben das sicher alles schon gelesen?«

Hunt warf einen Blick auf das Buch.

»Ich erinnere mich nur noch daran, dass der Wiener Adolf-Hitler-Platz 1945 in Rathausplatz umbenannt wurde. Straßennamen zu ändern, ist sehr viel leichter als Menschen. Daphne konnte 1948 in Wien sicher keinem Einheimischen trauen.«

»Tausend Augen, die einen beobachten«, sagte Emma.

Hunt sah sie forschend an.

»Wie geht man in Ihrem Job damit um?«

»Man vertraut nur seinen Kolleginnen und Kollegen.«

»Genau das habe ich mir gedacht. Diese MI6-Gruppe in Wien muss einander absolut vertraut haben. Und es waren nicht nur Daphne und Ed Gray, die anschließend in dasselbe Haus einzogen. Ich habe mich gestern mit Clarissa Barclay unterhalten, und sie erzählte mir, dass ihr Großvater nach dem Krieg mehrere Häuser am Gordon Place gekauft und renoviert habe. Auch die Nr. 30.«

»Wie hieß er?«

»Jacob Winner.«

»Jacob Winner steht auf unserer Liste von Wien-Mitarbeitern. Er war einer der Klempner.«

Hunt nickte.

»Wir haben dann also drei MI6-Leute, die alle in Wien arbeiteten und 1950 am Gordon Place einzogen: Ed Gray, Daphne Parson und Jacob Winner. Ist das normal? Eine Art Spionage-WG?«

Emma reagierte gereizt auf den Begriff »Spionage-WG«.

»Nach operativen Einsätzen trennen wir unsere Mitarbeiter grundsätzlich wieder. Das war damals so und ist es bis heute.«

»Das dachte ich mir. Die Frage ist also, warum blieben diese Leute miteinander verbunden? Wenn wir das herausfinden, können wir vielleicht etwas besser verstehen, was in meiner Wohnung versteckt war und warum Gerald Fraser Jahrzehnte später dafür umgebracht wurde.«

»Kennen Sie das hier?«, Emma reichte ihm einen Bildband, »*Wienfotos aus der Zwischenkriegszeit*. Leider aufgenommen, bevor Daphne nach Wien kam.«

Hunt nahm ihr den Bildband aus der Hand und blätterte ihn durch. Er enthielt die üblichen Wahrzeichen Wiens – die Oper, den Stephansdom, aber auch ein paar Alltagsszenen. Eine Straßenbahn, auf die Menschen aufsprangen, Hausfrauen, die auf dem Naschmarkt einkauften. Bei einer Straßenszene hielt er inne.

»Das ist der Friseursalon Elisabeth!«

»Welcher Friseursalon?«, fragte Emma.

»Der Friseursalon aus Gerald Frasers Fotoalbum. Sehen Sie den Schriftzug über dem Laden? *Salon Elisabeth*. Wahrscheinlich nach der Kaiserin Sisi benannt. Es muss ein bekannter Salon gewesen sein, der auch nach dem Krieg weitergeführt wurde. Clarissa konnte mir dieses Foto aus Gerald Frasers Album erklären. Es zeigt ihren Großvater Jacob Winner als jungen Mann. Auf dem Bild steht er genau vor diesem Friseursalon und hat den Arm um eine hübsche junge Frau gelegt.«

»Sie haben Clarissa Barclay die Fotos gezeigt?« Emma Spencer war alles andere als begeistert.

»Ja, warum nicht? Ohne sie hätte ich doch nie Jacob Winner identifizieren können. Hier in dem Bildband steht, der Salon Elisabeth befand sich in der Inneren Stadt. Da müssen also 1948 alle Besatzer ein und aus gegangen sein.«

»Dieses Mädchen auf dem Foto. Wurde sie später Clarissa Barclays Großmutter?«, fragte Emma.

»Nein. Ganz sicher nicht. Clarissa sagte, ihr Großvater habe eine Aversion gegen Friseurläden gehabt. Wahrscheinlich hat das hübsche Friseurmädchen ihn verlassen.«

Hunt fand das eine durchaus plausible Erklärung, aber Emma schien nicht überzeugt davon.

»Buchläden kommen in allen Spionagefilmen vor, aber Friseurläden nie«, sagte Emma. »Dabei waren sie für uns immer wichtiger.«

Hunt lachte. Er war sich sicher, dass Emma das als Witz meinte.

»Es hat den MI6 interessiert, wo man seine Dauerwelle gelegt bekam?«

»Sie unterschätzen Friseure, Professor Hunt. Die besten von ihnen können nicht nur Haare schneiden, sie sind auch gute Psychologen. Sie verstehen es zuzuhören. Ihrer Friseurin vertraut eine Kundin vieles an. Davon haben wir immer profitiert. Während des Krieges führte der MI6 zwei Friseurläden in neutralen Ländern – in Spanien und in der Schweiz. Beide waren vollständig verwanzt. Die Ehefrauen von Diplomaten und Militärs reden beim Friseur gerne über die Karrieren ihrer Männer. Und das war für uns interessant. Welche Rivalitäten spielten sich da ab? Waren die Ehemänner vielleicht bei einer Beförderung übergangen worden und hatten deswegen Probleme mit ihren Vorgesetzten? Gab es Affären, mit denen man sie erpressen konnte? Gutes Material im Überfluss.«

Hunt war jetzt wirklich überrascht.

»Sie meinen, dieser Friseursalon Elisabeth war sehr viel mehr?«

»Es würde mich nicht überraschen«, sagte Emma.

20

**Friseursalon Elisabeth
Wien**
Oktober 1948

Seit sie denken konnte, liebte Lisl es, Haare zu berühren. Wenn die Haare ihrer Mutter sich im Wind bewegten, wollte sie danach greifen. Sie bettelte dann so lange, bis sie auf den Arm genommen wurde und eine Strähne festhalten durfte.

Männer gab es bei ihnen zu Hause nicht mehr, aber die Mutter und die Großmutter waren da. Sie arbeiteten beide in der Gastwirtschaft und hatten lange Arbeitszeiten. Vielleicht stritten sie sich deswegen so oft. Wenn ihre Stimmen wieder einmal besonders laut wurden, kam Lisl mit ihrer Haarbürste. Sie bürstete dann so lange die Haare der beiden, bis sie still wurden.

Einmal im Monat gab es einen Ruhetag. Dann fuhren sie zu dritt mit dem Bus in die Stadt und gingen in einen sehr eleganten Laden – den Friseursalon Stelzer. Er war ganz in Pastelltönen gehalten. Die Tapete schimmerte in einem zarten Blau, die Stühle waren ein helles Beige und die Friseusen trugen frische rosa Kittel. Auch der Geruch im Stelzer war ein anderer als zu Hause. In der Gastwirtschaft stank es nach abgestandenem Bier und ranzigem

Speiseöl. Aber im Friseurladen Stelzer duftete es nach Parfüm und Shampoo. Selbst der beißende Geruch der Dauerwellenmittel gefiel Lisl.

Im Stelzer durfte sie auf einem der beigen Stühle sitzen und beobachten, wie die Friseusen um ihre Mutter und Großmutter herumtanzten, sie »gnädige Frau« nannten und ihre Haare in warmes Wasser tauchten. Die Friseusen erzählten dabei lustige Geschichten, deren Inhalt Lisl nicht ganz verstand, die aber alle Erwachsenen zum Lachen brachten. Die Bewegungen, die die Friseusen machten, während sie die Haare wuschen oder Farben auflegten, waren sanft und weich. Selbst wenn sie den lauten Haarföhn anstellten, störte es Lisl nicht. Sie hätte diesen Frauen in ihren rosa Kitteln den ganzen Tag bei der Arbeit zusehen können, aber nach zwei kurzen Stunden war es schon vorbei. Die Haare ihrer Mutter und Großmutter strahlten dann noch schöner als nach Lisls Bürsten. Es waren nicht nur die Haare, die sich verändert hatten. Wenn sie zu dritt den Salon Stelzer verließen, bewegten Mutter und Großmutter sich plötzlich anders, leicht und federnd. Sie warfen ihre Haare zurück und manchmal summten sie vor sich hin. Die Männer auf der Straße drehten sich nach Lisls Mutter um und selbst ihre fünfundvierzigjährige Großmutter erhielt anerkennende Blicke. In diesen Momenten war Lisl stolz darauf, an den Händen dieser eleganten Frauen durch die Stadt zu spazieren. Erst zu Hause fingen die beiden wieder an zu streiten.

Für Lisl stand schon damals fest, dass sie Friseuse werden würde. Sie wollte lernen, Menschen schöner und glücklicher zu machen, und sie wollte in einer Umgebung arbeiten, in der es gut roch und niemand stritt. Mit ihrem ersten selbstverdienten Geld kaufte sie sich Haarscheren. Sie übte ihre Haarschnitte an den Mädchen im Dorf. Nicht alle waren glücklich mit dem Resultat, aber im Laufe der Zeit wurde sie immer besser. Ihre Mutter und Großmutter wollten, dass sie von der Schule abging und in der Gastwirtschaft mithalf, aber am Ende setzte Lisl sich durch. Mit vierzehn Jahren fing sie als Lehrmädchen im Stelzer an. Sie kehrte anfangs nur die Haare zusammen und wusch die Kittel, aber im Laufe der Zeit lernte sie viel. Die Friseusen zeigten ihr, dass ein Haarschnitt wie ein gut konstruiertes Haus sein musste. Es brauchte ein perfektes Fundament. Wenn die Haare nicht richtig geschnitten waren, konnten sie zwar für den Moment hübsch aussehen, aber sie stürzten schnell wieder ein. Lisls Haarschnitte hielten. Es sprach sich bald herum, dass sie wahre *Wunder* vollbringen konnte. Seit 44 wurde das Wort Wunder ständig gebraucht. Es schien, als wären alle über Nacht wieder religiös geworden, so wie in der Zeit vor dem Krieg, als man noch in die Kirche ging. Jetzt hoffte man auf ein Wunder, um den Krieg zu gewinnen. Am Ende kamen dann aber nicht die »Wunderwaffen« des Führers, sondern die russischen Soldaten. Alle Frauen aus dem Stelzer wurden »rangenommen«, die Jungen wie die Alten. So nannten sie es – »rangenommen«. Vielleicht hätte es sie nicht überraschen sollen. Sicher hatte die Wehrmacht das Gleiche mit den russischen Frauen gemacht und das war jetzt die Antwort darauf. Alle mussten es ertragen und manche Frauen kamen schlechter damit zurecht als andere. Lisl hatte nicht einmal geschrien. Sie konnte das, verschwinden in eine andere Welt, wenn alle um sie herum sich wie Verrückte benahmen. Aber als sie, es musste zwei oder drei Tage später sein, endlich nach Hause konnte, da war niemand mehr da. Der Gasthof war leer, ausgeräumt. Erst nach einer halben

Stunde Suchen bemerkte Lisl, dass doch noch jemand übrig geblieben war. Das Küchenmädchen Gretel kauerte im Keller, hinter dem Kohlenverschlag. Sie hatte sich zu einer Art Ball zusammengerollt und schien fast mit der Wand verschmolzen zu sein. Es dauerte eine Weile, bis Lisl die ganze Geschichte aus ihr herausholen konnte: Die Russen waren in die Gaststätte gekommen, und als die Mutter an der Reihe gewesen war, da hatte die Großmutter plötzlich angefangen zu schreien. Sie war mit einem großen Küchenmesser auf die Soldaten losgegangen. Das war in Gretels Worten »die große Dummheit« gewesen. Eine *so große Dummheit*. Man wehrte sich doch nicht, keine Frau war so dumm, sich zu wehren, man ließ es geschehen. Augen zu und durch. Tat doch nur kurz weh und dann wusch man das alles ab und es war vorbei. Aber nein, die Großmutter hatte das Messer genommen. »Verstehst du das?«, hatte Gretel gefragt. »Verstehst du das, Lisl? Ein ganzes Leben lang haben sie sich gestritten und dieses eine Mal waren sie sich dann einig. Warum? Was haben sie jetzt davon? Beide tot.«

Lisl knallte Gretel eine und dann packten sie zusammen Kleidung und Essen in zwei Rucksäcke und machten sich auf den Weg. Sie wussten nicht genau, wohin, Hauptsache, weg von dem Gasthaus. Zu zweit war es sicherer, sie konnten aufeinander aufpassen. Lisl hatte ihre Scheren dabei, sie hoffte, wieder eine Stelle zu finden, aber den Salon Stelzer gab es nicht mehr, und Haarschnitte brauchte keiner. Sie fanden vorübergehend Arbeit auf einem Bauernhof, bis es Ärger mit der Bäuerin gab.

Im Herausgeschmissenwerden hatten sie bald große Erfahrung. Es wurde immer schwerer, einen warmen Platz zum Schlafen zu finden, und sie machten dann ein paar

Sachen, auf die sie nicht besonders stolz waren. Am Bahnhof konnte man immer Kunden finden, und manche hatten nicht nur was zu essen, sondern sogar ein eigenes Zimmer. Das lief eine Weile gut, bis so ein Irrer mit einer Bierflasche auf Gretel losging und sie schnell verschwinden mussten. Im Grunde war das ein Segen, denn Lisl träumte davon, nach Wien zu gehen. Im Salon Stelzer hatte es eine sehr feine Kundin gegeben, die von einem Wiener Friseursalon geschwärmt hatte, angeblich der beste Salon der »Ostmark«: Salon Elisabeth. Er lag in der Innenstadt oder, wie die Wiener es nannten, in der »Inneren Stadt« und hatte schon wieder geöffnet. Es war nicht leicht, nach Wien zu kommen, aber als sie es endlich geschafft hatten, war der Salon genau, wie die Kundin es beschrieben hatte, ein feiner Laden, in dem früher die Prominenz ein und aus gegangen war. Die Frau vom Wiener Gauleiter Schirach war Stammkundin gewesen, aber darüber wollte keiner mehr reden. Jetzt kamen ganz andere Frauen hierher, uniformierte Frauen, hochgestellte Sekretärinnen, die für die Besatzungsbehörden arbeiteten, und sogar ein paar Österreicherinnen, deren Männer es schon wieder nach oben geschafft hatten. Die Inhaberin wollte zuerst nur Lisl einstellen, aber ohne Gretel ging Lisl nirgends mehr hin, und am Ende durften sie beide kommen.

Im Elisabeth zählte nicht nur ein guter Haarschnitt, hier musste man sich mit der internationalen Kundschaft unterhalten können. Lisl sprach kein Wort Englisch oder Französisch und das war ein Hindernis. Sie versuchte, sich so viele Vokabeln wie möglich zu merken, um zu verstehen, was die Damen wünschten. Nicht alle hatten viel Geduld mit ihr. Am liebsten mochte sie eine Engländerin, die gut Deutsch sprach und ihr oft Wörter übersetzte. Sie war noch jung, höchstens Ende zwanzig, aber sie trug Sommer wie Winter blickdichte Strümpfe. Ihr Uniformrock hatte einen besonders engen Kragen, der Lisl schon wehtat, wenn sie ihn nur ansah. Trotzdem war die Kundin nie dazu zu bewegen, den obersten Knopf aufzumachen. Selbst wenn ihre Haare gewaschen wurden und das Wasser ihr den Nacken herunterlief, bestand sie auf dem geschlossenen Kragen. Lisl fand es schade, dass diese hübsche Frau alles an ihrem Körper so verdeckte. Den Grund konnte sie sich ungefähr denken. Man erkannte sich untereinander. Man redete nicht darüber, aber man wusste es.

Lisl konzentrierte sich lieber darauf, etwas Besonderes aus der Frisur zu machen. Die Engländerin sah fast südländisch aus, ihre Haare waren eine wilde schwarze Masse, die Lisl auf Schulterlänge schnitt und in Wellen legte. Die Wellen gaben der Kundin ein weicheres, feminineres Aussehen. Es schien ihr zu gefallen und sie kam immer häufiger in den Salon. Sie interessierte sich für Lisls Alltag, für ihre Probleme, neue Schuhsohlen zu finden, und die Frage, auf welchem Schwarzmarkt man Hühnerfleisch auftreiben konnte. Sie teilte sogar Lisls Begeisterung für amerikanische Filme. Lisl kannte bereits die Namen aller großen Hollywoodstars, aber dank Miss Parson lernte sie auch Neues über englische Schauspieler aus dem Londoner Filmmagazin *Picture Show*. Miss Parson brachte ihr das Magazin jede Woche mit. Neben den Fotos standen interessante Artikel und Lisl schlug die Worte in einem Wörterbuch nach, das Miss Parson ihr geschenkt hatte. Es war ein teures Buch und half ihr, besser Englisch zu lernen.

Vor ein paar Wochen hatte Miss Parson sich dann verändert. Sie hatte plötzlich eine strenge Hochsteckfrisur verlangt und erklärt, dass sie diese Frisur brauche, um *seriöser* auszusehen. Es hatte keinen Sinn ergeben, denn wenn jemand seriös aussah, dann diese ernsthafte Frau. Lisl hatte den Wunsch ausgeführt, aber sie war nicht glücklich darüber gewesen. Die schönen schwarzen Haare sahen mit dieser strengen Frisur nur noch hausbacken aus.

Danach war Miss Parson nicht mehr in den Salon gekommen. Lisl hatte sich Sorgen gemacht; eine so gute Kundin zu verlieren, war ein Rückschlag. Aber eines Morgens tauchte dann plötzlich eine andere Engländerin im Laden auf. Sie sprach Deutsch mit einem starken englischen Akzent, viel stärker als der von Miss Parson.

»Sie sind Lisl, nicht wahr? Meine Freundin Miss Parson schickt mich.«

»Geht es ihr gut?«

Die Engländerin holte zwei Filmmagazine aus ihrer Handtasche und gab sie Lisl.

»Ich soll Ihnen die mitbringen. Ich hoffe, Sie haben sie noch nicht?«

»Oh nein, das ist wunderbar, vielen, vielen Dank, Miss …«

»Miss Marjorie Aitken. Meine Freundin sagte mir, Sie machen die besten Haarschnitte Wiens.«

»Miss Parson hat so schöne, kräftige Haare. Ich hoffe, sie wird bald wiederkommen?«

»Darüber wollte ich mit Ihnen reden, Lisl. Haben Sie einen Moment Zeit? Miss Parson und ich würden Sie gerne um einen großen Gefallen bitten.«

21

**Guglgasse
Wien**
Oktober 1948

Daphne und Alex lebten jetzt schon seit einer Woche in der Guglgasse. Daphne hatte mehrmals versucht, Frau Haak im Treppenhaus anzusprechen. Aber jedes Mal grüßte sie nur unwirsch und zog dann schnell ihren Hund auf die Straße. Auch die anderen Frauen im Haus zeigten sich abweisend. Ihr einziges Konversationsthema schien Putzen zu sein. Zwei von ihnen hatten Daphne bereits ermahnt, dass sie nächste Woche »mit der Stiege dran« sei.

In der Ausbildung hatte Daphne ein Buch von Sigmund Freud gelesen, und sie vermutete, dass dieser Reinlichkeitsfanatismus etwas mit seinen Theorien des Unbewussten zu tun haben könnte. Vielleicht wollten alle in diesem Haus den ganzen Dreck der letzten Jahre manisch wegputzen. Diesen Punkt konnte Daphne sogar ein wenig nachvollziehen. Manchmal wünschte sie sich selbst nichts mehr, als Erinnerungen auszulöschen. Wie eine dieser großen Tonbandspulen im Tunnel, die man einfach neu überspielte. Für alle Zeiten gelöscht. Aber Gesrich konnte man nicht löschen, er lebte, er war in dieser Stadt. Nur ein paar Kilometer von ihr entfernt.

Sie musste sich jeden Tag neu zusammenreißen, um nicht daran zu denken. In letzter Zeit war sie von dem Gedanken an ihn so abgelenkt gewesen, dass sie Fehler gemacht hatte. Vielleicht war es Major Blanning schon aufgefallen. Sie brauchte jetzt dringend einen Erfolg in dieser Haak-Sache. Was wusste sie von Frau Haak? Wie konnte man ihr Vertrauen gewinnen, wo lagen ihre Schwachstellen? Seit dem Verschwinden ihres Mannes musste diese Frau in einer Art Ausnahmezustand leben. Sie hatte nichts mehr unter Kontrolle und schien dies mit einer Art Reinlichkeitswahn zu kompensieren. Daphne konnte in ihrer Wohnung hören, wie Frau Haak nebenan ständig putzte. Dieses manische Putzen verband sie mit dem Rest der Hausbewohner. Im Putzen waren sie alle vereint. Man musste also versuchen, sich das Vertrauen dieser Frau und der ganzen Hausgemeinschaft zu *erputzen*. Eine saubere Stiege, am besten noch mit Bohnerwachs, würde überzeugen. Daphne beneidete Alex um seine Ehemannrolle, die so viel einfacher war. Als »Versorger« ging er jeden Morgen zur »Arbeit« und tauchte erst abends wieder auf. Nur wenn er und Daphne zu Hause waren, mussten sie das glückliche Paar spielen. Die Wände ihrer Wohnung waren dünn, und sie vermuteten, dass Frau Haak daran lauschte. Sie versuchten, ihr eine gute Vorstellung zu bieten. Jeden Morgen hantierte Daphne besonders geräuschvoll in der Küche, um als treu sorgende Hausfrau ihrem Mann das Frühstück zu bereiten. Alex las ihr währenddessen aus der Zeitung vor.

Auch heute hatte er wieder mit diesem Morgenritual begonnen: »Hast du gehört, wie hoch die Scheidungsrate mittlerweile angestiegen ist, Schatzerl? Meine Kameraden kommen aus dem Krieg zurück und ihre Frauen wollen nicht mehr für sie sorgen.«

»Undank ist der Welten Lohn«, sagte Daphne mit ihrer Ehefrauenstimme.
Alex verdrehte die Augen.
»Aber hier, Schatzerl, diese Meldung ist lustig: ›Wiener Geschäftsleute Opfer von Erpressern. Briefe mit Einzelheiten aus dem Privatleben von Wiener Geschäftsleuten sind von einem ominösen Mr. Longfinger unterzeichnet.‹«
Daphne nahm den Ersatzkaffee vom Herd.
»Da versucht sich einer als Erpresser?«
»Oder als Erpresserin. Hier steht: ›An elf Wiener Geschäftsleute wurden Erpresserbriefe geschickt, in denen man sie aufforderte, 50 000 Schilling zu deponieren, widrigenfalls würde die sowjetische Besatzungsmacht Details aus ihrer Vergangenheit erfahren. Um seiner Drohung Nachdruck zu verleihen, fügte der Erpresser einige Einzelheiten aus dem Privatleben seiner Opfer bei.‹«
Daphne versuchte, nicht zu lachen.
»Schrecklich, wozu die Menschen fähig sind.«
Sie nahm Alex die Zeitung aus der Hand und blätterte zum hinteren Teil. Hier standen Anzeigen und amtliche Bekanntmachungen. Besonders die Verfahren zur Todeserklärung interessierten sie.
»›Auf Ansuchen der Antragsteller wird das Verfahren zur Todeserklärung nachstehender Vermisster eingeleitet und die Aufforderung erlassen, dem Gerichte Nachricht über ihr Schicksal zu geben‹«, las sie vor. »›Die Vermissten werden aufgefordert, vor dem gefertigten Gerichte zu erscheinen oder auf andere Weise von sich Nachricht zu geben.‹«
»Die Vermissten werden aufgefordert, vor dem was …?«, fragte Alex.
»›Dem gefertigten Gerichte‹ ist sicher ein juristischer

Ausdruck. Schau mal, wie lang die Vermisstenliste immer noch ist.«

Alex ging zum Radio und drehte es auf. Falls Frau Haak an der Wand lauschte, bekam sie jetzt die Frühnachrichten mitgeteilt, während er sich mit Daphne leise unterhalten konnte.

»Schaust du dir ernsthaft die Verfahren zu Todeserklärungen an, Daphne? Wenn du jemanden suchst, können wir das doch über unsere Leute erfragen.«

»Mich interessiert vor allem, *wer* die Todeserklärungen beantragt«, flüsterte Daphne zurück. »Es sind oft Ehepartner. Hier zum Beispiel: ›Netti Stein, geboren am 20. September 1896 in Landshut, nach Wien zuständig, verheiratet, Haushalt, zuletzt wohnhaft gewesen in Wien I. Sterngasse 11/8, wurde am 8. Oktober 1942 aus rassischen Gründen von Wien in das Lager Theresienstadt gebracht und von dort in das Lager in Auschwitz. Seither fehlt von ihr jede Nachricht. Auf Ansuchen des Ehegatten Leon Stein wird das Verfahren zur Todeserklärung eingeleitet und die Aufforderung erlassen, dem Gericht Nachricht über die Vermisste zu geben. Netti Stein wird aufgefordert, vor dem gefertigten Gerichte zu erscheinen oder auf andere Weise von sich Nachricht zu geben.‹«

Alex schob sein Marmeladenbrot zur Seite.

»Diese Frau wird nie wieder von sich Nachricht geben. Sie war sechsundvierzig. In dem Alter hatte man in Auschwitz keine Überlebenschance.«

Daphne dachte nach.

»Neunzig Prozent dieser Verfahren zur Todeserklärung sind sicher echt. Entweder sind die Leute an der Front gefallen oder im KZ umgekommen. Aber was ist mit dem kleinen Prozentsatz, der für tot erklärt werden will und dessen Ehepartner dabei helfen?«

Alex sprach jetzt noch leiser: »Du meinst Leute, die abtauchen wollen, wie der Mann unserer verehrten Nachbarin?«

Daphne nickte. »Ja. Es ist nicht schwer, für tot erklärt zu werden.«

»Gut, ich verstehe, worauf du hinauswillst, Daphne. Aber bei Haak würde das ja nicht funktionieren. Er hat mit Major Blanning zusammengearbeitet und wurde lange nach Kriegsende in diesem Haus gesehen. Wenn seine Frau eine Feststellung des Todes beantragen würde, könnten wir den Behörden diskret mitteilen, dass wir Haak kennen. Wir würden ihnen natürlich nicht sagen, dass Blanning den Mann für weiß Gott was benutzt hat ...«

»Was meinst du damit?«

»Womit?«

»Was meinst du mit ›für weiß Gott was benutzt hat‹? Haak war unser Informant, mehr nicht.«

»Daphne, glaubst du wirklich, Blanning veranstaltet diesen ganzen Aufwand mit uns hier, nur weil ihm Haak als Informant abhandengekommen ist?«

»Warum sonst?«

»Wieso sollte Haak abtauchen? Wir zahlen gut, er steht unter unserem Schutz.«

»Vielleicht haben die Russen ihm mehr Geld für seine Dienste geboten?«

»Vielleicht.« Alex stand auf. Er ging zum Radio und drehte es ab.

»Ich mache mich dann auf den Weg, Schatzerl.«

»Um wie viel Uhr möchtest du zu Abend essen?«, fragte Daphne in ihrer besten Ehefrauenstimme.

»Um 18.30, Schatzerl. Und immer brav bleiben, ja?«

Alex grinste und legte ihr zum Abschied einen Artikel über Bigamieprozesse auf den Küchentisch.

WELTPRESSE
1948
Mehr Bigamieprozesse als je vorher

Wegen Bigamie, die früher eine Ausnahmeerscheinung war, haben sich seit 1945 weit mehr Angeklagte zu verantworten als je vorher ... Liebesnot und materielle Bedürfnisse schufen neue Gemeinschaften: Der Mann »soll« bei Stalingrad gefallen sein, das Haus, in dem die Frau wohnte, ist ausgebombt, und sie »soll« dabei ums Leben gekommen sein. Man glaubt das nur zu gern, weil beide Ehegatten mittlerweile einen wirklichen Lebensgefährten gefunden haben.

Alle diese Bigamisten, ob Mann oder Frau, müssen verurteilt werden. Ein hartes Strafgesetz bis zu fünf Jahren Kerker bedroht sie, es ist aber noch keine Strafe mit mehr als sechs Monaten strengen Arrests verhängt worden.

22

Friseursalon Elisabeth
Wien
Oktober 1948

»Sind Sie Lisl?«, fragte Jacob Winner. »Miss Aitken schickt mich, wegen des Gefallens.«

Es war ein stockfinsterer Herbstabend. Im dunklen Friseursalon konnte Jacob nur die Umrisse eines jungen Mädchens erkennen. Sie sagte etwas auf Österreichisch, aber er konnte den Dialekt nicht verstehen, sie sprach viel zu schnell. Er spürte, dass sie Angst hatte.

»Machen Sie sich keine Sorgen, Lisl. Es wird nicht lang dauern. In zehn Minuten bin ich wieder weg.«

Lisl deutete auf eine Tür im hinteren Teil des Salons. Die Situation war alles andere als ideal. Jacob verstand nicht, warum Marjorie Aitken dieses Mädchen nicht besser vorbereitet hatte. Seine Aufgabe war das wirklich nicht. Es herrschte eine klare Hierarchie bei ihnen. Die »Verkopften« wie Aitken und Parson kamen gleich nach Major Blanning. Darunter standen dann die Leute wie er und Ed Gray. Sie bereiteten die technische Seite der Operationen vor. Ohne sie ging wenig, besonders beim Tunnel. Die Verkopften hatten alle möglichen ehrgeizigen Pläne entwickelt, aber Jacob kannte die Praxis. Mit vierzehn hatte er zu Hause in Aberfan zum ersten Mal einfahren müssen, und es gab seitdem nichts, was er nicht über die Tiefe wusste. Die Verkopften hatten bald eingesehen, wie nötig sein Wissen war. Beim Tunnelbau waren mit der Zeit viele Probleme aufgetaucht. Es war Wasser eingedrungen und zu einer Überschwemmung gekommen und einmal hatte Jacob sogar einen drohenden Einsturz in letzter Minute verhindern können. Danach war seine Soldzulage verdoppelt worden. Er konnte sich seitdem in Wien alles leisten: Essen, Alkohol und Frauen. Der letzte Punkt war ihm besonders wichtig. Es gab bei den Soldaten zwei unterschiedliche Ansichten, wenn es um die Wiener Fräuleins ging. Die eine Gruppe weinte noch den Italienerinnen nach, die sie 1943 kennengelernt hatten. Die Signorinas waren einfach so viel heißer gewesen als die knochendürren und käseweißen Österreicherinnen. Die besaßen nicht mal Puder oder Lippenstift, um ein wenig frischer auszusehen. Die hatten einfach gar nichts außer ständigen Hunger. Manchmal fielen sie vor lauter Hunger sogar noch in Ohnmacht, da musste man schnell handeln, um sie noch rechtzeitig aufzufangen. Allerdings wuschen sie sich häufiger als die Italienerinnen und sprachen besser Englisch. Das war auf jeden Fall ein Vorteil, denn manchmal wollte man ja auch reden.

Anfangs hatte es ein Getue wegen der Fraternisierungsregelung gegeben, aber daran hielt sich schon lange keiner mehr. Es existierte ein großer Frauenüberschuss in der Stadt und jeder seiner Kameraden hatte wechselnde Freundinnen. Für heute zwanzig Uhr war Jacob mit einer hübschen Bedienung verabredet, aber stattdessen stand er hier, im Dunkeln, mit einem verschreckten Friseurmädchen.

Er folgte Lisl in das Hinterzimmer des Salons und sie schloss die Tür.

»Wir können jetzt das Licht anmachen, von der Straße aus sieht man es nicht.« Sie sprach etwas langsamer und ihr Dialekt war nicht mehr so stark. Jacob konnte jedes Wort verstehen. Der Deutschkurs hatte sich eben doch gelohnt.

Lisl drehte das Licht an und er sah sie zum ersten Mal richtig. Dieses Mädchen als schön zu bezeichnen wäre eine Untertreibung gewesen. Sie hatte perfekt frisierte Haare, was bei einer Friseuse nicht wirklich überraschte. Aber Jacob achtete nicht auf die Haare. Er sah Lisls ovales Gesicht mit den hohen Wangenknochen und den großen grünen Augen. Er sah ihren perfekten zarten Ballerinakörper, und damit endete sein Vorsatz, sich durch die Betten Wiens zu schlafen.

Lisl spürte offenbar seine Bewunderung und entspannte sich zusehends. Sie sprach jetzt in einer Mischung aus Österreichisch und Englisch und Jacob versuchte, sich zu konzentrieren. Nichts hatte ihn auf diese Situation vorbereitet. Sie gab ihm die Unterlagen, und während er die Dokumente abfotografierte, erzählte sie, dass sie aus dem Burgenland kam und erst seit einem Jahr in Wien lebte. Sie wollte schon immer Friseuse werden und der Salon Elisabeth wäre der beste der Stadt. Sie fragte Jacob, zu welchem Friseur er gehe. Er wagte nicht, ihr zu sagen, dass er noch nie bei einem Friseur gewesen war. Früher hatte seine Mutter ihm die Haare geschnitten und in der Armee bekamen sie sowieso alle den gleichen Haarschnitt verpasst. Er war überrascht, von Lisl zu erfahren, dass österreichische Damenfriseure auch Männer als Kunden hatten. Er wollte nichts mehr, als ihr Kunde werden. Es fiel ihm schwer, sich aufs Fotografieren zu konzentrieren und gleichzeitig mit Lisl zu reden. Als er fertig war, sagte sie ihm, dass er mit einer neuen Frisur sein Leben verändern könnte.

Und genau das geschah.

23

**Guglgasse
Wien**
Oktober 1948

Es war zwei Uhr früh. Daphne konnte hören, wie jemand am Wohnungsschloss hantierte. Sie stand auf, nahm ihre Waffe aus dem Versteck und richtete sie auf die Eingangstür. Wieder dieses Kratzen am Schloss, und dann ging die Tür weit auf und Alex schwankte in den Korridor. Daphne ließ die Waffe sinken.

»Du bist betrunken«, flüsterte sie.

»Daphne, Schatzerl. Jetzt klingst du endlich wie eine echte Ehefrau. Und gleich mit der Waffe in der Hand!«

Daphne hielt einen Finger an die Lippen.

»Kannst du mir Bescheid geben, wenn du auf Tour gehst, Alex?«, flüsterte sie. »Ich muss hier Nachtdienst machen, ohne zu wissen, wo du bist.«

»Jajajajajaja, Frau Lehrerin. Immer ganz streng. *Sooo* streng. Alles Kopf und kein Körper. Oder hast du einen Körper, Daphne? Ich sehe ihn nicht. Wo ist er? Wo genau unter diesen zehn … nein, pardon, zwanzig Schichten Nachthemd steckt er?«

Daphne drehte sich um und wollte ins Schlafzimmer zurückgehen, aber Alex versperrte ihr den Weg.

»Ich war im sowjetischen Sektor feiern. Ungarischer Zigeunerkeller und im Papageno. Wird meine liebende Ehefrau jetzt eine Beschwerde bei Blanning einreichen? Das wird mir ja sooo was von Ärger einbringen.«

»Könntest du etwas leiser lallen?«, zischte Daphne. »Ich glaube, die Frau Nachbarin sollte das nicht hören.«

Alex schaffte es, den nächsten Satz zu flüstern: »Immer nur rumkommandiert von euch Engländern. Seit 39 *nur* rumkommandiert.«

Es war schwer, wütend zu flüstern, aber Daphne schaffte es: »Was glaubst du eigentlich, wer du bist? Der Einzige, der Dinge ertragen musste? Du hättest nach Kriegsende nicht bei uns weitermachen müssen, Alex. Du hättest eine nette Autowerkstatt in *Croydon* eröffnen können.«

»Autowerkstatt in *Croydon*, ja genau, Daphne, da gehöre ich hin. Ich liebe deine brutale Ehrlichkeit. Küss die Hand, gnädige Frau. Croydon, das ist mein Platz. Zurück auf Anfang. Im Krieg braucht ihr Leute wie mich für die Drecksarbeit und nachher – ab nach Croydon.«

»Wenn dir England nicht gut genug ist, dann bleib doch einfach hier in deinem schönen Wien!«, flüsterte Daphne sarkastisch.

Alex fing an zu lachen. Es war eine Spur zu laut.

»Wunderbare Auswahl. Danke. Nichts hat sich in meinem Scheißheimatland geändert. Die Leute sind alle gleich geblieben, nur noch gemeiner und hinterhältiger als 38. Die verkaufen für einen Sack Kartoffeln jetzt auch noch ihre eigenen Kinder.«

»Was willst du dann, Alex? England ist dir nicht gut genug, Österreich ist voller Verbrecher. Ist die Sowjetunion besser?«

Alex starrte sie an.

»Was willst du damit sagen?«

»Du wärst nicht der erste Emigrant, der andere Loyalitäten hätte.«

»Du glaubst, ich arbeite für die Russen?«

»Ich habe keine Ahnung, Alex. Du hast neulich versucht, mir einzureden, Blanning würde uns hier für irgendwelche dunklen Zwecke benutzen. Aber *ihn* kenne ich seit drei Jahren. Ihm vertraue ich. Dich kenne ich nicht. Ich schaue mir deinen Lebenslauf an und sehe Dinge, die nicht zusammenpassen. Wo sind deine Eltern? Angeblich Wiener, aber nicht mehr auffindbar. Wo sind deine Freunde von früher? Alle tot? Du sagst, du bist 38 verhaftet worden, aber wie hast du es geschafft, 39 rauszukommen? Wieso bist du nirgends als Häftling von den Nazis registriert?«

Es entstand eine lange Pause. Alex klang jetzt vollkommen nüchtern: »Danke für die hochinteressante Unterhaltung. Wirklich sehr aufschlussreich. Ich wünsche der geschätzten Genossin eine gute Nacht.«

• • •

Rot-Weiß-Rot sendet
Sender Wien auf Welle 209,9 Meter

6.00 Uhr: Welt- und Lokalnachrichten
6.10 Uhr: Bunter Morgengruß
6.57 Uhr: Programm
7.00 Uhr: Welt- und Lokalnachrichten
7.15 Uhr: Musik
7.30 Uhr: Tschechische Nachrichten

24

Guglgasse
Wien
Oktober 1948

Daphne musste sich am nächsten Morgen zwingen, aufzustehen. Die Vorstellung, mit Alex wieder das glückliche Ehepaar zu spielen, deprimierte sie noch mehr als sonst.

Als sie in die Küche kam, hatte er schon das Frühstück vorbereitet. Die durchzechte Nacht konnte man ihm nicht ansehen. Im Gegenteil. Er spielte den perfekten Ehemann, frisch rasiert und Kaffee kochend. Die Theatervorstellung für Frau Haak würde weitergehen.

»Gut geschlafen, Schatzerl?«

Daphne setzte sich an den gedeckten Frühstückstisch. Sie verstand nicht, wieso er nach dem gestrigen Streit so guter Laune sein konnte.

»Nein. Sehr schlecht.«

Alex sah sie interessiert an. Ihm war wohl klar, dass sie nicht mitspielen wollte.

»Wieso? Was ist passiert?«

Daphne zögerte ihre Antwort extra lange heraus: »Gestern in der Straßenbahn ... Jemand hat mir im Gedränge meine silberne Brosche einfach vom Revers weggestohlen.«

Die Sache war ihr tatsächlich vor ein paar Tagen passiert. Ausgerechnet ein Profi wie sie wurde in der Straßenbahn beklaut. Sie hatte an Gesrich gedacht und war für einen Moment abgelenkt gewesen. Erst beim Aussteigen hatte sie es bemerkt.

Alex lächelte sie erleichtert an.

»War es die schöne Brosche deiner Mutter?«

»Mein einziges Erbstück«, sagte Daphne.

»Ach, Schatzerl, das tut mir ja so leid.« Alex simulierte eine Umarmung. Daphne wedelte mit dem Arm, als würde sie ihn zurückstoßen.

»Ich gehe heute zur Polizei deswegen.«

»Mach das, Schatzerl. Ich würde dich natürlich gerne begleiten, aber ich werde heute leider erst spät nach Hause kommen können.«

Daphne trank einen Schluck von Alex' Ersatzkaffee. Er schmeckte scheußlich.

»Schon wieder eine Besprechung?«

Es war der klischeehafteste aller Ehefrauensätze und sie konnte ihn mittlerweile mit voller Überzeugung aussprechen.

»Leider, Schatzerl. Leider«, heuchelte Alex zurück.

Er ging zum Radio und drehte es auf, um richtig mit Daphne reden zu können. Es wurde Walzer gespielt und Alex tänzelte auf sie zu. Er sprach leise.

»Es ist ein so sonniger Tag heute, Daphne. Lass uns endlich den Hund vergiften.«

Daphne verschluckte sich beinahe an ihrem Kaffee.

»Du bekommst an sonnigen Tagen Mordfantasien?«

»Wir bringen den lieben Bello ja nicht um, wir vergiften ihn nur ein wenig. Es ist wirklich an der Zeit. Freiwillig wird Haak seine Frau nie besuchen und das kann man ihm auch nicht verdenken. Sie ist schiach wie die Nacht finster. Blanning hat gesagt, erst wenn der Hund krank wird, wird Haak auftauchen. Warum also noch warten?«

Daphne biss in ihr Marmeladenbrot.

»Gut, ja, ich versuche, Bello das Zeug heute zu geben. Ich werde Frau Haak im Treppenhaus abpassen und den Hund ganz besonders intensiv streicheln.«

Alex lächelte.

»Du bist eben eine *ganz* Liebe.«

25

**Guglgasse
Wien**
Oktober 1948

Schon in der Nacht hörten sie das Gejaule des Hundes. Frau Haak versuchte, ihn zu beruhigen, aber Bellos Zustand schien sich rapide zu verschlechtern. Das Jaulen ging langsam in ein Wimmern über. Daphne hätte sich am liebsten Wachs in die Ohren gestopft. Sie fragte sich nicht zum ersten Mal, ob Blannings Plan aufgehen würde. Liebte Herr Haak diesen Köter wirklich? Sie konnte sich einfach nicht vorstellen, dass ein hartgesottener SD-Mann wegen eines Hundes sein sicheres Versteck verließ.

Am nächsten Morgen ging Frau Haak ohne den Hund aus dem Haus. Ihr zu folgen schien zu riskant. Daphne und Alex hatten es bisher nicht geschafft herauszufinden, auf welchem Weg Frau Haak mit ihrem Mann kommunizierte. Seit einiger Zeit hatte sie keine Briefe mehr von ihm erhalten. Das konnte bedeuten, dass er in Wien war, womöglich in einem anderen Sektor der Stadt. Vielleicht hinterlegte er an vereinbarten Orten Nachrichten. Wenn er sich wirklich in Wien aufhielt, könnte er relativ schnell von Bellos Krankheit erfahren. Daphne und Alex verabredeten, die nächste Nacht nur noch schichtweise zu schlafen.

• • •

Unfreundliches Herbstwetter

Wien (Eigenbericht). Die Zentralanstalt für Meteorologie meldet uns: In ganz Österreich herrscht stark bewölktes, unfreundliches Spätherbstwetter. Wetteraussichten für heute Nachmittag: Bei mäßigen westlichen Winden meist stark bewölkt. Neigung zu leichten Niederschlägen, vor allem in den Nordalpen und im Süden. Tagestemperaturen meist zwischen 8 und 10 Grad.

26

**Guglgasse
Wien**
Oktober 1948

»Daphne. Wach auf, es geht los.«

Es war gegen Mitternacht. Alex stand neben ihrem Bett. Daphne brauchte einen Moment, bis sie begriff.

»Sicher?«

»Haak ist da.« Alex sprach leise und schnell. »Ich habe ihn nicht ins Haus kommen hören, aber dann hat der Hund diese Jauchzgeräusche gemacht. Die macht er sonst nur, wenn's Essen gibt.«

Daphne tastete nach ihren Schuhen.

»Vielleicht ist er wieder gesund?«

»Quatsch. Du hast ihn abgefüllt. Der wird so schnell nicht wieder aufstehen.«

Daphne hatte in ihren Kleidern geschlafen, aber sie brauchte einen Moment, um ihre Schuhe zu finden. Alex dauerte es zu lange.

»Beeil dich. Er kann jeden Moment wieder gehen.«

Daphne folgte Alex aus der Wohnung in das dunkle Treppenhaus. Sie standen auf dem eiskalten Gang und lauschten an der Tür der Haaks. Durch die Türritze fiel kein Lichtschimmer. Der Hund jauchzte tatsächlich, aber man konnte keine Männerstimme hören, nur Frau Haak, die etwas zu flüstern schien.

Es war ein Risiko, da jetzt reinzugehen. Was, wenn Frau Haak einfach nur einen Bekannten zu Besuch hatte, der dem Hund Medizin brachte? Andererseits hatte sie bisher nie Gäste gehabt, und selbst wenn sie Freunde hatte, würden die ihr sicher nicht um Mitternacht einen Besuch abstatten.

»Wir gehen rein«, entschied Daphne. Sie wusste instinktiv, dass es richtig war.

Alex nickte. Er zog den Nachschlüssel aus der Tasche und steckte ihn ins Schloss. Seine Bewegungen waren flink. Er drehte den Schlüssel um, riss die Wohnungstür der Haaks auf und drehte fast gleichzeitig den Lichtschalter an.

Vor ihnen standen im grellen Ganglicht Herr und Frau Haak. Auf dem Boden lag Bello auf einer Decke. Seine Jauchzgeräusche gingen sofort in ein Knurren über. Er versuchte aufzustehen, aber er knickte mit den Vorderbeinen ein. Dann passierte alles gleichzeitig. Frau Haak fing an zu schreien. Ihr Mann griff in seine Manteltasche, es war eine fließende Bewegung, und Daphne ahnte, dass Haak diese Bewegung schon hundertmal für den Notfall geprobt hatte. Er würde sehr schnell sein. Daphne zielte auf sein Herz und schoss.

Alex drehte sich zu ihr um und starrte sie an. Er sagte etwas, aber sie konnte es nicht mehr hören, weil Frau Haak jetzt noch hysterischer schrie. Der Hund hatte es geschafft, sich aufzurichten, und torkelte mit gefletschten Zähnen auf Daphne zu. Sie sah dieses Monster mit seinem offenen Maul und schoss noch einmal. Hund und Herr starben nur Sekunden getrennt voneinander. Frau Haak schrie und schrie. Die ganze Hausgemeinschaft würde jetzt aufgewacht sein.

Daphne spürte, wie Alex nach ihrem Arm griff und sie aus der Wohnung zerrte, die Treppe hinunter. Immer schneller. Überall im Haus gingen jetzt die Türen auf, Leute standen im Schlafrock auf ihren Türschwellen und riefen nach der Polizei. Alex zog, schubste und stieß Daphne fast mit sich die Stiege hinunter, er hielt sie fest am Handgelenk. Sie spürte nichts mehr und rannte nur noch mit. Irgendwann waren sie auf der Straße, er zog sie immer noch, zog sie durch die eiskalte Nacht. Daphne verlor die Orientierung, sie hatte keine Ahnung, wo sie waren, jede Gasse sah in der Dunkelheit gleich aus. Sie rannten fünf oder zehn Minuten, sie hatte kein Zeitgefühl, das Herz tat ihr weh, die Lunge, alles schmerzte. In einem Toreingang hielten sie endlich an. Alex schob sie hinein, einen langen Gang entlang, der in einem Hinterhof endete. Im hinteren Teil stand ein Schuppen, den Alex aufschloss. Es war ein kleiner Raum voller Gartengeräte. Sobald er die Tür hinter ihnen geschlossen hatte, fing Daphne an zu zittern. Alles vibrierte an ihr, die Beine, der Oberkörper, der Kopf. Unkontrollierbar.

»Daphne, hör auf!«

Sie spürte, wie Alex ihr ins Gesicht schlug, so wie man es ihnen allen bei der Ausbildung beigebracht hatte. Hysteriker mussten geohrfeigt werden, um sie zur Besinnung zu bringen. Aber sie war keine Hysterikerin. Sie war eine Kämpferin. Sie fing an, auf ihn einzuschlagen, auf sein Gesicht, seinen Brustkorb, die Genitalien. Es schien ihm wehzutun, aber er ließ es geschehen. Es dauerte eine entsetzlich lange Minute und dann sanken sie beide erschöpft auf den Boden.

»Warum hast du Haak erschossen, Daphne?«

Sie antwortete nicht.

»Warum, Daphne?«

»Es … war Notwehr. Er … griff in seine Manteltasche … Haak hatte eine Waffe, er hätte uns umgebracht!«

»Unser Auftrag war es, ihn zu verhaften. Blanning wollte ihn *lebend*! Ein Schuss ins Bein, Arm, alles möglich, aber du hast aufs *Herz* gezielt Daphne! AUFS HERZ! Du warst woanders. An einem völlig anderen Ort. Wo, um Gottes willen, warst du, Daphne?«

»Ich weiß nicht, was du meinst.«

»Glaubst du, ich habe so etwas noch nie zuvor gesehen? Wenn jemand die Kontrolle verliert? Was denkst du, wie oft das an der Front passiert ist. Also, *wen* hast du da eben erschossen?«

»Haak. Ich habe Haak erschossen.«

Alex schwieg. Nach einer Weile fragte er: »Was haben sie mit dir in Griechenland gemacht, Daphne?«

Sie antwortete nicht.

»Gut, ich kann's mir denken. Es ist eine so erniedrigende Erfahrung, und darüber zu sprechen ist wie eine weitere Erniedrigung. Und deswegen tun wir es nicht. Wir können nicht darüber reden, denn dann ist es wieder da. Wie sie einen immer wieder mit dem Kopf in das eiskalte Wasser drücken und einem die Unterwäsche voller Urin am Körper klebt. Und wie man anfängt zu betteln, mit dieser Kinderstimme, die man plötzlich hat. Und man denkt, sie werden mich ertränken wie eine Katze, und ich will nicht mehr, will nur noch, dass es vorbei ist. Und dann wird man bewusstlos und wacht irgendwann nackt in einer anderen Zelle auf …«

Daphne hatte die ganze Zeit auf den Boden gestarrt. Jetzt drehte sie den Kopf zu Alex.

»So etwas ist mir *nie* passiert. NIE!«

»Ja, sicher. Aber was auch immer passiert ist, es ist vorbei. Du bist da rausgekommen.«

»Erspar mir deine Poesiealbumsprüche, Alex. Wie sie uns gequält haben, das hast du dir aus irgendwelchen Akten angelesen. Du hast doch keine Ahnung. Du hattest einen guten Krieg! Du hast etwas Revolution in Wien gespielt und dann ab nach England. Du bist ein Bonvivant, Alex, du verstehst nichts!«

»Erklär's mir.«

»Du verstehst *nichts*!«

»Hat man dich vergewaltigt?«

Sie lachte.

»Nein.«

»Das ist doch endlich mal eine gute Nachricht.«

Daphne blickte ihn jetzt direkt an. Es war mittlerweile alles egal.

»Gut, du willst es ganz genau wissen. Gerne. Sein Name war Alfred Gesrich. SD-Mann um die vierzig. Arbeitete in der Gestapo-Zentrale Athen. Er liebte Holzschnitzereien und hatte eines dieser speziellen Taschenmesser. Er bevorzugte ganz bestimmte Muster.« Sie deutete auf ihren Körper.

Alex starrte sie an. Sie konnte sehen, wie es in seinem Kopf arbeitete. Er verstand es jetzt – ihre hochgeschlossenen Nachthemden, ihre zugeknöpften Blusen, die blickdichten Strümpfe. Er verstand es und sie wünschte sich sofort, es ihm nicht gesagt zu haben.

»Dieser Gesrich hat ...?«

»Ein Hobby von ihm.« Sie versuchte, es leicht klingen zu lassen, aber Alex' aufgerissene Augen entsetzten sie selbst zu sehr. »Keine Sorge. Es ist vorbei. Ich habe damit abgeschlossen. ES IST KEIN PROBLEM MEHR.«

Sie wusste, sie klang nicht überzeugend.

»Daphne! Das glaubst du doch selbst nicht, dass es vorbei ist. Warum denn sonst dieser Ausbruch eben?«

Sie zögerte einen Moment. Nach einer Weile sagte sie: »Ich dachte, er wäre tot. Von Partisanen 1944 erschossen. Begraben und vorbei, verstehst du? Aber er lebt.«

»Du hast ihn hier in Wien gesehen?«

»Jemand hat mir …« Sie verbesserte sich schnell. »Ich kenne seine ungefähre Adresse.«

»Gut! Dann schnappen wir ihn uns. Stellen ihn vor Gericht. Es gibt nichts Schöneres als Revanche, Daphne, glaub's mir.«

»Nein.«

»Du hast eben diesen Haak einfach so erschossen, aber du willst nicht für die Verhaftung deines *wirklichen* Peinigers sorgen? Warum?«

»Selbst wenn ich es wollte, könnte ich es nicht. Er wohnt im sowjetischen Sektor.«

»Er arbeitet jetzt für die Russen?«

Daphne nickte.

»Ja, er scheint Kidnappings für sie zu erledigen.«

»Das ist keine Geschäftsidee mit großer Zukunft, Daphne. Die Russen werden ihn fallen lassen, sobald er nicht mehr nützlich ist. Was jetzt wichtig ist: Hat dieser Gesrich sich jemals bei dir gemeldet?«

»Nein.«

»Dann weiß er nicht, dass du in Wien bist. Warum solltest du auch hier sein? Er wird dich kaum suchen wollen. Er hat doch mit Sicherheit kein Interesse daran aufzufliegen. Du warst sein Opfer. Er wird Angst vor dir haben.«

Daphne lachte.

»Du hast keine Ahnung, Alex.«

»Wieso? Was hat er gegen dich in der Hand?«

Daphne ignorierte die Frage.

»Wir müssen jetzt die Klempner in die Guglgasse schicken,

um unseren Dreck aufzuräumen. Am besten Ed Gray. Er ist am erfahrensten. Was sagen wir Major Blanning?«

»Dass Haak seine Pistole zog und du vor mir reagiert hast«, meinte Alex.

Sie saßen immer noch auf dem Boden. Daphne nahm jetzt seinen Kopf in ihre Hände und küsste ihn.

»Ist das ein Dankeskuss, Schatzerl?«

»Nenn mich nie wieder Schatzerl«, sagte Daphne. Sie knöpfte sein Hemd auf und fing an, seinen Oberkörper zu küssen.

27

Gordon Place
London
März

Hunt versuchte es mit Dehnübungen. Das ständige Sitzen vor dem Computer hatte seine Rückenprobleme noch verschlimmert. Er hatte mittlerweile an die fünfhundert Seiten Zeitungen online durchgesehen. Die Österreicher schienen nach dem Krieg regelrecht zeitungssüchtig gewesen zu sein. Ende 1945 existierten bereits zweiunddreißig neue Zeitungen. Hunt war sich immer noch nicht sicher, wonach er genau suchte. Die Zeitungen waren voll von Berichten über Kidnappings, Schiebereien und Morde.

Er las sich an einem Artikel über Zigaretten fest, während er seine Arme abwechselnd in die Höhe streckte:

100 000 Lucky Strikes, Marke Wienerwald
Wien, 8. September 1948

Unter der Devise: Unterbietet die Jonny! hausierte Montag vormittags ein Mann bei den Zigaretten-Schleichhändlern in der verlängerten Kärntner Straße nebst dem Resselpark und teilte mit, dass 100 000 Lucky Strikes zum Stückpreis von 30 zu haben seien. Sogleich setzte ein großer Andrang auf ein Kaffeehaus in der Nähe ein, in dem zehn Originalkartons zu je 10 000 Stück der billigen Amerikaner lagerten. Aus der Inneren Stadt kamen telefonisch verständigte Käufer und der Schleichhändler hatte seine Ware bald an den Mann gebracht. Kaum war der letzte Karton verkauft, als schon ein Schleicher mit zorngerötetem Gesicht zurückkehrte und mit nicht eben salonfähigen Ausdrücken sein Geld zurückforderte. Ehe der Verkäufer das Weite suchen konnte, waren alle seine Kunden wieder erschienen. Als sie den Karton öffneten, hatten sie nicht Zwanziger-Packungen gefunden, sondern in Wiener Zeitungen eingewickelte Holzstücke.

Hunt hörte mit seinen Dehnübungen auf und klickte sich weiter durch die Bestände. Der Wiener Alltag schien damals alles andere als sicher zu sein und gleichzeitig klammerten die Leute sich an die Idee einer Normalität. Es gab Leserbriefe über misslungene Theateraufführungen und über das Rauchverbot in Straßenbahnen.

Die britische Besatzungszone, in der Daphne arbeitete, publizierte damals die *Weltpresse*. Natürlich hatte die Sowjetunion auch eine Publikation – die *Österreichische Zeitung*. Hunt sah sie sich genauer an. Wenn Daphne oder ihre Kollegen in irgendetwas verwickelt waren, dann würde man es hier finden. Jedes echte oder vermeintliche Vergehen der westlichen Besatzer würde die sowjetische Seite sofort anprangern. Umgekehrt würde es genauso sein.

Hunt scrollte nach unten zu den Polizeiberichten. Da ging es um eine Frau, die ihren Mann nachts im Schlaf erschlagen hatte, da war die Geschichte eines Untermieters, der von seinem Vermieter zerstückelt worden war, und dann gab es da eine Frau, die ihren Nachbarn und seinen Hund ohne jeden Grund erschossen hatte. Die Geschichte kam Hunt besonders merkwürdig vor. Die Täterin und ihr Ehemann waren seit der Mordnacht flüchtig. Auf ihrem Mietvertrag hatten sie falsche Namen angegeben und in ihrer Wohnung in der Guglgasse hatte man keine Hinweise auf ihre wahre Identität gefunden. Alle privaten Gegenstände schienen entfernt worden zu sein. In Hunts Augen klang dies entweder nach einer kriminellen Bande oder der Arbeit von Geheimdienstlern. Er las den Rest des Artikels. Eine Bewohnerin aus der Guglgasse hatte ausgesagt, der Ehemann der Mörderin habe »fesch« ausgesehen. Das stand offenbar im Gegensatz zu dem Mordopfer. Der Verfasser des Artikels erklärte, dass es sich um einen flüchtigen Naziverbrecher namens Walter Haak gehandelt habe, der »ein niederer und ordinärer Charakter« gewesen sei. Der Journalist schien wenig Mitleid mit dem Ermordeten zu haben. Auch die Ehefrau kam nicht vorteilhaft weg. Sie wurde nur als die weinende »Hausfrau Haak« bezeichnet.

Vielleicht hatten im Wien der Nachkriegszeit so viele Leute noch offene Rechnungen, dass es niemanden besonders überraschte, wenn gelegentlich ein paar Nazis über den Jordan gingen. Aber das verschwundene Paar hatte ganz offensichtlich professionell gearbeitet. Hunt beschloss, die anderen Zeitungen nach Berichten über die beiden abzusuchen. Im *Wiener Kurier* fand er noch ein Detail über die Mörderin. Eine Bewohnerin der Guglgasse hatte sie als eine »abgefeimte Griechin« bezeichnet. Anscheinend entsprachen Griechinnen nicht dem rassischen Schönheitsideal der Österreicher. Aber was machte 1948 eine Griechin in Wien? Konnte das Daphne sein?

28

**Industriegebiet
London**
März

Clarissa stand im Cheeky Monkeys und warf die zweite Kopfschmerztablette ein.

Das Monkeys lag im Industriepark gleich neben einem großen Supermarkt. Es war eine heruntergekommene Kinderbespaßungshölle und Clarissa überlegte, wer diesen Ort vorgeschlagen haben könnte. Die gesamte zweite Klasse einer der teuersten Privatschulen Londons in diese trostlose Gegend einzubestellen konnte nur ein Scherz sein. Oder gab es vielleicht einen neuen *slumming* Trend, von dem sie noch nichts gehört hatte? War das hier als eine Art soziales Experiment gedacht: Privatschulkinder in ihren fünfhundert Pfund teuren Schulblazern mit Prolokindern zu vermischen und sehen, was dabei herauskam?

Sie blickte sich nach den anderen Müttern um. Die riesengroße Halle war unterteilt in Klettergerüste und Tunnels, durch die sich Kinder gegenseitig verfolgten, wenn sie nicht gerade in kilometerlangen Bällebädern ertranken oder einander mit blinkenden Plastikschwertern massakrierten. Clarissas Zwillinge waren bereits mit entschlossenen Mienen in dieses Chaos eingetaucht und sie hatte kein

Bedürfnis, die beiden allzu bald wiederzusehen. Ihr Kopf dröhnte. Die ständig flackernden gelb-rot-blau-lila-grünen Discokugeln, die von der Decke hingen, waren eine Tortur, aber noch stärker quälte sie die Lautstärke. Ein permanentes hochtoniges Kindergeschrei, es klang wie Tausend quiekende Schweine kurz vor der Fütterung. Das Gebrüll überlagerte sogar die penetrante Kindermusik, die aus den Lautsprechern dröhnte.

Vielleicht gab es hier irgendwo einen Espresso oder, falls das zu anspruchsvoll war, zumindest einen *Kaffee* zu kaufen. Espresso mit Zitrone half ihr bei Kopfschmerzen am besten. Clarissa sah ein paar dicke Zombie-Eltern vorbeischlürfen, die Kaffeebecher umklammerten, um wach zu bleiben. Hatten die ihre Becher mitgebracht oder gab es hier einen Stand? Bevor sie diesen Gedanken verarbeiten konnte, übertönte eine Lautsprecherdurchsage das Kindergeschrei:

»Die E-l-t-e-r-n des fünfjährigen Keith SOFORT zur Rezeption. Ich wiederhole. Die ELTERN des fünfjährigen Keith SOFORT zur Rezeption!«

Ob die kommen würden, dachte Clarissa. Nach der Klientel hier zu urteilen waren Keith' Eltern mit Sicherheit in eine Kneipe abgetaucht. Oder sie rauchten Crack auf der Toilette.

Hinter einem überdimensionalen Plastikgummibären entdeckte sie jetzt einen Kaffeeautomaten. Es standen zehn Leute davor und es blieb ihr nichts anderes übrig, als sich anzustellen. Der Lautsprecher dröhnte schon wieder:

»Der Wagen mit der Nummer BD51 SMR blockiert die Ausfahrt. Ich wiederhole. Der Wagen mit der Nummer BD51 SMR blockiert die Ausfahrt. Entfernen Sie s-o-f-o-r-t Ihr Auto.«

Was die Stimme wirklich sagte, war: »Fahr dein *fucking* Auto aus der *fucking* Ausfahrt!«

Für einen kurzen Moment dachte Clarissa, es könnte ihr Wagen sein, aber dann fiel ihr ein, dass sie ihn ein paar Straßen entfernt geparkt hatte. Sie konnte nur hoffen, dass er nicht aufgebrochen wurde. Menschen, die in so einer Gegend leben mussten, war alles zuzutrauen. Die Lautsprecherstimme hatte sie an Dorian Gray erinnert: die gleiche unterdrückte Wut, immer kurz vorm Vulkanausbruch. Gray liebte es, den *bad guy* zu spielen. Nein, falsch, er spielte ihn nicht. Er war es. Es erinnerte sie an ihren Großvater Jacob, der hatte seine Wut auch selten unter Kontrolle gehabt. Ständig hatte er jemanden angebrüllt.

Der Mann, der jetzt am Kaffeeautomaten an der Reihe war, schien sich ebenfalls nicht mehr unter Kontrolle zu haben. Er warf einen leeren Plastikbecher auf den Boden und schlug wütend gegen den Automaten, um sein Wechselgeld zurückzubekommen. Wahrscheinlich war das Ding noch aus den Nullerjahren. Anders konnte sie sich das nicht erklären. Wo musste man denn sonst noch mit Münzen zahlen? Clarissa hatte keine Münzen dabei, nur eine Karte. Ging das hier nicht auch mit Karte?

Die Frau hinter dem Wutmann versuchte es jetzt. Sie hatte etwas mehr Geduld, aber sie scheiterte ebenfalls. Clarissa gab auf und ging Richtung Ausgang. Vielleicht würde etwas frische Luft helfen, damit das Dröhnen in ihrem Kopf endlich aufhörte.

Aus dem Lautsprecher kam jetzt eine neue Anordnung, genau der gleiche Sadistenton wie vorhin:

»Die Geburtstagsgäste von Tiffany ins Partyzimmer drei. Ich wiederhole. Tiffanys Gäste s-o-f-o-r-t ins Partyzimmer d-r-e-i.«

Was würde passieren, wenn Tiffanys Gäste nicht ins Zimmer Nummer drei gehen wollten? Was würde passieren, wenn sich eine von ihnen lieber auf dem Klo versteckte, weil Tiffany eine totale Bitch war? Davon gab es schließlich an jeder Schule genug.

Endlich keine Ansage mehr, dafür aber sofort wieder Kindermusik. »Heigh-ho, heigh-ho, it's home from work we go ...« Schneewittchen und die Sieben Zwerge. Knuddelige kleine Männer, die mit Axt und Picke fröhlich singend ins Bergwerk einfuhren. Der Scheißdisneyfilm. Sie musste hier sofort raus.

Wer hatte das damals im Internat verpetzt, dass ihr Großvater Jacob ein Bergarbeiter gewesen war? Welche Bitch war das gewesen? Die anderen Mädchen hatten sie erbarmungslos damit gequält. Wenn sie abends in den Schlafsaal gekommen war, hatten sie ihr dieses Lied zur »Begrüßung« gesungen. »Heigh-ho, wir graben, graben, graben, um reich zu werden.« Ja, schnelles, dreckiges Geld wie die Zwerge, das hatte Jacob gemacht. Und jetzt quälte Professor Hunt sie noch einmal damit. Diese Scheißfragen nach ihrem Großvater. Wieso war sie so dämlich gewesen, ihm auch noch dabei zu helfen? Das Foto von Jacob mit irgendeinem Mädchen vorm Friseurladen. Es hatte sie so überrascht, dieses Bild von ihm zu sehen, ein glücklicher Jacob, nicht der Großvater, den sie kannte. Der alte, verbitterte Jacob. Wieso hatte sie nicht so getan, als hätte sie keine Ahnung, wer dieser junge Mann war? Wieso hatte sie ihn als ihren Großvater identifiziert? Hunt wäre doch ohne sie nicht draufgekommen. Es war ein dummer Fehler gewesen. Sie war sonst so gut, wenn es um Täuschungsmanöver ging. Das ganze verdammte Internatspack hatte ihr am Ende aus der Hand gefressen. Es war harte Arbeit gewesen, ihr gesamtes Taschengeld war dabei draufgegangen. Die Enkelin eines ehemaligen Bergarbeiters, eines *Niemands*, hatte es nach ganz oben geschafft, beliebtestes Mädchen an Prinzessin Annes ehemaliger Schule. Das musste ihr erst mal jemand nachmachen. Heigh-ho, ihr *fucking bastards*!

Mittlerweile engagierte sie sich *aufopferungsvoll* für ihre alte Schule und überreichte jedes Jahr eine Trophäe beim Schulfest. Ihr Großvater hatte damals das grässliche Ding gespendet: ein Pokal für Zivilcourage, inklusive fünfhundert Pfund Preisgeld. Sie hatte keine Ahnung, wie er auf so was gekommen war – Zivilcourage. Er war ein ganz einfacher Mann gewesen. Sicher hatte er nicht einmal gewusst, wie man das schrieb – Zivilcourage. Und jetzt war er, dank Professor Hunt, von den Toten wiederauferstanden und quälte sie.

Clarissa hatte endlich den Ausgang gefunden und atmete frische Luft ein. Immer noch niemand da. Wo waren die anderen Mütter abgeblieben? War das vielleicht ein Trick gewesen und man hatte nur sie allein an diesen Horrorort dirigiert? Aber das konnte nicht sein. Sie suchte auf ihrem Handy die WhatsApp-Gruppe der zweiten Klasse. Da stand ganz eindeutig INDUSTRIEPARK HEUTE und alle hatten mittlerweile darauf geantwortet. Die anderen Mütter schienen genauso verwirrt über den Ort zu sein wie sie. Zwei steckten noch im Stau fest, eine wollte das Au-pair schicken und Lavinia harrte irgendwo auf dem Parkplatz aus. Vielleicht traute sie sich mit ihrem zarten Hector nicht in diese Hölle. Clarissa stand an der Tür und blickte Richtung Parkplatz. Sie konnte in einiger Entfernung Lavinia und Hector sehen, wie sie sich sehr vorsichtig durch die Autoreihen schlängelten, als befänden sie sich auf stark vermintem Terrain.

»Hier drüben ist der Eingang!«, rief Clarissa. Hector sah verschreckt zu ihr herüber. Sicher war der kleine Junge in seinem Leben noch nie in einem heruntergekommenen Industriepark gewesen.

»Gott sei Dank! Ich dachte, wir finden hier niemanden«, sagte Lavinia erleichtert. Sie war wie immer teuer angezogen. Allein ihre Handtasche musste an die zehntausend Pfund gekostet haben. In dieser Umgebung war sie damit stark gefährdet. Sie schien sich dessen jedoch nicht bewusst zu sein. Lavinia kannte nur ein Leben in Pastelltönen. Es gab nichts, worum sie sich ernsthaft Sorgen machen musste, und sie schwebte deswegen über allem. Clarissa bewunderte dieses Schweben. Genauso wollte sie sein, eine Frau ohne Sorgen. Sie war mit Lavinia befreundet, aber sie wusste, sie würde ihr nie die Wahrheit sagen können. Dass ihr Leben seit Simons Abgang ein einziges Chaos geworden war, dass er schon vor Monaten die Scheidung eingereicht hatte, dass sie seitdem Angst vor allem hatte. Dem sozialen Statusverlust, dem Geldverlust, davor, alles Erkämpfte zu verlieren. Lavinia würde sie bemitleiden, natürlich. Aber gleichzeitig würde diese schwebende Frau sofort wissen, dass Clarissa von nun an ein attraktiver Single und damit ein toxischer Faktor in ihrer Müttergruppe geworden war. Eine Scheidung löste immer Kettenreaktionen aus. Man fing an, die eigene Ehe zu überdenken, oder, noch schlimmer, die Ehemänner interessierten sich für das attraktive Scheidungsopfer. Clarissa wusste, dass sie, sobald die Scheidung durch wäre, viele Angebote von verheirateten Männern bekommen würde, Lavinias Ehemann inklusive. Die »Tröster« würden auftauchen, die glaubten, ein Schnäppchen machen zu können. Lavinia würde sie diskret fallen lassen, alle würden sie fallen lassen. Clarissa sah das ganz klar vor sich und sie konnte nichts dagegen tun. Sie riss jetzt die Tür von Cheeky Monkeys auf und rief: »Schau dir das an, Lavinia! Wir sind in der Hölle gelandet.«

Lavinia trat vorsichtig in den Eingangsbereich von Cheeky Monkeys. Sie lachte.

»Nicht zu fassen.«

»Und was sagst du zu dieser grauenhaften Kindermusik aus den Lautsprechern, dieses ständige ›Heigh-ho, heigh-ho‹?«

Lavinia zog die perfekt gezupften Augenbrauen hoch und lauschte.

»Welche Kindermusik meinst du, Clarissa? Ich höre nur Geschrei.«

29

Gordon Place
Britischer Muttertag
März

Es war der erste Frühlingstag in diesem Jahr. Im kleinen Park am Gordon Place blühten schon Osterglocken und Hyazinthen. Ein Gärtner stutzte Sträucher und auf dem Rasen kickten zwei Sechsjährige einen Ball. Die Szene wäre idyllisch gewesen, wenn die beiden Jungen nicht plötzlich angefangen hätten, mit dem Ball auf die Beete zu zielen. Sie knickten eine Narzisse nach der anderen um, als wären sie Kegel in einer Bowlingbahn. Der Gärtner schaute zu ihnen hinüber und rief etwas. Einer der Jungen schrie ein lautes »Fuck you!« zurück und schoss weiter.

Sein Au-pair-Mädchen sah jetzt von ihrem Handy auf und ging schnell zu den Blumenbeeten. Sie versuchte, dem Jungen den Ball wegzunehmen. Er fing an zu brüllen und trat ihr mit voller Wucht in den Bauch.

David Gray hatte die Szene aus der Ferne beobachtet. Er saß auf einer der Bänke am anderen Ende des Parks und überlegte sich keinen Moment lang einzuschreiten. Im Gegenteil, das kleine Drama amüsierte ihn. Der Gärtner kam jetzt angerannt, um dem Au-pair-Mädchen beizustehen. Der Junge trat ihr noch einmal in den Bauch und der Gärtner gab ihm daraufhin eine kräftige Ohrfeige. Gray legte sein Automagazin zur Seite, die Vorstellung wurde immer besser. Wenn es schlecht für den Gärtner lief, konnte er wegen der Ohrfeige seinen Job verlieren. Die Kinder schienen dieselbe Idee zu haben, sie rannten heulend aus dem Park. Wahrscheinlich holten sie ihre Mutter.

»Sind das Clarissa Barclays Zwillinge, die gerade die Osterglocken zerstört haben?«, fragte eine Stimme hinter David Gray. Er drehte sich um. Es war Emma Spencer. David wunderte sich, wie sie ohne Chipkarte in den Park gekommen war, aber wahrscheinlich hatten Geheimdienstmitarbeiter problemlos Zugang zu allen Londoner Privatparks.

»Ja, das sind die Monsterkinder von Clarissa. Gestört wie ihre Mutter. Die verschleißen Au-pairs im Wochentakt. Das neue Mädchen wird's auch nicht lange machen. Sie hängt sowieso permanent am Handy. Wahrscheinlich hat sie die Tritte verdient.«

Wenn David Gray gehofft hatte, Emma Spencer mit dem letzten Satz zu provozieren, hatte er sich geirrt. Sie setzte sich neben ihn auf die Parkbank und blinzelte in die Sonne.

»Osterglocken schenkt man ja traditionell zum Muttertag«, sagte sie.

»Ist heute Muttertag? Sie meinen, die Monster wissen das? Das wäre dann ja richtig freudianisch. Sie killen die Muttertagsblumen. Wahrscheinlich hassen die Kleinen ihre Mutter genauso wie ihre diversen Au-pair-Mädchen.«

»Sie mögen keine Kinder, Mr. Gray?«

»Sind Sie gekommen, um mit mir über Kinder und Osterglocken zu reden, Miss Spencer?«

»Nicht wirklich. Als wir uns neulich trafen, hatte ich vergessen, etwas zu fragen. Können Sie sich an Ihr letztes Gespräch mit Gerald Fraser erinnern?«

David Gray war sich ziemlich sicher, dass eine Frau wie Emma Spencer selten etwas vergaß.

»Gespräch? Wir führten keine Gespräche. Nur das Übliche – ›Guten Morgen, guten Abend, schönes Wetter heute‹, das war's. Der Mann redete ja kaum. Und wenn er redete, war es immer unsagbar banal. Hat Ihnen das nicht bereits Ihr Freund Professor Hunt erklärt? Dieser intellektuelle Snob hat doch mit Sicherheit auch keine ›Gespräche‹ mit dem trotteligen Fraser geführt.«

»Gut, dann frage ich anders. Wann genau haben Sie Gerald Fraser zum letzten Mal gesehen?«

Er lachte. »Nicht sehr originell.«

»*Wann*, Mr. Gray?«

»Was weiß ich. Ich glaube, am Hauseingang, einen Tag, bevor er ermordet wurde. Er hatte seine Einkaufstüten dabei. Er kaufte ständig Essen bei Marks & Spencer ein. Muss ein Vermögen gekostet haben. Keine Ahnung, wie er sich das leisten konnte.«

»Daphne Parson hatte ihm etwas Geld vermacht«, sagte Emma. David Gray war überrascht.

»Wirklich? Das passt.«

»Inwiefern?«

»Die Alten – Daphne, mein Vater –, die haben immer ein Getue um Fraser gemacht. Es war widerwärtig.«

Das Gartentor öffnete sich jetzt und Clarissa betrat den Park. Es war ein beeindruckender Auftritt. Sie trug ein teures hellblaues Mantelkleid. Beim letzten Weihnachtsgottesdienst hatte die Prinzessin von Wales ein ähnliches Kleid angehabt. In den Händen hielt Clarissa jedoch keine hübschen Blumenbouquets. Rechts und links hingen die heulenden Zwillinge an ihr. Sie zerrten ihre Mutter über den Rasen. Clarissa schien Emma und David Gray nicht zu bemerken und marschierte hoch erhobenen Hauptes auf den Gärtner und das Au-pair-Mädchen zu.

»Ah, jetzt wird es interessant«, sagte David Gray. »Auftritt Medea. Bin sicher, die Zwillinge haben ihr irgendeine Lügengeschichte erzählt.«

»Ist das Ihr Spitzname für Clarissa Barclay?«, fragte Emma. »Medea?«

»Warum nicht. Sie nennt mich hinter meinem Rücken Dorian Gray, und wenn wir schon literarische Vorbilder verwenden, dann passt Medea perfekt zu ihr. Das ist meine Prognose, diese Frau wird enden wie Medea. Sie ist der Typ Rächerin.«

»Wie kommen Sie darauf?«, fragte Emma.

»Männliche Intuition.«

Sie beobachteten, wie Clarissa jetzt auf den Gärtner und das Au-pair-Mädchen einredete. Die Zwillinge hüpften vor Aufregung auf und ab und schrien durcheinander. Einen Moment lang sah es so aus, als wollte Clarissa auf den Gärtner einschlagen, aber das Au-pair-Mädchen stellte sich vor ihn und fing noch stärker an zu weinen. Clarissa drehte sich daraufhin abrupt um und marschierte mit den Zwillingen an den Händen aus dem Park.

»Jetzt braucht sie ein neues Au-pair-Mädchen«, sagte David zufrieden.

»Sie kennen Clarissa Barclay schon lange?«

»Vom Wegschauen. Ihr Großvater war so ein Baulöwe in der Gegend. Kriegsgewinnler, der kaputte Häuser preisgünstig aufgekauft hat. Er hat seiner Prinzessin die größte Wohnung vermacht.«

»Sein Name war Jacob Winner.«

»Wirklich? Was Sie alles wissen, Ms. Spencer«, sagte David ironisch.

»Aber es gibt so vieles, was ich noch nicht weiß, Mr. Gray. Zum Beispiel, warum ehemalige Arbeitskollegen – Ihr Vater und Daphne Parson – hier gemeinsam am Gordon Place gewohnt haben. Haben Sie Ihren Vater nie danach gefragt?«

»Sie glauben, der hätte mir eine Antwort gegeben? Der war doch von Ihrer Truppe, Miss Spencer. Leute wie Sie stellen Fragen, Antworten geben sie nie.«

Emma schwieg. Nach einer Weile sagte sie: »Ich bin sicher, Sie haben ihm Fragen über Daphne Parson gestellt. Sie mochten sie.«

»Ich stehe nur auf Frauen unter dreißig.«

»Sie wissen genau, was ich meine«, sagte Emma.

David Gray starrte auf das Au-pair-Mädchen und den Gärtner am anderen Ende des Parks. Der Gärtner versuchte immer noch, das weinende Mädchen zu trösten.

»Gott!!! Sie nerven, Miss Spencer! Natürlich hat mich Daphne interessiert. Sie war anders als die Spießer hier. Vermacht hat sie mir leider nichts.«

»Aber?«

»Nachdem sie mich bei dem Kokainprozess rausgehauen hat, hab ich meinen Vater gefragt, warum sie immer allein lebt. Ich hab das nicht verstanden.«

»Und?«

»Er hat mir irgendeine Geschichte erzählt von einem Kollegen, Daphnes großer Liebe, blablabla. Der Mann wäre dann verschwunden. Alles völliger Quatsch.«

»Wieso Quatsch?«

»Ich habe neulich einen langen Artikel über Ihre *Organisation* in der *Financial Times* gelesen. Beim MI6 durften Frauen früher nicht heiraten. Sie hätten sonst automatisch ihren Job verloren, stimmt's?«

»Ja, bis in die 1970er-Jahre existierte diese Regelung für Mitarbeiterinnen. Wenn es bekannt wurde, dass sie mit jemandem zusammenlebten oder sogar heiraten wollten, bedeutete es das Karriereende.«

Gray nickte zufrieden.

»So wie ich Daphne kannte, hätte sie für ihren Job alles aufgegeben. Die Liebesgeschichte konnte also nicht stimmen. Falls es den Mann wirklich gab, hat sie ihn davongejagt, um ihren Job zu behalten.« Er sah Emma belustigt an. »Wissen Sie, Sie sind ihr ähnlich. Nicht äußerlich. Gott bewahre, aber Sie sind auch eine Hundertprozentige. Sie leben für diesen Job, stimmt's? Es gibt nichts Wichtigeres in Ihrem Leben.«

Emma stand von der Parkbank auf.

»Ich lebe nicht im Zölibat, Mr. Gray.«

Er lachte.

»Wirklich? Jetzt wird es endlich interessant. Erzählen Sie mir mehr darüber, Miss Spencer!«

Emma gab vor, ihn nicht mehr zu hören. Sie ging langsam zum anderen Ende des Parks. Aus der Ferne konnte David Gray beobachten, wie sie mit dem Gärtner und dem Au-pair-Mädchen redete. Beide schienen immer noch sehr erregt zu sein. Nach einer Weile schüttelte der Gärtner Emmas Hand. Er ging zu den Blumenbeeten hinüber und schnitt die umgeknickten Narzissen mit einer Gartenschere ab. Es waren fast zwanzig Stück in leuchtendem Gelb. Er teilte sie in zwei Sträuße auf, die er Emma und dem Au-pair-Mädchen überreichte.

David Gray wurde fast schlecht von dem Kitsch der Szene.

30

London
März

Ein Altersheim zu besuchen bedeutete für Hunt die absolute Höchststrafe. In seinen Augen waren es Orte der Verzweiflung, die man weiträumig umgehen musste. Bis jetzt hatte er das immer geschafft. Er kannte diese Heime nur aus den Medien und das reichte ihm völlig. In den Pandemiejahren hatten alle Fernsehstationen darüber berichtet, wie hoch die Corona-Todesrate unter den Bewohnern von Altersheimen war und dass die wenigen Überlebenden von der Außenwelt abgeschottet werden mussten. Es klang logisch und beruhigend. Hunt hatte deswegen nicht verstanden, warum sich Angehörige über dieses Besuchsverbot beklagten. Einige von ihnen mochten wirklich ihre eingesperrten Verwandten vermissen, aber andere erschienen ihm wie Heuchler, die im Grunde heilfroh waren, nicht mehr hingehen zu müssen. Er fand Letzteres nachvollziehbar. Wer, außer Erbschleichern, wollte schon in seiner Freizeit missgelaunte Greise und ihre verfallenden Körper besuchen? Jeder, der sich so was antat, musste doch wissen, dass er einen Blick in die eigene Zukunft warf. Eine grauenhafte Zukunft, in der man entweder unter stupider

Langweile litt oder – noch schlimmer – chronischen Schmerzen. Hunt hatte vor langer Zeit beschlossen, dieses Stadium auf keinen Fall zu erreichen. Er plante sich vorher noch rechtzeitig umzubringen. Wobei das Timing ein gewisses Problem darstellte. Woher wusste man, dass der richtige Zeitpunkt gekommen war und es ab sofort nur noch bergab ging? Heute Morgen zum Beispiel war er wieder mit diesen schrecklichen Rückenschmerzen aufgewacht und hatte sich ernsthaft überlegt, zum Arzt zu gehen. Stattdessen musste er jetzt Natalie Geary im Altersheim Clark Home besuchen, was die Rückenschmerzen sicher verstärken würde. Er verstand sehr gut, warum Emma Spencer den Altenheimbesuch auf ihn abgewälzt hatte. Aber sie hätte ihm vorher wenigstens erklären können, ob es so etwas wie eine Altersheims-Etikette gab. Musste man ein Geschenk mitbringen – frisches Obst, Blumen oder Pralinen? Hunt stand unschlüssig vor dem Blumenstand an der U-Bahn-Station South Kensington und konnte sich nicht entscheiden. Die Blumensträuße sahen klein und völlig überteuert aus.

»Brauchen Sie Blumen für ein RENDEZVOUS, Professor Hunt?«, fragte eine Stimme hinter ihm. Er drehte sich um und sah Clarissa. Sie war mit Miss-Selfridge-Tüten bepackt, gerade aus der U-Bahn-Station South Kensington gekommen. Nichts erinnerte mehr an das weinende Bündel, das er vor ein paar Tagen im Lift gefunden hatte. Clarissa sah aus, als wäre sie von einem sechswöchigen Wellness-Urlaub zurückgekommen.

»Blumen für ein Rendezvous? Oh Gott, nein. Im Gegenteil. Es ist so eine Art …«, Hunt wollte das Wort Altersheim nicht aussprechen, Clarissa sollte auf keinen Fall denken, dass seine Bekannten schon in Altersheimen lebten, »ich mache so eine Art … Krankenbesuch.«

Clarissa stellte ihre Tüten ab und betrachtete die Blumenauswahl.

»Die Rosen da drüben sehen schön aus. Aber ob sie lange halten werden? Und in den Krankenhäusern sind sie ja SO STRENG geworden. Da darf man nur noch auf Privatstationen Blumen mitbringen.«

»Wirklich?«

Hunt hatte von so einem Blumenverbot noch nie gehört. Krankenhäuser rangierten bei ihm noch vor Altersheimen. Seit Jennys Tod konnte er keine Krankenhäuser mehr betreten.

»Sie waren so nett zu mir neulich, Professor Hunt. Ich wollte mich dafür noch einmal bedanken.«

»Gar kein Problem.«

»Und das Fotoalbum mit dem Bild meines Großvaters Jacob, das war wirklich interessant. Wann machen wir damit weiter?«

»Haben Sie denn dafür Zeit, Clarissa? Sie haben doch jetzt wirklich anderes zu tun.«

»Wegen Simon? Nein, das überlasse ich ALLES meinem ANWALT. Ich will nicht Tag und Nacht darüber nachdenken. Ich will INTERESSANTE Dinge erleben. Also, Sie kommen zu mir zum Abendessen, und wir analysieren das Fotoalbum, ja? Nächsten Montag? Da sind die Zwillinge bei einer Pyjamaparty.«

Hunt war etwas überrascht. Er lebte jetzt seit fast zehn Jahren in dem Haus und Clarissa hatte ihn noch nie in ihre Wohnung eingeladen.

»Ja, natürlich. Gerne.«

»GUT! Und welchen Strauß nehmen Sie jetzt?«

»Lieber keinen. Wenn die nicht im Krankenhaus zugelassen sind, wäre es ja eine Verschwendung.«

Sie verabschiedeten sich und Hunt stieg in die U-Bahn nach Ealing Broadway ein. Es war wieder einer dieser besonders klapprigen Züge, die oft stehen blieben, und er wünschte sich in solchen Momenten nach Cambridge zurück, wo er überall mit dem Rad hinfahren konnte. Aber in London grenzte der Versuch, Rad zu fahren, an Selbstmord. Aggressive Minitransporter schnitten absichtlich jeden, der einen Fahrradhelm aufhatte. Ihr Ziel schien es zu sein, so viele Radfahrer wie möglich aus dem Weg zu räumen.

Nach dreißig Minuten und mehreren »unplanmäßigen Verzögerungen« kam er endlich in Ealing Broadway an. Auf der Webseite hatte das Altersheim Clark Home wie ein architektonisches Siebzigerjahre-Betonmonstrum ausgesehen. Hunts Erwartungen waren deshalb von vornherein gering. Als er endlich davorstand, musste er feststellen, dass das Clark Home in der Realität noch um einiges hässlicher war als auf der Webseite. Wahrscheinlich gab es in London auch elegante, teure Altersheime mit Gourmetessen und anspruchsvollem Kulturprogramm, aber das Clark Home gehörte mit Sicherheit nicht in diese Kategorie. Hunt fragte sich, wie der Anblick dieses Heims auf Gerald Fraser gewirkt haben musste. Von Gordon Place hierher zu ziehen symbolisierte nicht nur einen großen sozialen Abstieg, sondern bedeutete auch, mit Leuten zusammenzuleben, die wahrscheinlich alle dement oder auf dem Weg dorthin waren. Hunt konnte jetzt nur hoffen, dass Natalie Geary sich noch geistig einigermaßen auf der Höhe befand. Am Telefon hatte die Pflegerin versichert, dass Mrs. Geary nicht auf der Demenzstation untergebracht war. Aber was hieß das schon? Sicher fand eine Pflegerin es bereits beachtlich, wenn sich jemand daran erinnern konnte, wer gerade Premierminister war. Im Grunde erwartete Hunt nicht, irgendetwas Nützliches von Natalie Geary zu erfahren, und er fragte sich zum wiederholten Male, warum Emma ihm das antat. Aber jetzt gab es kein Zurück mehr.

Das Erste, was ihm schon im Eingangsbereich auffiel, war der Geruch von Urin. Die Frau an der Rezeption schien den Geruch nicht zu bemerken, vielleicht war sie mittlerweile abgestumpft. Sie begrüßte Hunt auf eine überbetuliche Art, die ihm sofort auf die Nerven ging.

»Wie schön, dass Sie uns gefunden haben. Mrs. Geary wartet schon auf Sie. Sie ist eine *so* nette alte Dame.«

Hunt befürchtete plötzlich, die Rezeptionistin könnte glauben, er wolle hier einziehen.

»Ich will ihr nur ein paar Fragen stellen. Eine Art Zeitzeugeninterview.«

»*Natürlich!* Natürlich! Gehen Sie einfach in den Gemeinschaftsraum. Wir geben Mrs. Geary dort immer den besten Platz am Fenster mit Blick auf den Garten. Es wird Ihnen gefallen. Laufen Sie einfach geradeaus und dann rechts.«

Hunt hatte das ungute Gefühl, diese Frau hielte ihn wirklich für einen potenziellen Neuzugang. Er ging deswegen mit betont sportlichen Schritten und durchgedrücktem Rücken den langen Gang hinunter. Es tat verdammt weh.

Der Gemeinschaftsraum war fast leer, aber am Fenster saß eine kleine Frau, die ihn erwartungsvoll anlächelte. Sie sah gepflegt aus. Ihre weißen Haare hatte sie mit viel Haarspray in Form gebracht und sie trug ein lilafarbenes Wollkleid mit einer goldenen Brosche. Als Hunt auf sie zuging, stellte er erleichtert fest, dass sie nach einem altmodischen Rosenparfüm duftete.

»Mrs. Geary? Mein Name ist Professor Hunt. Ich glaube, die Pflegerin hat es Ihnen schon gesagt, ich wohne in Ihrem ehemaligen Zuhause, in der Nr. 30 am Gordon Place.«

»Ich kenne Sie aus dem Fernsehen! Sie reden in der BBC über Hitler!«

»Ich arbeite über Stalin, ja.«

Hunt setzte sich auf den Sessel gegenüber von Mrs. Geary. Sie schien geistig wach zu sein.

»Ich interessiere mich sehr für Geschichte, Professor Hunt. Es lebten ja viele berühmte Leute am Gordon Place, wussten Sie das?«

Hunt hatte es mal gegoogelt.

»Sie meinen die Balletttänzerin Margot Fonteyn und Max Reinhardt?«

»Reinhardt, der Regisseur ja. Der blieb nicht lange, den habe ich nicht mehr erlebt. Aber von Margot Fonteyn besitze ich immer noch Autogrammkarten. Sie war eine wunderbare Tänzerin. Jahrelang habe ich nicht mehr an Gordon Place gedacht und dann treffe ich plötzlich Gerald Fraser wieder und jetzt Sie. Ist das nicht merkwürdig?«

»Genau das wollte ich Sie fragen, Mrs. Geary. Wissen Sie, warum Gerald Fraser hier auftauchte?«

»Es war ein Zufall! Er sah sich mehrere Altersheime in London an und er kam auch zu uns. Wenn Neulinge vorbeischauen, dann bittet die Direktorin mich immer, mit den Leuten ein wenig zu reden. Um ihnen die Schwellenangst zu nehmen. Verstehen Sie?«

Hunt verstand das sofort. Dieser trostlose Ort löste in ihm alle möglichen Ängste aus. Er konnte sich durchaus vorstellen, dass Mrs. Gearys sonnige Art potenzielle Insassen beruhigte.

»Natürlich habe ich Gerald nicht erkannt nach all den Jahren. Ich bin ja schon als junges Mädchen nach Sheffield gegangen und er blieb sein Leben lang am Gordon Place. So eine schöne Wohngegend, die verlässt man nicht gerne.

Wissen Sie, ich habe nie mehr im Leben an so einem schönen Ort gelebt wie am Gordon Place.«

Ein alter Mann betrat den Gesellschaftsraum. Er warf Hunt einen feindseligen Blick zu.

»Beachten Sie Hugo nicht, Professor Hunt«, sagte Mrs. Geary, »er neigt zur Eifersucht.«

Hunt gab ein verlegenes Lachen von sich. Hielt »Hugo« ihn ernsthaft für einen Konkurrenten um Mrs. Gearys Gunst? Vielleicht stimmten ja all diese wilden Zeitungsgeschichten über Sex unter Achtzigjährigen. Mit Viagra war vieles möglich.

»Sie haben Gerald Fraser also nicht wiedererkannt?«

»Er war ein alter Mann geworden!«, sagte Mrs. Geary. »Er stellte sich nur als Gerald vor, aber als er sagte, er wohne am Gordon Place, da habe ich ihm erzählt, dass mein Vater dort früher als Hausmeister gearbeitet hatte. In der Kellerwohnung von Nr. 30. Und er sagte: ›Du bist die kleine Natalie!‹«

Mrs. Gearys Gesicht bekam einen koketten Ausdruck, der Hunt verwirrte. Für einen Moment erahnte er, dass diese Frau früher einmal sehr leidenschaftlich gewesen sein musste. Vielleicht waren ihre drei Ehemänner an Erschöpfung gestorben. Ihr Verehrer Hugo schien trotzdem die Nummer vier werden zu wollen. Er hatte sich jetzt mit einer Zeitung nahe an sie herangesetzt und hantierte an seinem Hörgerät. Mrs. Geary sprach wahrscheinlich extra so leise, um ihn zu ärgern.

»Gerald Fraser war ein so bescheidener Mann. Immer sehr zurückhaltend, er wollte nie jemandem Unannehmlichkeiten machen. Schon als Kind war er so. Als er am Gordon Place ankam, war er so schüchtern, er redete mit mir wochenlang kein Wort. Erst nach einer Weile taute er etwas auf.

Bei ihm war immer Karfreitag, nie Ostersonntag. Verstehen Sie, was ich meine? Wie bei Miss Parson, die war auch immer *so* ernst. Die beiden passten ausgezeichnet zueinander, sie gingen auch ständig zusammen ins Museum.«

»Sie erinnern sich an Daphne Parson?«

»Natürlich.«

Mrs. Gearys zwitschernde Stimme hatte auf einmal einen härteren Ton angenommen. Hunt bemerkte es sofort.

»Sie mochten Miss Parson nicht?«

Mrs. Geary schaute zur Seite. Sie wollte ganz offensichtlich nicht darüber reden.

»Ich kannte sie kaum.«

Hunt spürte, dass er hier vorerst nicht weiterkäme. Er versuchte, wenigstens etwas mehr über Gerald Fraser zu erfahren.

»Erwähnte Mr. Fraser, warum er seine Wohnung am Gordon Place aufgeben wollte?«

»Er sagte, es sei ein Ort für Millionäre geworden. Da leben jetzt die reichen Araber mit ihren teuren Autos. Aber Sie werden das besser wissen, Professor.«

Hunt dachte an Clarissas neuen SUV und die Protzautos seiner saudi-arabischen Nachbarn, aber er wollte beim Thema bleiben.

»Hat Gerald auf Sie ängstlich gewirkt?«

»Nein! Es war sicher schwer für ihn, Gordon Place zu verlassen, aber er hatte sich dazu entschieden. Er kam sogar zweimal hierher, um es mit mir zu besprechen. Es wäre so schön gewesen, jemanden von früher im Heim zu haben. Ein Kreis, der sich schließt, verstehen Sie?«

Mrs. Gearys Verehrer Hugo raschelte jetzt demonstrativ mit seiner Zeitung.

»Sie sagten, Gerald Fraser kam *zweimal* zu Ihnen?«

»Ja, das zweite Mal auch wegen meiner kleinen Souvenirsammlung.«

»Welche Sammlung?«

»Wir wollten unsere Erinnerungen austauschen. Er brachte das alte Album seiner Mutter mit und ich hatte meine Erinnerungsstücke an Gordon Place herausgesucht. Ein paar Briefe und Fotos von damals. Er hat sie mitgenommen, um sie kopieren zu lassen. Könnte ich sie jetzt wiederhaben? Sie waren in einer Dose. Kennen Sie noch die alten Quality-Street-Dosen mit dem Bild einer Dame und ihrem Galan bei der Kutschenfahrt? Meine alte Dose zu sehen hat Gerald so gefreut. Wir haben beide als Kinder diese Dosen gesammelt und er hatte ganz viele davon.«

Sie klang für einen Moment wie eine begeisterte Achtjährige.

»Er hat Ihre Dose mitgenommen?«, fragte Hunt. »Dann müsste sie in seiner Wohnung sein. Ich glaube, ich habe dort welche gesehen, aber ich frage noch mal nach.«

»Ich wäre Ihnen sehr dankbar dafür. Diese Dosen sind ja mittlerweile Sammlerstücke!«

»Das Album, das er mitbrachte – Sie sagten, es gehörte seiner Mutter? War das vielleicht ein Album mit Wienfotos?«

»Ja, da waren viele Fotos aus Österreich. Seine Mutter Marjorie hatte mit Miss Parson dort nach dem Krieg gearbeitet. Sie waren enge Freundinnen.«

Marjorie. Hunt atmete tief durch. Er fragte sich nicht zum ersten Mal, ob Emma Spencer ihm bewusst Informationen vorenthalten hatte oder einfach nur schlecht recherchierte. Letzteres war eher unwahrscheinlich. Emma hatte mit Sicherheit innerhalb von vierundzwanzig Stunden nach Gerald Frasers Ermordung alle Informationen über ihn auf dem Tisch gehabt. Sie musste also auch seine Geburtsurkunde kennen. Und auf dieser Urkunde war bestimmt auch der Mädchenname der Mutter eingetragen. Das konnte Emma nicht übersehen haben.

»Seine Mutter war Marjorie Aitken?«

»Aitken? Ich weiß nicht, ob Mrs. Frasers Mädchenname Aitken war, aber das könnte schon sein. Aitken ist ein schottischer Nachname, nicht wahr? Marjorie und ihr Mann, Mr. Fraser, kamen beide ursprünglich aus Schottland, daran erinnere ich mich.«

Hunt konnte sich jetzt nur noch schwer konzentrieren. Er war zu wütend auf Emma.

»Sicher fallen mir noch mehr Fragen ein, Mrs. Geary, wahrscheinlich, wenn ich wieder in der U-Bahn sitze.«

»Sie können jederzeit wiederkommen, Professor Hunt!«

Sie hatte den letzten Satz nicht besonders laut gesagt, aber Hugos Hörgerät schien gut zu funktionieren. Er zerknüllte fast seine Zeitung.

»Kann ich Ihnen etwas mitbringen nächstes Mal? Brauchen Sie etwas von draußen?«

Mrs. Geary wirkte jetzt leicht pikiert.

»Wir sind hier keine Gefangenen, Professor Hunt. Wir dürfen das Heim jederzeit verlassen. Wir gehen auch einkaufen.«

Hunt war es unangenehm, dass er seine Vorurteile so offen gezeigt hatte. Ihm kam eine Idee.

»Hätten Sie Lust, mich am Gordon Place zu besuchen? Vielleicht fallen Ihnen vor Ort noch ein paar Dinge von früher ein?«

Mrs. Geary strahlte triumphierend in Hugos Richtung: »Es wäre mir eine große Freude, Professor Hunt.«

31

London School of Economics (LSE)
März

Emma saß in einem Hörsaal der London School of Economics, umgeben von jungen Studenten. Sie hatte sich eine Basketballkappe aufgesetzt. Nicht weil sie befürchtete, von irgendjemandem erkannt zu werden, niemand hier konnte wissen, wer sie war. Die Kappe half ihr, etwas jünger auszusehen. Von hinten hätte man sie für eine Studentin halten können und von vorn legte der Kappenschirm einen Schatten über ihre müden Augen. Jenny hatte ihr das beigebracht, nirgends aufzufallen, möglichst in der Umgebung zu verschwinden, »Teil der Tapete« zu werden. Aber vielleicht überschätzte Emma die Wahrnehmungsfähigkeiten der LSE-Studenten. Keiner von ihnen schien sie zu beachten, alle waren zu sehr mit sich selbst beschäftigt – mit ihren Handys und Laptops. Emma fragte sich, ob die Studenten gerade private SMS schrieben oder sich ernsthaft Notizen machten.

Der Hörsaal war halb leer, vielleicht weil es sich um kein kontroverses Thema handelte. Es ging um politische Geschichte: *Griechenland im Zweiten Weltkrieg*. Emma hatte sich überlegt, die Dozentin direkt zu befragen, aber was hätte sie ihr sagen sollen? Dass sie eine Journalistin war, die einen Artikel über den griechischen Widerstand schrieb? Es klang zu konstruiert. In die Vorlesung zu gehen war der einfachere Weg gewesen.

Es überraschte Emma jetzt, wie altmodisch der Vortragsstil war. Die Dozentin stand an einem Pult, sie zeigte keine PowerPoint, keine Filmclips und der Vortrag wurde nicht einmal mit Zoom aufgezeichnet. Vielleicht war es ein neuer, puristischer Trend? Was auch immer es war, Emma hoffte, endlich mehr über Griechenland zu erfahren. Sie wollte verstehen, was Daphne dort für die SOE getan hatte. Welchen »Fehler« hatte sie damals gemacht? Die Akten über diesen Abschnitt ihres Lebens waren unvollständig. Emma versuchte, sich auf den Vortrag zu konzentrieren. Die Dozentin war Griechin und analysierte die Geschichte ihres eigenen Landes mit erbarmungsloser Härte. Sie bezeichnete Griechenland vor dem Zweiten Weltkrieg als »eine einzige politische Kloake«. Der Grund dafür wären der griechische König Georg II. und sein autoritärer Premierminister Ioannis Metaxas gewesen. Sie hätten den Faschismus als die einzige Lösung für die wirtschaftlichen und sozialen Probleme des Landes gesehen. Aber das stellte sich schnell als große Illusion heraus. Griechenland wurde trotzdem 1941 vom faschistischen Italien und der deutschen Wehrmacht überfallen. Emma hätte das in jedem Standardwerk nachlesen können, aber die Dozentin kam jetzt zu einem interessanten Punkt. Sie redete über die Zeit der deutschen Besatzung in Griechenland. Linke und rechte Widerständler vereinigten sich zu einer Organisation mit dem Namen *Eleutheria*. Der Name bedeutete Freiheit, aber die Freiheit rückte schnell in weite Ferne. Stattdessen fingen die Widerstandsgruppen an, sich gegenseitig zu bekämpfen.

In diese chaotischen Streitereien mussten Daphne und ihre SOE-Kollegen geraten sein. Emma hoffte, dass die Dozentin Daphne erwähnen würde, aber es war unwahrscheinlich. In keinem Buch über die SOE in Griechenland tauchte ihr Name auf. Aber wenigstens redete die Dozentin jetzt über die Probleme der SOE-Mitarbeiter, die nach Griechenland geschickt wurden. Da die griechischen Widerstandsgruppen untereinander vollkommen zerstritten waren, entschied sich die SOE, die effektivste Gruppe zu unterstützen, und das waren die Kommunisten. Nur sie hatten eine reale Chance, etwas gegen die deutschen Besatzer zu bewirken. Aber dafür brauchten sie einen ständigen Nachschub an Waffen und Sprengstoff. Emma wusste aus den Akten, dass es Daphnes Aufgabe gewesen war, für diesen Nachschub zu sorgen. Sie war damals sehr jung, erst zweiundzwanzig oder dreiundzwanzig Jahre alt. Die griechischen Partisanen, auf die sie 1943 traf, kämpften bereits seit zwei Jahren gegen die Deutschen. Wie reagierten diese Widerstandskämpfer auf eine Anfängerin wie Daphne, mit ihrem runden, frischen Gesicht und den jungen Augen, die noch nichts gesehen hatten?

Emma erinnerte sich an ein Foto aus der Personalakte – die junge Daphne in Uniform, mit verträumten Augen. Sie hätte ihr keinen so gefährlichen Job anvertraut.

Aber Daphne sprach perfekt Griechisch, das musste ihr geholfen haben. Vielleicht akzeptierten die Partisanen sie, weil sie eine griechische Mutter hatte?

Emma dachte an ihre eigenen Einsätze in Kriegsgebieten. Sie war von einheimischen Helfern umgeben gewesen, die so viel mehr Erfahrung gehabt hatten. Anfangs hatte sie sich ihnen gegenüber wie eine Hochstaplerin gefühlt. Um ihre Unsicherheit zu kaschieren, hatte sie sich damals eine Rolle zugelegt: die der selbstbewussten, patenten Emma, die nichts aus der Bahn warf. Es war eine anstrengende Rolle gewesen, aber manchmal, nicht immer, hatte sie damit Erfolg gehabt. Mittlerweile musste sie diese Rolle nicht mehr spielen, sie wusste, wie gut sie in ihrem Job geworden war. Genau wie Daphne und Jenny vor ihr.

Die Dozentin sprach jetzt über die wichtigste SOE-Operation im Sommer 1943: Operation Animals. Der Name passte. Die deutschen Besatzer hatten eine animalische Brutalität gegenüber der griechischen Bevölkerung an den Tag gelegt. Plünderungen, Vergewaltigungen, Erschießungen. Die ganze Bandbreite. Im Jahr 1943 kam der ideale Moment, sich dafür zu rächen. Aber es ging bei Operation Animals nicht nur um Revanche. Die Operation war auch Teil einer großen Desinformationskampagne. Den deutschen Besatzern sollte der falsche Eindruck vermittelt werden, dass die Alliierten ihre Invasion in Griechenland beginnen würden. Es war ein gut geplantes Ablenkungsmanöver.

Ein paar Wochen lang, vom 21. Juni bis zum 11. Juli 1943, überzogen die Widerstandsgruppen und die SOE gemeinsam die deutschen Besatzer mit Sabotageaktionen.

Die Dozentin erwähnte es natürlich nicht, aber Daphne musste dabei gewesen sein. Es waren mutige Aktionen gegen die deutsche Besatzung, aber der Preis dafür erwies sich als hoch. Die Nazis reagierten prompt. Sie verübten im Gegenzug schreckliche Racheaktionen an der griechischen Zivilbevölkerung, inklusive Massenhinrichtungen. Und Daphne wurde aufgespürt und verhaftet. So viel wusste Emma zumindest aus den Akten. Man brachte Daphne in das Gestapo-Gefängnis in der Athener Merlinstraße. Was war dort geschehen? Hatte sie vorher oder erst dort den »Fehler« begangen, der sie zeitlebens belastete?

Eines von Emmas Handys klingelte jetzt. Sie hatte tatsächlich vergessen, es auszuschalten. Ein paar Studenten drehten sich nach ihr um. Auch die Dozentin schaute missbilligend zu ihr herüber. Es war genau die Situation, die Emma hatte vermeiden wollen. Sie wühlte hektisch in ihrem Rucksack, um das Handy zu finden. Sie besaß zwei – ein privates und ein berufliches. Jedes hatte eine andere Farbe und einen anderen Klingelton, damit sie es nie verwechselte. Als sie ihr Berufshandy endlich fand, sah sie, dass Professor Hunt ihr bereits auf Band gesprochen hatte.

32

London
März

Nach ein paar kurzen Frühlingstagen war wieder der Schneeregen gekommen und im Radio wurden weitere Kälteeinbrüche prophezeit. Das unerbittliche Wetter spiegelte Hunts Stimmung wider. Er saß in einem Kaffeehaus in der Brompton Road und wartete auf Emma Spencer. Die Situation erinnerte ihn an seine dunkelsten Zeiten. Immer wenn er sich von einer seiner Freundinnen trennen wollte, hatte er sich mit ihnen in einem Kaffeehaus verabredet. Es war pure Feigheit gewesen. Öffentliche Orte boten für »die letzte Aussprache« viele Vorteile. Die meisten Frauen machten in einem Kaffeehaus keine Szene. In der Regel standen sie auf und gingen wortlos. Nur seine Ex-Frau hatte ihm zum Abschied noch heiße Schokolode über die Hose geschüttet. Wenn er rückblickend darüber nachdachte, hatte er das damals verdient. Bei Emma Spencer war nichts derart Dramatisches zu befürchten. Sie hatte einem Treffen sofort zugestimmt und keine Fragen gestellt. Wahrscheinlich würde sie es mit Fassung nehmen, wenn er ihr die Zusammenarbeit aufkündigte. Vielleicht wäre sie sogar erleichtert.

Die Kellnerin brachte Hunt jetzt seinen Cappuccino. Im trendigen South Kensington mussten selbst Cappuccinos zu einem Ereignis stilisiert werden. Aus dem Schaum hatte man ihm einen kunstvollen Elefanten gemalt. Er sah so schön aus, dass Hunt es kaum wagte, die Tasse zu berühren. Er konnte nur hoffen, dass die Kellnerin sich nicht auch noch an Emmas Kaffee verkünsteln würde. Eine Kaskade von Schaumherzen würde auf keinen Fall den richtigen Ton für das bevorstehende Gespräch treffen.

»Ein Elefant? Hat das eine besondere Bedeutung, Professor Hunt?«

Emma trug einen Regenmantel und knallrote Hunter-Gummistiefel. Sie war dieses Mal perfekt für das Wetter gekleidet, vielleicht befürchtete sie, er wolle nach dem Kaffee noch mit ihr durch den Park laufen.

»Ich habe leider ein Gedächtnis wie ein Elefant. Man kann hier aber auch Schwan- oder Clownbilder bestellen.«

»Ich hätte gerne einen Americano mit Clownbild«, sagte Emma zur Kellnerin. Sie zog den Regenmantel aus und setzte sich ihm gegenüber.

»Und, wie war es bei Mrs. Geary im Altersheim? Hatte sie interessante Informationen für uns?«

Emma sah fröhlich aus und das machte es schwerer für ihn. Die Situation war für seinen Geschmack schon viel zu gemütlich geworden. Aus leidvoller Erfahrung hatte er gelernt, dass es bei Abschiedsgesprächen immer besser war, schnell zum Punkt zu kommen. Er zerstörte mit seinem Löffel das Elefantenbild und sagte: »Ich muss aussteigen. So kann ich nicht arbeiten. Sie schicken mich los, Sachen herauszufinden, die Sie bereits wissen.«

»Was genau meinen Sie?«, fragte Emma. Sie schien ruhig und gefasst, genau wie er es erwartet hatte.

»Ich war in diesem grauenhaften Clark-Altersheim, und Mrs. Geary sagte mir, sie habe Gerald Fraser eine Quality-Street-Dose mit Briefen und Fotos aus den Fünfzigerjahren gegeben. Angeblich wollte er sie kopieren lassen.«

»Die alten Dosen haben wir alle durchgesehen«, sagte Emma, »die waren voller Anglerhaken und alter Postkarten aus Devon. Da waren keine Briefe. Aber ich werde in den Kopierläden der Umgebung nachfragen lassen.«

»Gut, vielleicht sind Sie in dieser Sache tatsächlich unwissend. Aber was Sie mit Sicherheit gewusst haben, ist, dass Gerald Frasers Mutter eine gewisse Marjorie Aitken war. Daphnes Wiener *Kollegin* Marjorie. Und nachdem Mrs. Geary davon erzählte, habe ich *endlich mal* nachgedacht, und mir ist klar geworden, Sie wussten das. Sie haben das Wienalbum in Geralds Wohnung gefunden und dann hat es Sie nur einen Knopfdruck gekostet und Sie konnten all diese Informationen abrufen: Geburtsurkunde von Fraser mit dem Mädchennamen seiner Mutter, Grundbucheinträge über die Besitzverhältnisse von Nr. 30, also auch, dass Jacob Winner das Haus gekauft hatte, Bankdaten von allen Hausbewohnern etc. pp. Der MI6 kommt doch an alles ran. Sie wissen mit Sicherheit auch, welche Handys in der Nacht von Frasers Ermordung am Gordon Place eingeloggt waren, und kennen alle Bilder der Überwachungskameras. Es müssen Unmengen von Bildern sein. Es gibt ja nicht nur am Hauseingang von Nr. 30 eine Kamera, die ganze reiche Nachbarschaft ist vollgepflastert mit Überwachungskameras. Die Saudis haben sicher an jedem ihrer geparkten Lamborghinis eine Dashcam samt Alarmanlage installiert. Über nichts davon haben Sie mich informiert. Im Gegenteil. Sie verschweigen mir Informationen über die Gegenwart und Sie verschweigen mir Informationen über die Vergangenheit. Über Daphne Parsons Lebenslauf haben Sie mir ein paar Brocken hingeworfen – SOE in Griechenland, 1948 Arbeit im Abhörtunnel, Anekdoten über Friseursalons –, lauter nebulöse Szenarien, aber nie das *Vollbild*. Und ich bin sicher, Sie kennen es. Parson muss eine Personalakte gehabt haben, sämtliche ihrer Kollegen damals – Jacob Winner, Marjorie Aitken oder Fraser, Ed Gray, dieser Alexander March – alle werden so eine Akte gehabt haben. Aber nichts daraus erfahre ich. Ich bin mir sicher, Sie wissen ganz genau, was in Wien passiert ist. Vielleicht wissen Sie sogar, was mit Gerald Fraser in meiner Wohnung passiert ist …«

»Nein!«, unterbrach ihn Emma. Sie reagierte so vehement, dass Hunt ihr für einen Moment fast glaubte.

»Warum schicken Sie mich halb blind los, Emma? Ist das eine Art Test, wie viel ein Historiker aufdecken *könnte*? Wie viel man zugeben *muss*, falls die Geschichte doch an die Öffentlichkeit gelangt? Bin ich der nützliche Idiot für Sie?«

»Nein!«

»Was – nein? Geht es etwas genauer?«

Die Kellnerin brachte jetzt den Kaffee. Sie hatte Emmas Bestellung verwechselt, es war kein Clownbild geworden, sondern ein Schwan. Hunt fand, er passte perfekt zu ihr, aber Emma stach irritiert in den langen Hals des Schwans.

»Kennen Sie das alte Eagles-Lied *Hotel California? You can check out anytime you like, but you can never leave.* Der Song passt auf meinen Beruf. Ich kann ihn nie hinter mir lassen. Mein Vorname ist wirklich Emma, aber mein Nachname ist nicht Spencer. Ich habe zwei verschiedene Kryptohandys in meiner Tasche. Heute habe ich Rufbereitschaft, und wenn eines davon klingelt, muss ich sofort aufstehen und gehen. Ich sage allen meinen Freunden, ich arbeite im Foreign Office, und wenn sie mich fragen, was ich dort mache, erzähle ich ihnen so eine dröge Geschichte über meine Arbeit in der Verwaltung, dass sie vor Langweile kaum die Augen offen halten können und mich nie wieder danach fragen. Ja, es stimmt, ich habe Ihnen viele Dinge vorenthalten. Ich kenne ein paar der Personalakten dieser Leute. Sie sind nicht so vollständig, wie Sie vermuten. Wir suchen zum Beispiel immer noch nach Alexander Marchs Akte. Er sitzt auf dem Barfoto neben Daphne, aber Akten sind ›gesäubert‹ worden, Seiten fehlen. Sie sind Historiker, Sie wissen selbst, dass Akten auch im Idealfall nie alles hergeben, dass man andere Quellen finden muss, um den Kontext zu rekonstruieren – Briefe, Tagebücher, Zeitzeugenberichte. Ich darf Ihnen die Personalakten nicht zeigen, aber ich kann die wichtigsten Punkte für Sie mündlich zusammenfassen. Das hätte ich tun sollen.«

»Hätten Sie.«

»Es stimmt, ich habe all diese technischen Möglichkeiten, die Überwachungskameras, die abgefangenen Netzdaten, alles. Und trotzdem brauche ich Sie.«

»Warum?«

Emma nahm einen großen Schluck aus ihrer Tasse.

»Institutionen laufen immer Gefahr, in eine Art Gruppendenken zu verfallen. Der MI6 ist da keine Ausnahme. Wir brauchen Außenseiter, die anders denken, anders an diese ganze Sache herangehen, um den Fall zu lösen. Ich habe Ihnen auch nicht gesagt, dass ich ziemlich sicher bin, wer Gerald Fraser umgebracht hat. Aber ich kann es nicht beweisen. Und ich verstehe das Motiv dahinter nicht. Da ist eine große, gähnende Lücke. Und um sie zu füllen, brauche ich Sie.«

»Moment! Stopp! Können wir das noch mal zurückspulen? Sie wissen, *wer* Gerald Fraser umgebracht hat?«

Emma griff nach ihrem Rucksack und zog ein iPad heraus. Sie suchte nach einer Datei und legte dann das iPad auf den Kaffeehaustisch.

»Der Americano bekommt mir nicht. Wissen Sie, wo die Toiletten sind?«

»Die Treppe runter rechts«, sagte Hunt.

Emma stand auf und ging zu den Waschräumen. Hunt nahm ihr iPad in die Hand und fing an zu lesen.

Auswertung der Videoüberwachungskameras am Gordon Place, Nr. 30

Tatort: Wohnung Nr. 6, 3. Stock, links
Tatzeit: Zwischen 21.20–22.20 Uhr am 26. Februar

Überwachungskameras:
6 Überwachungskameras am Gordon Place Nr. 28, 30 und 32 (Eingang und Hinterhof)
Auswertung von 30 weiteren Überwachungskameras im Umkreis der U-Bahn-Station South Kensington
Auswertungen von 20 Dashcams am Gordon Place

Zahl der eingeloggten Handys in Nr. 30: 3

26. Februar:
17.30 Drei Handwerker verlassen Prof. Hunts Wohnung Nr. 6.

17.35 Mrs. Adams, Wohnung Nr. 3, bekommt eine große Waitrose-Lebensmittellieferung.

17.40 Clarissa Barclay kommt mit einem Taxi vor Nr. 30 an. (Taxifahrer hilft ihr mit den Einkaufstüten.)

18.00 Prof. Hunt verlässt mit Rollkoffer das Haus. Geht Richtung South Kensington U-Bahn. Steigt in die Piccadilly Line Richtung Heathrow Airport ein.

18.03 Hausmeister Mr. Carr reinigt Stufen vor Nr. 30.

18.05 Amazon-Lieferant klingelt bei David Gray, Dachwohnung.

18.10 David Gray verlässt das Haus. Geht Richtung U-Bahn-Station South Kensington.

18.15 Junger Mann, dunkelhaarig, Mitte 20, klingelt an Nr. 30 (konnte bisher nicht identifiziert werden). Geht nach zwei Minuten wieder.

18.20 Miss Reynolds, Mieterin aus Parterrewohnung Nr. 2, kommt nach Hause.

18.25 Masseur klingelt bei Clarissa Barclay (verlässt Haus wieder um 19.40).

18.30 Dogwalker bringt Miss Reynolds Golden Retriever nach Hause.

18.35 Gerald Fraser betritt Gordon Place mit Marks-&-Spencer-Einkaufstüte (letzte Aufnahme von ihm).

18.40 Bewohner von Wohnung Nr. 3, Mr. Adams, kommt aus Kanzlei nach Hause.

19.00 Deliveroo-Lieferung für Miss Reynolds (Yo-Sushi-Essen).

19.10 Makler der Firma Savills kommt mit Klient zur Besichtigung der leeren Wohnung im ersten Stock links (bleiben bis 20 Uhr).

19.30 Teenagerpaar, ca. 17 und 18 Jahre alt, streiten vor Nr. 30. Gehen dann gemeinsam ins Haus Nr. 32 (Mädchen ist Tochter von Sir Toni Claremont).

19.40 Mr. Milton, Vorsitzender der Gordon-Place-Nachbarschaftsinitiative, klingelt an mehreren Wohnungen der Nr. 30, sammelt Unterschriften für ein Stoppschild. Wird ins Haus gelassen (verlässt es 30 Minuten später wieder).

19.45 Zeugen Jehovas klingeln an mehreren Wohnungen von Nr. 30. Ohne Erfolg.

20.00 Taxi hält vor Nr. 30. Das Au-pair-Mädchen von Clarissa Barclay kommt mit den Zwillingen vom Eislaufen nach Hause. Kurze Schlägerei der zwei Jungen vor dem Hauseingang.

20.15 Mr. und Mrs. Adams gehen mit Miss Reynolds zur Happy-Bar in der Brompton Road.

20.30 Große Deliveroo-Pizzalieferung für Clarissa Barclay.

20.30 Au-pair-Mädchen von Clarissa Barclay verlässt das Haus.

20.34 David Gray kehrt zurück in seine Wohnung.

20.45 Der Hausmeister, Mr. Carr und Mrs. Carr gehen Richtung Kino in Chelsea.

22.30 Rückkehr von Hausmeister Mr. Carr mit Ehefrau.

23.10 Gemeinsame Rückkehr von Miss Reynolds und dem Ehepaar Adams.

01.00 Au-pair-Mädchen von Clarissa Barclay kommt in stark angetrunkenem Zustand nach Hause.

Emma war von der Toilette zurückgekommen. Sie steckte das iPad in ihren Rucksack.
»Ich vertrage einfach keine Milchprodukte mehr. Muss eine neue Intoleranz sein.«
»Sie sollten sich testen lassen«, sagte Hunt.
Es entstand eine längere Pause. Nach einer Weile fing Emma an zu reden: »Sowohl Clarissa Barclay als auch David Gray waren zum Todeszeitpunkt mit Fraser allein im Haus. Wenn wir den Golden Retriever als Täter ausschließen, muss es einer von beiden gewesen sein.«
»Es könnten auch Clarissas schreckliche Zwillinge gewesen sein«, sagte Hunt.
»Sie sind zwei kleine Schläger, aber sicher nicht in der Lage, auf Augenhöhe einen erwachsenen Mann zu erschlagen. Skrupellos sind sowohl Gray und Clarissa Barclay. Die Frau ist ein einziger Stressball. Sie hat diese aufgesetzte Fröhlichkeit von Menschen, die eine schwere Depression überspielen.«
Hunt fand diese schonungslose Analyse unfair.
»Sie lebt in Scheidung, da reagiert man leicht überdreht. Ich setze eher auf Gray. Die eigentliche Frage ist, was war das Motiv?«
»Sie machen also weiter?«, fragte Emma.
Hunt zögerte.

»Ich kann nicht weitermachen, wenn ich von Ihnen nicht mehr Infos über diese Wien-Gruppe bekomme, Emma.«

»Sie sind sehr *gierig* geworden, Professor Hunt. Okay, wir können darüber reden. Aber nicht heute. Wie wäre es morgen im National History Museum hier um die Ecke bei den Dinos?«

»Sie wollen Dinosaurier ansehen?«

»Warum nicht? Ich gehe dort öfter hin. Da sind so viele Touristen und Schulgruppen, da fällt man nicht auf.«

Hunt wurde klar, dass Emma Orte danach beurteilte, ob sie sich für konspirative Treffen eigneten. Es war eine bizarre Welt, in der sie sich bewegte. Und auch sein Leben hatte sie damit komplizierter gemacht. Nach dem, was er jetzt wusste, war es fast unmöglich, sich mit Clarissa zum Abendessen zu treffen.

»Clarissa hat mich zum Essen eingeladen. Wir wollen uns die Wienfotos ansehen.«

Emma warf ihm einen spöttischen Blick zu.

»Sie sind bei einer Tatverdächtigen zum Abendessen eingeladen?«

»Dass Clarissa *Ihre* Tatverdächtige ist, weiß ich erst seit zwei Minuten.«

»Was kocht sie?«, fragte Emma amüsiert.

»Ich habe keine Ahnung. Meiner Erfahrung nach können Upperclass-Frauen selten kochen.«

»Sind die Zwillinge dabei?«, fragte Emma.

»Nein, soweit ich weiß, sind die über Nacht bei Freunden.«

Emma ahmte Clarissas euphorischen Tonfall nach.

»Dann wird es sicher ein sehr INTERESSANTER Abend!«

33

Wien
Oktober 1948

Lisl und Jacob standen vor der Kinokasse in der Josefstädter Straße. Die Schlange war lang. Halb Wien wollte den Film *Der Engel mit der Posaune* sehen. Jacob hoffte, sie würden trotzdem noch Karten bekommen. Es war sein erstes Rendezvous mit Lisl, und er wollte auf keinen Fall, dass noch irgendetwas schieflief. Er hatte sich um zehn Minuten verspätet und sie schien deswegen etwas ungehalten zu sein.

»Wissen Sie, wie man angeschaut wird, wenn man mit einem Besatzer ausgeht?«, fragte Lisl. Jacob wünschte, sie würde du sagen.

»Ich kann's mir denken.«

»Es ist so *verlogen*. Als wir 45 am Verhungern waren, da haben alle die Augen fest zugedrückt. Da hatten ganze Familien was davon, wenn die Tochter einen Besatzer heimbrachte. Der hat sie mit Essen versorgt. Und jetzt, wo es uns etwas besser geht, da werden solche Frauen beschimpft. Haben Sie gehört, was für Wörter die Leute sagen? ›Schokoladys‹ oder ›Dollarflitscherl‹.«

»Gibt es auch England-Flitscherls?«, fragte Jacob. Es war nicht einfach für ihn, das Wort »Flitscherl« auszusprechen, aber er hoffte, Lisl damit ein wenig zum Lachen zu bringen. Es funktionierte nicht.

»Nein, wenn man mit einem Engländer geht, ist man eine ›Tommie-Hure‹. So würden sie mich nennen.«

»Das tut mir sehr leid«, sagte Jacob. Er wünschte, er könnte Lisl vor all dem beschützen. Er hatte bisher noch nie solche Anwandlungen verspürt, sie überraschten ihn.

»Ich lass mir von denen doch nicht sagen, mit wem ich ins Kino gehe. Ich habe im Friseurladen ja auch ausländische Kundinnen wie Miss Parson. Die würde ich doch nie ablehnen! Die sind immer sehr nett zu mir.«

Jacob dachte daran, dass Daphne und Marjorie mehrere Gründe hatten, nett zu einem naiven Mädchen wie Lisl zu sein. Nicht alle diese Gründe waren ehrenwerter Natur. Er versuchte, den Gedanken zu verdrängen.

»Und Sie kennen Miss Parson schon lange?«, fragte Lisl.

»Nein«, log Jacob.

Er war überrascht, dass Lisl so laut über Daphne Parson redete. In dieser Stadt musste man vorsichtig sein. Unter den Wartenden an der Kinokasse konnten sich alle möglichen Spitzel befinden. Wusste Lisl das nicht? Und hatte sie nicht verstanden, wie gefährlich es war, für Marjorie und Daphne zu arbeiten?

Wenn sie jetzt allein gewesen wären, dann hätte er Lisl vielleicht gesagt, dass er die beiden Frauen schon seit drei Jahren kannte und nach allem, was sie in Wien zusammen durchgemacht hatten, sogar ziemlich gut kannte. Er hätte ihr auch gesagt, wie viel Respekt er vor diesen Frauen hatte. Früher hätte er nie gedacht, dass man als Mann überhaupt freiwillig für Frauen arbeiten wollte. Er wusste ganz genau, was man bei ihm zu Hause in Aberfan dazu gesagt hätte. Seine Bergarbeiterkumpels wären vom

Stuhl gefallen vor Lachen. Sie hätten ihn gnadenlos aufgezogen und nie mehr damit aufgehört. Es war gut, dass sie nie erfahren würden, was er hier tat.

»Worum geht es in dem Film eigentlich?«, fragte er Lisl.

»Es ist eine österreichische Familiengeschichte. Sie wird Ihnen sicher gefallen und Sie lernen dadurch auch etwas mehr Deutsch.«

Jacob nickte. Er konnte nicht zugeben, dass ihn vor allem eines an diesem Kinobesuch interessierte: der dunkle Kinosaal. Er wollte Lisls Hand halten oder vielleicht sogar einen Arm um sie legen. Er hatte keine Ahnung, ob das möglich sein würde. Vielleicht sollte er damit sowieso noch etwas warten. Er durfte diese Sache auf keinen Fall vermasseln.

Die Frau hinter der Kinokasse stand jetzt auf und rief:

»Ausverkauft! Keine Karten mehr! Geht's nach Hause!!!«

Jacob hätte sie erwürgen können.

»Ich hatte mich so auf den Film gefreut!«, sagte Lisl enttäuscht. »Was machen wir denn jetzt?«

»Wie wär's mit einem Abendessen? Wo könnten wir ein Restaurant finden?«, fragte Jacob. Er wollte nicht zugeben, dass er sich nur bei Nachtclubs gut auskannte.

»Restaurants sind viel zu teuer«, sagte Lisl. Jacob dachte nach.

»Warten Sie, ich habe eine Idee. Ich hab noch etwas Schinken und eine Flasche Wein bei mir zu Hause.«

»Ich werde nicht mit auf Ihr Zimmer kommen«, sagte Lisl. Sie klang gekränkt. Jacob wusste, er hatte einen schweren Fehler gemacht.

»Nein, nein. Natürlich nicht. Das meinte ich nicht. Ich meinte … Wie wär's mit einem Picknick? Vielleicht im Friseurladen? Ich hole alles, was ich habe, und wir essen etwas bei Ihnen im Laden?«

»Ein Picknick im Laden?«, fragte Lisl skeptisch.

»Und ich verspreche, mich ganz korrekt zu verhalten. Keine Sorge, ja? Ich wohne nicht weit von hier, ich kann alles holen.«

Er wusste, seine Stimme klang eine Spur zu flehentlich, aber er wollte auf keinen Fall, dass der Abend jetzt schon endete. Lisl gab nach.

»Gut. Ich helfe Ihnen tragen.«

Sie gingen die Gasse hinunter, vorbei an Trümmerbergen. Bisher hatte Jacob diesen Schutt als deprimierend empfunden, aber jetzt kam es ihm so vor, als gäbe es nichts Romantischeres, als mit einem Mädchen wie Lisl durch eine Trümmerkulisse zu laufen.

»Lisl, als Sie eben Miss Parson erwähnten … Das war keine gute Idee. Das sollten Sie nicht vor allen Leuten tun. Es ist doch nicht ganz ungefährlich, was Sie da für Daphne und Marjorie machen.«

»Wieso?«

»Im Krieg hat es bei uns immer geheißen: ›Loose lips sink ships‹«, sagte Jacob.

Lisl sprach es langsam nach.

»L-o-o-s-e l-i-p-s s-i-n-k s-h-i-p-s. Gefällt mir, das reimt sich schön. Als Sie neulich kamen, um die Berichte abzufotografieren, da hatte ich etwas Angst. Aber im Grunde ist es wirklich keine große Sache. Ich frisiere alle paar Wochen diese Frau, die aus dem sowjetischen Sektor kommt. Miss Parson zahlt die Rechnung für die Frau. Und manchmal gibt die Frau mir mit dem Trinkgeld einen Umschlag. Und den gebe ich dann an Miss Parson oder Miss Aitken weiter. Und neulich war es etwas mehr. Viele Blätter, die schnell wieder zurückmussten.«

Die Gasse war menschenleer, Jacob redete trotzdem sehr

leise: »Lisl, das ist nicht harmlos. Die Russen sind nicht dumm. Wenn diese Kundin von Ihnen aus dem sowjetischen Sektor unter Beobachtung steht und sie mit Ihnen Übergaben macht ... dann kann alles passieren.«

»Das fällt keinem auf. Die meiste Zeit unterhalten wir uns doch nur. Da müssten die Russen alle Friseure der Welt verhaften. Der Friseurbesuch, das ist für Frauen wie eine Beichte, verstehen Sie? Die Kundin muss ja alles irgendwo einmal loswerden und sie kann sich beim Friseur darauf verlassen, dass ihre Geheimnisse gewahrt werden.«

Jacob konnte kaum glauben, dass Frauen beim Friseur wirklich so viel ausplauderten. Aber es erklärte natürlich, warum Daphne diesen Friseursalon in der Inneren Stadt bevorzugte. Er war anscheinend nicht nur ein guter Treffpunkt für Übergaben, sondern musste ein Hort des Klatsches sein.

»Ich will einfach nur, dass Sie vorsichtig sind, Lisl. Ohne Daphne und Marjorie hätte ich Sie nie kennengelernt und dafür bin ich dankbar. Ich weiß, die beiden sind absolut zuverlässig, aber bis auf meinen Kollegen traue ich sonst niemandem in dieser Stadt.«

Sie standen jetzt vor dem Haus, in dem er sich mit Ed eine kleine Wohnung teilte.

»Warten Sie hier einen Moment im Hauseingang? Ich hole den Schinken.«

Jacob rannte die Treppe hinauf und sperrte schnell die Wohnungstür auf. Er musste sich beeilen. Vielleicht hatte er Lisl mit seinen Mahnungen verschreckt. Im schlimmsten Fall ging sie nach Hause und beschwerte sich am nächsten Tag bei Daphne und Marjorie über ihn.

Die Wohnung war leer. Gott sei Dank hatte Ed heute

Nachtdienst, er hätte ihm sonst alle möglichen Fragen gestellt. Jacob lief zum Vorratsschrank und warf einfach alles in einen Korb, was er an Essbarem finden konnte. Er griff noch schnell nach den Kerzen und Streichhölzern, die sie für Notfälle immer im Haus hatten, und rannte die Treppe hinunter. Der Hauseingang war so dunkel, dass er Lisl nicht gleich sehen konnte. Für einen schrecklichen Moment dachte er, sie wäre gegangen. Aber dann trat sie in den Lichtkegel einer Laterne und er war erleichtert. Er konnte spüren, dass sie ihm etwas sagen wollte, und bekam Angst, sie würde einen Rückzieher machen. Sie gingen eine Weile schweigend nebeneinander her. Lisl sprach zuerst.

»Danke, dass Sie sich Sorgen um mich machen, Jacob. Um mich hatte schon lange keiner mehr Angst.«

Er war überrascht.

»Ich wollte Ihnen keine Angst machen.«

Lisl nahm ihm die Kerzen ab.

»Das haben Sie nicht.«

Sie liefen weiter in Richtung Friseursalon und Lisl sah ihn nicht an, während sie redete.

»Ich weiß schon, was sie mit einem machen können. Als sie ins Burgenland kamen, da hat es uns alle erwischt.«

Jacob wusste nicht, was er sagen sollte.

Er verstand, was sie mit »erwischt« meinte. Aber es passte einfach nicht zusammen. Er hatte Lisl für ein glückliches junges Mädchen gehalten, das gerne Filmzeitschriften las und mit ihren Freundinnen herumalberte. Er hätte nie gedacht, dass ihr so etwas passiert sein könnte. Erst jetzt fiel ihm wieder ein, dass sie an dem Abend, als sie sich zum ersten Mal begegnet waren, das Burgenland erwähnt hatte. Er hatte gehört, was dort 45 passiert war.

Massenvergewaltigungen durch die Rote Armee. Aber damals konnte sie doch erst fünfzehn Jahre alt gewesen sein.

»Deswegen arbeitest du für uns?«

Er bemerkte, dass er einfach zum Du übergegangen war. Es schien Lisl nicht zu stören.

»Nein, ich mache das mit euch natürlich nur wegen des Schinkens.« Sie versuchte, es lustig klingen zu lassen. »Ich habe schon so lange keinen Schinken mehr gegessen. Und schon gar nicht bei einem Picknick!«

Sie hatten den Friseurladen erreicht und Lisl sperrte die Tür auf. Im Laden war es stockdunkel, wie bei ihrer ersten Begegnung. Lisl ging zu einem Schrank und nahm zwei der Friseurhandtücher heraus.

»Zu Hause hatten wir ein rot-weiß kariertes Picknicktuch, aber hier müssen wir ein Handtuch nehmen. Legst du den Schinken hier auf das Tuch, Jacob? Wir müssen ihn ganz langsam essen, ja? Und jetzt reden wir nicht mehr von all diesen anderen Dingen. Versprochen?«

»Nie mehr«, sagte Jacob. Er zog die Weinflasche aus dem Korb und goss zwei Gläser ein. »Auf die mutige Lisl!«

»Auf einen Neuanfang!«, sagte Lisl. »Und weißt du, was Teil dieses Neuanfangs sein wird? Ich werde dir nach dem Essen die Haare schneiden. Du wirst dann ganz anders aussehen. Noch besser!«

»Weißt du, wer mir früher immer die Haare geschnitten hat? Bevor ich in der Armee war?«

»Deine Mutter.«

»Woher weißt du das?«

»Es ist immer so. Alle meine männlichen Kunden erzählen mir das. Manche fangen dann sogar an zu weinen, weil ihre Mutter den Krieg nicht überlebt hat.«

»Keine Sorge«, sagte Jacob, »ich werde auf keinen Fall weinen. Meine Mutter lebt noch. Ein echter walisischer Drachen.«

Lisl hob ihr Glas.

»Keine Angst vor Drachen! Und jetzt her mit dem Schinken!«

34

**Gordon Place
London**
März

Hunt hatte noch schnell am Blumenstand der U-Bahn-Station South Kensington einen großen Strauß bunter Rosen gekauft. Er war sich nicht sicher, ob die Blumen zu konventionell aussahen. Clarissa schien eine Blumenkennerin zu sein, wahrscheinlich ging sie regelmäßig zur Chelsea Flower Show, um sich bei den besten Floristen der Welt Anregungen zu holen. Ob sie den Strauß mochte oder nicht, war jedoch sein geringstes Problem. Es beunruhigte ihn etwas anderes. Obwohl er es Emma Spencer gegenüber nicht zugegeben hätte, sprach tatsächlich etwas gegen Clarissa: Sie hatte eine besondere Nähe zum Opfer. Bei der jährlichen Sommerparty im Gemeinschaftspark war es allein Clarissa gelungen, Gerald Fraser aufzutauen. Er war bei diesen Veranstaltungen überhaupt nur ihretwegen erschienen. Dorian Gray hingegen hatte eine solche Nähe nicht. Soweit Hunt es beurteilen konnte, hatte Gray so gut wie nie mit Gerald Fraser geredet. Es war also sehr unwahrscheinlich, dass Gray wissen konnte, was Fraser in dieser Nacht geplant hatte. Aber Clarissa und Gerald Fraser hatten öfter miteinander geredet. Und da war noch etwas:

Fraser war ein ängstlicher Mann gewesen, im Gegensatz zu Clarissa. War sie vielleicht in dieser Nacht mit ihm in die Wohnung eingebrochen? Ihr traute Hunt so einen Einbruch zu, dem furchtsamen Fraser nicht. Er hätte sie höchstens begleiten wollen.

Hunt konnte nur hoffen, dass er sich irrte und Clarissa nichts mit Gerald Frasers Tod zu tun hatte. Er mochte sie. Vielleicht stimmte es ja, dass Clarissa mit ihrer Exaltiertheit eine schwere Depression überspielte. Aber sie war immer schon ein wenig exzentrisch gewesen und im Moment stand sie wegen ihrer Scheidung unter sehr großem Stress. Die Monsterzwillinge machten sicher alles nur noch schlimmer. Emma Spencers harsche Analyse Clarissas war einfach nur eine gnadenlose Karikatur. Sicher hatte sie selbst keine Kinder und wusste nicht, wie die einen in den Wahnsinn treiben konnten. Vielleicht spielte dabei auch ein gewisses Konkurrenzdenken zwischen den beiden Frauen eine Rolle. Emma und Clarissa waren fast gleichaltrig, sie mussten beide auf sehr ähnliche Privatschulen gegangen sein. Hunt wusste aus Erzählungen seiner Ex-Freundinnen, welche brutalen Hierarchiekämpfe sich an diesen Schulen abspielten. Daraus entstanden Feindschaften fürs Leben.

Es war neunzehn Uhr. Er griff nach dem Blumenstrauß und ging die Treppe hinunter zu Clarissas Wohnung. Schon nach dem ersten Klingeln wurde die Wohnungstür schwungvoll geöffnet.

»Professor Hunt! Was für eine FREUDE. Kommen Sie rein. OH, ROSEN im März!«

Er wusste nicht, ob das ein Kompliment oder eine Kritik an den Blumen war. Clarissa sah so schön aus, dass jeder Blumenstrauß neben ihr sowieso banal wirkte. Ihre

Haare waren leicht verwuschelt, was bei Hunt Schlafzimmerassoziationen auslöste, und sie trug ein eng anliegendes knallrotes Tageskleid mit einem überraschend tiefen Ausschnitt, das diese Assoziationen noch einmal verstärkte. Seine väterlichen Gefühle für sie verschwanden innerhalb von Sekunden.

»Kommen Sie in die Küche, um mich zu RETTEN! Ich habe das schlecht getimt. Dieses Lamm kann jeden Moment trocken werden ... Also, wir müssen die Vorspeise deswegen überspringen. Machen Sie schon mal den Wein auf? Er steht da drüben.«

Hunt wollte so wenig Alkohol wie möglich trinken, um einen klaren Kopf zu bewahren, aber er öffnete die Flasche und schenkte Clarissa ein Glas ein. Sie trank es in einem Zug aus.

»Jetzt verstehe ich, warum Starköche alle ein Alkoholproblem haben«, sagte Clarissa, »der STRESS ist ja kaum auszuhalten!«

Sie zog das Lamm aus dem Ofen und marschierte damit in Richtung Esszimmer.

»Auf YouTube sieht das alles so EINFACH aus ... NEIN! Jetzt habe ich die Zitronen-Tahini-Sauce vergessen ...« Sie rannte zurück in die Küche.

Hunt setzte sich an den Esstisch und sah sich um. Clarissas Wohnung war dreimal so groß wie seine. Eine Mischung aus bunten Ikea-Sofas und teuren Designermöbeln. Er mochte die knallgelben Wände. Sie erinnerten ihn an das georgische Gelb seines alten Collegezimmers in Cambridge.

»Hier ist die Sauce. Die ist mir gelungen. Aber das Lamm. Na ja, irgendwie trocken. Ich hätte auf meine Eltern hören sollen. Die wollten mich mit achtzehn auf eine dieser Fünf-Sterne-Kochschulen in der Schweiz schicken, aber ich hatte Sorge, DICK zu werden. Wer kocht, isst doch ständig, nicht wahr? Also habe ich mich geweigert. Vielleicht hätte ich hingehen sollen, dann würde ich jetzt nicht in Scheidung leben.«

Sie lachte ihr lautes Lachen, während sie versuchte, das Lamm zu schneiden. Es schien ihr nicht ganz zu gelingen.

»Können Sie gut schneiden?«, fragte sie Hunt.

Er nahm das Messer aus Clarissas Hand und versuchte es. Es war fast stumpf und es kostete ihn mehr Kraft, als er gedacht hatte.

»Ist es schlimm?«, fragte Clarissa.

»Nein, nein. Gar nicht.«

Er legte ein paar Scheiben auf ihre Teller.

»Und jetzt viel Sauce drübergießen«, sagte Clarissa. Sie schob die Zitronen-Tahini-Sauce zu ihm rüber. Hunt probierte das erste Stück Lamm.

»Die Sauce ist ausgezeichnet, Clarissa.«

»Ach, das sagen Sie nur aus MITLEID! Aber ich werde mich BESSERN. Das hier ist ja heute nur der Probelauf. Wir leben schon so lange im selben Haus und ich habe Sie noch nie zum Abendessen eingeladen. SCHRECKLICH von mir. Alles nur, weil die Kinder mich SEIT SECHS JAHREN in Atem halten. Aber jetzt wird ALLES anders.«

»Sie müssen wirklich nicht auch noch Ihre Nachbarn bespaßen, Clarissa. War denn Gerald Fraser jemals hier?«

Sie blickte ihn überrascht an.

»Gerald? Nein. Er war meines Erachtens ein EREMIT. Es war doch schwer genug, ihn zu den Gartenpartys zu überreden. Erinnern Sie sich? Man musste ihn regelrecht auf den Rasen ZERREN.«

Sie trank ihr zweites Weinglas in einem Zug aus. Hunt

war sich ziemlich sicher, dass sie schon vor seinem Eintreffen etwas getrunken hatte.

»Konnten Sie etwas mehr über meinen Großvater Jacob herausfinden?«

Hunt kaute langsam an einem besonders harten Stück Lamm.

»Wenn nicht der Krieg ausgebrochen wäre, hätte sich Ihr Großvater wahrscheinlich eine Staublunge geholt wie so viele Bergarbeiter. Oder er wäre bei einem Grubenunglück umgekommen. Aber er wurde zu den Royal Engineers eingezogen und arbeitete später mit Ed Gray, Daphne Parson und Gerald Frasers Mutter zusammen in Wien.«

Clarissa sah ihn jetzt mit großen Augen an. Ihre Pupillen schienen stark geweitet, Hunt fragte sich, ob Emma doch recht hatte. Vielleicht nahm Clarissa Antidepressiva. Aber durfte man die mit Alkohol mischen?

»Geralds MUTTER arbeitete mit meinem Großvater zusammen? Ich hatte keine Ahnung. Wie hieß sie?«

»Marjorie. Und Ihr Großvater Jacob hat Marjorie, Daphne Parson und Ed Gray Wohnungen in diesem Haus geschenkt.«

»GESCHENKT?« Clarissa lachte. »Das kann nicht sein. Mein Großvater war ein abgebrühter Bauunternehmer. Ich kannte ihn ja noch. Ein harter Waliser. Ein Waliser *verschenkt* nichts.«

»Die Schenkungen könnten mit seiner Zeit in Wien zu tun gehabt haben. Aber Sie sagten ja, er erwähnte nie, was er genau in Wien getan hatte?«

Clarissa schenkte ihnen Wein nach.

»Ich wusste nicht einmal, dass er DORT war. Diese Wienfotos von ihm waren völlig neu für mich. Haben Sie denn mittlerweile herausfinden können, wer das hübsche Mädchen vor dem Friseurladen ist?«

»Nein, leider nicht. Auf dem anderen Foto, das in einem Restaurant oder in einer Tanzbar aufgenommen wurde, taucht sie noch einmal auf. Da sind Ihr Großvater, das Mädchen, Daphne Parson und ein Kollege namens Alex March abgebildet.«

Clarissa säbelte an ihrem Lamm.

»Alex March? Den Namen habe ich auch noch nie gehört. Hat mein Großvater dem auch eine Wohnung GESCHENKT?«

»Nein ... aber glauben Sie ... Glauben Sie, Ihr Großvater hat als Geschäftsmann«, Hunt versuchte, es höflich auszudrücken, »eher unorthodoxe Methoden angewandt?«

Clarissa lachte.

»Kennen Sie einen EHRLICHEN Bauunternehmer? Bei aller Liebe zu meinem Großvater, aber wenn er tatsächlich diesen Leute Wohnungen *schenkte*, hat er entweder irgendwelches SCHWARZGELD damit gewaschen oder er schuldete den Leuten etwas. Einen anderen Grund kann ich mir nicht vorstellen.«

»Ja, es scheint eine illegale Sache gewesen zu sein. Und Daphne Parson muss Papiere, Belege, was weiß ich, dazu in meiner Wohnung gelagert haben.«

»Sie meinen, deswegen ist der arme Gerald bei Ihnen eingebrochen?«, fragte Clarissa. »Um diese Belege zu klauen? Das passt doch GAR NICHT zu ihm!«

»Das stimmt. Er war alles andere als ein Action-Mann. Eher ein Lemure«, sagte Hunt.

»Was denkt denn diese *Polizeibeamtin*, Miss Spencer, darüber?«

»Emma? Sie ermittelt in alle Richtungen.«

»*In alle Richtungen.* DEN SATZ kenne ich aus dem FERNSEHEN! Also wenn Sie mich fragen, dann ist diese Emma Spencer keine Polizeibeamtin. Sie war in St. Paul's, da gehen nur die CLEVERSTEN Mädchen hin. Gegen die haben wir immer Hockey gespielt und JEDES MAL GE-WONNEN. Die waren sportlich zweite Liga, aber sonst BRAIN BOXES.«

»Auf welche Schule gingen Sie?«, fragte Hunt.

»Benenden. Meine Eltern waren große Monarchisten. Sie wählten die Schule aus, weil Prinzessin Anne dort vor ewigen Zeiten Schülerin war. Marlborough College wäre natürlich besser gewesen, dann wäre ich jetzt mit der Prinzessin von Wales befreundet. Aber wer konnte damals schon ahnen, dass diese Kate sich eines Tages Prinz William schnappen würde. Von so was träumten wir damals alle. Das war der Jackpot. Ein St. Paul's Girl wie Emma Spencer hätte uns für solche Ambitionen natürlich verachtet. In St. Paul's galten nur akademische Höchstleistungen. Wie bei Ihnen, Professor Hunt.«

Hunt lächelte.

»Sie mögen Emma Spencer nicht besonders?«

»Antipathie auf den ersten Blick. Ich nehme an, es beruht auf Gegenseitigkeit. Aber irgendwas stimmt mit ihr WIRKLICH nicht.«

Hunt war überrascht.

»Inwiefern?«

»Ich bin ewig nicht draufgekommen, woher ich sie kenne. Und dann habe ich mich mit Mr. Carr unterhalten und er hat mir das erklärt.«

»Der Hausmeister hat Ihnen Emma Spencer erklärt?«

»Ja, er hat sie auch erkannt. Von früher. Sie war oft am Gordon Place und hat Jenny Green besucht. Bis zu Mrs. Greens Tod 2015. Mrs. Green war doch Ihre Freundin?«

Hunt hörte auf zu essen. Ihm war plötzlich schlecht. Er wusste nicht, ob es mit dem Lamm oder mit dieser Neuigkeit über Emma zu tun hatte.

»Jenny Green war meine Ex-Freundin, ja. Aber verstehe ich das richtig? Emma Spencer war oft in meiner … in Jennys Wohnung?«

»Sie besuchte Mrs. Green fast jede Woche. Ich dachte sogar anfangs, sie wäre ihre Tochter und würde eines Tages die Wohnung erben. Aber dann sind ja Sie eingezogen. Und Mrs. Spencer tauchte danach nie wieder auf.«

Hunt starrte auf seinen Teller. Es war jedes Mal schwer für ihn, an Jenny erinnert zu werden, aber die Neuigkeiten über Emma machten alles noch unangenehmer.

Clarissa schien seinen Blick auf den Teller falsch zu verstehen.

»Oh Gott. Es tut mir sooo leid. Das Lamm war EIN DESASTER! Wir sollten zum Dessert übergehen. Das ist DEFINITIV besser. Ich habe es bei Marks & Spencer in der Delikatessenabteilung gekauft.«

35

Friseursalon Elisabeth
Wien
Oktober 1948

Wenn es nicht zu voll im Laden war und die Chefin es erlaubte, dann machten Lisl und Gretel gemeinsam ihre Mittagspause. Sie aßen alte Äpfel, die Gretel den Sommer über für sie geklaut hatte. Das war nicht einfach gewesen. In Wien gab es fast keine Obstbäume mehr, die meisten von ihnen hatte man im kalten Winter 45/46 zu Brennholz verarbeitet. Nur die Bäume in den Villenvororten waren verschont geblieben. Gretel hatte sich deswegen nachts auf den langen Weg gemacht, um die Äpfel aus den Gärten in Döbling und Hitzing zu stehlen.

Jetzt im Herbst hatten sie fast alle Äpfel aufgegessen und legten ihre Trinkgelder zusammen, um in der Bäckerei gegenüber zwei Semmeln zu kaufen. Es war teuer, aber Gretel fand, jeder Bissen davon schmecke einfach »himmlisch«. »Himmlisch« war ihr neues Lieblingswort, seit sie in Wien angekommen waren. In der Stadt war alles »himmlisch« und im Burgenland war nur »die Hölle« gewesen. Davon hatte sie »für die nächsten hundert Jahre« genug. Auch von Ausländern hatte sie genug.

Dass Miss Parson und Miss Aitken Ausländerinnen waren, fand sie gefährlich, und sie hielt deswegen auch nichts von Jacob. Fremde brachten in ihren Augen *immer* Unglück.

In der Mittagspause kam Gretel jetzt wieder auf dieses Thema zurück.

»Auf Fremde kann man nicht vertrauen, Lisl. Geh nicht mit dem Jacob.«

»Er ist anders. Das weiß ich.«

»Wieso anders?«

Lisl biss ein Stück ihrer Semmel ab und kaute sie sehr langsam, um mehr davon zu haben.

»Er hat Manieren. Hat mich nicht mal angefasst. Nur geredet. Ich will wirkliche Liebe, Gretel, verstehst du? Nicht immer nur *Leg-dich-hin-Frau* hören.«

»Sei nicht blöd, Lisl! Davon haben wir alle genug. Aber du glaubst, es gibt noch was anderes als rein-raus und weg?«

»Es *muss*! In den Filmen ist es ganz anders. Hast du Zarah Leander gesehen in *Die große Liebe*? Oder kennst du diesen lustigen Film *Es lebe die Liebe*?«

»Das ist doch alles nur erfunden, Lisl! Wenn du mich fragst, gibt es nur eine Sache, die himmlisch ist, und das ist eine *Buttersemmel*«, sagte Gretel.

»Eine Buttersemmel, ja. Aber in dem Moment, wo ich Jacob gesehen hab, da war das besser als eine Buttersemmel. Da hab ich was gespürt. Es war wie ein Blitz, verstehst du? Wie sie es im Film immer sagen. Ein Blitz.«

»Red keinen Topfen. Woher willst du wissen, dass er anschließend nicht ist wie die anderen?«

»Nein. Ist er nicht. Er ist anständig. Bei ihm fühle ich mich anders. Richtig verehrt.«

»Wenigstens ist er kein Amerikaner. Die Amerikaner sind alle dumme Farmer-Buben, sagt die Chefin. Aber immerhin haben die einem hinterher was zum Essen geschenkt. Die Russen verlangen es ja immer umsonst.«

»Welchen Russen meinst du jetzt?«, fragte Lisl.

»Den vom Gasthof, der mir die Filzläuse angehängt hat. Gejuckt und gebrannt hat es wie die Hölle. Das will ich nie wieder erleben. Eine Nonne werd ich.«

Lisl legte einen Arm um sie.

»Du wirst keine Nonne, Gretel. Du wirst dich verlieben und das wird HIMMLISCH!«

»Wenn ich eine Nonne werde, könnte ich vielleicht einen Obst- oder einen Gemüsegarten anlegen. Dann hätten wir immer was zu essen.«

»Du würdest mir was abgeben?«

Gretel sah sie an. Mit feierlicher Stimme sagte sie:

»Ich werde dir immer mehr Essen beschaffen als dieser Jacob.«

Lisl drückte ihr einen Kuss auf die Wange.

»Das weiß ich doch, Gretel! Du und ich, da passt kein Blatt dazwischen. Aber du wirst Jacob mögen, da bin ich sicher. Er geht mit mir demnächst in eine Eisrevue. Das wird HIMMLISCH!«

• • •

WELTPRESSE
1948
Wiener Eisoperette auf dem Heumarkt

Die vier Elemente Sport, Kunst, Tanz und Humor harmonisch zu einer Einheit geformt, also eine recht wienerische Mischung, das ist die Eisrevue,

die sich leider auf dem heimatlichen Eisparkett so selten macht. Nun ist sie wieder da und die sport- und tanzliebenden Wiener werden sich die Gelegenheit nicht nehmen lassen, die großartige Schau mitzuerleben.

36

Wien
Oktober 1948

Um zur Casanova-Bar zu gelangen, musste man eine steile Kellertreppe hinuntergehen. Der Abstieg in die Tiefe erinnerte Daphne auf unangenehme Weise an den Tunnel. Sie verbrachte so viel Zeit unterirdisch und jetzt führte Alex sie auch noch in ihrer Freizeit in eine Katakombenbar. Er hatte gesagt, das Casanova sei der schickste Nachtclub von Wien, aber Daphne war sich da nicht so sicher. Als sie endlich unten ankamen, sah sie eine Symphonie von Rottönen. Die Teppiche, die Wände und die Plüschsessel, in denen die Besucher halb versanken – alles schimmerte rot. Die Farbe der Liebe, der Sünde und der Verführung. Wie in einem Bordell, dachte Daphne. Sie blickte sich um. Es schien wenigstens keine Separees zu geben, in die sich Pärchen zurückzogen. Alle Frauen liefen vollständig bekleidet herum. Das beruhigte sie ein wenig. Mit ihrer hochgeschlossenen Bluse würde sie nicht unangenehm auffallen. Vielleicht ging es in diesem Nachtclub ja tatsächlich nur um Tanzen und Alkohol. Sicher liefen hier auch viele Schiebereien ab, da machte Daphne sich keine Illusionen. In allen Wiener Bars und Restaurants herrschte das Motto »Irgendwas geht immer«.

»Willkommen in Sodom und Gomorrha, Daphne!«, sagte Alex. »Wir müssen uns amüsieren, bevor uns Blanning morgen feuert. Lass uns tanzen.«

»Du kannst tanzen, Alex?«

»Aber natürlich. Tanzschule im Ersten Bezirk bei Herrn von Koczian. Da sind wir alle hingegangen, um Mädchen kennenzulernen.«

»Hat es sich gelohnt?«

Alex setzte einen treuherzigen Hundeblick auf, der nicht zu ihm passte.

»Die Konkurrenz war hart, da musste man sich anstrengen. Tango, Walzer. Den Swing haben wir uns selbst beigebracht. Teste mich!«

Er zog sie auf die Tanzfläche. Sie spielten gerade »All the Things You Are«, und Daphne merkte sofort, dass Alex ausgezeichnet tanzen konnte. Es hätte sie nicht überraschen sollen. Die Art, wie er tanzte, ähnelte der Art, wie er mit ihr im Schuppen geschlafen hatte. Die langsamen, fließenden Bewegungen, mit denen er es nach all der Angst geschafft hatte, sie zu entspannen, und die dann nach einer Ewigkeit in etwas anderes übergegangen waren. Wie jetzt auf der Tanzfläche war es nicht klar gewesen, was er als Nächstes tun würde, aber sie war einfach mitgegangen. Er hatte es geschafft, ihren Kopf auszuschalten. Und er schaffte es jetzt wieder. Sie hörte mit halbem Ohr den Text der Sängerin, er war etwas kitschig und passte perfekt.

Time and again I've longed for adventure
Something to make my heart beat the faster
What did I long for? I never really knew
Finding your love I've found my adventure.

Daphne war von sich selbst überrascht. Sie tanzten fünf, sechs Tänze und sie dachte nur noch: So will ich leben. Für alle Zeiten in diesem Zustand bleiben, nie mehr in die Realität zurückmüssen.

Irgendwann waren sie beide so außer Atem, dass sie dringend etwas zu trinken brauchten. Die Casanova-Bar quoll mittlerweile über von Gästen. Nirgends war mehr ein Platz frei. Alex gab einem der Kellner ein großes Trinkgeld, damit er ihnen einen Tisch organisierte.

»Was glaubst du, wer in dieser Bar der größte Schieber ist?«, fragte Alex.

Daphne sah sich um.

»Ich würde es hier jedem zutrauen. Aber vielleicht sollte man beim Kellner anfangen?«

Alex grinste.

»Deinen Kennerblick kann man nicht täuschen, Daphne. Ja, der ist ein ganz Gewiefter. Apropos ›etwas vormachen‹. An der Treppe da oben, ist das nicht Jacob mit dem Friseurmädchen Lisl? Wusstest du, dass sie ein Paar sind?«

Daphne drehte sich um. Sie sah Jacob und Lisl Hand in Hand die Treppen zur Bar herunterkommen. Der Anblick irritierte sie. Wieso waren die beiden zusammen? Wie konnte Jacob so unvorsichtig sein und mit einer Kurierin ausgehen? Es war gegen alle Regeln.

Lisl hatte Daphne jetzt entdeckt und winkte ihr begeistert zu. Jacob versuchte noch, sie zurückzuhalten, aber Lisl rannte fast auf Alex' und Daphnes Tisch zu. Sie war so aufgeregt, dass sich ihre Wörter überschlugen.

»Miss Parson! Raten Sie, woher wir gerade kommen?! Wir waren in der Eisoperette auf dem Heumarkt und ich habe Bertl Capek gesehen, den lustigsten Eisclown Österreichs! Und all die anderen großen Eisakrobaten waren auch da. Jacob hat mich ausgeführt. Es war der SCHÖNSTE TAG meines Lebens!«

»Möchten Sie sich zu uns setzen?«, fragte Alex.

Jacob zögerte, aber Lisl hatte schon ein begeistertes »Gerne!« ausgerufen.

Alex holte zwei Stühle vom Nebentisch.

»Wir kennen uns aus dem Salon Elisabeth. Ich bin Alex.«

Lisl nickte kurz in Alex' Richtung und blickte dann wieder zu Daphne.

»Ohne Sie, Miss Parson, hätte ich Jacob nie kennengelernt. Wir sind Ihnen sehr dankbar, nicht wahr, Jacob?«

»Das Beste, was mir je passiert ist«, sagte Jacob.

Es war ein Klischeesatz, aber Jacob sprach ihn mit solch einer Ernsthaftigkeit aus, dass Daphne ihm glaubte. Sie hatte Jacob bisher als einen jungen Mann erlebt, der ständig die Freundinnen wechselte. Vielleicht war das hier wirklich etwas Ernstes.

»Oh, da ist ein Fotograf!«, rief Lisl. »Das habe ich schon mal in einem Film gesehen. Er kommt an die Tische und fotografiert die Gäste für Geld. Ich hätte so gerne ein Foto von uns vier!«

Daphne sah Jacob Hilfe suchend an. In ihrem Metier gab es nichts Schlimmeres, als fotografiert zu werden. Selbst wenn sie Touristenfotos voneinander machten, entwickelten sie sie immer im eigenen Labor.

»Lisl, ich glaube, das ist keine so gute Idee«, sagte Jacob.

»Aber ich bezahle es auch, ich habe dafür Geld!«

»Es geht nicht um die Bezahlung ...«, meinte Jacob.

Lisl wandte sich an Daphne.

»Wir haben schon so ein schönes Foto von Jacob und mir gemacht, vor dem Salon Elisabeth. Aber ein Foto mit Ihnen, Miss Parson, würde mir sehr viel bedeuten.«

»Natürlich«, sagte Daphne höflich, »wir machen das Foto. Es ist eine schöne Erinnerung für uns alle.«

»Danke, Miss Parson!«

Lisl winkte den Fotografen zu ihrem Tisch und setzte sich neben Daphne. Jacob nahm neben Lisl Platz und Alex an Daphnes Seite. Der Fotograf schien mit dem Arrangement noch nicht ganz zufrieden.

»Was für hübsche Damen wir hier haben! Aber noch etwas näher zusammenrücken, bitte. Und jetzt lächeln!!«

Der Blitz blendete alle für einen Moment.

»Wir hätten gerne vier Abzüge, ja?«, rief Lisl.

»Ich erledige das«, meine Alex. Er stand auf und zog den Fotografen zur Seite.

»Aber ich wollte doch bezahlen«, sagte Lisl.

»Lass das Mr. March machen«, meinte Jacob. »Wir sollten jetzt endlich tanzen.«

Er zog Lisl auf die Tanzfläche. Es wurde gerade ein romantisches österreichisches Lied gespielt. Daphne kannte es nicht, aber es passte perfekt zu Lisl und Jacob. Die beiden hielten sich fest wie zwei Kinder, die einander beschützen wollten. Daphne wusste, wie sehr Lisl diesen Schutz brauchte. Sie hatten einander sofort erkannt. Sie waren beide Mitglieder in einem Club, in dem keiner Mitglied sein wollte.

In einer Ecke der Bar verhandelte Alex immer noch mit dem Fotografen. Sicher erzählte er ihm eine originelle Lüge, um an den Film heranzukommen: dass er verheiratet war und auf keinen Fall mit seiner Geliebten fotografiert werden dürfte – irgendetwas in der Art. Daphne sah, wie Alex jetzt mehrere Geldscheine aus seiner Brieftasche zog. Der Fotograf griff schnell danach und gab ihm den Film. Die Transaktion hatte nur Sekunden gedauert und niemand schien sie bemerkt zu haben. Es war sehr dunkel in der Bar, falls kein

Licht auf den Film gefallen war, könnten sie das Foto später in ihrem Labor entwickeln und Lisl schenken.

Daphne betrachtete wieder die Tanzenden. Es waren die Auserwählten der Stadt, die sich einen Nachtclub leisten konnten: Besatzungsoffiziere mit ihren hübschen Freundinnen und gut genährte Einheimische, die es schon wieder zu Geld gebracht hatten, allesamt eine adrett gekleidete Klientel. Daphne war so darauf trainiert, einen Raum mit ihren Augen abzuwandern, dass sie jetzt von der Tanzfläche wegschwenkte und zum Eingang hinaufblickte. Der Mann, der gerade die Kellertreppe herunterkam, fiel ihr sofort auf. Er war ein Fremdkörper, der das perfekte Nachtclub-Bild zerstörte – mit seinem schäbigen, abgetragenen Anzug erinnerte er eher an einen Hausierer.

Wieder war es ihr Körper, der es zuerst realisierte. Sie spürte Schnitte in pulsierenden Wellen und dann fing alles an ihr an zu zittern. Sie versuchte, es zu kontrollieren, sie wollte nicht schon wieder etwas umstoßen wie neulich im Tunnel. Er sah heruntergekommen aus, aber auch ohne seine Uniform war er klar zu erkennen. Der lang gezogene Schädel mit der fliehenden Stirn. Es war eindeutig Gesrich. Seine Stimme im Tunnel zu hören war ein Schock gewesen, aber ihn leibhaftig zu sehen, hundertmal schlimmer. Sie schaffte es mit enormer Anstrengung, ihr Zittern zu verlangsamen, und drehte sich mit dem Rücken zur Treppe. In der schlecht beleuchteten Bar konnte er sie auf keinen Fall bemerkt haben. Er hatte eine Sehschwäche, das war ihr schon in Griechenland aufgefallen, wie er sich vorbeugen musste, um die Verhörprotokolle besser lesen zu können. Wahrscheinlich war er zu eitel, um eine Brille zu tragen. Arische Übermenschen trugen keine Brillen.

Aus den Augenwinkeln konnte Daphne sehen, wie Gesrich jetzt auf einen der Kellner zuging und mit ihm redete. Es war derselbe, der ihnen den Tisch besorgt hatte.

»Was ist los?«, fragte Alex. Er stand vor ihr und wirkte besorgt. »Wieso sitzt du so verkrümmt da?«

Es war Daphne nicht aufgefallen, dass sich ihre Körperhaltung verändert hatte. Sie richtete sich kerzengrade auf.

»Schau nicht hin. Alfred Gesrich steht da drüben an der Bar und redet mit einem der Kellner.«

Alex griff instinktiv nach ihrer Hand.

»Mit welchem Kellner redet er?«

»Mit dem, der uns den Tisch besorgt hat.«

»Das passt«, sagte Alex.

Er setzte sich ihr gegenüber und hatte die Bar jetzt im Blick. »Seit dem kommunistischen Umsturz in Prag ist dieser Kellner auf tschechische Flüchtlinge spezialisiert. Die Russen sind ganz scharf darauf, alle tschechischen Oppositionellen aus dem Verkehr zu ziehen, bevor sie *Schaden* anrichten können. Sie zahlen hohe Summen für die Verschleppung. Vielleicht verdient dein Gesrich an diesem neuen Geschäft?«

»Er hat Erfahrung als Greifer. Ich nehme an, dass seine Opfer mit der politischen Lage wechseln«, sagte Daphne.

»Ich hänge mich lieber mal dran und schaue, was er so macht.«

»Jetzt?«

Alex stand auf. »Er geht schon wieder. Das will ich nicht verpassen. Wir sehen uns später im Sacher. Da tanzen wir in deinem Zimmer weiter. Versprochen?«

»Versprochen.«

37

Wien
Oktober 1948

Alex hatte es oft getan und er war gut darin. Aber einen Mann durch eine leere Gasse zu verfolgen, ohne aufzufallen, war selbst für ihn eine Herausforderung. Jeder seiner Schritte schien zu hallen und überall warf er überdimensionale Schatten auf die Häuserwände. Er versuchte, so viel Abstand wie möglich zu halten. Es war spät, ein Uhr früh. Wahrscheinlich würde Gesrich jetzt nach Hause gehen. Selbst Menschenräuber mussten schlafen.

Daphne wegen dieses Dreckskerls verkrümmt und verängstigt zu sehen, war schwer zu ertragen gewesen. Alex wollte die starke Daphne zurück, die Daphne, in die er sich gerade verliebte.

Er sah, wie Gesrich auf das Zonenschild zueilte. Eine Verfolgung im sowjetischen Sektor war gefährlicher, man konnte jederzeit von russischen Soldaten kontrolliert werden. Gesrich ging jetzt ausgerechnet Richtung Leopoldstadt. Lebte er dort? Aber wieso würde dieses Schwein sich das heruntergekommenste Viertel des russischen Sektors aussuchen? War das ein perverser Scherz? Die Leopoldstadt war das ehemalige jüdische Viertel Wiens, die Mazzesinsel, wie es die Wiener nannten. Vielleicht fand Gesrich es amüsant, in einer ehemaligen »Judenwohnung« zu leben? Ein Triumph nach der großen Niederlage, dem Motto folgend: »Ihr seid alle tot, aber ich lebe.« So was in der Art?

Der Dreckskerl schien auf jeden Fall alle Schleichwege durch die Leopoldstadt zu kennen. Jetzt bogen sie in die Aloisgasse ein. Ausgerechnet die Aloisgasse! Hier, in der Nr. 18, hatte Alex' erste Freundin gelebt. Daphne ähnelte ihr ein wenig. Eine Rebellin. Er hatte es nicht einmal über sich bringen können, die Lagerlisten nach ihrem Namen durchzusehen.

An sie zu denken machte alles noch schlimmer. Wenn Gesrich jetzt in ihr altes Haus, in die Nr. 18, gehen würde, würde er den Mann an Ort und Stelle mit einem der herumliegenden Schüttsteine erschlagen. Eine Affekttat. Alles nur noch scheißegal. Aber er durfte nicht im Affekt handeln, er musste klug sein und seine Rolle spielen.

Gesrich ging jetzt in die Nr. 16 hinein. Es war eine Erleichterung. Alex wartete an der Straßenecke, weit weg von der Laterne. Eine verhungerte Katze schlich um ihn herum, aber er scheuchte sie weg. Nach einer Weile ging das Licht im dritten Stock an und er konnte Gesrichs Schatten am Zimmerfenster sehen.

Jetzt hatte er die Fakten für Daphne: in der Aloisgasse Nr. 16, dritter Stock, lebte ein Sadist namens Gesrich.

38

Major Blannings Büro
Wien
Oktober 1948

Amerikanische Kollegen hatten Daphne erzählt, dass ihre Vorgesetzten gelegentlich Schreibtische umstießen und mit Gegenständen warfen, wenn eine Operation gescheitert war. Daphne hatte darüber nur gelächelt. Es klang typisch amerikanisch. Sie konnte sich nicht vorstellen, dass ein britischer Offizier wie Blanning jemals so hemmungslos reagieren würde. Sie kannte ihn seit drei Jahren und er war bisher ein Vorbild an Affektkontrolle gewesen. Blanning machte zwar gelegentlich sarkastische Bemerkungen, wenn etwas schiefging, aber er war kein Mann, der mit Gegenständen um sich warf.

Sie hatte sich geirrt. Als sie ihm jetzt mit zwei Tagen Verspätung Haaks Tod meldete, griff Blanning nach einem der Bürostühle und schleuderte ihn gegen die Wand.

»FUCK, PARSON! FUCK!! BUGGER! BUGGER! FUCK!!!«

Blanning hatte noch nie zuvor das Wort »fuck« in ihrer Gegenwart gebraucht. Daphne hörte bei ihrer Arbeit unzählige deutsche und russische Schimpfworte, aber sie bedeuteten ihr nichts. So redeten Ausländer. Wenn jedoch ein

Vorgesetzter sie auf diese Weise in ihrer eigenen Sprache beschimpfte, war es die schlimmste Form von Beleidigung.

Sie bemerkte, dass Alex jetzt dichter an sie heranrückte, so als wollte er sie vor Blannings Ausbruch schützen.

»Sir! Ihre Sprache«, sagte Alex.

Blanning starrte ihn wütend an.

»Halten Sie die Klappe, March, wir sind hier nicht Kavaliere beim Regimentsball. Wissen Sie, wie wertvoll Haak war? Ich habe *mehrmals* gesagt, wir brauchen ihn lebend. Warum denn sonst der ganze Aufwand?«

Alex wollte etwas sagen, aber Daphne kam ihm zuvor.

»Es war alleine meine Schuld, Sir. Ich übernehme die volle Verantwortung.«

»WIE EDEL! Und was habe ich davon, Parson? Was bringt uns das?«, bellte Blanning.

»Ich bin sicher, wir finden andere gute Informanten, Sir. Es gibt ja keinen Mangel an …«

Blanning unterbrach sie: »Informanten? Ja, sicher, die gibt es wie Sand am Meer. Jeder Verbrecher in dieser Stadt will für viel Geld unser Spitzel werden und nebenher kassiert er auch noch bei den Amerikanern, Franzosen oder Russen ab. Aber Haak war mehr, verstehen Sie?«

»Nein«, sagte Daphne, »ich verstehe es nicht.«

»Jetzt ist es auch schon egal.« Blanning machte eine resignierte Handbewegung.

»Sir, vielleicht finden wir einen anderen Weg«, fragte Daphne, »wenn Sie uns sagen, wofür er gebraucht wurde?«

Es entstand eine lange Pause. Nach einer Weile entschied Blanning sich dafür, ihr zu antworten.

»Als die Nazis 1940 die Niederlande überfielen, haben sie zuerst die Banken geplündert. Die Goldbarren aus niederländischen Tresoren wurden ins ›Reich‹ geschafft.

Haak organisierte diesen ›Sondervermögenstransport‹. Bis heute ist nur ein kleiner Teil davon wieder aufgetaucht.«

»Haak wusste, wo das Gold war?«, fragte Alex.

»Er wusste zumindest, wo sein Anteil davon war«, sagte Blanning.

»Sie meinen, er hat etwas mitgehen lassen?«

»Er war sicher nicht der Einzige. Vom Lastwagen gefallen etc. Fluchtgeld, um eines Tages Frau Haak zu entkommen. Er machte ständig Witze über seine Frau.«

»Warum erzählte er die Goldgeschichte ausgerechnet Ihnen, Sir?«, fragte Daphne.

»Aus zwei Gründen. Er wollte einen Pass für einen Neuanfang in Südafrika. Das war sein Traumland, er bewunderte die Rassentrennung. Aber vor allem hatte er ein Problem, an das Gold heranzukommen. Dafür brauchte er die Hilfe einer westlichen Besatzungsmacht. Und er kam damit zu mir, weil er auf einer amerikanischen Fahndungsliste steht … stand.«

Alex mischte sich jetzt ein: »Sie haben ihm ein Angebot gemacht, Sir, und er verschwand trotzdem?«

»Ich hatte ihm gesagt, ich würde es mit der Zentrale in London besprechen. So etwas kann man nicht ad hoc entscheiden. Es war heikel. Die Amerikaner und Russen suchten ihn als Kriegsverbrecher. Wir hätten ihn eigentlich nicht mit der Kneifzange anfassen dürfen. Aber bevor ich einen Deal mit ihm machen konnte, verlor er die Nerven und tauchte unter.«

»Vielleicht konnte er in der Zwischenzeit das Gold allein abtransportieren?«, fragte Daphne.

Blanning warf ihr einen sarkastischen Blick zu.

»Wenn Sie ihn nicht erschossen hätten, wüssten wir

darauf eine Antwort. Aber es ist unwahrscheinlich, dass er es allein geschafft hat, das Gold zu heben.«

»Wieso?«

»Er hatte ein Problem und das werden wir auch haben. Das Gold liegt im sowjetischen Sektor.«

»Wo?«, fragte Daphne reflexartig. Sie merkte sofort, wie dumm ihre Frage war.

»Was soll das, Parson? Denken Sie noch mit? Wenn ich gewusst hätte, WO es dort liegt, hätte ich nicht Sie und March in die Guglgasse schicken müssen. Ich habe keine Ahnung, wo dieser Verbrecher seine Beute verbuddelt hat. Haak hatte einen bizarren Humor. Er sagte mir, es wäre an einem ganz sicheren Ort, am Eingang zur Schweiz.«

»Zur Schweiz?«, fragte Alex. »Er kann ja kein Schweizer Bankkonto gemeint haben?«

Blanning rollte mit den Augen.

»Das Gold liegt eindeutig in der sowjetischen Zone. Vielleicht hatte Haak auch noch ein Schweizer Bankkonto wie all die anderen Nazis, aber da kommen wir mit Sicherheit nicht ran.«

Daphne mischte sich jetzt wieder ein: »Die Ehe der Haaks wurde nur noch durch diesen Hund zusammengehalten. Das bedeutet, Herr Haak hat seiner Frau mit Sicherheit nichts Wichtiges anvertraut. Aber wie alle Ehefrauen muss sie seine Witze auswendig gekannt haben. Sie könnte wissen, ob das Wort ›Schweiz‹ bei ihm eine besondere Bedeutung hatte? Ob es vielleicht ein Scherzbegriff für etwas war? Mir haben Auschwitz-Häftlinge erzählt, dass sie einen Namen für das Effektenlager im KZ erfanden. Dort lagen all die schönen Dinge, die man ihnen weggenommen hatte, die warmen Mäntel, die Bücher, die Geigen, es war ihr Sehnsuchtsort, und sie nannten ihn

›Kanada‹. Vielleicht ist das selbst bei einem Verbrecher wie Haak so gewesen? Es gab auch für ihn einen Ort, den er als so paradiesisch oder als so reich empfand, dass er ihn ›Schweiz‹ nannte?«

Blanning sah Daphne skeptisch an.

»Das ist etwas weit hergeholt, Parson.«

»Ich weiß, Sir. Aber was haben wir schon zu verlieren? Sie könnten Frau Haak zu einem Kondolenzgespräch einbestellen und das Wort ›Schweiz‹ an ihr ausprobieren?«

»Ist das Ihr Ernst, Parson? Ein Kondolenzgespräch mit Frau Haak? Mir bleibt auch nichts erspart.«

39

**National History Museum
London**
März

Als Emma gesagt hatte, sie wolle unbedingt »ihre Dinosaurier« besuchen, hatte Hunt das für einen Scherz gehalten. Aber zu seiner Überraschung meinte sie es ernst. Sie kannte jeden Raum des National History Museums und schien alle Details über diese scheußlichen, überdimensional großen Skelette auswendig gelernt zu haben. Hunt hatte sich nie für so etwas interessiert. Er konnte sich nur noch dunkel daran erinnern, dass er vor zwanzig Jahren einmal mit seinen Kindern in diesem Museum gewesen war, lange vor der Scheidung. Damals hatte diese gigantische Attrappe »Titanosaurier« noch nicht existiert. Emma stand jetzt mit verzückten Augen davor und sah dabei so unschuldig aus wie ein Kind. Hunt versuchte zu verdrängen, was Clarissa über sie gesagt hatte. Beide Frauen schienen einander das Schlimmste zuzutrauen. Für Emma war Clarissa die potenzielle Mörderin von Gerald Fraser. Für Clarissa war Emma eine Frau, die früher am Gordon Place ein und aus gegangen war und dies jetzt aus irgendwelchen Gründen verheimlichen wollte. In diesem Punkt musste er Clarissa recht geben. Die Frage war tatsächlich, warum

Emma Jenny so oft in ihrer Wohnung besucht und warum sie das ihm gegenüber nie erwähnt hatte. Natürlich konnten ihre Besuche am Gordon Place rein berufliche Gründe gehabt haben, Jenny und Emma waren ja Kolleginnen gewesen. Vielleicht hatten sie gemeinsam an einem Fall gearbeitet? Aber zog sich so ein Fall über Jahre hin? Es würde schwer sein, eine Antwort zu finden, Emma war eine Meisterin darin, falsche Fassaden aufzubauen, das gehörte zu ihrem Beruf. Hunt hatte gelesen, dass man solche Leute in der Geheimdienstsprache »Kuratoren« nannte. Wie Kuratoren, die eine Museumsausstellung konzipierten, erfanden diese Leute ganze Biografien für ihre Agenten oder entwickelten Szenarien, in denen eine Geheimdienstoperation möglichst unauffällig ausgeführt werden konnte. Sie waren Experten darin, perfekte Illusionen zu schaffen.

Hunt verstand jetzt plötzlich, warum Emma diesen nachgebauten Dino so interessant fand. Er war ebenfalls eine perfekt inszenierte Illusion: Die Museumsleitung hatte den Titanosaurier hinter eine Absperrung gestellt, um den Kindern vorzuspielen, sie befänden sich in einer Art Zoo. Einem Zoo für lebende Dinosaurier. Alle paar Minuten riss das Monster sein Maul zu Soundeffekten auf und bewegte dabei die Arme bedrohlich. Die Inszenierung schien zu überzeugen. Die Kleineren kreischten bei jedem Dinogebrüll, wobei nicht ganz klar war, ob vor Begeisterung oder Angst. Wahrscheinlich eine Mischung aus beidem.

Emma drehte sich zu Hunt und schrie, um die Effekte zu übertönen: »Ist das nicht wunderbar? Wie in diesem alten Filmklassiker *Jurassic Park*!«

Hunt konnte sich noch gut daran erinnern, als *Jurassic*

Park in den Kinos lief. So lange konnte das doch noch nicht her sein. War das jetzt schon ein Film*klassiker*? Vielleicht hatte er mehr mit den Dinosauriern in diesem Saal gemeinsam, als er dachte.

Er starrte auf den Dino. Die Plastikhaut war ein billiges Lila und die Bewegungen kamen ihm viel zu roboterhaft vor. Aber auf Kinder musste das Ding gigantisch wirken und tatsächlich schien jetzt ein zarter Junge mit blonden Locken eine Panikattacke zu bekommen. Der Kleine war höchstens vier Jahre alt. Vielleicht glaubte das arme Kind, der Dinosaurier würde über die Absperrung springen. Es fing an zu hyperventilieren, und das wiederum versetzte die anderen Kinder in Panik. Sie starteten eine regelrechte Schreiorgie. Hunt befürchtete, dass jeden Moment eine Massenpanik ausbrechen würde.

»Können wir woanders hingehen? Es ist hier etwas zu laut für eine Unterhaltung!«, schrie er in Emmas Ohr.

»Wir können in die Fossilienabteilung gehen. Da will keiner hin!«, schrie sie zurück.

Fossilien, war das Zufall, oder hatte sie das jetzt extra betont?, fragte sich Hunt. Langsam gingen ihm diese ständigen Assoziationen seines Gehirns auf die Nerven. Dinosaurier, Fossilien. Alles, was er sah und hörte, bezog er auf sein Alter. Es war wirklich lächerlich, so empfindlich zu sein. Er musste es endlich akzeptieren – seine Chancen, von Frauen als sexuelles Wesen wahrgenommen zu werden, bewegten sich gegen den Nullpunkt. Und natürlich besonders bei attraktiven Frauen wie Emma oder Clarissa. *Fossilien* war ja im Grunde ein völlig unschuldiges Wort. Es gab hier wirklich eine berühmte Fossilienabteilung, die irgendetwas mit Charles Darwin zu tun hatte. Er folgte Emma die langen Gänge entlang.

»Wie war neulich das Abendessen mit Clarissa Barclay?«, fragte sie.

»Verbrannt. Aber sie ist immer unterhaltsam. Ich bin mir ziemlich sicher, dass wir sie von unserer Verdachtsliste streichen können. Sie hat keine Ahnung von Wien. Ihr Großvater hat ihr nie etwas darüber erzählt.«

»Genau das Gleiche behauptet auch Dorian Gray. Sein Vater habe ihm auch nie etwas über seine Arbeit in Österreich erzählt.«

»Es wäre nicht ungewöhnlich. Diese Kriegsgeneration konnte Geheimnisse noch gut bewahren. Im Gegensatz zu heute, wo jeder alles auf Instagram stellt und intime Handygespräche im Bus führt. Was mich daran erinnert: Wie läuft eigentlich die Suche nach der Dose?«

»Welcher Dose?«, fragte Emma.

Hunt konnte nicht glauben, dass sie es vergessen hatte.

»Mrs. Geary sagte doch, sie habe Gerald Fraser bei seinem Besuch im Altersheim diese alte Quality-Street-Dose mitgegeben. Sie soll voller Fotos und Briefe sein. Ich dachte, Ihre Leute suchen die Kopierläden Londons nach dem Inhalt ab?«

»Natürlich haben wir das versucht. Nicht nur die Kopierläden in South Kensington und Chelsea. Jeder Kopierladen Londons wurde mit Gerald Frasers Foto abgeklappert. Niemand erkannte ihn. Und an Kopieraufträge von alten Briefen und Fotos aus den Fünfzigerjahren konnte sich auch keiner erinnern.«

Emma hielt vor der Vogelabteilung.

»Dieser Raum ist nicht so interessant wie die Dinosaurier, hier ist es ruhiger. Schauen Sie, ein paar dieser ausgestopften Vögel sind sogar noch aus Charles Darwins

Sammlung. Sie mögen doch die Viktorianer und ihren unersättlichen Forschungsgeist, Professor Hunt?«

Hunt warf einen Blick auf einen der ausgestopften Vögel in der Vitrine. Der verlorene Gesichtsausdruck erinnerte ihn an Gerald Fraser.

»Sie hatten mir mehr Informationen über die Personalakten versprochen. Was stand in der Akte über Frasers Mutter Marjorie? War sie auch so verstockt wie ihr Sohn?«

»Marjorie war das Gegenteil davon. Sie arbeitete schon im Krieg für die SOE. Nicht in derselben Liga wie Daphne. Aber sie sorgte für den Funkverkehr mit den SOE-Agentinnen und sie war hübsch.«

Hunt war überrascht, so eine politisch inkorrekte Äußerung aus dem Mund von Emma zu hören.

»Was meinen Sie damit, sie war hübsch? Wozu war das gut? Hat man sie als Mata Hari eingesetzt?«

Emma lachte.

»Nein, dafür hatten wir schon immer professionelle Mädchen. Marjorie arbeitete vorübergehend als Provokateurin, sie wurde im Krieg eingesetzt, um unsere männlichen Mitarbeiter zu testen. Man wollte wissen, wie viel die preisgeben würden, wenn eine hübsche Frau sie in einem Pub anspräche.«

»Viel?«, vermutete Hunt.

»Sie sind Realist. Ja, Marjorie hatte eine hohe Erfolgsquote. Männer erzählten ihr so ziemlich alles – wo sie stationiert waren, wie wichtig ihr Aufgabenbereich war etc. pp. Die üblichen Angebereien eben. Und dann, nachdem Marjorie mit den Herren einen netten, am Ende natürlich völlig keuschen Abend verbracht hatte, war es den Männern extrem unangenehm, sie am nächsten Morgen als ihre neue Ausbilderin wiederzutreffen.«

Hunt dachte an seine eigenen Pubabende zurück, die mit gelegentlichen Abstürzen geendet hatten. Er war froh, wenigstens das Trinken aufgegeben zu haben. Interessanterweise hatten die Frauen ihn kurz danach ebenfalls aufgegeben. Vielleicht bestand ja hier ein Zusammenhang. Ohne Alkohol war er einfach langweiliger geworden.

»Wurde sie damals schon Mutter? Während ihrer Zeit in der SOE?«

Emma zögerte einen Moment.

»Sie haben mir neulich vorgeworfen, ich hätte sofort wissen müssen, dass Marjorie die Mutter von Gerald Fraser war. Aber das war nicht so einfach herauszufinden. Es gab keine britische Geburtsurkunde. Er war wohl ein Flüchtlingskind und sie hat ihn 1949 in Wien adoptiert.«

Hunt lehnte sich gegen eine der Vitrinen.

»Sie war nicht seine leibliche Mutter? Das heißt, wir wissen nicht einmal genau, wer unser Mordopfer Gerald Fraser eigentlich war?«

»Er kam vermutlich aus einem Wiener DP-Lager. Er sprach kein Deutsch und hatte keine Papiere. Er muss schwer verletzt gewesen sein. Ich weiß nicht, warum.«

Eine Gruppe von zehnjährigen Jungen in dunkelgrünen Schuluniformen kam jetzt in den Ausstellungsraum. Sie warfen einen kurzen Blick auf die Vogelvitrinen und gingen sofort wieder. Hunt konnte es ihnen nicht verdenken. Es war der langweiligste Raum im Museum. Ihren Schuluniformen nach zu urteilen kamen die Kinder von einer teuren Londoner Privatschule. Sie hatten damit einen perfekten Start im Leben, wie auch Hunt ihn einmal gehabt hatte. Seine Eltern waren nicht reich gewesen, aber sie hatten all ihre Ersparnisse in seine Ausbildung gesteckt. Wenn es stimmte, was Emma sagte, dann hatte Gerald Fraser so eine Chance nicht bekommen. Hunt schämte sich jetzt, nie richtig mit Fraser geredet zu haben.

»Können wir bitte gehen, Emma? Dieser tote Zoo hier ist wirklich deprimierend.«

Emma schien enttäuscht von seinem Mangel an Interesse.

»Aber diese Räume helfen uns, Marjorie und Daphnes SOE-Arbeit besser zu verstehen. Wir sind hier in der Jerwood Gallery. Dieser Ort war im Krieg wichtig. Sie kennen doch sicher alle James-Bond-Filme auswendig, Professor Hunt?«

Hunt nickte. Natürlich kannte er sie.

»Gut! In jedem Bond-Film gibt es doch immer eine Szene, in der Q, der Technikexperte, James Bond die neuesten Geräte vorstellt: Er zeigt ihm Armbanduhren, die explodieren können, kugelsichere Taucheranzüge oder Autos, die fliegen. Ich übertreibe jetzt etwas, aber Sie wissen, was ich meine. Der Punkt ist, so ein Demonstrationszimmer gab es während des Zweiten Weltkriegs wirklich. Das ist keine Erfindung. Man nannte es den ›Toy Shop‹ und er war in diesem Teil des Natural History Museums untergebracht. Man baute extra eine Trennmauer zu den anderen Ausstellungsräumen, damit sich kein Museumsbesucher aus Versehen in diesen geheimen Trakt des Gebäudes verirrte.«

Hunt war überrascht. Er hatte noch nie von diesem Toy Shop gehört.

»Waren Marjorie und Daphne auch einmal hier?«

»Daphne auf jeden Fall. Alle SOE-Agenten, die im Ausland eingesetzt wurden, brachte man hierher, um ihnen zu zeigen, welche Auswahl an Attrappen und Sprengstoff sie benutzen konnten. Am interessantesten waren die mit Sprengstoff gefüllten Ratten. Kommen Sie mit!«

Hunt hatte keine Lust auf Ratten, aber er folgte jetzt trotzdem Emma und ging mit ihr einen langen Korridor hinunter.

»Schauen Sie, hier, wo jetzt die Polarbären stehen, war der Funkraum. Da konnte man lernen, wie man kleine Radios in besetzten Gebieten benutzte, um Nachrichten nach Hause zu schicken.«

»Und was war hier?«, fragte Hunt. Er deutete auf einen großen Raum, in dem nur eine kleine Vitrine mit Knochen stand. Sie wirkte etwas verloren.

»Das war der Camouflage-Raum«, sagte Emma. »In Griechenland, wo Daphne arbeitete, durchsuchten die Wehrmachtssoldaten regelmäßig Wohnhäuser und Bauernhöfe. Jeder, der mit einer Schubkarre Gemüse zum Markt fuhr, wurde verdächtigt, etwas unter seinen Salatköpfen zu schmuggeln. Im Camouflage-Raum bot man den SOE-Agenten nicht nur falsche Ratten an, sondern zeigte ihnen auch künstliche Holzscheite oder Stückkohle. Von außen sahen sie aus wie Holz oder eben Kohle, aber im leeren Hohlraum konnte man Material für Sprengstoff verstecken.«

Hunt versuchte, sich das vorzustellen. Vor seinem geistigen Auge schob Daphne eine Schubkarre mit Holzscheiten vor sich her. Es war ein bizarres Bild.

»Daphne war in Griechenland an einem Sprengstoffanschlag beteiligt?«

»Ja, an einer Brückensprengung, bei der mehrere Wehrmachtssoldaten ums Leben kamen. Sie war Teil einer größeren Gruppe. Griechische Widerstandskämpfer und SOE sprengten zusammen eine der Brücken.«

»Und wurden dabei erwischt?«

»Nicht sofort. Zuerst einmal hat die Wehrmacht sich ausgiebig an den Bewohnern des nahe gelegenen Dorfes gerächt. Alle männlichen Dorfbewohner wurden verhört und dann erschossen. Einer von ihnen muss die Mitglieder der Widerstandsgruppe gekannt haben. Daphne und drei ihrer griechischen Mitkämpfer wurden kurz darauf verhaftet.«

»Was ist aus ihnen geworden?«

»Die griechischen Widerständler wurden sofort erschossen. Aber Daphne überlebte. Vielleicht wollte man sie als Faustpfand für einen Gefangenenaustausch behalten.«

Hunt blickte auf die Knochen in der Vitrine. Was für Knochen waren das eigentlich? Menschliche? Oder Tierknochen? Er konnte nirgends ein Schild sehen, das erklärte, worum es sich handelte. War das nicht üblich in Museen, dass alles beschildert wurde? Im Krieg musste dieser Raum vollgestopft gewesen sein mit Utensilien für Camouflage und jetzt standen hier nur noch ein paar verlorene Knochen herum? War das symbolisch gemeint?

»Der Saal wird kaum genutzt«, sagte Emma. Sie klang wie eine Gastgeberin, die sich für den ungeputzten Raum entschuldigte. Hunt verstand jetzt, warum sie ihn hierhergeführt hatte. Der Raum musste ihr etwas bedeuten. Aber was genau war es? Bewunderte sie diese Leute, die vor über achtzig Jahren etwas sehr viel Gefährlicheres getan hatten als ihre Generation? Sah sie sich als Nachfolgerin von Daphne? Aber wenn das der Fall war, wie objektiv konnte Emma dann noch sein? Es war doch offensichtlich, dass ihre Heldin Daphne in Griechenland oder in Wien einen Fehler begangen hatte, der bis heute Konsequenzen nach sich zog. Zumindest schien er fatale Konsequenzen für Gerald Fraser gehabt zu haben. Er war tot. Und Daphnes Taten hatten irgendetwas damit zu tun.

• • •

WIENER KURIER
**Ministerrat wird morgen die Verhaftung
von Frau Dr. Ottillinger behandeln –
Noch immer keine Nachricht
über Verbleib der Sektionsleiterin**

Bis heute früh lagen keine Nachrichten vor, dass die Freitag von Sowjetorganen an der Demarkationslinie verhaftete Leiterin der Sektion III des Bundesministeriums für Vermögenssicherung und Wirtschaftsplanung, Dr. Margarethe Ottillinger, in ihre Wohnung oder an ihre Dienststelle zurückgekehrt sei.

40

Major Blannings Büro
Wien
Oktober 1948

Blanning hatte den *Wiener Kurier* auf seinem Schreibtisch so platziert, dass Frau Haak ihn sehen konnte. Sie warf einen Blick auf das Foto von Frau Dr. Ottillinger und umklammerte ihre Handtasche.

»Schrecklich ist das, was die mit uns machen«, sagte sie. »Die Befreiung, die hab ich mir anders vorgestellt.«

»Ihnen ist Schlimmes widerfahren, Frau Haak«, sagte Blanning in seiner besten Seelsorgerstimme.

»Die Mörderin, die war *Griechin*«, sagte Frau Haak. »Das hat der Ehemann zumindest behauptet. Er sagte, seine Frau wäre Griechin. Aber wer weiß das heute schon so genau bei all dem fremden Gesocks hier. Die hätte auch eine Russin sein können. Mein Walter hatte immer Angst vor den Russen. Glauben Sie, die Russen haben ihn erschossen?«

»Wir wissen es noch nicht genau, Frau Haak, aber wir tun unser Bestes, das herauszufinden. Wie kommen Sie denn jetzt so allein zurecht?«

»*Geld* ist keines da! Nur auf dem Papier, da ist was da. Der Walter, der hat mir das hinterlassen. Aber es ist in der sowjetischen Zone.«

Blanning versuchte, ruhig zu bleiben. Diese Antwort hatte er nicht erwartet.

»In der sowjetischen Zone?«, fragte er betont desinteressiert.

»Ja, der Walter, der hat doch damals, als er 38 in Wien anfing, da hat er was im Prater gekauft. Von so einem Jud. Aber ganz *ordnungsgemäß*. Damals, da gab es ja viele Dinge günstig zu kaufen, und ich habe den Kaufvertrag. Mit Stempel. Aber die Russen haben uns das 45 kaputtgeschossen, ich weiß nicht, ob man das wiederaufbauen kann. Es wär eine Goldgrube.«

»Was hat er im Prater gekauft?«

»Na, das Riesenrad war es nicht. Aber die Liliputbahn war auch eine Attraktion, da ist jeder hingegangen. Die Soldaten haben da so eine Hetz gehabt. Jeder hat sich in der Liliputbahn fotografieren lassen. Eine Goldgrube.«

Blanning konnte sich dunkel an einen Besuch im Prater erinnern. Er war lange vor dem Krieg einmal mit seiner Frau dort gewesen. Vielleicht waren sie damals sogar aus Jux mit dieser Liliputbahn gefahren. Es war so lange her. Die Vorkriegszeit kam ihm wie eine versunkene Welt vor, an die sich keiner mehr erinnern konnte. Jetzt saß die neue Realität vor ihm – die schreckliche Frau Haak.

»Ihr Mann besaß diese kleine Eisenbahn?«

Frau Haak schien das Wort »klein« despektierlich zu finden.

»Er besaß *alles*, die Waggons, die Gleise, die Lok, sogar die Stationshäuser. An der Station Schweizerhaus, da, wo das Restaurant Schweizerhaus ist, das war seine Lieblingsstation, da haben wir immer seinen Geburtstag gefeiert.«

»An der Bahnstation *Schweizerhaus*?«, entfuhr es Blanning.

Frau Haak schien über sein Interesse verwundert zu sein.

»Ja, aber das ist lange her.« Sie deutete auf die Überschrift des *Wiener Kuriers*. »Werden die mich jetzt auch holen, die Russen? So wie sie meinen Walter und diese Frau Ottillinger geholt haben?«

Blanning lächelte Frau Haak freundlich an.

»Seien Sie ganz unbesorgt. Wir werden Sie besonders gut beschützen.«

41

Der Prater
Sowjetischer Sektor
Oktober 1948

Alex neigte nicht zu Sentimentalität. Seiner Meinung nach war es ein durch und durch verlogenes Gefühl. Er hatte im Krieg Soldaten gesehen, die bei einem Weihnachtslied feuchte Augen bekamen und kurz danach dem Gegner in den Kopf schossen. Seitdem traute er niemandem mehr über den Weg, der sentimentale Anwandlungen zeigte. Aber als er jetzt mit Daphne im trostlosen Wurstelprater stand, war er sich nicht ganz sicher, wie er seine Gefühle beschreiben sollte. Sentimentalität konnte es nicht sein, auch keine Nostalgie. Vielleicht war ein besseres Wort dafür Wehmut. So etwas in der Art musste es sein. Den Wurstelprater, den er als Kind gekannt hatte, gab es nicht mehr. Es war ein bunter, wilder Ort der Vergnügungen gewesen, an dem man sein Taschengeld auf den Kopf hauen konnte und anschließend von all den Süßigkeiten Zahnweh bekam. Zahnweh und natürlich Bauchweh. Beides hatte er nach jeder Fressorgie gehabt und war trotzdem immer wieder an diesen Ort zurückgekehrt – als Kind und später mit seinen jeweiligen Freundinnen. Mit ihnen hatte er dann in den dunkleren Ecken des Wurstelpraters noch andere

Dinge veranstaltet als Süßigkeiten essen. Diesen Teil würde er Daphne nicht erzählen, aber wenigstens ein paar der harmloseren Vergnügungen hatte er ihr zeigen wollen. Wenig davon schien erhalten zu sein. Im Prater war noch im April 45 gekämpft worden und die Spuren konnte man überall erkennen. Es war der übliche Fanatismus der Nazis gewesen. Als die Russen näher gerückt waren, hätte Wien sich ergeben und zur »offenen Stadt« erklären können. Es hätte der Bevölkerung einiges erspart, aber stattdessen hatte der fanatische Reichsstatthalter Baldur von Schirach den Befehl »Kampf bis zum letzten Mann« ausgegeben und sich anschließend selbst schnell in Sicherheit gebracht. Bei diesem sinnlosen »Endkampf« hatte es sogar die Liliputbahn erwischt. Alex konnte es kaum glauben – sie war verschwunden. Das alte Karussell mit den Schaukelpferden, ein paar andere Fahrgeschäfte und sogar das Riesenrad hatte man wieder in Bewegung gesetzt, aber ausgerechnet die Liliputbahn war weg. Sein Gefühl der Wehmut ging in Wut über. Das konnte jetzt ein echtes Problem für sie werden. Nur wegen dieser verdammten Bahn waren Daphne und er das Risiko eingegangen hierherzukommen. Wenn Frau Haaks Geplapper stimmte und ihr Mann an der Bahnstation Schweizerhaus immer seinen Geburtstag gefeiert hatte, dann könnte das Gold wirklich dort vergraben sein. Was sonst hatte Haak gemeint, als er sagte, das Gold sei »am Eingang zur Schweiz«? Aber wenn sie sich irrten, war das ein ziemlich gefährlicher Ausflug.

Neulich hatte er in der Leopoldstadt Glück gehabt, aber für die heutige Expedition hatte Daphne ihnen falsche Papiere organisieren müssen. Offiziell spielten sie wieder einmal ein Ehepaar. Der große Unterschied zur Guglgasse bestand jedoch darin, dass jetzt jedes Wort zwischen ihnen echt war. Er wollte Daphne glücklich machen. Dieses Gefühl hatte ihn überrascht. Er neigte sonst nicht zum Altruismus, schon gar nicht beim Sex, und er verstand nicht ganz, warum die Dinge sich mit Daphne anders anfühlten. Sie machte es ihm ja nicht gerade leicht. Sie hatte eine klare Regel aufgestellt, er dürfe ihren Körper berühren, selbst ihre Narben durfte er küssen, aber wegen dieser verdammten Narben bestand sie darauf, nur im Dunkeln Sex zu haben. Auch wenn er ihr hundert Mal gesagt hatte, dass sie dadurch bestimmt nicht entstellt war, dass die Narben ihm nichts ausmachten. Sie bestand auf ihrer »Verdunkelungsregel«.

Abgesehen davon hatte er noch nie eine so leidenschaftliche Frau erlebt wie Daphne und das war die zweite Überraschung gewesen. Er hatte sie für einen reinen Kopfmenschen gehalten und jetzt kannte er plötzliche mehrere Daphnes. In manchen Nächten war sie die wilde, gierige Daphne, in anderen die zärtliche und verletzliche. Egal, in welcher Version er sie antraf, er wollte bei ihr sein. Am liebsten wäre er jetzt in ihrem Hotelzimmer im Sacher, natürlich in einem völlig verdunkelten Zimmer, und würde sie einfach nur stundenlang festhalten. Stattdessen riskierten sie ihre Verhaftung im heruntergekommenen Prater. Er war sich nicht sicher, wie gut ihre falschen Ausweispapiere wirklich waren. Daphne hatte gesagt, sie sei SOE-Jahrgangsbeste für Fälschungen gewesen, aber wenn eine russische Streife sie hier kontrollieren würde, konnte alles Mögliche passieren. Trotzdem mussten sie das Risiko eingehen. Blanning würde ein erneutes Versagen nicht tolerieren. Er schien mittlerweile von dem Haak-Fall besessen zu sein.

»Glaubst du wirklich, dass wir das Richtige tun?«, fragte

Alex. »Ich meine, wieso sollte jemand ausgerechnet Gold an einer so belebten Stelle vergraben?«

»Es zeigt eine gewisse Dreistigkeit, etwas vor aller Augen zu verstecken«, sagte Daphne. »Aber der Ort muss Haak etwas bedeutet haben. Laut seiner SD-Akte kam er im März 1938 in Österreich an, um ›Säuberungsaktionen‹ durchzuführen. Es müssen lange Arbeitstage gewesen sein und deswegen ging er wahrscheinlich abends in den Prater, um Dampf abzulassen.«

Alex konnte sich sehr gut an diese Zeit erinnern. Er hatte selbst gesehen, wie damals Hunderte von Wehrmachtssoldaten durch den Prater liefen. Sie hatten sich in die kleinen Waggons der Liliputbahn gezwängt und waren grölend durch die Gegend gefahren. Es musste ein schöner Schenkelklopfer für sie alle gewesen sein, ein Rausch im doppelten Sinne – »denn heute gehört uns Deutschland und morgen die ganze Welt«.

»Gut, ja, der Teil ergibt Sinn«, sagte Alex zu Daphne. »Er muss beim Feiern erkannt haben, dass der Prater eine gute Einnahmequelle war. Und er hat sicher schnell herausgefunden, dass ein paar der Fahrgeschäfte Juden gehörten. Er konnte also bequem beides arisieren und die Besitzer über Nacht loswerden.«

»Ja«, sagte Daphne. »Es war eine ausgezeichnete Geldanlage und er sorgte damit vor – für die Zeit nach dem ›Endsieg‹. Wenn es stimmte, was Blanning über Haaks Humor sagt, dann musste dieser Mann es witzig gefunden haben, neben seiner ›Goldgrube‹ später noch wirkliches Gold zu vergraben. Das Gold aus der niederländischen Bank. Und es hätte ja tatsächlich für ihn aufgehen können. Wenn nicht das ›Tausendjährige Reich‹ zusammengebrochen wäre und die Russen diesen Teil Wiens besetzt hätten, hätte Haak das Gold bequem abholen können. Natürlich konnte er damals nicht wissen, dass eines Tages sein Gold ausgerechnet in die Hände ›slawischer Untermenschen‹ fallen würde.«

Alex lachte.

»Falls es wirklich hier liegt, ist das eine echte Ironie des Schicksals.«

Es war erst fünf Uhr nachmittags, aber die Dunkelheit hatte bereits eingesetzt. Sie liefen entlang der beschädigten Gleisanlagen der Liliputbahn. Alex erinnerte sich genau an die Route. An Kindergeburtstagen hatten er und seine Freunde manchmal mit der Bahn fahren dürfen. Heute konnten sich Wiener Kinder im Prater nichts mehr leisten, aber damals gab es noch Taschengeld. Man sparte, um seine Freunde zur Liliputbahn einzuladen. Am Prater-Hauptbahnhof begann die Fahrt, dann kamen Schweizerhaus, die Rotunde und die Endstation Stadion, an der gewendet wurde. Insgesamt vier Kilometer. Er wollte den kurzen Weg zur Station Schweizerhaus nutzen, um mit Daphne über etwas anderes als die Arbeit zu reden. Es fiel ihm nicht leicht, den Anfang zu finden.

»Ich schulde dir noch eine Antwort, Daphne.«

»Eine Antwort worauf?«, fragte sie.

»Deine Frage damals, als wir in der Guglgasse wohnten. Du wolltest wissen, wo meine Eltern und meine Wiener Freunde ... von früher sind.«

»Wir müssen nicht darüber reden«, sagte Daphne.

Er konnte sie nicht ansehen, während er jetzt weitersprach.

»Meine Eltern waren die lebensuntüchtigsten Menschen, die man sich vorstellen kann. Politisch immer auf der falschen Seite. Sie zogen den Ärger richtiggehend an. Es gab in Wien keinen hoffnungslosen Idealisten, mit dem sie nicht befreundet waren. Verhaftet wurden am Ende alle von ihnen, Sozialisten, Kommunisten und sogar einer meiner konservativen Onkel. Aber ich war nicht so anständig wie sie alle. Ich gab eine Zeit lang den großen Revolutionär, samt Gefängnisaufenthalt. Den Märtyrertod wollte ich dafür nicht sterben. Ich bin 39 abgehauen.«

»Das war klug«, sagte Daphne. Sie legte ihre Hand an seine Wange, aber er musste jetzt weiterreden.

»Ich war schon als Kind eine Zumutung. Mein Vater erfand diese Gutenachtgeschichten, Tierfabeln, um aus mir einen besseren Menschen zu machen.«

»Tierfabeln?«

»In der Fabel waren wir die Familie Bär. Die Bär-Eltern hatten zwei Bärenkinder – guter Bär und schlechter Bär. Es war wie aus einem Lehrbuch für Seelenforschung. Vielleicht hatte mein Vater zu viel Freud gelesen.«

»Du warst der schlechte Bär?«

Er lachte.

»Wie kommst du darauf? Ja. Guter Bär wollte die Menschen glücklich machen und die Welt verändern. Schlechter Bär dachte nur an sich. Mein Vater hatte keine Ahnung, was er mit den Geschichten bei mir anrichtete. Guter Bär wurde ein gefeierter Held, schlechter Bär raubte den Honigverkäufer aus. Das fand ich interessanter. Ich mochte Honig. Ich habe überlebt.«

Daphne nahm seine Hand.

»Kennst du die Geschichte von dem Vater, der Pilze für seine Familie sammelt. Die Mutter bereitet damit eine ganz besondere Suppe zu, aber der jüngste Sohn der Familie ist an dem Tag frech und wird deswegen ohne Essen auf sein Zimmer geschickt. Der Rest der Familie isst die köstliche Pilzsuppe. Doch der Vater hat einen schrecklichen Fehler gemacht und aus Versehen mehrere giftige Pilze gepflückt.

Alle Familienmitglieder sterben an einer Pilzvergiftung. Nur der garstige kleine Junge überlebt. Er beschließt, von dem Moment an nie mehr zu gehorchen.«

»Meine Lebensgeschichte«, sagte Alex trocken.

Daphne zog sein Gesicht ganz nah zu sich heran und erwiderte: »Wenn du wirklich so schlecht wärst, wie du behauptest, Alex, hättest du 38 den einfachen Weg gewählt und bei den Nazis eine große Karriere gemacht. So wie Haak oder Gesrich.«

»Nein, mit Mördern wollte ich nie was zu tun haben. Aber ich habe oft übers Aussteigen nachgedacht. Wir könnten zusammen gehen, Daphne, irgendwo neu anfangen.«

»Das ist jetzt nicht dein Ernst.« Daphnes Reaktion war viel zu laut gewesen. Er legte für einen kurzen Moment einen Finger auf ihren Mund.

»Wir sind doch sowieso nicht mehr die Guten. Wir machen Deals mit Kriegsverbrechern wie Haak. Und es wird passieren, was immer passiert, wenn man sich mit Schweinen einlässt. Man wird selbst zu einem.«

Er sah, wie sie sich wieder in die distanzierte Ehefrau aus der Guglgasse zurückverwandelte. Trotzdem redete er weiter.

»Das ist doch kein Leben, Daphne, das ist doch kein Beruf, den wir hier haben. Wir jagen ein paar Schweinen hinterher, aber die viel Größeren kommen davon? Wie viele Kompromisse willst du im Leben machen?«

Daphne sprach jetzt sehr leise: »Ich glaube an meine Arbeit, Alex. Ich habe Kompromisse dafür gemacht, ich habe sogar Fehler gemacht, schlimme Fehler, aber manchmal, da sind mir Dinge geglückt. Dinge, die wichtig waren.«

»Gut, vergessen wir's. Ich hätte nicht davon anfangen sollen.«

Er blieb stehen und deutete auf ein zerfallenes Bahnhäuschen.

»Die zweite Station.«

»Was?«, fragte Daphne irritiert.

»Bitte konzentrieren Sie sich wieder auf Ihre Arbeit, Parson!« Alex ahmte Major Blannings autoritären Tonfall nach. »Hier stand früher die Station Schweizerhaus. Da hinten ist das Restaurant Schweizerhaus, es scheint geschlossen zu sein.«

Nur ein paar Gehminuten vom Riesenrad entfernt wirkte die Umgebung fast schon ländlich. Die Grünflächen waren früher einmal sehr gepflegt gewesen, jetzt hatten sie Büschen und Sträuchern Platz gemacht, die alles überwucherten. Von der Station Schweizerhaus konnte man nur noch die Umrisse am Boden erkennen. Alex vermutete, dass man das hölzerne Stationshaus zu Brennholz verarbeitet hatte.

»Du bist dir sicher, es ist die richtige Station, Alex? Da ist ja nichts mehr übrig.«

»Sicher. Da – siehst du den alten Umriss des Stationshauses am Boden? Hier stand das Ding. Die Gegend ist perfekt verlassen für unsere Zwecke. Oder ist uns jemand gefolgt?«

Daphne blickte sich um.

»Nein. Das wäre mir aufgefallen. Es ist mittlerweile dunkel genug, um anzufangen. Wir suchen den gesamten Grundriss der ehemaligen Station ab, okay? Wo ist dieser Metalldetektor deponiert?«

»Hinter den Büschen da drüben. Gibst du mir Deckung, Daphne?«

»Natürlich.«

Daphne stellte sich vor die Büsche. Alex redete weiter mit ihr, während er sich durch das Gezweig kämpfte.

»Wusstest du, dass dieser Metalldetektor von einem deutschen Auswanderer erfunden worden ist?«

»Und wie dankbar wir diesem Mann sind«, sagte Daphne.

»Ich hoffe, er funktioniert auch. Die Kollegen haben gesagt, ich muss es zusammenschrauben. Sie konnten es nur in zwei Teilen rüberschmuggeln.«

Alex hatte jetzt die vereinbarte Stelle gefunden. Die Teile des Metalldetektors waren unter einem Haufen Laub vergraben. Er hätte sie beinahe übersehen.

»Was ist?«, sagte Daphne ungeduldig. »Hast du's?«

Alex fing an, die Teile zusammenzusetzen. Es war nicht einfach in der Dunkelheit.

»Alles klar. Wir können anfangen.«

42

Major Blannings Büro
Wien
November 1948

Alex, Daphne und Marjorie standen vor Major Blannings Schreibtisch und warteten darauf, dass er zu ihnen aufblickte. Blanning schien den Moment absichtlich lange hinauszuzögern. Zuerst suchte er in den Schreibtischschubladen nach seinem Tabakbeutel, und als er ihn gefunden hatte, fing er an, seine Pfeife auf umständliche Weise zu stopfen.

»Was erwarten Sie jetzt, eine Belobigung? Ja, schön. Gut gemacht. Wir wissen also, das Zeug ist tatsächlich an der Station Schweizerhaus vergraben. Wie viele Kisten, schätzen Sie, sind es?«

»Der Metalldetektor schlug auf einer relativ großen Fläche an«, sagte Alex, »ich schätze mindestens fünf Kisten.«

»Die Frage ist, wie man sie rausholt«, meinte Blanning. »Wir wissen alle, dass große Operationen im sowjetischen Sektor Himmelfahrtskommandos sind. Es gibt also nur zwei Möglichkeiten, wie diese Sache ausgehen kann: Entweder bekommt man dafür einen Orden oder man landet in einem Straflager in Sibirien.«

»Oder die Russen erschießen uns gleich an Ort und Stelle«, sagte Daphne.

»Das ist die dritte Möglichkeit. Aber versuchen wir, es mal optimistisch anzugehen. Sibirien soll ja landschaftlich sehr schön sein.«

Blanning legte seine Pfeife zur Seite und ging zu einer Tafel, an der eine große Wien-Karte aufgehängt war. Er nahm einen Zeigestock von der Wand und deutete auf den sowjetischen Sektor.

»Erstes Problem: Die Goldkisten liegen in einem Teil des sowjetischen Sektors, der sehr belebt ist. Die Kisten auszugraben, ohne aufzufallen, ist so gut wie unmöglich.« Sein Zeigestock wanderte von der sowjetischen in die englische Zone.

»Zweites Problem. Selbst wenn man es schafft, das Zeug auszugraben, ist die Frage, wie man die Kisten an den sowjetischen Kontrollpunkten vorbei in unsere Zone bringt.« Blanning sah in die Runde: »Vorschläge?«

»Wir könnten nachts graben und dann versuchen, die Kisten in einem Lastwagen rauszuschmuggeln, Sir. Wir haben ein paar zuverlässige Leute in der sowjetischen Zone, die immer wieder Sachen für uns rein- und rausbringen. Wie neulich den Metalldetektor«, sagte Marjorie.

»Nachts lange graben, in einem Park, in dem sich ständig Gesindel rumtreibt?«, erwiderte Alex. »Das hätten wir neulich nicht machen können und bei fünf Kisten geht das auf gar keinen Fall, Marjorie. Jeder könnte uns bei den Russen denunzieren. Und selbst wenn wir die Kisten zu einem Gemüselaster oder weiß Gott wohin schaffen, kann der von den Russen kontrolliert werden. Das ist eine Gleichung mit zu vielen Unbekannten.«

»Aber ich kenne einen Spediteur, der die sowjetischen Wachen schon mehrmals erfolgreich geschmiert hat«, sagte Marjorie.

»Die Spielregeln haben sich geändert. Die Wachen werden seit einer Woche alle paar Stunden ausgewechselt, das läuft jetzt extra willkürlich ab. Da weiß man nie, an wen man gerät. Wir brauchen etwas Besseres, einen Zaubertrick«, sagte Alex.

Marjorie lachte.

»Nein, wirklich. Ich meine das ganz ernst. Zauberer sind Meister darin, den Blick der Zuschauer von der wirklichen Tat abzulenken. Sie sorgen dafür, dass jeder in eine andere Richtung schaut. Auf etwas Lauteres, Bunteres. Sie erschaffen eine große Illusion für den Zuschauer. So etwas müssten wir erreichen. Eine große Illusion.«

»Vielleicht ein Feuer am Riesenrad legen? Das würde Chaos schaffen. Es ist eine Notfallsituation und wir könnten deswegen unsere Löschfahrzeuge rüberbringen«, überlegte Marjorie.

»Du glaubst, die Russen würden unsere Fahrzeuge einfach so rüberlassen?«, entgegnete Alex. »Selbst bei einem Notfall würden die lieber in Flammen aufgehen, als von uns Hilfe anzunehmen.«

Daphne mischte sich jetzt ein.

»Was ist mit Festen? Bei der SOE haben wir unsere Operationen immer zeitgleich mit den Dorffesten geplant. Es ist leichter, eine Brücke zu sprengen, wenn alle am anderen Ende des Dorfes gerade tanzen.«

Alex und Marjorie sahen sie überrascht an. Daphne hatte noch nie über ihre SOE-Arbeit in Griechenland gesprochen. Auch Blanning schien verwundert zu sein, aber nickte zustimmend.

»Ein Fest wäre ideal, Parson, aber das werden die Russen niemals genehmigen. Ich teile Marchs Meinung, dass wir etwas Außergewöhnliches brauchen. Ich habe da vielleicht etwas für uns, aber ich muss es vorbereiten. Kommen Sie übermorgen früh in mein Büro. Neun Uhr.«

• • •

**WELTPRESSE
1948
Im Labyrinth des unterirdischen Wien**

Einen großen Teil des unterirdischen Wien hat nie ein Mensch betreten, aber 1900 Kilometer des Kanalsystems sind zugänglich, und es gibt eine Handvoll Leute, die sich in diesen Gängen ... selbst mit verbundenen Augen zurechtfinden. Zu ihnen gehören die Männer der Kanalbrigade der Wiener Polizei. Die Männer ... die allnächtlich in Gruppen zu fünft mehrstündige Streifzüge antreten, haben einen schweren Dienst. Geschicklichkeit und Ausdauer gehören dazu, in den glitschigen Kanälen von der Stelle zu kommen ... Nach Platzregen füllt oft innerhalb von zehn Minuten Hochwasser die Kanäle aus, und in solchen Fällen sind es die Ratten, die durch ihre Flucht und ihr durchdringendes Pfeifen schon Warnsignale geben, ehe noch eine Veränderung des Kanalwasserstandes wahrzunehmen ist ... Vor Jahren kam es in dieser unheimlichen Umgebung oft zu erbitterten Feuergefechten. »Alte Hasen« der Wiener Einbrechergalerie hatten damit begonnen, vom Kanalgitter aus zu »arbeiten«. Diese Methode des Einbruchs wurde so häufig angewendet, dass sich 1934 die Polizei zur Aufstellung der Kanalbrigade entschloss.

Blanning legte die Zeitung zur Seite. Die Journalisten bei der *Weltpresse* hatten den Artikel gut platziert. Nicht zu weit vorn, aber auch nicht versteckt im hinteren Teil. Die Russen würden es auf jeden Fall lesen und das allein zählte.

Jede Besatzungsmacht finanzierte ihre eigene Zeitung. Die Sowjets publizierten die *Österreichische Zeitung*, die Amerikaner ihren *Wiener Kurier* und die Briten die *Weltpresse*. Blanning hatte festgestellt, dass der *Wiener Kurier* am besten bei den Einheimischen ankam. Die Yankees wussten einfach, wie man Leser ansprach. Sie brachten knallige Geschichten über Filmstars oder brutale Morde. Letzten Monat hatten sie sogar den neuen Bestseller von Vicky Baum als Fortsetzungsroman gestartet. Die Auflage war seitdem noch mehr in die Höhe geklettert.

Mit Vicky Baum konnte die britische *Weltpresse* natürlich nicht mithalten. Aber sie wurde von den entscheidenden Leuten gelesen. Der Artikel über die Kanalbrigade würde als ein perfektes Vorspiel dienen. Blanning liebte diese Seite seines Berufs – den Dirigenten zu spielen und die Ouvertüre vorzubereiten. Geheimdienstoperationen erinnerten ihn immer an guten Sex. Umso besser das Vorspiel, umso erfolgreicher konnte dann der zweite Akt werden. Aber bei dieser Gold-Geschichte hatten sie nicht viel Zeit für ein intensives Vorspiel. Sie würden schneller zum Sex übergehen müssen, als ihm lieb war.

43

**Eds und Jacobs Wohnung
Wien
November 1948**

»Bist du wahnsinnig, Ed? Was sollen wir mit dem Jungen in unserer Wohnung?«

Jacob und Ed saßen sich am Küchentisch gegenüber. Seit einem Jahr teilten sie sich die kleine Wohnung und bisher hatten sie kein einziges Mal gestritten.

»Sie wollten ihn aus dem Krankenhaus entlassen und wieder in eines dieser DP-Lager schicken«, sagte Ed. Er zündete sich eine Zigarette an und inhalierte tief. »Aber das darf nicht passieren. Da würde Jone vor die Hunde gehen.«

»Jone? Was ist das für ein Name?«, fragte Jacob.

»Litauisch. Und bitte rede nicht so laut, er schläft nebenan. Er hatte fast zwanzig Knochenbrüche und sein linkes Bein will einfach nicht verheilen.«

»Das ist ja alles schlimm, aber wir sind für so was nicht zuständig, Ed. Es gibt Waisenhäuser für solche DP-Kinder, und ich habe gehört, man schickt sogar ein paar ganz Unterernährte in die Schweiz ... oder nach Schweden? Auf jeden Fall irgendwas mit S. Da könnte er doch die beste Pflege bekommen.«

»Miss Aitken und ich haben uns dagegen entschieden. Sie wird mir helfen. Miss Parson hilft auch.«

»Miss Parson kennt Jone?«

»Im Gegensatz zu dir, Jacob, haben wir unsere Freizeit nicht im Friseurladen verplempert. Wir haben den Jungen regelmäßig im Krankenhaus besucht. Sogar Miss Parson hat sich um ihn gekümmert. Sie ist ja eigentlich nicht von der mütterlichen Sorte, aber sie hat sich verändert.«

»Das klingt alles schön und gut, aber was passiert, wenn wir beide Nachtschichten haben? Wer sorgt dann für den Jungen?«

»Er ist es gewohnt, alleine zu sein. Bevor sie ihn fanden und ins DP-Lager brachten, lebte er anscheinend in einer Scheune. Niemand weiß, wie lange er dort war und wie er sich Nahrung beschafft hat. Er wird sich in unserer Wohnung ganz ruhig verhalten und keinen Laut von sich geben. Hauptsache, wir lassen ihm Essen da. Essen ist ihm wichtig, es beruhigt ihn.«

»Den Punkt verstehe ich«, sagte Jacob.

»Wenn es ihm gesundheitlich schlechter gehen sollte, übernehmen Miss Parson oder Miss Aitken die Nachtschicht.«

Jacob lachte.

»Das klingt ja wie im Bilderbuch, Ed!«

Eds Gesicht lief jetzt rot an.

»ES REICHT, JACOB! ER BLEIBT! VERSTANDEN?!«

Jacob zuckte zurück. Er hatte Ed noch nie so wütend erlebt. Er kannte ihn als einen ruhigen Mann, der sich mehr für technische Dinge als Menschen interessierte. Aber seit ein paar Wochen drehte sich alles nur noch um dieses arme Kind. Als ob er über Nacht Vater geworden wäre. Dabei gab es da draußen Tausende von Kindern, denen es schlecht ging, seit drei Jahren hatten sie das doch mitansehen müssen. Was war jetzt anders?

Jacob wusste genau, was Armut bedeutete. In den Dreißigerjahren hatten sie in Wales alle gehungert. Ihnen war damals kein Retter erschienen und seine Mutter hatte sich in den wütenden Drachen verwandelt, der sie bis heute geblieben war. Er wollte auf keinen Fall so verbittert enden wie sie.

»Verstanden, Ed. Er bleibt und ich werde mithelfen. Aber Jone ist kein guter Name. Das klingt fremd, das wird ihm später im Weg stehen. Er braucht einen besseren Namen. Was Seriöses … Wie wäre es mit Frank? Das funktioniert im Deutschen wie im Englischen.«

»Nein, ich hatte einen Onkel, der hieß Frank. Der hat mich wegen Kleinigkeiten verprügelt.«

»Ja, das geht dann nicht«, sagte Jacob. Ihm fielen jetzt nur noch Namen aus der Bibel ein. »Was ist mit Luke, Matthew, Mark oder John?«

Ed dachte nach.

»Nein. So heißt jeder. Gerald gefällt mir. Erinnert mich an einen Schulfreund. Der ist erfolgreich geworden, der hat sein eigenes Fischgeschäft in Worthing. *Gerald.* Das nehmen wir.«

44

Major Blannings Büro
Wien
November 1948

»Ich habe eine perfekte Illusion für uns gefunden.«

Blanning machte eine kunstvolle Pause. Marjorie, Daphne und Alex sahen ihn erwartungsvoll an.

»Vor ein paar Monaten habe ich einen Experten für Illusionen kennengelernt. Sein Name ist Greene. Im Krieg arbeitete er für den MI6 in Sierra Leone, aber eigentlich ist er im Hauptberuf Schriftsteller und Drehbuchautor. Greene wollte alle Bars von Wien kennenlernen und ich habe mich geopfert und ihn ausgeführt.«

Blanning lachte über seinen eigenen Witz. Seine Zuhörer reagierten nicht. Er beschloss, ohne humoristische Einlagen weiterzumachen.

»Greene recherchierte hier für einen neuen Film. Er suchte nach einer guten Wien-Story und ich habe ihm vom Tunnelsystem erzählt.«

Daphne sah Blanning konsterniert an.

»Unserem Abhörtunnel, Sir?«

»Nein, natürlich nicht. Ich habe ihm andere Arten von Tunnels gezeigt. Wiens großes Kanalnetz. Das Besondere daran ist ja, dass es unterhalb der Zonengrenzen verläuft und man völlig unbeobachtet vom Westen in den Osten gelangen kann. Greene war davon fasziniert. Letzte Woche hat er mir sein Drehbuch geschickt. Die Handlung ist deprimierend, der Film wird mit Sicherheit kein Erfolg, aber das kann uns egal sein. Der entscheidende Punkt ist: Das Filmteam wird drei Wochen lang in Wien drehen, in der Kanalisation, aber auch im Prater. Für den Prater hat der Produzent bereits alle Genehmigungen bei unseren sowjetischen ›Freunden‹ eingeholt. Das war natürlich nicht einfach, aber er hat es geschafft.« Blanning fing an, sich eine Pfeife zu stopfen. »Mein Plan ist folgender: Sie werden in das Filmteam eingeschleust. Sie werden mit dem Filmlaster ohne Probleme in den sowjetischen Sektor reinkommen. Sie graben, während die ihren Film drehen, und anschließend kommen Sie mit dem Filmlaster und den Kisten wieder raus.«

»Aber wieso sollten diese Filmleute uns das ermöglichen, Sir? Sie würden damit ein enormes Risiko eingehen. Sie könnten als Spione verhaftet werden.«

»Ja, sicher, March, sie könnten an Ort und Stelle alle erschossen werden. Aber diese Filmcrew wird gar nicht wissen, worauf sie sich einlässt. Wir müssen nur den Chef dieser Leute für unsere Sache gewinnen. Und jetzt kommt der beste Teil meiner Geschichte.«

Blanning zog an seiner Pfeife.

»Greene hat mir erzählt, wer sein Produzent und sein Regisseur sind. Der Produzent ist ein Ungar, ein Sir Alexander Korda, und der Regisseur Carol Reed. Beide Männer haben früher für den MI6 gearbeitet. Sozusagen nebenberuflich. Verstehen Sie? Die gehören zu *uns*. Die stellen keine Fragen, was wir vorhaben und was in den Kisten drin ist. Alles, was die wissen müssen, ist: Wir holen etwas aus dem Sowjetsektor raus und brauchen ihre Hilfe.«

Marjorie, Daphne und Alex sahen einander an. Blanning ahnte, was sie dachten. Die Idee war so verrückt, dass sie funktionieren konnte.

»Wird man uns abnehmen, dass wir zum Filmteam gehören, Sir?«, fragte Marjorie.

»Warum nicht? Es ist ein britisches Filmteam. March hat einen leichten Akzent, also deklarieren wir ihn lieber als Ortskraft. Sie können den Lastwagen mit der Filmausrüstung steuern, March.«

»Sicher«, murmelte Alex.

»Und wie wär's, Parson? Würden Sie gerne die Rolle der Garderobiere übernehmen?«, fragte Blanning.

»Wenn mir jemand erklärt, was eine Garderobiere macht, Sir?«

»Waren Sie noch nie im Theater? Garderobieren oder Ankleidedamen ziehen den Schauspielern die Kostüme an und frisieren ihre Perücken. Ich hatte eine sehr hübsche Freundin beim Theater, die … unwichtig. Nehmen Sie Miss Aitken mit. Die versteht was vom Schminken. Und wir werden Jacob und Ed Gray fürs Graben einsetzen. Die könnte man als Kabelträger beim Filmteam deklarieren.«

»Werden so viele Extraleute nicht auffallen, Sir?«, fragte Alex.

»Bei Dreharbeiten laufen immer unzählige Leute herum, von denen niemand weiß, was die eigentlich machen. Aber sie haben recht. Wir nutzen die Presse, um unsere Teilnahme an dem Film zu annoncieren. Ich habe gestern als kleines Vorspiel schon mal was in unserer Zeitung lanciert.«

Blanning holte drei Exemplare der *Weltpresse* aus seiner Schublade und verteilte sie. Daphne, Alex und Marjorie begannen den Artikel über die Kanalbrigade zu lesen.

»Natürlich wissen die Sowjets über alles da unten genau Bescheid. Aber wir zeigen mit diesem Artikel, dass wir auch der Öffentlichkeit diese Tunnels nicht verschweigen. Niemand wird danach überrascht sein zu erfahren, dass sogar ein britisches Filmteam dort dreht …«

Daphne unterbrach ihn: »Wir reden also offen über dieses alte Tunnelsystem, während wir gleichzeitig einen neuen, geheimen Tunnel nutzen. Das ist clever.«

Blanning lächelte.

»Danke, Parson. Ich wusste, Sie würden diese Pointe zu schätzen wissen. Das ist ein weiterer Vorteil des Filmprojekts. Ich hatte natürlich gehofft, Greene würde auf meine Erzählungen über das Kanalnetz anspringen. Und genau das ist passiert. Alle werden jetzt auf diese unterirdischen Tunnels schauen. Ein gutes Ablenkungsmanöver. Unser geheimer Abhörtunnel ist dadurch noch besser geschützt.«

»Sir, Sie sagten, wir sollen die Presse nutzen, um unsere Teilnahme an dem Film *bekannt* zu machen?«, fragte Alex.

Blanning war überrascht, dass Alex so schwer von Begriff war.

»Die Russen lesen unsere Zeitungen. Den politischen Teil, aber auch unsere Kulturveranstaltungen. Wenn wir ihnen eine Illusion verkaufen wollen, dann am besten über die Presse. Wir müssen Sie, Daphne und Marjorie als Teil des Filmteams zeigen. Natürlich so diskret wie möglich. Ich brauche ein Foto vom Filmset, auf dem Marjorie und Daphne irgendwo im Hintergrund zu sehen sind. Wie Daphne die Schauspieler bei den Dreharbeiten schminkt oder so was in der Art. Wir sollten das nicht unbedingt in unserer eigenen Zeitung bringen. Vielleicht kann man es den Amerikanern unterjubeln. Exklusiver Schnappschuss vom Drehort, das bringen die sicher gerne. Aber wir müssen uns beeilen. Die Dreharbeiten haben gestern angefangen. Es wäre gut, wenn Sie alle schon mal hingehen und sich mit dem Filmteam anfreunden würden.«

Die drei schienen noch zu zögern. Blanning wusste, dass er ihnen einfach befehlen konnte, diesen Job auszuführen. Aber er wollte keinen Befehl erteilen, er wollte, dass sie hinter der Sache standen.

»Bei diesen Dreharbeiten am Prater wird ein sowjetischer Verbindungsoffizier vor Ort sein, Sir?«, fragte Daphne.

»Mit Sicherheit. Die Russen sind so filmbesessen wie wir. Die lassen sich so ein Spektakel nicht entgehen. Da werden sicher mehrere sowjetische Kulturoffiziere auftauchen. Ich will Ihnen nichts vormachen, es bleibt riskant. Nicht alle von denen werden wirklich für die sowjetische Kulturabteilung arbeiten, es kann durchaus NKWD dabei sein. Ab dem Übertritt der Zonengrenze sind Sie auf sich gestellt. Wenn die Russen Jacob oder Ed beim Graben erwischen, ist es aus. Wir müssen den Teil besonders gut vorbereiten. Vorschläge?«

Alex meldete sich zu Wort.

»Ich habe mal bei Dreharbeiten zugesehen. Die Filmleute bauten Zelte auf, in denen sie ihre technische Ausstattung vor dem Wetter schützten. Wir könnten so ein Zelt nutzen, um unsere Grabung am Schweizerhaus abzuschirmen.«

»Ja, das ist gut. Das könnte funktionieren. Die Details überlasse ich Ihnen. Hauptsache, die Kisten kommen am Ende irgendwie in den Laster. Und das ist ein anderer wichtiger Punkt: Die gehobenen Goldkisten müssen umgepackt werden, damit sie genauso aussehen wie die Kisten mit Filmausrüstung. Die Kisten dürfen sich am Ende nicht unterscheiden. Noch Fragen?«

»Wann sind die Dreharbeiten am Prater angesetzt, Sir?«, fragte Marjorie.

»Übermorgen. Sie haben genau zwei Tage Zeit, um sich einzuarbeiten.«

• • •

WELTPRESSE
Wien, 19. November 1948
Kanalbrigade vor der Kamera

An qualmenden Fackeln vorbei gelangt man durch ein Labyrinth von Gängen und Treppen zum Wienfluss. Vom Lärm der Großstadt ist nichts mehr zu hören, nur ab und zu donnern im benachbarten Gewölbe die Stadtbahnzüge vorüber. Hier unten, in dieser eiskalten Finsternis, haben die Filmleute ihr Lager aufgeschlagen. In einem Eisenkorb glühen Kohlen. Schauspieler, Statisten und Personal sind dauernd bis auf die Haut durchnässt ... Kilometerlange Lichtleitungen, Scheinwerfer aller Größen und das übliche Filmgerät haben dort die »Unterwelt« Wiens völlig verändert. Es dauert oft stundenlang, bis man die richtige Einstellung für die Scheinwerfer gefunden hat. Das technische Personal watet in hohen Gummistiefeln durch das Wasser, immer wieder müssen die schweren Geräte an einen anderen Aufstellungsort geschleppt werden.

45

Wiener Kanalisation
November 1948

Alex war übel. Er stand mit dem Filmteam in einem Kanalgang und versuchte, den Gestank zu ignorieren. Sie waren zwanzig Leute hier unten, aber keiner verlor ein Wort über den Geruch. Niemand wollte ein Waschlappen sein. Alex blickte hinüber zu Keith, dem Oberbeleuchter, der sich gerade mit den zwei Polizisten von der Kanalbrigade unterhielt. Sie schienen glücklich über den Besuch des Filmteams zu sein. Sicher kam es selten vor, dass sich jemand für ihre Arbeit interessierte.

Alex erinnerte sich daran, dass er schon in seiner Kindheit Schauergeschichten über die Zustände in der Kanalisation gehört hatte. Sein Vater hatte sie ihm damals zur Abschreckung erzählt. Es war eine Variation seiner allabendlichen Bärengeschichten gewesen. Die Moral lautete immer: »Arbeite hart in der Schule, damit du den armen *Strottern* helfen kannst. Diese Menschen sind so verzweifelt, die leben da unten vom Knochensuchen.« Strotter – das hatte Alex damals schon verstanden – waren Menschen, die Abfall sammelten und von der Welt als Abfall behandelt wurden. Aber sein Vater hatte nie genau erklärt, ob es sich bei den Knochen um Menschen- oder Tierknochen handelte. Manchmal, wenn er nicht einschlafen konnte, hatte Alex dann an diese unterirdischen Wesen gedacht, die von Knochen lebten und vor der Polizei flüchten mussten.

Schon in den Dreißigerjahren war die Kanalbrigade mit Maschinengewehren und Handscheinwerfern ausgestattet gewesen. Die Polizisten verscheuchten die Strotter und jagten die Kleinkriminellen, die nach Hauseinbrüchen durch die Kanalisation flüchteten. Aber den wirklichen Grund, aus dem man die Brigade überhaupt gegründet hatte, erwähnte niemand mehr. Alex kannte ihn noch aus den Erzählungen seines Vaters. Im Jahr 1934, beim sozialistischen Februaraufstand gegen das reaktionäre Dollfußregime, waren hier unten in der Kanalisation Waffen versteckt worden. Später, nach dem Scheitern des Aufstands, mussten viele Aufständische durch die Kanäle fliehen. Damals war auch Alex' Vater zum ersten Mal verhaftet worden.

Die Kanalbrigade war also gegründet worden, um politischen Gegnern den Fluchtweg abzuschneiden. Und jetzt, nach dem Krieg, diente sie wieder als ein politisches Mittel.

Alex sah, wie ein paar Männer der Kanalbrigade versuchten, mit einer der wenigen weiblichen Mitarbeiterinnen des Filmteams zu flirten. Angela Allen war höchstens achtzehn Jahre alt und die Drehbuchassistentin. Sie schien sich gut unter den Männern zu behaupten. Auch sie verlor kein Wort über den Geruch hier unten.

Der Oberbeleuchter Keith machte jetzt lachend ein Würgezeichen und kam zu Alex herüber. Sie kannten sich erst seit ein paar Stunden, aber sie hatten sich auf Anhieb verstanden. Keith war in der Filmgewerkschaft ACTT und die »Jungens« am Set hörten auf ihn. Er wusste so ziemlich alles über das britische Filmgeschäft, aber er hatte noch nie in Österreich gedreht.

»Mir ist fast so schlecht hier unten wie nach dem Wiener Essen gestern«, sagte Keith.

Alex verstand nicht, worauf er anspielte.

»Du meinst unser Kantinenessen?«

»Nein! Das ist in Ordnung. Ich meine das Festessen, das sie uns gestern serviert haben. Mit Zutaten ausschließlich vom Schwarzmarkt. Es soll ein Vermögen gekostet haben, aber die Jungens konnten es vor lauter Ekel nicht runterschlucken.«

»Wieso?«, fragte Alex.

»Auf den ersten Blick sah es gut aus. Wie Fisch und Chips. Panierter Fisch wie bei uns in England, verstehst du? Aber dann war es nicht Fisch, sondern Fleisch! Paniertes Fleisch! So etwas Ekelhaftes habe ich noch nie im Leben gesehen.«

Es dauerte einen Moment, bis Alex verstand, was Keith meinte.

»Das ist Wiener Schnitzel, eine hiesige Spezialität. Paniertes Kalbfleisch ist eine Delikatesse, die kein Einheimischer zu Gesicht bekommt, der nicht sehr gute Schwarzmarktkontakte hat.«

»Wirklich? Nächstes Mal kannst du meine Portion haben«, sagte Keith. »Ich esse hier nur noch die Nachspeisen. Der Schokoladenkuchen, diese Sachertorte, ist fast so gut wie bei uns zu Hause.«

Alex versuchte, nicht zu lachen.

»Wie lange wird das hier unten dauern?«

»Orson Welles hat sich bisher geweigert runterzukommen, der hat einen Sauberkeitsfimmel und glaubt, sich hier was einzufangen. Das wird schwierig mit dem, der besteht auf einem Double. Wir drehen alles in diesem einen Abschnitt des Kanals und werden dafür verschiedene Objektive benutzen, um ihn größer wirken zu lassen. Wenigstens stören uns hier unten keine sowjetischen Soldaten bei der Arbeit.«

»Wieso?«, fragte Alex. »Habt ihr mit denen schlechte Erfahrungen gemacht?«

Keith schüttelte den Kopf.

»Ich hätte nie gedacht, dass ich das mal sagen würde. Ich bin ja in der Gewerkschaft und bin im Krieg auf jede Versammlung für unsere sowjetischen Verbündeten gegangen. Aber wie die Russen sich hier aufführen, das ist unglaublich. Gestern haben wir in der Nähe des Südbahnhofs gedreht und kamen nur ein paar Zentimeter in ihren Sektor rein. Da war die Hölle los! Die wollten uns allesamt verhaften.«

»Ihr habt ohne Genehmigung in der Nähe eines Bahnhofs gedreht?«, fragte Alex. »Das sind strategische Ziele, das ist verboten.«

Keith sah ihn überrascht an. Alex merkte sofort, dass er einen Fehler gemacht hatte. Seine Rolle war es, die lokale Aushilfskraft zu spielen, einen einfachen Mann, der von nichts eine Ahnung hatte.

»Es war ja keine Absicht«, sagte Keith. »Es war ein kleiner Fehler. Aber erklär mir bitte mal, warum die Russen einfach Leute nachts aus Zügen rausholen? Unser anderer Hauptdarsteller, Joseph Cotten, der kam aus Rom mit dem Nachtzug. Und die Russen haben ihn und seine Frau nach der Grenze einfach aus dem Schlafwagenabteil gezerrt, ohne irgendeine Begründung. Sie ließen die beiden im Schlafanzug an den Schienen stehen. In der Kälte.«

Alex wusste, dass die Züge, die durch die sowjetische

Zone nach Wien fuhren, regelmäßig angehalten und durchsucht wurden. Aber er hatte schon genug preisgegeben.

»Ja, es ist schlimm mit den Russen hier. Es wird sicher auch schwierig sein, eine Drehgenehmigung für den Prater zu bekommen?«

»Genau das habe ich auch gedacht. Aber wir scheinen alle Papiere dafür zu haben. Ich will nicht noch einmal in eine solche Situation geraten. Ich habe in meinem Leben jede Menge von tobenden Regisseuren und Produzenten erleben müssen. Aber keiner von denen zusammen war so furchteinflößend wie diese Russen neulich.«

Alex musste daran denken, dass es im Prater sehr viel gefährlicher für alle werden würde, aber er sagte nur: »Zieht euch morgen warme Unterwäsche an. Es wird kalt.«

• • •

WIENER KURIER
Herausgegeben von den amerikanischen
Streitkräften für die Wiener Bevölkerung
November 1948
Abenteurer des 20. Jahrhunderts
Orson Welles spielt die Hauptrolle
im Wiener Carol-Reed-Film

Der berühmte amerikanische Filmstar und Regisseur Orson Welles, der in dem zurzeit in Wien entstehenden Carol-Reed-Film *Der dritte Mann* eine Hauptrolle verkörpert, ist eine der fantastischsten und genialsten Gestalten, die jemals auf der Filmleinwand eine Rolle gespielt haben. Vielfach wird er, der Allround-man, der wagemutige Draufgänger, mit Charlie Chaplin verglichen. Sein unstetes Leben hat ihn durch mehrere Kontinente getrieben und in manche Abenteuer gebracht ... Orson Welles ist jedem geregelten Leben abhold. Er ist maßlos und grenzenlos. Er ist imstande, zweiundsiebzig Stunden ohne Unterbrechung zu arbeiten und dann die gleiche Zeitdauer durchzuschlafen.

46

**Sowjetischer Sektor
Wien
November 1948**

Die Lastwagen rollten auf die sowjetische Zonengrenze zu. Daphne saß mit Marjorie und zwei anderen Frauen des Filmteams im dritten Wagen. Sie waren ein ungewöhnliches Quartett. Eine der Frauen, Elizabeth Montagu, stammte aus einer Adelsfamilie, die andere, Ruth Walker, aus der Liverpooler Arbeiterschicht. Trotz der großen gesellschaftlichen Unterschiede redeten die beiden angeregt miteinander. Sie schienen ein eingeschworenes Team zu sein, das schon bei mehreren Filmen zusammengearbeitet hatte. Montagu lamentierte in ihrer perfekten Oberschichtsstimme gerade über die Bettläuse in ihrem Hotelzimmer, und Ruth antwortete ihr in einem Liverpooler Akzent, der so stark war, dass Daphne Mühe hatte, ihn überhaupt zu verstehen. Aber der Akzent war nicht das einzige Problem. Ruth schien eine gute Menschenkennerin zu sein und hatte Daphne und Marjorie sofort als Fremdkörper ausgemacht. Sie stellte ihnen seit einer halben Stunde unangenehme Fragen: Warum stießen sie erst jetzt zum Team? Seit wann arbeiteten sie im Filmgeschäft? Wo hatten sie ihre Ausbildung gemacht? Keine der Antworten befriedigte Ruth, und sie betonte immer wieder, dass sie es einfach nicht verstehen könne, warum man für den heutigen Tag zusätzliche Ankleidedamen eingestellt habe. Sie sei schließlich sehr gut in der Lage, für zwei Schauspieler Maske und Kostüme alleine zu übernehmen. Marjorie versuchte, die Situation zu entschärfen, und versicherte Ruth zum wiederholten Male, sie wären nur da, um ihr zu assistieren, aber Ruth schien sich in ihrer Berufsehre gekränkt zu fühlen. Die Stimmung blieb frostig. Daphne konnte die angespannte Atmosphäre nicht brauchen, sie wollte sich auf den Zonenübertritt konzentrieren. Ihr war klar, dass ein erfahrener Grenzsoldat Angst buchstäblich riechen konnte. Sie neigte nicht zu Schweißausbrüchen, aber sie hatte sich sicherheitshalber mit den letzten Resten ihres Parfüms eingesprüht. Es war teuer gewesen und sie würde es so schnell nicht ersetzen können. Wenn man sie heute verhaftete, würde sie allerdings sowieso kein neues mehr brauchen. Sie hatte auch überlegt, ein Beruhigungsmittel zu schlucken, Baldrian oder etwas in der Art, aber das hätte ihre Reaktionen verlangsamt. Sie musste sich konzentrieren, auf keinen Fall durfte sie müde werden.

Zehn Stunden, dachte Daphne. Ich muss das nur zehn Stunden durchhalten, und wenn wir es alle überleben, kann ich mit Alex im Sacher feiern. Wir werden eine Flasche Champagner auf dem Schwarzmarkt kaufen, ganz egal, wie viel er kostet.

Sie versuchte, sich an diesem Gedanken festzuhalten, während Ruth jetzt anfing, Marjorie nach Kolleginnen abzufragen. Kannte sie Annie Robertson? Edith Taylor? Nein? Vera Evans? Aber jeder kannte doch Vera! Ruths Fragenmarathon erinnerte an die Spanische Inquisition.

Mrs. Montagu schien es jetzt ebenfalls zu reichen. Sie

unterbrach Ruth: »Wir sind an der Zonengrenze. Siehst du die sowjetischen Soldaten?«

Ruth hörte für einen Moment auf zu reden und lugte durch die Ritzen der Planen. Man konnte jetzt sehen, wie Soldaten den ersten Lastwagen inspizierten.

»Sie werden gleich zu uns kommen«, sagte Mrs. Montagu.

»Glauben die etwa, wir schmuggeln was?«, fragte Ruth. »Wir sind doch keine Verbrecher.«

»Sei jetzt einfach mal still«, erwiderte Elizabeth Montagu. »Die haben eine kurze Zündschnur.«

Die hintere Plane ging auf und einer der sowjetischen Wachposten kletterte in ihren Lastwagen. Er war ein junger Mann, höchstens zwanzig.

»Können Sie sich legitimieren? *Identitätsausweis?*«, fragte er in gutem Deutsch. Die vier Frauen hielten ihm übereifrig ihre Ausweispapiere hin. Er blätterte sie schnell durch und deutete dann auf die Kisten. Daphne wollte etwas sagen, aber Elizabeth Montagu kam ihr zuvor.

»Filmausrüstung – кинооборудование.«

Der Soldat sah sie fragend an.

Mrs. Montagu blätterte hastig in ihrem russischen Wörterbuch und deutete auf ein Wort.

Er lachte, anscheinend hatte sie es falsch ausgesprochen.

»плёнка!«, sagte er.

»плёнка!, ja genau!«, wiederholte sie.

Der Soldat öffnete die erste Kiste und sah hinein. Es waren Filmrollen. Er zog eine Liste heraus und fing an, den Inhalt jeder Kiste genau zu notieren. Es war jetzt allen klar, dass es länger dauern würde. Ruth fiel es schwer, nicht zu sprechen, aber Mrs. Montagu warf ihr mahnende Blicke zu. Nach fast zehn Minuten hatte der Soldat alles aufgeschrieben und sprang vom Lastwagen.

»Ich glaube, er hat die Kisten auch nummeriert«, flüsterte Marjorie Daphne zu.

Der Lastwagen fuhr an und sie rollten langsam an den Wachposten vorbei in den sowjetischen Sektor.

• • •

»Es ist sehr stimmungsvoll hier«, sagte Elizabeth Montagu. Daphne fragte sich, ob sie das ernst meinte.

Der Prater sah an diesem Novembertag noch trostloser aus als bei Daphnes erstem Besuch. Mrs. Montagu schien jedoch von der Tristesse des Ortes angetan zu sein. Es ging dem Filmteam anscheinend nicht darum, schöne Motive zu finden, sondern das reale graue Wien zu zeigen. Und das war im Übermaß vorhanden.

Elizabeth Montagu deutete auf den Oberbeleuchter Keith, der gerade einen Scheinwerfer festschraubte. »Der Aufbau ist ja immer der langwierigste Teil. Wir müssen die Prater-Szene perfekt einrichten, bevor wir mit dem Drehen anfangen können. In einem gut ausgestatteten Filmstudio ist so ein Einrichten natürlich sehr viel leichter als bei Außenaufnahmen. Aber selbst im Studio passiert dann immer das Gleiche. Der Kameramann kommt herein und sagt: ›In dem Licht kann ich nicht arbeiten.‹ Und wenn er endlich zufrieden ist, dann sagt der Tonmeister: ›Das müssen wir alles wiederholen, da war zu viel Straßenlärm.‹« Sie lachte. »Gott sei Dank haben wir dieses Mal einen sehr ausgeglichenen Regisseur. Er hat viel Geduld.«

Daphne wollte etwas fragen, aber Ruth stieß jetzt zu ihnen. Sie sah Daphne vorwurfsvoll an.

»Was ist, kommst du mit oder nicht? Ich brauche dich und Marjorie beim Aufbau meines Zelts. Im vorderen Teil soll der Erfrischungsstand für das Team stehen und im hinteren Teil ein Schminktisch mit Stühlen für die Schauspieler.«

»Bin schon auf dem Weg«, sagte Daphne beflissen.

Sie verabschiedete sich von Mrs. Montagu und lief mit Ruth über den Prater. In einiger Entfernung konnte Daphne Alex erkennen, der einen Leiterwagen mit Technikausrüstung zog. Sie versuchte, nicht zu ihm hinüberzusehen. Major Blanning hatte entschieden, dass sie in zwei voneinander getrennten Teams arbeiteten und keinen Kontakt miteinander haben sollten. Alex, Ed und Jacob agierten als Führungsteam, während Daphne und Marjorie für das Back-up verantwortlich waren.

Ruth deutete auf Alex: »Hast du den schon gesehen? Den würde ich nicht von der Bettkante schubsen. Gehört der jemandem?«

»Ich habe keine Ahnung«, sagte Daphne.

»Die meisten Männer hier sind verheiratet. Aber hast du's gemerkt? Angela, unser Scriptgirl, ist verknallt in den Kameramann. Der ist so ein besessener Künstler. Irgendjemand muss ihr mal sagen, dass er vom anderen Ufer ist.«

»Inwiefern besessener Künstler?«, fragte Daphne.

»Er besteht darauf, seine Kameraeinstellungen seitlich zu kippen, nicht gerade draufzuhalten. Kein Mensch versteht, was das soll.«

»Vielleicht will er damit zeigen, dass in dieser Welt alles aus dem Lot geraten ist?«, überlegte Daphne.

Ruth sah sie spöttisch an.

»Eine Philosophin! Wenn du so klug bist, dann weißt du sicher auch, was da drüben gerade geschieht?«

Ruth zeigte auf zwei sowjetische Offiziere, die auf den Regisseur zugingen.

»Ich habe keine Ahnung«, log Daphne.
Die Antwort schien Ruth zu befriedigen.
»Das sind unsere sowjetischen Aufpasser. Vor denen hat man uns gewarnt. Die dulden uns hier nur, wenn wir uns gut benehmen. Aber ich bin sicher, die werden auf ihre Kosten kommen. Wir haben genug Alkohol eingepackt und sie können die Stars kennenlernen. Also los, Mädchen. Getränkestand aufbauen!«

Daphne fragte sich, ob die zwei sowjetischen Offiziere allein gekommen waren. Konnte vielleicht noch jemand hier für sie arbeiten? Sie blickte sich um. Überall wuselten Mitarbeiter der Filmcrew. Blanning hatte recht gehabt, alle wirkten geschäftig, und ein Außenstehender konnte nicht sofort erkennen, wer welcher Aufgabe nachging. Die technischen Mitarbeiter waren am besten zu identifizieren. Sie trugen blaue Overalls unter ihren dicken Wintermänteln und schienen Kabel anzuschließen. Ähnlich betriebsam sah der »besessene« Kameramann aus. Er hatte zwei Assistenten dabei, die er von einem Ort zum nächsten scheuchte. Sie mussten auf dem Boden bestimmte Stellen mit Kreide markieren. Während der Kameramann angespannt wirkte, war der Tonmeister gelassener. Sein Assistent hielt einen hohen Stab in der Hand, der wie eine gigantische Angel aussah.

Daphne konnte niemanden identifizieren, der nicht ins Filmteam passte. Aber jetzt beobachtete sie, wie die zwei sowjetischen Offiziere sich trennten. Einer von ihnen redete weiter mit dem Regisseur, der andere schlenderte über den Prater.

• • •

Alex war auf dem Weg zum Schweizerhaus, als er von Keith aufgehalten wurde.

»Deine Kumpels haben schon einen Teil mitgenommen. Wieso schafft ihr die technische Ausrüstung weg?«

»Uns wurde gesagt, die Kisten wären hier im Weg. Wir sollen ein Extrazelt an der Station Schweizerhaus aufbauen«, antwortete Alex.

»Und wer passt dort auf die Sachen auf?«, fragte Keith. »Die sind wertvoll und hier treibt sich merkwürdige Kundschaft rum.«

»Keine Sorge. Wir bleiben bei den Kisten.«

Keith wollte ihm gerade widersprechen, als plötzlich ein lauter Knall ertönte. Einer der Scheinwerfer war explodiert.

»FUCK!!!«, brüllte Keith.

Alex nutzte die Aufregung und rollte seinen Leiterwagen schnell weiter Richtung Schweizerhaus. Dieser Teil des Praters lag in vollkommener Stille. Keine Soldaten, die in der Gegend patrouillierten. Nicht einmal Liebespärchen, die sich bei diesen kalten Temperaturen in den Büschen vergnügen wollten. Es war fast zu perfekt für ihre Zwecke.

Alex konnte sehen, dass Jacob und Ed schon ein Zelt über der ehemaligen Station aufgestellt hatten. Sie waren schnell gewesen, genau wie er es von ihnen erwartet hatte. Er beeilte sich, seinen Leiterwagen ins Zelt zu schieben.

»Alles in Ordnung, Sir, die Spaten waren an der vereinbarten Stelle, wir fangen jetzt an zu graben«, sagte Jacob.

»Gut. Ich bin draußen. Sagt mir sofort Bescheid, wenn ihr die Kisten gehoben habt.«

Alex ging hinaus, um die Wache zu übernehmen. Es war nicht seine Lieblingsaufgabe, er hasste es, tatenlos rumzustehen. Bei der Armee hatte er ständig Wache schieben müssen. Diese endlosen Nächte, in denen man bei kalten Temperaturen auf und ab ging, um warm zu bleiben, und ständig gegen Müdigkeit ankämpfte. Der Nachtdienst damals war so stumpfsinnig, dass man dabei fast den Verstand verlieren konnte. Und die Kameraden, mit denen er Dienst schieben musste, waren auch keine Bereicherung. Sie redeten ausschließlich über Frauen und Fußball. Vielleicht taten sie es, um damit ihre Ängste zu verdrängen, aber es gab nicht ein denkwürdiges Gespräch aus diesen langen Nächten, an das Alex sich noch erinnern wollte. Wenigstens schob er heute Nacht alleine Wache und musste sich keine Fußballgeschichten anhören.

Er ging um das Zelt herum. Alles schien ruhig zu sein. Trotzdem hatte er plötzlich ein ungutes Gefühl. Was, wenn all dieser Aufwand völlig umsonst war, wenn Haak mit seinen Schweiz-Andeutungen etwas völlig anderes gemeint hatte als diese Station? Was, wenn dieser Metalldetektor neulich nur so verrückt ausgeschlagen hatte, weil da unten Kisten mit Schienenersatzteilen oder Säcke voller Nägel lagen? Wieso hatte er nicht früher an so eine Möglichkeit gedacht?

Er konnte hören, wie Jacob und Ed im Zelt gruben. Es war das rhythmische Graben zweier Profis. Die beiden hatten monatelang den Abhörtunnel ausgehoben, sie wussten, wie man effizient arbeitete. Es dauerte trotzdem fast fünf Minuten, bis die Spaten hörbar auf Holz stießen. Am liebsten wäre Alex jetzt zu den beiden ins Zelt gerannt, um mit ihnen die Kisten zu heben, aber er unterdrückte diesen Impuls. Er zündete sich eine Zigarette an, um ruhiger zu werden, doch es half nichts. Aus dem Zelt kam jetzt kein Laut mehr. Das war kein gutes Zeichen. Mittlerweile mussten sie die Kisten doch gehoben haben? Was war los? Es dauerte eine weitere Ewigkeit, dann steckte Ed den Kopf aus dem Zelt und machte ein Victory-Zeichen. Er grinste und Alex grinste zurück. Es war ein fantastischer Moment.

Das Gold existierte wirklich. Er konnte es kaum erwarten, Daphne davon zu erzählen.

Und dann sah er plötzlich, wie sie auf ihn zulief. Einen Moment lang dachte er, das sei Telepathie. Das konnte doch nicht sein, das musste er sich einbilden, wieso zum Teufel war sie auf dem Weg zu ihm? Sie hatte nichts am Schweizerhaus zu suchen. Es war abgesprochen, dass jeder in seiner Rolle bleiben sollte. Nur im äußersten Notfall würden sie einander kontaktieren. Wieso hatte sie ihren Platz verlassen? Hatte sie die Nerven verloren, wie damals bei Haaks Ermordung? Aber das konnte nicht sein. Sie hatte seitdem völlig rational gehandelt, sie war mental stärker als sie alle zusammen, er war sich da ganz sicher. Er trat seine Zigarette aus und lief ihr entgegen.

»Was machst du hier?«

Sie war so außer Atem, sie konnte kaum sprechen: »Einer ... der ... sowjetischen Kulturoffiziere ... sucht den Prater ab, er sagte, er würde kurz austreten ... Aber er ist nicht mehr zurückgekommen.«

Alex nahm ihre Hand und zog sie schnell ins Zelt. Als sie hereinkamen, blickte Ed erschrocken auf. Er war gerade dabei, mehrere Goldbarren in die Filmkisten umzupacken.

»Was ist los?«, rief er.

»Einer der sowjetischen Offiziere könnte hier auftauchen. Wie lange braucht ihr noch?«

»Fast fertig«, sagte Jacob.

»Daphne und ich helfen euch. Danach verschwindet ihr sofort. Geht zum Set zurück. Macht euch dort irgendwie nützlich. Wir müssen jetzt schnell sein.«

Alex nahm einen der Spaten und half Jacob, die große Grube zuzuschütten. Daphne ging zu Ed. Er drückte ihr einen Goldbarren in die Hand.

»Er kommt in diese Kiste dahinten, dann die Plane drüber und das Gestell für die Ersatzkamera obendrauf.«

Alex wusste, die Spaten waren zu laut. Sie mussten den Rest mit den Händen machen.

»Haltet jetzt alle die Klappe«, flüsterte er.

Sie versuchten, so lautlos wie möglich weiterzuarbeiten. Daphne legte gerade eine Plane über die Barren, als Alex die Hand hob.

»Jemand kommt. Ed – Jacob, hinten raus. Daphne, leg dich hier auf die zugeschüttete Erde.«

Ed und Jacob verschwanden, so schnell es ging.

»Das ist nicht dein Ernst, Alex! Das ist der abgenützteste Trick der Welt«, flüsterte Daphne.

Für einen Moment kam es Alex vor, als wären sie wieder das streitende Ehepaar in der Guglgasse.

»Es ist der einzige Scheißtrick, den wir jetzt noch haben«, flüsterte er zurück.

Er drückte sie auf den Boden, machte ihren Mantel auf und schob den Rock nach oben. Er konnte ihr Gesicht in der Dunkelheit nicht sehen, aber er ahnte, dass es wütend war. Sie trug warme Skiunterwäsche, die er rasch nach unten schob. Er wusste, sie würde sich niemals freiwillig ausziehen, selbst in diesem dunklen Zelt. Stattdessen zog er seine Hose runter. Es spielte keine Rolle, wie eiskalt es jetzt war, wenigstens einer von ihnen musste überzeugend aussehen. Er war sich ziemlich sicher, dass er bei dieser Kälte keine Erektion zustande bringen würde, aber zu seiner Überraschung geschah genau das. Vielleicht erregte ihn die Gefahr, vielleicht war es Daphnes Körper, den er mittlerweile so gut kannte. Was ihn noch mehr überraschte, war, dass Daphne jetzt tatsächlich auf ihn reagierte. Als ein paar Sekunden später der Verbindungsoffizier ins Zelt trat, war die Situation durchaus überzeugend.

Der Offizier blieb stehen und lachte. Er schien es amüsant zu finden, und Alex hatte einen Moment lang den unangenehmen Gedanken, dass er vielleicht zuschauen wollte. Daphne schien Ähnliches durch den Kopf zu gehen. In einer einzigen hektischen Bewegung schubste sie ihn weg, rollte sich zur Seite und sprang auf. Sie zog ihre Skiunterwäsche nach oben und rannte, so schnell sie konnte, aus dem Zelt.

»Óчень жáлко!«, sagte der Russe.

»Óчень жáлко«, sagte Alex außer Atem.

Der Offizier deutete auf die Kisten: »Открыть!

Alex zögerte einen Moment. Der Russe schien zu denken, er hätte ihn dieses Mal nicht verstanden. Er sagte es jetzt auf Deutsch:

»Öffnen Sie sofort die Kisten!«

• • •

Daphne lief Ruth vor dem Erfrischungszelt genau in die Arme.

»Blimey! Wie schaust du denn aus?«, fragte Ruth.

Daphne holte Luft: »Der andere Kulturoffizier ... ist er noch hier?«

»Wieso sollte er nicht hier sein? Wir bewirten ihn ja rund um die Uhr. Da drüben sitzt er, siehst du? Elizabeth kümmert sich um ihn. Er ist ganz weg von ihr.«

»Gott sei Dank«, sagte Daphne.

»Du hast da draußen den anderen Russen gesucht, ja?«

»Nein, ich ...«

»Erzähl mir doch nichts, Mädchen. Irgendwas hier ist faul.

Dass du und deine Freundin keine von uns seid, ist ja offensichtlich. Aber dass ihr uns hier alle in eure Machenschaften reinreißt ...!«

»Es sind keine Machenschaften ... Es ist alles in Ordnung!«, sagte Daphne vehement.

Ruth sah sie spöttisch an.

»Ich glaub dir kein Wort, Mädchen. Wenn du mich fragst, ist der Russe, der vorhin weggegangen ist, mit Sicherheit kein *Kulturoffizier*. Der hat so viel Ahnung von Kultur wie meine Großmutter und die war noch Analphabetin. Von der Statur her könnte der eher ein Boxer sein. Was verschiebt ihr Mädels, Zigaretten? Also, gegen den Boxer habt ihr keine Chance.«

Daphne legte einen Finger auf die Lippen und sah sie flehend an. Zu ihrer Überraschung gab Ruth jetzt nach, vielleicht hatte sie Mitleid mit ihr.

»Komm ins Zelt. Deine Freundin hat sich wenigstens nützlich gemacht. Tee einschenken kann sie.«

Marjorie stand tatsächlich immer noch an ihrem Tisch mit der Teekanne und den Keksen. Ihr Anblick beruhigte Daphne. Es war eines von Marjories vielen Talenten, an ungewöhnlichen Orten Tee völlig gelassen auszuschenken, egal ob es sich um einen unterirdischen Tunnel oder ein Riesenrad in der sowjetischen Zone handelte.

»Setz dich dahinten an den Schminktisch«, sagte Ruth zu Daphne. »Ich werde deine Freundin ablösen, damit ihr reden könnt.«

Daphne nickte. Sie ging zu den Schminktischen im hinteren Teil des Zelts und setzte sich auf einen der Stühle. Im Spiegel konnte sie jetzt ihr Gesicht erkennen. Es war kein guter Anblick. Ihre Augen wirkten verschreckt und in ihren Haaren klebte noch Erde. Sie griff nach einer der Haarbürsten und kämmte sich den Dreck aus den Haaren.

Marjorie kam und setzte sich auf einen der Stühle neben ihr. Sie redeten so leise wie möglich miteinander.

»Was ist passiert, Daphne? War das Gold nicht da?«

»Doch, aber einer der Kulturoffiziere ist wahrscheinlich vom NKWD. Er hat die Gegend abgesucht und ist bei der Station Schweizerhaus. Alex ist allein mit ihm. Und wenn er …«

Daphne konnte den Satz nicht zu Ende sprechen und fing an, ihre Haare manisch zu bürsten.

»Bitte denke nicht daran, Daphne. Es gibt nichts, was du jetzt tun kannst. Alex ist ein Profi, er wird wissen, wie man aus dieser Sache rauskommt.«

»Aber was soll er machen, wenn der Kerl die Kisten durchsucht? Er kann ihn ja nicht umbringen. Der andere Offizier wird seinen Kameraden bald vermissen und Alarm schlagen.«

»Bis jetzt schlägt der keinen Alarm«, sagte Marjorie, »der ist perfekt abgelenkt. Elizabeth Montagu unterhält ihn gerade mit Anekdoten aus der Filmwelt. Die Frau kann wirklich mit jedem reden, sie ist schon fast zu perfekt. Wenn du mich fragst, ist sie eine von uns.«

»Wahrscheinlich. Aber diese Ruth ist auf keinen Fall eingeweiht worden. Sie ahnt, dass etwas nicht stimmt, und sie kann es jeden Moment herausplärren«, sagte Daphne.

»Sie wird die Klappe halten. Sie will hier auch lebend rauskommen, genau wie wir.«

»Wie lange dauert das hier noch?«, fragte Daphne.

»Nicht mehr lange. Sie haben das Wichtigste fertig. Orson Welles ist übrigens ein echter Kotzbrocken. Er hat dem Regisseur Ratschläge erteilt, wie er die Szene drehen soll, und als er damit nicht weiterkam, hat er vor Wut meine Teekanne umgestoßen. Ich verstehe nicht, warum der sich so aufregt. Die Szene, die sie gerade abgedreht haben, war völlig banal. Zuerst geht Joseph Cotten auf das Riesenrad zu, dann kommt Orson Welles hinterher, und das haben sie endlos lange wiederholt.«

»Was war noch mal der Titel des Films?«, fragte Daphne.

»*Der dritte Mann.*«

»Kann sich keiner merken.«

»Genau das habe ich auch gedacht«, sagte Marjorie.

Daphne legte die Haarbürste zur Seite. Marjorie hatte es geschafft, sie zu beruhigen. Sie fühlte sich wieder stärker.

»Wir müssen etwas unternehmen, Marjorie. Jacob soll zur Station Schweizerhaus gehen. Er muss nachsehen, was mit Alex und dem Russen los ist.«

»Ist das eine gute Idee, Daphne? Es könnte Verdacht erwecken.«

»Wenn der Russe das Gold entdeckt hat, werden wir sowieso alle auffliegen.«

47

Friseursalon Elisabeth
Wien
November 1948

Es hatte sechs Uhr geschlagen und Lisl bediente ihre letzte Kundin. Frau Probstmeyer kam regelmäßig in den Salon, um ihre Haare blondieren zu lassen. Von Natur aus war sie brünett, aber Lisl sorgte dafür, dass Frau Probstmeyer für eine echte Blondine gehalten wurde.

Sie arbeitete für irgendeinen wichtigen Mann in der sowjetischen Zone. Lisl wusste nicht, ob Frau Probstmeyer die Geliebte oder die Sekretärin dieses wichtigen Mannes war, und es interessierte sie auch nicht. Sie musste einfach nur Filmrollen von ihr entgegennehmen und sie an Miss Parson weitergeben. Es war ein wenig so, als spielten sie Stille Post. Lisl wusste, dass diese Filme den Russen schadeten, aber das machte ihr nichts aus. Umso mehr Schaden die hatten, umso besser. Frau Probstmeyer schien das ähnlich zu sehen. Warum sonst arbeitete sie nebenher für Miss Parson? Sie musste dafür ihre Gründe haben.

Auch heute hatten sie wieder Stille Post gespielt, aber Frau Probstmeyer verhielt sich anders als sonst, nervöser und fahriger.

Sie redete kaum ein Wort mit Lisl und drehte nur unablässig an ihren schönen Ringen. Als knetete sie ihre Finger zu einem Gebet.

Als Lisl jetzt die Farbe auftrug, bemerkte sie, dass Frau Probstmeyers Haaransatz nicht mehr braun, sondern weiß geworden war. Sie beugte sich vor und schaute noch einmal genauer hin. Wie konnte das sein? Frau Probstmeyer war Ende zwanzig und viel zu jung dafür. Letzten Monat hatte sie noch kein einziges weißes Haar gehabt. War sie über Nacht ergraut? Aber warum? Lisl erinnerte sich an eine junge Scharführerin im Burgenland, der im Mai 45 genau das passiert war. Die Frau hatte bis zuletzt an den Führer geglaubt, und als der dann den Freitod gewählt hatte, war sie völlig zusammengebrochen. Danach waren ihre Haare schlohweiß geworden. Aber so etwas konnte ja kaum Frau Probstmeyer passiert sein? Lisl sagte kein Wort und trug vorsichtig die Farbe auf. Als sie fertig war, ging sie in den hinteren Teil des Ladens, um sich die Hände zu waschen.

»Wieso ist die Probstmeyer so nervös?«, fragte Gretel.

»Ich habe keine Ahnung.«

»Da stimmt was nicht. Ich weiß doch, was ihr da tut.«

»Gretel, du bist so ein Angsthase. Mach dir nicht immer solche Sorgen.«

»Tu es nicht, Lisl! Da ist was falsch. Die Probstmeyer ist anders als sonst.«

»Gib mir das Handtuch, Gretel, und halt einfach mal die Goschen!«

• • •

Die Dunkelheit hatte bereits eingesetzt, als Jacob die Station Schweizerhaus erreichte. Er konnte keine Geräusche hören und diese merkwürdige Stille machte ihn noch vorsichtiger.

Er versuchte, sich zu konzentrieren. Es dauerte eine Weile und dann konnte er zwei sehr leise Stimmen erkennen. Alex March und der sowjetische Kulturoffizier unterhielten sich flüsternd. Auf Russisch. Marchs Russisch klang stockend, aber dass er es überhaupt sprach, irritierte Jacob. Er wusste, dass Marjorie und Daphne Russisch verstanden, sie waren ja deswegen auch im Abhörtunnel eingesetzt. Aber Alex? Er konnte für einen Österreicher ausgezeichnet Englisch sprechen, doch Russisch? Wenn das Major Blanning wüsste, hätte er ihn doch auch zu den Lauschern im Tunnel abkommandiert?

Jacob sah sich nach einem Versteck um. Er wollte auf keinen Fall von March oder dem Russen gesehen werden. So leise wie möglich glitt er hinter einen der Büsche und wartete. Es dauerte ein paar Minuten, dann trat der russische Offizier aus dem Zelt heraus. In der Dunkelheit konnte Jacob wenig erkennen, aber für einen Moment dachte er, dass etwas Schimmerndes aus der Uniformtasche herausragte.

Jacob wartete noch ein paar Minuten und ging dann in das Zelt. Er sah, wie Alex gerade damit beschäftigt war, die Kisten zuzuschrauben.

»Alles in Ordnung, Sir?«, fragte er. »Miss Parson schickt mich. Sie macht sich Sorgen.«

»Alles unter Kontrolle, Jacob. Sind die mit dem Drehen fertig?«

»Ja, die packen jetzt langsam zusammen.«

»Gut. Dann hoffen wir mal auf sehr viel Glück an der Zonengrenze.«

48

Athenaeum Club, Pall Mall
London
März

Emma war überrascht, dass Professor Hunt Mitglied in einem der elitärsten Clubs von London war. Er gab sich gerne als Rebell, und sie hatte daher angenommen, dass er diese Clubs als Bastionen des Establishments rigoros ablehnen würde. Aber er war tatsächlich Mitglied im eleganten Athenaeum in der Pall Mall. Er hatte sie dort zum Mittagessen eingeladen und Emma kam zu spät, weil die U-Bahn wieder einmal wegen einer Signalstörung stecken geblieben war. Unterwegs hatte sie noch schnell alle Infos über den Club gegoogelt. Er war seit seiner Gründung 1824 ein Hort für die geistige Elite gewesen. Unter seinen berühmtesten Mitgliedern befanden sich neben Naturwissenschaftlern wie Charles Darwin vor allem Schriftsteller. Dickens, Thackeray und sogar der Erfinder von Sherlock Holmes, Arthur Conan Doyle. Vielleicht empfand Hunt Letzteres als Inspiration.

Sie konnte jetzt sehen, dass er schon ungeduldig am Eingang des neoklassizistischen Gebäudes auf sie wartete. Hoch über ihm prangte die Statue der Club-Patronin Athena.

Athena – die Göttin der Weisheit und der Kampfstrategie. Vielleicht war es Zufall, vielleicht eine symbolische Geste, dass er sich genau unter diese Göttin gestellt hatte, dachte Emma.

»Das Athenaeum, Professor Hunt. Ich bin beeindruckt!«, rief sie ihm entgegen.

Hunt wedelte abfällig mit der Hand.

»Es geht mir vor allem um das gute Essen hier. Ich habe keine Lust, mir immer etwas zu kochen.«

»Und den Wein?«

»Habe ich aufgeben müssen. Aber Sie dürfen etwas trinken. Sie sind jung.«

Das Athenaeum galt als einer der schönsten Clubs Londons und Emma hätte sich daher gerne die Empfangsräume und die Bibliothek angesehen, aber Hunt schien Hunger zu haben. Er dirigierte sie gleich in den Speisesaal, der den irreführenden Namen *Coffee Room* trug. Für einen Coffee Room war er durchaus beeindruckend. Die schweren Vorhänge strahlten in einer Mischung aus Bordeauxrot und Gold und die hohen Decken waren mit Stuckrosetten verziert. In der Mitte des Raumes stand ein lang gezogener Gemeinschaftstisch, der für Mitglieder gedacht war, die keine Gäste mitgebracht hatten. Emma konnte sich vorstellen, wie Hunt hier manchmal saß und sich mit anderen emeritierten Kollegen über die Tagespolitik stritt. Es ging sicher selten harmonisch zu.

Sie nahmen an einem kleinen Tisch für zwei Personen Platz und Hunt reichte ihr die Menükarte.

»Vergessen Sie die Vorspeise hier. Ich empfehle Filet Wellington. Oder sind Sie Vegetarierin? Dann haben Sie hier Pech. Die vegetarische Option ist eine Katastrophe.«

»Dann Filet Wellington«, sagte Emma.

Hunt schien erleichtert über ihre schnelle Entscheidung zu sein. Er füllte einen Bestellzettel aus und gab ihn dem Ober.

»Was wissen wir eigentlich über diesen Alex March?«

Emma war es mittlerweile gewohnt, dass Hunt immer gleich zur Sache kam.

»Das ist ein Problem. Seine Personalakte ist verschwunden. So etwas darf eigentlich nicht passieren. Entweder hat sie jemand zerstört oder sie muss in unserem Giftschrank lagern.«

»Wirklich? Sie haben nur *einen* Giftschrank? Ist es nicht eher ein ganzes Silo voller toxischem Material?«

Emma lächelte.

»Eher ein Silo.«

Der Kellner schob einen Servierwagen an ihnen vorbei. Er war beladen mit verschiedenen Nachtischen. Sie sahen alle knallbunt und extrem cholesterinhaltig aus. Emma war sich sicher, dass Professor Hunt davon keinen Bissen essen durfte. Trotzdem sah er den Servierwagen sehnsuchtsvoll an.

»Was liegt in dem Silo? Lauter Material über unsere Royals?«, fragte Hunt.

»Das heißeste Material über die Royals haben sicher nicht wir, sondern die Russen. Aber was Alex March betrifft, habe ich wenigstens eine Akte über eine interessante Operation von 1948 finden können.«

»Sie meinen den Abhörtunnel, in dem Daphne arbeitete?«, fragte Hunt.

»Nein, bei dieser Operation ging es um etwas ganz anderes: Nazigold. Es war in der russischen Zone vergraben. Man musste es rausholen, bevor die russische Seite es fand.«

»Und wie hat man das gemacht?«, fragte Hunt.

Der Kellner brachte jetzt ihr Filet Wellington. Hunt schien wirklich Hunger zu haben, er fing sofort an zu essen.

»Kennen Sie den Hollywoodfilm *Argo*?«, fragte Emma.

Hunt schluckte ein großes Stück Filet herunter.

»Mit Ben Affleck? Ich erinnere mich dunkel daran. Es ging da um irgendwas mit dem Iran in den 1970er-Jahren. Was genau hat das mit dem Gold in der russischen Zone zu tun?«

»Eine Menge«, sagte Emma. »Der Film *Argo* beruht auf Tatsachen. Die amerikanische Botschaft in Teheran wurde während der Revolution 1979 von Iranern gestürmt. Sechs Amerikaner konnten fliehen. Sie retteten sich in das Haus des kanadischen Botschafters. Aber der konnte sie nicht ewig verstecken. Die Revolutionären Garden suchten überall nach ihnen. Man musste sie also irgendwie aus dem Iran schaffen. Aber wie exfiltriert man sechs Amerikaner, die *sehr* westlich aussehen und nach denen ein ganzes Land sucht? Die CIA ging alle möglichen Szenarien durch. Am Ende kam man auf die Idee, ein Filmprojekt als Cover zu erfinden.«

»Ein Filmprojekt?«, fragte Hunt zwischen zwei Bissen.

»Ja, ein Science-Fiction-Movie, das man angeblich im Iran drehen wollte. Ein Hollywoodproduzent half der CIA, die Sache realistisch aussehen zu lassen. Es wurde an alles gedacht – man machte ein Produktionsbüro in Los Angeles auf, man führte Castings durch, Zeitungsartikel über das Projekt erschienen etc. pp. Mit Storyboards und Pressematerial bewaffnet, reiste ein CIA-Agent, der sich als Produzent ausgab, in den Iran. Er brachte den sechs Amerikanern falsche Pässe und trichterte ihnen in einem Crashkurs ein, wie sich Filmleute benehmen.«

»Wie benehmen die sich?«, fragte Hunt. Er war fast fertig mit seinem Filet.

»Hochgradig neurotisch und in der Regel arrogant. Einer der Amerikaner spielte den exzentrischen Regisseur mit Goldkette und offenem Hemd, um seine Brusthaare zu zeigen. Eine der Frauen war die verhuschte Kostümberaterin mit Nähset, ein anderer Mann übernahm die Rolle des hysterischen Set-Designers und so weiter. Die Klischees funktionierten perfekt. Am Ende bestiegen sie, als Filmteam getarnt, am Teheraner Flughafen ein Flugzeug nach Zürich. Die CIA feierte das später als ihre große Idee. Aber es war keine neue Idee. Wir hatten sie schon sehr viel früher entwickelt.«

Emma konzentrierte sich jetzt auf ihr Filet, aber Hunt wollte mehr wissen.

»Wann?«

»Der Filmproduzent Sir Alexander Korda hat während des Krieges ein regelrechtes Spionagenetzwerk für Winston Churchill aufgebaut. Es basierte auf einem einfachen Prinzip: Filmleute können reisen, sie bekommen überall Zugang, jeder will sie kennenlernen und mit ihnen reden. Kein Mensch verdächtigt berühmte Schauspieler und Regisseure, für die Nachrichtendienste zu arbeiten. Es ist ein ideales Cover. Die Sängerin Josephine Baker hat im Zweiten Weltkrieg für die Franzosen spioniert, der israelische Schauspieler Chaim Topol arbeitete in den 1980er-Jahren für den Mossad. Und wir hatten eben Kordas Leute. Er drehte 1948 seinen Film *Der dritte Mann* in Wien.«

Hunt legte seine Gabel zur Seite.

»Daphne und Alex March hatten etwas mit dem *Dritten-Mann*-Film zu tun?«

»Der MI6 hat die Dreharbeiten als Cover benutzt, um

aus dem sowjetischen Sektor das Nazigold rauszuholen. Alexander Korda arbeitete für uns, der Drehbuchautor Graham Greene war beim MI6, der Regisseur Carol Reed stand uns ebenfalls nahe. Elizabeth Montagu war die Österreich-Beraterin. Montagu hat schon im Krieg für den MI6 in der Schweiz gearbeitet.«

»Daphne und Alex March haben sich also – wie diese *Argo*-Leute – als Mitarbeiter eines Filmteams ausgegeben? Was war Daphne denn – die Regieassistentin?«

»Nein. Die Ankleidedame. Nicht sehr glamourös, aber es hat wohl funktioniert. Probleme tauchten erst später auf.«

»Lassen Sie mich raten. Das Gold verschwand wieder?«

»Es gab Gerüchte, dass ein Teil davon abgezweigt wurde. Der Verdacht fiel auf alle Beteiligten. Und es gab da noch ein anderes Problem«, sagte Emma.

»Noch eines?«

»Es geht um Alex und Lisl, das Mädchen aus dem Friseurladen. Es gibt keine Akte über Alex, aber eine über Lisl.«

49

**Friseursalon Elisabeth
Wien
November 1948**

Jacob wachte erst um neun Uhr morgens auf. Er fühlte sich immer noch müde von der Arbeit im russischen Sektor. Sie waren so spät nach Hause gekommen, dass er nicht einmal mehr bei Lisl hatte vorbeischauen können. Er durfte ihr nicht erzählen, was sie im Prater getan hatten, aber er musste sie sehen. Auch wenn es nur für ein paar Minuten war.

Der Friseurladen würde schon geöffnet sein. Er zog sich schnell an und rannte fast den ganzen Weg in die Innere Stadt. Die Passanten sahen ihn überrascht an, vielleicht, weil er beim Rennen lachte. Es gab nicht viele Menschen, die in dieser Stadt Grund zum Lachen hatten. Aber er lachte nicht nur, weil sie diesen verrückten Coup überlebt hatten, er lachte auch, weil ihm klar geworden war, dass ihn jetzt nichts mehr aufhalten konnte. Dass er etwas aus seinem Leben machen würde, weil er Lisl an seiner Seite hatte. Er würde hart arbeiten und ihr einen Friseurladen in London kaufen, in einer der besten Gegenden, vielleicht Knightsbridge oder Belgravia, und Lisl würde dort die elegantesten Damen der Welt frisieren. All diese

Oberschichtfrauen, die sich nicht selbst die Haare waschen konnten, würden zu ihr kommen. Lisl würde ihnen echte Eleganz beibringen, sie würde neue Haarschnitte erfinden und all die anderen Dinge mit Haaren machen, die sie so gut konnte.

Als er die Tür zum Friseurladen öffnete, klingelte die kleine Glocke nicht. Das fiel ihm als Erstes auf, noch bevor er realisierte, dass nichts stimmte. Der Laden war leer. An einem Wochentag um halb zehn. Er konnte keine der geschäftigen Stimmen hören, keine lauten Haarföhne, kein Rauschen an den Waschbecken. Stattdessen absolute Stille. Auf dem Boden ein paar umgeworfene Stühle. Er spürte, wie Panik in ihm aufstieg. In seinem Leben hatte es immer wieder Grund zur Panik gegeben – im Bergwerk, im Krieg, beim Bau des Tunnels und gestern Nacht. Jedes Mal hatte er Angst gehabt, es nicht zu überleben. Aber diese Panik war anders. Es ging jetzt nicht um ihn. Zum ersten Mal in seinem Leben hatte er Angst um jemand anderen.

Ganz hinten in einer Ecke kauernd, konnte er etwas sehen. Er wusste sofort, es war nicht Lisl, es war ihre Freundin Gretel. Sie hatte die Arme über dem Kopf verschränkt, so als ob sie sich vor einer niederstürzenden Decke schützen wollte. Es war ein bizarrer Anblick. Jacob rannte zu ihr.

»Wo ist Lisl?«

Gretel gab einen Laut von sich, der Jacob an ein schwer verwundetes Tier erinnerte.

»WO IST SIE?«

»Abgeholt«, stieß Gretel hervor.

»ABGEHOLT? VON WEM?«

»Russen ... Haben alle hier mitgenommen ... Ich hab beim Bäcker gegenüber in der Schlange gestanden wegen der Brötchen ...«

»Was?«

»Hab alles gesehen.«

Gretel fing jetzt an zu weinen.

»WIESO ABGEHOLT?«, schrie Jacob. Aber er wusste, wie dumm seine Frage war. Er ahnte, warum es geschehen war.

»Ich konnte ... doch ... nichts machen. Sie ... hätten mich ... doch auch ... mitgenommen. Ich hab ihr gesagt, die Frau Probstmeyer ...«

»Die was?«, rief Jacob.

»Die war so nervös gestern. Das muss wegen der Probstmeyer gewesen sein. Die kam immer aus der russischen Zone und hat Lisl Sachen gegeben.«

»Was für Sachen?« Aber er kannte ja die Antwort. Lisls Verhaftung war seine Schuld. Seine, Daphnes, Marjories – ihrer aller Schuld. Sie hatten sich nichts dabei gedacht, Lisl für die Übergaben zu benutzen. Es war ihr Job, Menschen zu benutzen.

Gretel hörte auf zu weinen und schaute ihn jetzt direkt an. In ihrem Gesicht stand blanker Hass:

»Ich hab ihr gesagt, sie soll euch nicht trauen. Ich hab's ihr immer wieder gesagt! Eine Tommie-Hure ist sie für dich geworden! Und jetzt werden die Russen sie umbringen!«

Jacob starrte Gretl an. Alles, was sie sagte, stimmte. Auf Spionage stand die Todesstrafe. Man würde Lisl so schnell wie möglich aus Wien herausbringen und in die sowjetische Kommandantur nach Baden überstellen. Dort würde es ein Schnellverfahren geben.

Er wusste, es gab nur noch einen Weg. Er stand auf und rannte aus dem Laden.

50

**Hotel Sacher
Wien
November 1948**

Es war elf Uhr morgens. Daphne, Marjorie und Alex saßen im Speisesaal des Sachers und feierten. Sie hatten den Vormittag von Major Blanning freibekommen. Er war so glücklich über den Goldfund gewesen, dass er ihnen auf eigene Kosten ein Champagnerfrühstück spendiert hatte.

»Wieso sind Ed und Jacob nicht gekommen?«, fragte Daphne. »Ohne sie wäre das alles nicht möglich gewesen.«

»Ich habe sie gefragt«, sagte Alex, »aber Ed wollte sich um Gerald kümmern, und Jacob sagte, er müsse ausschlafen.«

»Ausschlafen mit Lisl«, sagte Daphne angeheitert. Sie war Alkohol nicht gewohnt.

»Bist du sicher, dass Jacob nicht doch dabei sein wollte?«, fragte Marjorie. »Er kommt gerade rein.«

Daphne und Alex drehten sich um und sahen, wie Jacob den Speisesaal des Sachers durchquerte. Er rannte fast.

»Jacob! Feiern Sie mit uns?«, fragte Marjorie.

Jacob blieb vor ihrem Tisch stehen. Sein Gesicht war rot angelaufen und er schwitzte stark.

»Lisl ist von den Russen verhaftet worden.«

Marjorie und Daphne verstanden es sofort, aber Alex fragte:

»Wieso verhaftet worden?«

»Fragen Sie die *Damen*«, sagte Jacob. Er schien seine Wut nur mit viel Mühe unter Kontrolle halten zu können. »Sie waren es, die eine Achtzehnjährige als Kurierin eingesetzt haben.«

Der Saal war zwar fast leer, aber zwei Offiziere an einem der hinteren Tische drehten sich jetzt zu ihnen um. Im Sacher durften nur britische Militärangehörige wohnen, Österreichern war der Zutritt zum Hotel verboten. Trotzdem musste man bei allen Unterhaltungen vorsichtig sein.

»Jacob, beruhigen Sie sich«, sagte Daphne leise. »Wut wird uns jetzt nicht weiterhelfen. Wir müssen …«

Jacob unterbrach sie.

»Wut? Ja, ich bin WÜTEND. Auf mich, weil ich nicht früher eingegriffen habe. Weil ich Lisl nicht vor UNS und unseren Methoden beschützt habe. Wenn ich auf irgendwelche Himmelfahrtskommandos geschickt werde, dann ist das mein Job. Aber eine Zivilistin wie Lisl auszunutzen, ein ganz junges Mädchen, das schon so ziemlich ALLES durchmachen musste, was kein Mädchen jemals durchmachen sollte, das ist ein VERBRECHEN, Miss Parson.«

»Bitte reden Sie nicht so laut, Jacob!«, sagte Marjorie. Sie warf den zwei Offizieren am hinteren Tisch ein entschuldigendes Lächeln zu.

Daphne flüsterte ihre Antwort jetzt. Es war ein wütendes, schnelles Flüstern: »So arbeiten wir, Jacob! Das fällt Ihnen jetzt erst auf? Jetzt, wo es um Ihre Freundin geht? Seit drei Jahren benutzen wir hier alle möglichen Einheimischen als Informanten und Kuriere … Wir zahlen gut! Alle anderen Geheimdienste machen es genauso – die

Franzosen, Amerikaner, die Russen. Aber wir gehören zu den beliebtesten Arbeitgebern, denn wir werfen unsere Informanten und Kuriere nicht dem Gegner zum Fraß vor. Wir tun ALLES, um unsere Leute zu SCHÜTZEN.«

»Ah ja? Beweisen Sie es mir, Miss Parson!«

»Was?«

»Dass mit dem SCHÜTZEN hat ja wohl nicht funktioniert! Sie haben sie dazu *verführt* und jetzt lassen Sie sie fallen? Darauf wird es doch hinauslaufen, oder? SIE MÜSSEN LISL DA SOFORT RAUSHOLEN!«

»Wie stellen Sie sich das vor? Glauben Sie, die Russen verhandeln einfach so mit uns? Haben Sie nicht mitbekommen, was die mit der Sektionsleiterin Frau Ottillinger gemacht haben? Die Frau ist völlig unschuldig und wird trotzdem nicht freigelassen. Die Russen nehmen solche Leute als Geiseln. Wenn wir plötzlich ein Friseurmädchen zurückverlangen, werden sie doch noch überzeugter sein, dass sie einen großen Fisch gefangen haben. Damit machen wir alles nur noch schlimmer.«

Jacob appellierte jetzt an Alex. Seine Stimme klang nicht mehr wütend, sondern fast bettelnd.

»Was würden Sie machen, wenn es Ihre Freundin wäre, Mr. March? Wenn es Miss Parson wäre, die man verhaftet hätte? Sie haben doch Kontakte, Mr. March!! Sie sprechen Russisch. Sie müssen das machen ... Bestechen Sie jemanden!«

Bevor Alex antworten konnte, mischte Daphne sich ein.

»*Wen*? Einen Wärter? Oder sollen wir gleich die ganze russische Kommandantur bestechen, dass sie eine Gefangene herausrücken? Unsere russischen ›Kollegen‹ haben doch alle viel zu viel Angst, samt ihrer Familienangehörigen dafür anschließend nach Sibirien verfrachtet zu werden. Und selbst wenn wir jemanden finden, der sich auf so ein Risiko einlässt – *womit* sollen wir ihn bestechen?«

»Mit dem Gold«, sagte Jacob. »Mr. March hat es doch schon einmal getan. Er hat im Prater den sowjetischen Kulturoffizier bestochen. Jetzt muss er es wieder tun.«

Daphne schaute Alex entsetzt an.

»Du hast was getan?«

Alex schwieg.

»Du hast den Kulturoffizier bestochen, Alex?«, fragte Daphne. »Wieso hast du uns nichts davon gesagt?«

Alex stellte sein Champagnerglas auf den Tisch. Er hatte es die ganze Zeit umklammert.

»Der Mann war kein Idiot. Ich musste die Kisten öffnen und natürlich hat er das Gold sofort unter den Filmrollen entdeckt. Er wollte uns alle hochgehen lassen. Ich musste ihm so viele Barren geben, wie er tragen konnte. Es war die einzig richtige Entscheidung. Er wird damit wahrscheinlich irgendwann desertieren, aber das kann uns egal sein. Wir sind aus der sowjetischen Zone rausgekommen, das allein zählte.«

Bevor Daphne etwas sagen konnte, schaltete Marjorie sich ein.

»Jacob hat recht. Wieso sollte das nicht noch einmal funktionieren? Wir müssen versuchen, Lisl freizukaufen. Irgendeiner muss bestechlich sein.«

»Aber *womit* willst du sie freikaufen?«, fragte Daphne. »Das Gold haben wir nicht mehr unter unserer Kontrolle. Es ist im Safe und Blanning hat heute Morgen den Transport nach London angemeldet. Fast eine Tonne. Und dann kommen in London ... was – fünfzig Kilo weniger an? Das wird ja wohl auffallen. Wir können doch nicht unsere eigenen Leute bestehlen!«

»Das habe ich Ihnen bereits abgenommen«, sagte Jacob.
»Was?«, flüsterte Daphne.
»Den Diebstahl zu begehen. Ich war schon am Tresor, schließlich habe ich das Ding selbst eingebaut. Ich habe hundert Kilo rausgenommen. Das müsste reichen.«
»Sind Sie wahnsinnig, Jacob?«, fragte Daphne. Für einen Moment hatte sie zu laut gesprochen.
»Ich hab nichts mehr zu verlieren.«
»Sie haben eine Menge zu verlieren, Jacob! Das ist Diebstahl.« Daphne flüsterte jetzt wieder. »Wir können Sie dafür vor ein Militärgericht stellen.«
Jacob antwortete leise, aber bestimmt: »Das werden Sie nicht tun. Sie wissen genauso gut wie ich, dass Sie Schuld an allem haben. Ihre Informantin, diese Probstmeyer aus der sowjetischen Zone, muss ausgepackt haben. Sie hat denen ALLES erzählt. Und die Russen wissen jetzt ganz genau, was Lisl getan hat. Sie wird in diesem Gefängnis wie der letzte Dreck behandelt werden. Können Sie sich überhaupt vorstellen, wie das ist für ein junges Mädchen in einem russischen Gefängnis? Sie haben doch keine Ahnung, Sie schlafen in einem Hotelbett im Sacher!«
Daphne redete wieder sehr leise.
»Ich weiß ganz genau, wie es in Gefängnissen zugeht, Jacob. Ich brauche keine Belehrungen von Ihnen.«
Jacob sah sie überrascht an. Für einen Moment wurde es ganz still im Speisesaal. Dann griff Daphne nach Alex' Hand.
»Ich weiß nicht, welche Kontakte du bei den Russen hast, aber wer auch immer es ist – biete ihnen hundert Kilo Gold im Gegenzug für Lisl.«
Alex schaute sie lange an. Es war ein liebevoller Blick. Dann stand er auf und verließ mit Jacob das Sacher.

51

Gordon Place
London
März

Nach dem Mittagessen im Athenaeum lief Hunt den ganzen Weg von Piccadilly Circus nach South Kensington zu Fuß zurück. Es dauerte über eine Stunde, aber es half ihm nachzudenken. Er hatte sich die ganze Zeit auf Daphne konzentriert und dabei ihren Kollegen Alex March übersehen. Und dieser March schien eine Schlüsselfigur zu sein. Laut Emmas spärlichen Informationen floh March 1939 nach Großbritannien. Er war kein Jude. Warum hatte er Österreich trotzdem verlassen? Natürlich gab es damals viele politische Flüchtlinge. War March einer von ihnen?

In seiner Wohnung angekommen, setzte Hunt sich mit einem starken Kaffee an den Computer und ging seine Archivlisten noch einmal durch.

Wenn Alex March Mitglied in einer österreichischen Widerstandsgruppe gewesen war, dann könnte er nach dem Anschluss im März 1938 verhaftet worden sein. Vielleicht tauchte er in den Wiener Gestapo-Akten als Häftling auf. Die österreichischen Behörden hatten jahrzehntelang behauptet, keine »Erkennungsdienstliche Kartei« der Gestapo zu besitzen. Erst am Anfang des Millenniums entdeckte ein österreichischer Historiker Teile von Gefangenenakten. Elftausend Registrierkarten befanden sich in – wahrscheinlich absichtlich – falsch beschrifteten Kartons. Gott sei Dank konnte man sie mittlerweile online einsehen. Hunt dachte, dass er mit Sicherheit jetzt wieder Rückenschmerzen bekommen würde, aber es ging nicht anders. Er klebte ein Wärmepflaster auf seine linke Schulter und ging die Listen durch.

Wien hatte mit neunhundert Mitarbeitern die größte Gestapozentrale im Dritten Reich besessen. Die Mitarbeiter waren damals ausgesprochen fleißig: Sie versahen jede Karteikarte mit Fotos, Fingerabdrücken und einer genauen Beschreibung des Verhafteten. Die Beschreibungen folgten den rassischen Vorstellungen der Zeit: Die äußere »Gestalt« sollte Rückschlüsse auf kriminelle Eigenschaften der Person geben. Es wurde genau verzeichnet, ob der Verhaftete eine hohe oder tiefe Stirn hatte und wie seine Ohrläppchen geformt waren. Und natürlich war die Frage nach der Nase wichtig. Waren es krumme oder lange, jüdische Nasen?

Hunt tippte den Namen Alexander March ein. Keine Treffer. Natürlich hätte er sich das denken können. Der Name MARCH klang so Englisch, er konnte nicht Alexanders wirklicher Nachname sein. Hunt fiel ein, dass er einmal gelesen hatte, die britische Armee habe allen Emigranten neue Nachnamen gegeben. Der Grund dafür war nachvollziehbar: Falls diese Soldaten in die Hände der Wehrmacht gefallen wären, hätten sie dadurch eine höhere Chance gehabt, ihre Identität zu verbergen. Wenn die Nazis gewusst hätten, dass es sich um politische oder jüdische Emigranten handelte, hätte man sie sofort als »Verräter« erschossen. Der falsche Name erhöhte also ihre Überlebenschancen.

Bei der Wahl der anglisierten Nachnamen versuchte die britische Armee damals, sich so weit wie möglich an die tatsächlichen Geburtsnamen zu halten, damit der Betroffene auch in Stresssituationen leichter darauf reagieren konnte. Hunt dachte nach. Wenn das hier ebenfalls der Fall gewesen war, hätte Alexander wahrscheinlich seinen Vornamen behalten. Der Name funktionierte auf Deutsch und auf Englisch. Aber was war mit dem Nachnamen March? Im Deutschen bedeutete *march* der Marsch oder marschieren, aber es stand auch für den Monat März. Er tippte beide Versionen ein:

Alexander März – kein Treffer.

Alexander Marsch – Treffer.

Hunt klickte auf die Unterlagen zu Alexander Marsch. Auf seinem Bildschirm erschienen drei Polizeifotos – frontal, rechtes und linkes Profil. Hunt erkannte ihn sofort. Alexander March war der gut aussehende Mann, der im Wiener Fotoalbum öfter neben Daphne abgebildet war. Auf einem Foto saß er sogar mit Daphne, Lisl und Jacob zusammen in einem Restaurant.

Laut dem Eingangsdatum waren die Polizeifotos im April 1938 aufgenommen worden, das bedeutete, Alex »Marsch« war auf diesen Bildern siebzehn Jahre alt, zehn Jahre jünger als im Wiener Fotoalbum. Er wirkte hier tatsächlich wie ein Jugendlicher, schon sehr gut aussehend, das auf jeden Fall, aber er hatte noch etwas Kindliches, fast Naives. Auf den Fotos, die nach dem Kriegsende aufgenommen worden waren, erschien March mit markanterem Gesicht; die Augen waren härter geworden. Hatte der Krieg ihn brutalisiert? Es wäre nicht überraschend gewesen.

Auf einer weiteren Karteikarte waren Alex' Fingerabdrücke abgebildet. Darunter folgte eine Beschreibung seines Aussehens:

Gestalt: muskulös
Stirn: normale Breite
Ohrläppchen: rund
Nase: gradlinig

Man hatte ihn also als arisch eingestuft, aber das half ihm auch nicht viel. Denn eine Zeile darunter stand als Grund für seine Inhaftierung:

Kommunistische und staatsfeindliche Betätigung.

Es war einundzwanzig Uhr. Hunt griff nach seinem Handy und wählte Emmas Nummer.

• • •

Emma Spencer stand schon nach einer halben Stunde vor seiner Wohnungstür. Hunt fragte sich wieder einmal, wo sie eigentlich wohnte. Er wusste, sie durfte es ihm nicht sagen, aber es musste im nahen U-Bahn-Bereich sein, sonst hätte sie es nicht so schnell zu ihm geschafft. Sie setzte sich auf die Wohnzimmercouch und zog eine Akte heraus.
»Wer zuerst – Sie oder ich?«, fragte sie.
»Ich«, sagte Hunt. »Ich habe Alex March gefunden. Er taucht in den Wiener Gestapo-Akten unter seinem österreichischen Geburtsnamen Marsch auf.«
»Wieso Marsch?«, fragte Emma.
»Weil in der britischen Armee alle Emigranten anglisierte Nachnamen bekamen. Aus dem Österreicher Franz Marischka wurde zum Beispiel Francis Marsh.«
»Das wusste ich nicht.«

»Manchmal sind wir Historiker dann doch nützlich. Also Marsch war laut dieser Gestapo-Akte als junger Mann in Wien Kommunist. Das bedeutet natürlich nicht, dass er es geblieben ist. Aber er war von 38 bis 39 deswegen in verschiedenen Gefängnissen inhaftiert und wurde dann im März 39 überraschend entlassen. Seine Eltern müssen irgendwen geschmiert haben.«

»Das ist interessant«, sagte Emma. »Ich wusste nur, dass es Gerüchte über seine politischen Vorkriegsaktivitäten in Wien gab. Aber nichts Konkretes.«

»Was haben Sie gefunden, Emma?«

Sie klappte einen Aktendeckel auf: »Das ist die Akte, die ich im Athenaeum erwähnt habe. Alex setzte sich für das Mädchen aus dem Friseurladen Elisabeth ein. Ihr Name war Lisl. Er versuchte wohl, sie aus der sowjetischen Haft zu befreien.«

»Wieso haben Sie eine Akte über das Mädchen?«

»Daphne Parson hat verschiedene junge Frauen in Wien als Informantinnen und Kurierinnen rekrutiert«, sagte Emma.

Hunt musste sofort an Jenny denken. Auch sie war als junges Mädchen von Daphne rekrutiert worden. Der Gedanke machte ihn wütend.

»Läuft das beim MI6 immer so? Dass man junge Mädchen ausnutzt? Wie genau geht das vor sich? Setzen Sie extra Frauen auf Frauen an?«

Hunt merkte, dass Emma sich zusammennehmen musste, aber sie antwortete ihm betont sachlich.

»Das ist von Fall zu Fall unterschiedlich. Manchmal harmonieren Frauen besser miteinander, manchmal kooperiert eine Frau lieber mit einem unserer männlichen Mitarbeiter. Im Fall von Lisl wäre es für jeden westlichen Geheimdienst sehr einfach gewesen, sie zur Mitarbeit zu überreden. Geldmangel spielte natürlich eine Rolle, aber Lisl muss 1945 auch von mehreren Russen vergewaltigt worden sein. Ihre Motivation war demnach extrem hoch.«

»Wie alt war sie?«

»Bei der Vergewaltigung? Fünfzehn. Sie war Lehrling in einem Friseursalon.«

Hunt atmete tief durch. Er wusste nur zu gut, dass deutsche Soldaten auf ihren »Eroberungszügen« durch Europa ununterbrochen Zivilistinnen vergewaltigt und erschossen hatten. Genaue Zahlen gab es über diese Vergewaltigungen nicht. Die sowjetischen Vergewaltigungen waren dagegen besser dokumentiert. Er hatte irgendwo gelesen, dass in der Steiermark 1945 schätzungsweise zehntausend Frauen, im Burgenland an die zwanzigtausend vergewaltigt worden waren.

»Hatte sie Familie?«, fragte er.

»Nein. Mutter und Großmutter sind wohl 45 erschossen worden. Sie kam mit einer Freundin nach Wien, um in dem Friseurladen Elisabeth neu anzufangen. Lisls Akte bestätigt meine Vermutung, dass der Laden als Übergabeort genutzt wurde, weil er in der Inneren Stadt lag und Frauen aus allen Zonen ungehindert dorthin gehen konnten.«

»Aber das flog auf?«

»Ja, Lisl wurde im November 48 wegen antisowjetischer Spionage verhaftet. Was in der russischen Untersuchungshaft geschah, wissen wir nur von einem Überläufer. Lisl soll mit einer Schere auf einen der Wächter losgegangen sein. Ich nehme an, er hatte versucht, sie zu vergewaltigen.«

»Mit einer Schere?«

»Scheren waren ihr Beruf und ihre einzige Waffe. Ich frage mich nur, wie sie so etwas trotz Leibesvisitation hereinschmuggeln konnte.«

Hunt empfand das eher als untergeordnetes Problem.
»Was geschah dann?«
»Es kam zu einer Kettenreaktion. Der Wärter schrie um Hilfe und seine Kameraden rannten herbei. Sie erschossen Lisl.« Emma blätterte in der Akte, »Kopfschuss«.

• • •

WIENER ZEITUNG
1948
TOTENTAFEL

Nach Mitteilung der Städtischen Bestattung starben am Montag in Wien 49 Personen, darunter Rauchfangkehrmeister Adolf Obermann, 67 Jahre, Übersetzerin Paula Rothen, 32 Jahre, Straßenbahnschaffner Ignaz Röhricht, 67 Jahre, und Private Anna Hartl, 74 Jahre. – In St. Veit im Pongau verschied Sonntag Oberlehrer i. R. Robert Holz im 58. Lebensjahr.

52

Hauptquartier der britischen Besatzungsmacht
Schloss Schönbrunn
Februar 1949

Daphne und Alex gingen im Park von Schloss Schönbrunn spazieren. Ein Teil des Schlosses diente der britischen Besatzungsmacht als Verwaltungsgebäude, aber Touristen konnten die Prunkräume schon wieder besuchen.

»Wie kommt es, dass Verwaltungsbeamte immer in den schönsten Gebäuden residieren?«, fragte Alex.

»Vielleicht hat ein überzeugter Royalist darauf bestanden. Sicher jemand, der vor dem Krieg hier zu Besuch war und unbedingt standesgemäß untergebracht werden wollte. Er hat nur nicht an die Heizkosten gedacht. Die sind exorbitant.«

Sie machte eine Pause. »Apropos hohe Kosten. Hast du in letzter Zeit Jacob gesehen?«

Alex blickte auf die kahlen Bäume vor ihm. Der Park war leer, für Touristen bot er um diese Jahreszeit wenig.

»Er gerät nur noch in Schlägereien. Ed hat ihn gestern Nacht in letzter Minute aus einer Bar gezerrt, bevor die Militärpolizei ihn einkassieren konnte. Jacob schrie herum, er gäbe jedem einen Barren Gold, der Russen umbringt. Der Junge wird langsam zu einer Gefahr für uns alle.«

»Wir hätten das Gold sofort zurückgeben sollen«, sagte Daphne.

»Die hätten uns doch vors Militärgericht gestellt. Es wurden fast eintausend Kilogramm registriert und dann fehlten plötzlich hundert? Wie hätten wir das erklären sollen? Es war ja klar, dass jemand aus unserer Gruppe etwas abgezweigt hatte.«

»Blanning hat bisher kein Wort dazu gesagt. Das ist kein gutes Zeichen.«

»Vielleicht wartet er darauf, dass wir einen Fehler machen. Das Gold schnell verkaufen oder rausschmuggeln«, sagte Alex. »Ich hab mir überlegt … man könnte einen Teil in Diamanten umtauschen, die sind leichter außer Landes zu bringen.«

Daphne warf ihm einen scharfen Blick zu.

»Ich will damit nichts zu tun haben, verstehst du? Ich will keinen Penny davon sehen!«

Er schwieg. Sie gingen jetzt auf die Gloriette am Ende des Parks zu.

»An welche Schlacht soll diese Gloriette noch mal erinnern?«, fragte Daphne. »Ich hab es in einem der Touristenführer gelesen, aber sofort wieder vergessen.«

»Vielleicht ist das freudianisch«, sagte Alex. »Keiner von uns will doch mehr an Schlachten erinnert werden. Wir haben es alle so was von satt. Jacob ist nicht der Einzige, dem es reicht.«

»Jacob muss raus aus Wien«, sagte Daphne unvermittelt. »Wir müssen dafür sorgen, dass er so schnell wie möglich ins Zivilleben abtaucht.«

Alex dachte nach.

»Warst du schon mal in South Kensington?«

Daphne sah ihn überrascht an.

»Ein paar Mal im National History Museum.«

Alex lachte.

»Im Toy Shop von der SOE? Wieso sind wir uns dort nie begegnet?«

»Wahrscheinlich, weil unsere Auftraggeber sehr viel taten, um solche Begegnungen zu verhindern«, sagte Daphne.

»Sie hatten recht. Ich hätte alles versucht, um dich von der Griechenlandsache abzuhalten.«

»Und ich wäre trotzdem gegangen.«

»Ja, natürlich wärst du das, Daphne! Du bist die Patriotin. Ich wünschte manchmal, ich wäre wie du und würde an all diese Dinge glauben können.« Er küsste sie auf die Nasenspitze. »Aber so patriotisch du auch bist, es kann nur noch eine Frage der Zeit sein, bis sie uns von hier abziehen. Wie wäre es, wenn wir versuchen, in diese Gegend zu ziehen, Daphne, South Kensington, nahe am Museum? Es gibt dort ein paar heruntergekommene Häuser billig zu kaufen. Ich glaube, es wäre eine Chance für einen Neuanfang. Für dich, mich, auch für die anderen.«

Sie waren jetzt bei der Gloriette angekommen.

»Vielleicht«, sagte Daphne zögernd. Sie betrachtete die Säulen. »Mir ist wieder eingefallen, woran dieses Monstrum erinnern soll. Kaiserin Maria Theresia hat es erbauen lassen. Gewidmet *dem gerechten Krieg, der zum Frieden führt*. Klingt das nicht sehr modern?«

Alex setzte sich auf die Steinstufen.

»Churchill muss das Zitat von ihr geklaut haben. Lass uns hoffen, dass es dieses Mal länger dauert mit dem Frieden.«

• • •

WIENER ZEITUNG
Im Dorotheum blieb es ruhig

Immer, wenn es »kriselt«, ist es gut, einen Blick in die Auktionssäle des Dorotheums zu tun. Sie sind wahrlich »die Börse des kleinen Mannes« und solcherart ein »verlässliches Barometer der Wirtschaft«. Im Auktionssaal nämlich macht man sich nichts vor, dort geht es um verdammt realistische Dinge: Hier die Ware – hier das Geld. Die Käufer selbst machen die Preise. Vergangene Woche aber spähte man vergeblich nach Sensationen aus.

Zu einem leichten Anziehen der Preise kam es lediglich bei jenen Waren, denen sozusagen ein »Kurswert« zu eigen ist, bei Teppichen, Pelzen, Möbeln und im Speziellen bei Gold.

53

Wien
November 1949

Die Londoner Zentrale hatte ihnen mitgeteilt, dass man sie Ende des Jahres 49 aus Wien versetzen würde. Bevor eine Entscheidung über ihre weitere Verwendung fallen würde, sollten sie erst einmal einen langen »Heimaturlaub« erhalten.

Daphne konnte nicht einschätzen, ob dieser *lange* Heimaturlaub eine Bestrafung oder eine Belohnung bedeutete. Major Blanning hatte sich mit keinem Wort dazu geäußert. Er redete mit ihr, Alex, Majorie und Ed nur noch über das Nötigste.

Das Wort Heimat war für Daphne schwierig geworden. Sie vermisste England, aber sie hatte seit sieben Jahren nicht mehr dort gelebt. Es graute ihr davor, bei entfernten Verwandten unterkommen zu müssen. Sie konnte jetzt nur hoffen, dass Alex' South-Kensington-Plan funktionieren würde.

Sie ging die Kärntner Straße entlang, um zu sehen, ob sie einen warmen Skipullover für Gerald finden könnte. Die Wirtschaft schien langsam anzulaufen. Die Schaufenster waren nicht mehr so leer wie beim letzten Weihnachtsfest. Daphne hatte von den Verkäuferinnen im Lodengeschäft viel über Schaufensterdekorationen gelernt und sie musterte jetzt die Auslagen in der Kärntner Straße mit geschultem Auge. In einem der Herrengeschäfte hatte man Skiplakate aufgehängt und farbenfrohe Pullover um Skistöcke drapiert. Daphne trat näher heran, um zu sehen, ob hier auch Kinderpullover verkauft wurden. Sie betrachtete die Auslage und konnte zwischen ein paar gekreuzten Skiern ins Ladeninnere sehen. Im nächsten Moment wünschte sie, sie wäre einfach weitergegangen und hätte sich diesen Anblick erspart. Er stand an der Kasse und ließ sich etwas einpacken. Er sah nicht mehr schäbig aus wie damals in der Casanova-Bar. Er trug einen neuen Hut und einen schönen Mantel. Es war eindeutig Gesrich.

Dieses Mal traf es sie noch schlimmer als in der Casanova-Bar. Dieses Mal war Alex nicht in der Nähe. Das Zittern erfasste ihren ganzen Körper und wollte einfach nicht aufhören. Sie schaffte es gerade noch, sich gegen die Hauswand des Geschäfts zu lehnen.

Wie hatte sie glauben können, von ihm befreit zu sein? Es würde nie aufhören. Es würde immer so weitergehen. Solange er lebte, würde sie in der Zelle bleiben.

54

Merlinstraße, Athen
1944

Das Gefängnis lag in der Merlinstraße, mitten in Athen. Ausgerechnet Merlin. Der Name erinnerte Daphne an Kinderbücher über König Arthur und seinen Zauberer. Aber sie wusste, was 1944 alle in Athen wussten – in der Merlinstraße widerfuhr einem das Gegenteil von Zauberei. Hier residierte die SS und gleich unterhalb der Gefängniszellen lagen die Folterkammern. Gefangene konnten die ganze Nacht mit anhören, wie man ihre Mithäftlinge quälte. Die Merlinstraße war eine Zauberwerkstatt der besonderen Art, die Vorstufe zur Hölle.

Man hatte Daphne an einem Freitag eingeliefert, mittlerweile war es vielleicht Montag oder Dienstag, das Gefühl für Zeit ging einem hier schnell verloren. Es gab kein Tageslicht und schon gar keine Uhren.

Es geschah wohl am zweiten oder dritten Tag nach ihrer Verhaftung. Man hatte sie zur »Spezialbehandlung« gebracht. Die Männer hatten ihren Kopf minutenlang in das eiskalte Wasser gedrückt und danach – und dieser Teil war neu – so heftig auf sie eingeschlagen, dass ihr linkes Trommelfell geplatzt war. Sie hörte ein Rauschen und Pfeifen, aber noch schlimmer fühlte sich ihr rechtes Auge an, es schien zugeklebt zu sein. Vielleicht war es auch einfach nicht mehr da. Es gab keinen Spiegel im Gefängnis, um das zu überprüfen. In diesem Zustand war sie zu ihm gebracht worden. Er schälte gerade einen Apfel, sehr präzise, sehr langsam, soweit sie das mit einem Auge sehen konnte. Er schien sein Messer sehr zu schätzen, es war sicher ein besonderes Messer, wahrscheinlich hatte er es von irgendeinem seiner Vorgesetzten als Geschenk für besondere Leistungen bekommen. Zwei Dinge wusste sie instinktiv, als sie ihm zuschaute: Er wird mich nicht vergewaltigen, aber er wird das Messer benutzen. Sie hätte nicht sagen können, woher sie das wusste.

Es dauerte eine Ewigkeit, bis er den Apfel endlich fertig geschält hatte. Sie stand immer noch aufrecht da, obwohl es mit ihrer Balance nicht mehr so gut klappte, sie war sich nicht sicher, ob sie bald umkippen würde. Vor ihm umzukippen wäre ein schwerer Fehler, das wusste sie. Er stand jetzt auf und ging langsam um sie herum. Während er sie umkreiste, stellte er ihr die üblichen Fragen, die sie alle schon kannte. Nur die Art, wie er sie stellte, war anders. Er redete in einem ganz normalen Ton. Nicht brüllend wie die anderen Männer von der »Spezialbehandlung«. Er sprach langsam, und einen Moment lang glaubte sie, er sei ein Stotterer, doch falls er es war, überspielte er es sehr gekonnt. Nur bei dem Buchstaben »r« hatte er Probleme, er stolperte darüber wie über einen schweren Gegenstand, aber vielleicht bildete sie sich das auch nur ein. Es gab mehrere »r« in seinen Fragen: »Gruppe« »Bergdorf«, »Sprengstoff« – lauter »r«, die er verschluckte. Sie schwieg. Bei jeder schweigenden Antwort schnitt er in ihren Körper, genau wie sie es erwartet hatte. Seine Schnitte hatten durchaus System. Jede nicht gegebene Antwort ein Schnitt zur Bestrafung. Schon beim ersten schaltete ihr Kopf automatisch um. Er holte Erinnerungen zurück an alte, längst überstandene Bestrafungen. Als Schülerin hatte sie oft ihre Handflächen ausstrecken müssen, um dann einen schnellen, kurzen Schlag mit dem Stock der Lehrerin zu kassieren. Die Erinnerungen an die Stockschläge halfen. Sie stand noch einmal in ihrem Klassenzimmer und war zehn Jahre alt. Sie wusste, es würde vorbeigehen, wenn sie sich nicht rührte.

Als man sie in ihre Zelle zurückbrachte, konnte sie durch den Nebel ihres linken Auges diese Frau erkennen, eine neue Insassin. Sie wirkte alt und gebückt, aber wahrscheinlich war sie gar nicht so alt, wahrscheinlich hatte man sie nur so oft geschlagen, dass sie ein krummes Etwas geworden war. Die Frau zeigte auf sich und sagte auf Griechisch: »Ich bin Dorea.«

Dorea, »das Geschenk« auf Griechisch. Daphne war nicht religiös, aber nach all den Qualen dieses Tages kam es ihr auf einmal so vor, als ob Gott ihr ein Geschenk geschickt hätte.

»Mein Name ist Daphne«, antwortete sie, und dann wurde alles um sie herum schwarz. Als sie wieder zu Bewusstsein kam, saß Dorea neben ihrer Pritsche. Sie streichelte ihre Hand und sagte immer wieder: »Liebe Daphne, liebe Daphne, liebe Daphne.«

Zwei Tage lang presste Dorea kalte Tücher auf die Wunden und löffelte warme Suppe in ihren Mund. Dorea erinnerte Daphne an all die freundlichen Frauen, die in der Küche ihrer griechischen Großeltern gearbeitet hatten. Frauen, die wie Dorea ausgesehen und ihr Süßigkeiten zugesteckt hatten. Diese Frauen waren gut zu ihr gewesen, sie hatten verstanden, wie einsam sie sich gefühlt hatte. Dorea umsorgte sie auf die gleiche liebevolle Weise, sie half Daphne aufzustehen und wieder ein paar Schritte zu laufen. Sie stützte sie, obwohl sie selbst so klein und kraftlos war. Endlich war jemand da, dem sie noch etwas bedeutete.

In ihrer Dankbarkeit wollte Daphne alles mit ihr teilen. Sie musste mit jemandem über die Dinge reden, die sie seit Wochen allein mit sich herumgetragen hatte. Zu viele Geheimnisse für einen Menschen. Dorea konnte nicht verstehen, worum es ging, aber sie streichelte immer wieder über Daphnes Hand und lächelte sie liebevoll an.

Am dritten Tag war sie verschwunden. Mitten in der Nacht verschwunden. Daphne machte sich entsetzliche Sorgen. Am Ende fragte sie die griechischen Wärter. Bis zu diesem Zeitpunkt hatte sie mit ihnen kein Wort gewechselt. Sie waren allesamt Kollaborateure, die sich an die Nazis verkauft hatten, und mit ihnen zu reden kostete Daphne große Überwindung. Obwohl sie ein perfektes Griechisch sprach, lachten die Wärter sie aus. Sie hatten eine sadistische Freude daran, es ihr ganz genau zu erklären. Die »krumme Dorea« galt als bekannte Größe in der Gefängniswelt. Sie hatte eine neunzigprozentige Erfolgsquote bei weiblichen Häftlingen. Bei den Männern setzte man andere Zellenspitzel ein, aber Doreas hohe Trefferquote hatte bisher kein männlicher Spitzel überbieten können.

Daphne verstand, dass alles in dieser Gefängniswelt auf dem Kopf stand: Dorea bedeutete nicht Geschenk, sondern Tod, und Merlin war kein Zauberer, sondern ein Folterer.

Wenn sie jetzt jeden zweiten Tag in Gesrichs Büro gebracht wurde, verdiente sie die Schnitte.

Anschließend starrte sie stundenlang die Zellendecke an. Sie kannte bald jeden kleinen Riss in ihr. Wenn diese

Risse größer werden, dachte sie, wenn alles einstürzt, ist das meine gerechte Strafe. Es macht mir nichts mehr aus, von dieser einstürzenden Decke verschüttet zu werden. Es wäre sogar eine Erlösung.

Am Ende stürzte die Decke nicht ein. Drei Wochen später wurde das Gefängnis befreit.

55

Wien
Dezember 1949

»Die Leopoldstadt liegt in der sowjetischen Zone und da ist vieles verkehrt herum«, sagte Daphne.

Gerald sah sie besorgt an. Er verstand nicht, was sie damit meinte.

»Es ist wie in dem Buch, das ich dir gerade vorlese, *Gullivers Reisen*. In der Leopoldstadt gibt es versteckte Liliputaner und Riesen, und man weiß nie genau, auf wen man treffen wird – jeder könnte ein böser Riese oder ein hinterlistiger Liliputaner sein. Verstehst du? Und deswegen muss man diesen Leuten etwas vorspielen. Um sie zu verwirren.«

Gerald nickte jetzt. Er verstand das gut mit der Verwirrung.

»Aus diesem Grund habe ich Rollen für uns erfunden«, sagte Daphne. »Es ist ganz einfach. Ich werde einen Nachmittag lang deine Mutter spielen und du bist mein Sohn. Sprich mich einfach nur mit ›Mama‹ an. Wird das gehen?«

Gerald nickte wieder. Mama war ein deutsches Wort, das er sich nicht groß merken musste. Es bedeutete auch im Litauischen Mutter. Von der deutschen Sprache verstand er ansonsten immer noch nicht viel, aber Daphne hatte ihm versichert, er müsse sie nicht mehr lernen. Bald würden sie alle in England leben und da wollte niemand ein deutsches Wort hören. Die deutsche Sprache würde keine guten Erinnerungen bei den Engländern wecken. Da würde man in der Schule sogar verprügelt werden, wenn man nur ein einziges deutsches Wort von sich gab. Vom Verprügeltwerden hatte Gerald auf jeden Fall genug. Das wollte er nicht noch einmal erleben. Er brauchte nach wie vor eine Krücke, weil sein linkes Bein nicht ganz verheilt war. Wenn er falsch auftrat, schmerzte es. Sie mussten deswegen auch jetzt den ganzen Weg von der Straßenbahnhaltestelle zur Zonengrenze langsam gehen. Es war Gerald etwas unangenehm, nicht schneller laufen zu können, aber Daphne sagte, das würde gar nichts machen, die Krücke wäre sogar sehr gut, sie könnte bei ihrem Verwirrungsspiel helfen.

Als sie an dem Zonenschild ankamen, starrten die sowjetischen Soldaten mitleidsvoll auf die Krücke und winkten sie schnell durch. Gerald war froh, dass er alles richtiggemacht hatte. Daphne schien zufrieden zu sein und drückte seine Hand etwas fester. Sie waren jetzt in dieser anderen Zone, aber er verstand nicht ganz, was an der Leopoldstadt so besonders sein sollte. Es gab keine sehr großen oder sehr kleine Menschen wie bei Gullivers Reisen, nur arme Leute in abgerissener Kleidung. Solche Leute kannte er von früher. Er wollte nicht in ihrer Nähe sein. Er besaß jetzt einen schönen neuen Pullover und der durfte auf keinen Fall dreckig werden. Daphne trug auch immer sehr gute Kleidung und deswegen passte sie gar nicht in diese Gegend. Er sah zu ihr hoch, und erst jetzt fiel ihm auf, dass sie nicht so schön angezogen war wie sonst. Ihre Haare hatte sie unter einem alten Hut versteckt und sie trug einen sehr schäbigen

Mantel, den er noch nie an ihr gesehen hatte. Es verwirrte ihn. War diese Verkleidung Teil des Mutter-Sohn-Spiels? Sahen Mütter so aus?

Sie gingen lange Straßen hinunter, bis sie endlich an einem der kaputten Häuser hielten. Daphne hatte die ganze Zeit über seine Hand gehalten, um ihn zu stützen, aber jetzt merkte er, dass sie sich plötzlich etwas schwitzig anfühlte. Er wollte ihr das nicht sagen, es könnte sie beleidigen, aber ihre Hand rutschte mehrmals ab. Sie waren stehen geblieben und Daphne starrte auf ein Haus auf der gegenüberliegenden Straßenseite. Sie stand ganz still da, und er wusste nicht, was an diesem Haus so besonders sein sollte. Schön war es auf keinen Fall. Ed lebte in einem viel schöneren Haus. Es hatte außen sogar Verzierungen an der Hauswand und große Fenster. Aber dieses Haus hatte einfach nichts. Es war hässlich grau mit Einschusslöchern und einem Schild mit der Nr. 16 über dem Eingang. Sie standen eine Ewigkeit da und es wurde sehr langweilig. Aber dann ging auf einmal das Haustor auf und eine Frau mit Korb trat heraus. Daphne zog ihn jetzt ganz schnell über die Straße. Es tat weh, aber sie schafften es, gemeinsam über die Türschwelle zu kommen, bevor das Tor wieder ins Schloss fiel.

»Ich muss in den dritten Stock«, sagte Daphne. »Bitte warte hier unten auf mich, es dauert nicht lange.«

Er verstand das nicht. Er wollte sie auf keinen Fall allein lassen. Irgendwas war nicht in Ordnung, schwitzige Hände und Häuser anstarren passten nicht zu ihr. Sie ging jetzt die Treppe hinauf und sah sich nicht mehr nach ihm um. Das Treppenhaus war stockdunkel. Es machte ihm Angst.

Nach einer Weile hörte er, wie sie klingelte und eine Tür aufging.

Er hielt sich am Geländer fest und zog sich Stufe für Stufe nach oben. Es war nicht so einfach, die Treppen kamen ihm vor wie Berge, aber er schaffte es. Im dritten Stock angekommen, musste er sich an die Wand des dunklen Treppenhauses lehnen, um nach Luft zu schnappen. Die Wohnungstür stand offen und er hörte eine Männerstimme. Er dachte einen Moment nach, dann humpelte er hinein. Vor ihm lag ein langer Gang, der zu einer Wohnküche führte. Ein Mann im Unterhemd stand mit dem Rücken zu ihm in der Küche und redete auf Daphne ein. Gerald verstand nicht, was der Unterhemdmann sagte, aber es klang wütend. Er war sich ganz sicher, dass Daphne darauf antworten würde. Sie sagte immer wichtige Dinge, zu Hause hörten alle auf Daphne. Ed, Marjorie und Alex hatten großen Respekt vor ihr. Aber jetzt stand sie nur da und starrte den Mann im Unterhemd an. Gerald dachte, es ist also doch alles verkehrt herum hier. Wie in Gullivers Reisen ist Daphne auf einmal in einen kleinen hilflosen Riesen verwandelt worden. Der Unterhemdmann kam jetzt immer näher an sie heran. Daphne tastete nach etwas in ihrer Manteltasche, aber der Mann war schneller, riss ihr Handgelenk hoch und zog eine Waffe aus ihrer Tasche. Er richtete sie auf Daphne.

In dem Moment hatte Gerald das Gefühl, das alles schon einmal erlebt zu haben. Er hatte damals unter einem Tisch gesessen, und er hatte gesehen, wie ein Mann, der fast so groß aussah wie dieser Unterhemdmann, eine Frau mit einer Waffe bedroht hatte. Gerald konnte sich zwar nicht mehr an das Gesicht der Frau erinnern, aber er wusste, dass sie zu ihm gehört hatte. Sie und er waren eine Einheit gewesen. Damals hatte er ganz laut geschrien, weil man sie ihm wegnehmen wollte, aber das hatte nichts genützt.

Er würde diese Dummheit nicht noch einmal begehen. Schreien brachte nichts. Er sah den Küchentisch mit zwei Stühlen vor sich. Auf dem Tisch lagen Äpfel und ein Messer. Er humpelte vorsichtig in die Küche, nahm leise das Messer und stieg vom Stuhl auf den Tisch. Das linke Bein tat dabei wieder entsetzlich weh, aber er schaffte es. Er stand auf dem Tisch. Er war jetzt ein Riese und er konnte auf Daphne und den Mann hinuntersehen. Der Mann hatte ihn nicht bemerkt, er drehte ihm immer noch den Rücken zu und schrie die klein gewordene Daphne an. Gerald nahm all seine Kraft zusammen und holte mit dem Messer weit aus. Er stach dem Mann in den Hals. Der wirbelte herum und Gerald stach noch einmal zu, und jetzt war es die richtige Stelle, denn Blut schoss aus dem Mann heraus, eine große Fontäne, und dann fiel er ganz langsam zu Boden.

• • •

WELTPRESSE
Wien 1948
DIAMANTEN: Begehrtestes Schmuggelobjekt

Um heute Diamanten zu verkaufen, muss man kein guter Kaufmann sein. Auf der ganzen Welt ist die Nachfrage sehr stark, weil mit Diamanten die Devisenvorschriften am leichtesten umgangen werden können. So sind also Diamanten zu einer Art internationalem Geld geworden und haben selbst größere Bedeutung erlangt als der Dollar.

Welche Dimensionen das tägliche Diamantengeschäft bereits angenommen hat, erwies ein Flugzeugunglück auf dem Londoner Flugplatz im

April. Unter den achtzehn Passagieren, die ums Leben kamen, befanden sich vier Diamantenhändler, die geschliffene Steine von Antwerpen nach London zu bringen hatten. Am selben Tag noch wurde der Londoner Flugplatz an der Unfallstelle kreuz und quer aufgegraben. Dutzende Zollbeamte und Polizisten machten sich an die Bergungsarbeiten, um die Diamanten, die Hunderttausende Dollar wert waren, wiederzufinden. Dies gelang allerdings nur zum geringsten Teil.

56

**Gordon Place
London**
Januar 1950

Als Erstes sah Gerald die weißen Häuserreihen von Gordon Place, hoch aufragend und elegant, wie die Häuser auf seiner Quality-Street-Dose. Sie grenzten an einen Park, aber Gerald interessierte sich nicht für Bäume. Er blickte auf die Häuser mit den prachtvollen Säulen und den schwarz glänzenden Eingangstüren. Er kannte sie gut, er hatte sie auf der Bonbondose immer wieder angesehen, und jetzt wusste er, diese Häuser waren keine Erfindung, sie existierten wirklich. Er schaute sich nach den Kutschen um. In Wien gab es noch Fiaker und auf der Dose war eine Frau abgebildet, die in so einer Kutsche saß. Mit ihrem lila Reifrock sah sie fast so schön wie Daphne oder Marjorie aus, nur anders angezogen. Altmodischer, mit einer Haube auf dem Kopf. Kutschen konnte Gerald am Gordon Place nicht erkennen, sie schienen durch Autos und Omnibusse ersetzt worden zu sein. Er hatte an der Ecke einen solchen Bus gesehen, einen roten Doppeldecker mit einer 14 drauf. Vielleicht würden Daphne oder Marjorie einmal mit ihm Bus fahren, so etwas war noch besser als eine Kutsche. Er würde oben sitzen, um alles genau sehen zu können.

Gerald schaute zu den anderen hinüber. Sie sahen müde aus. Es war eine lange Reise gewesen und sie hatten mit den vielen Koffern oft umsteigen müssen, um endlich vor der Nr. 30 zu stehen. Aber sie hatten es geschafft.

Ed zog jetzt seine Leica heraus und rief: »Wir brauchen ein Erinnerungsfoto!«

»Ed, wir sehen furchtbar aus, voller Reisestaub«, sagte Marjorie.

»Wir sehen sehr gut aus«, entschied Alex. Er hakte sich bei Daphne und Marjorie unter.

»Darf ich neben der Säule stehen?«, fragte Gerald.

»Ja, umarme die Säule«, lachte Ed. Er stellte die Schärfe ein und wie immer brauchte er dafür ewig.

»Sie sind schlimmer als der Kameramann beim *Dritten Mann*, Ed. Wie lang dauert das noch?«, fragte Daphne.

»Jetzt!«, rief Ed und drückte auf den Auslöser.

»Ich hoffe, die Koffer waren nicht im Bild?«, fragte Marjorie.

»Nein, es sah perfekt aus, Miss Aitken.«

In dem Moment ging die schwere schwarze Tür auf und vor ihnen stand Jacob in einem grauen Overall.

Gerald war froh, ihn nach all den Monaten endlich wiederzusehen. Er roch nicht mehr nach Alkohol und schien sich wirklich zu freuen, dass sie alle angekommen waren.

»Willkommen im schönsten Haus Londons! Ihr werdet begeistert sein! Und ich habe sogar einen Spielkameraden für dich gefunden, Gerald.«

Er deutete auf ein kleines Mädchen, das hinter ihm in der Eingangshalle stand.

»Das ist Natalie. Sie wohnt im Parterre und ihr Vater hilft uns beim Umbau. Seid nett zueinander!«

Gerald beäugte Natalie vorsichtig. Im Krankenhaus waren

ein paar Mädchen gewesen, aber keines von denen hatte viel gesagt, und dann waren sie sowieso schnell gestorben. Natalie sah nicht aus, als ob sie bald sterben würde. Sie wirkte etwas blass, aber sie hatte klare Augen, nicht die stumpfe Sorte, die Gerald aus Wien kannte. Sie musste sieben Jahre alt sein, genau wie er, obwohl Gerald nicht genau wusste, wie alt er wirklich war. Dass es Geburtstage gab und man sie feiern konnte, das hatten Daphne und Marjorie ihm beigebracht. Sie hatten entschieden, dass er am 1. Dezember 1942 geboren worden war.

Jacob schob ihn jetzt auf das Mädchen zu und sagte:

»Natalie, das ist Gerald. Du musst ihm alles im Haus zeigen.«

Natalie zwirbelte an einem ihrer Zöpfe und musterte ihn kritisch.

»Angenehm, Ihre Bekanntschaft zu machen«, sagte sie, als wäre sie eine Erwachsene. Sie hält sehr viel von sich, dachte Gerald.

Alex kam mit einem Koffer an ihnen vorbei und lachte das Mädchen an.

»Du bist aber eine ganz Feine! Du wirst unserem Gerald Manieren beibringen, ja?«

Natalie sah zu Alex auf und wurde knallrot. Es überraschte Gerald nicht. Alle Mädchen reagierten so auf Alex. Sie wurden rot, fassten ständig ihre Haare an und redeten in seiner Gegenwart wie Wasserfälle. Es war ja klar, warum. Alex war einfach der bestaussehende Mann der Welt. Genau wie der Soldat auf der Quality-Street-Dose. Aber er gehörte zu Daphne.

57

Gordon Place
London
März

Hunt legte die Scones auf einen Teller und stellte die Marmelade daneben. Natalie Geary könnte jeden Moment da sein. Emma Spencer hatte versprochen, sie mit dem Auto aus dem Altersheim abzuholen. Er war froh, dass Emma bei dem Gespräch dabei sein würde. Mrs. Geary schien zwar eine robuste Frau zu sein, aber vielleicht würde das Wiedersehen mit Gordon Place sie emotional aufwühlen.

Er ging zum Fenster und sah, wie Emma gerade der alten Dame half, aus einem kleinen Toyota Hybrid auszusteigen. Der Hausmeister musste ihr einen Parkschein für Anwohner besorgt haben. Die beiden Frauen redeten angeregt miteinander und Mrs. Geary zeigte mit ihrem Gehstock auf die alten Parkbäume. Ihre Vertrautheit überraschte Hunt. Sie kamen aus völlig unterschiedlichen Generationen und gesellschaftlichen Welten.

Hunt drehte sich vom Fenster weg und ging in die Küche, um das Teewasser aufzusetzen. Er hatte den ganzen Vormittag versucht, keines der Scones zu essen, aber als es dann endlich an der Tür klingelte, hatte er doch noch schnell ein halbes hinuntergeschluckt. Er arrangierte den Teller neu und machte die Wohnungstür auf.

Mrs. Geary strahlte ihn an. Sie schien blendender Laune zu sein.

»Professor Hunt! Es ist so schön, Gordon Place zu besuchen! So viele Dinge, von denen ich dachte, ich hätte sie vergessen. Aber jetzt kommen sie wieder.«

»Sie müssen uns das alles erzählen«, sagte Hunt.

Er führte Mrs. Geary und Emma ins Wohnzimmer. Emma warf einen Blick auf die Scones.

»Dürfen Sie das essen, Professor Hunt?«, fragte sie belustigt.

Hunt überging die Frage. Er konnte es nicht ausstehen, wenn Frauen sich als seine Ärztin aufspielten.

»Ich darf alles essen!«, sagte Mrs. Geary. Sie setzte sich auf das Sofa und sah sich um.

»Es ist wie früher, nur mit anderen Möbeln.«

»Waren Sie denn als Kind einmal in meiner … in Daphne Parsons Wohnung?«, fragte Hunt, während er ihr Tee einschenkte.

Natalie Geary antwortete nicht. Hunt dachte, dass sie seine Frage vielleicht nicht gehört hatte. Es überraschte ihn. Sie trug ein kleines, sehr modern aussehendes Hörgerät und hatte bei ihrem ersten Treffen im Altersheim alles verstanden.

»Ich liebe Scones!«, sagte sie und legte eines auf ihren Teller.

»Sie waren schon in den Fünfzigerjahren in dieser Wohnung?«, hakte Emma nach.

Natalie Geary strich langsam Marmelade auf ihr Scone.

»Die Erwachsenen hatten damals keine Zeit für uns. Nicht so wie heute. Da wird so ein Gewese um Kinder gemacht. Die werden behandelt wie Prinzen und Prinzessinnen. Aber damals, da hat sich keiner für uns interessiert. KEINER! Nur er war anders. Er hat mit mir geredet. Und er hat uns immer Spielsachen gekauft, mir und Gerald. Aber die Geschenke, die waren völlig unwichtig. Ich liebte ihn einfach vom ersten Moment an.«

»Wen meinen Sie, Mrs. Geary?«, fragt Hunt.

Sie schien ihn immer noch nicht zu hören. Hunt fragte sich, ob Mrs. Geary vielleicht erste Anzeichen einer Demenzerkrankung entwickelt hatte. Sie redete einfach weiter vor sich hin.

»Ich habe es immer gewusst, wenn er nach Hause kommt. Ich hab das schon vorher geahnt. Hatten Sie mal einen Hund?«

»Nein«, sagte Emma. Sie schien ebenfalls von Mrs. Gearys Verhalten verwirrt zu sein.

»Also, bei Hunden ist es genauso. Die spüren es lange vorher, dass der wichtigste Mensch in ihrem Leben auf dem Weg zu ihnen ist. Und, vielleicht war ich damals ein wenig wie ein Hund. Ein kleiner, verlorener Hund, verstehen Sie? Hat sich ja sonst keiner für mich interessiert. Ich hab stundenlang auf ihn gewartet, im Hauseingang unten. Und wenn er dann kam, dann hat er gelacht und gesagt: ›Du bist mein Empfangskomitee!‹ Und ich war so glücklich. Selbst wenn wir nur ein paar Minuten geredet haben. Es war besonders.«

Sie machte eine Pause, um etwas Milch in ihren Tee zu gießen.

»Er ging dann rauf zu Miss Parson, in ihre Wohnung. Die beiden haben zusammengelebt. Das war natürlich ein Skandal damals. Ein unverheiratetes Paar lebt zusammen! Alle im Haus haben davon gewusst, Mr. Gray und Geralds

Mutter Marjorie und natürlich Mr. Winner. Aber sie haben alle immer zusammengehalten, was auch kam. Die waren eine verschworene Gemeinschaft.«

»Dieser Mann, der mit Daphne Parson zusammenlebte«, fragte Emma, »war das Alex March?«

Natalie Geary blickte Emma verwundert an.

»Ja, natürlich war das Alex. Von wem sollte ich sonst reden? Wenn man die Fotos von ihm sieht, dann versteht man es doch.«

»Er sah sehr gut aus«, sagte Emma.

»Nein, nein! Da war so viel mehr. Ich kann es nicht erklären. Er war etwas Besonderes. Ein ganz besonderer Mann, verstehen Sie?«

Es entstand eine kurze Pause.

Dann fragte Emma: »Sie haben ihn und Daphne Parson in dieser Wohnung besucht?«

»Nein. Ich bin nur einmal hier gewesen. Ganz am Ende. Weil ich wusste, er würde gehen.«

»Woher wussten Sie das?«, fragte Emma.

»Ich spürte es, wenn er nach Hause kam, und ich spürte es, wenn er wegging. Mein ganzer Körper spürte es. Und an dem Tag überfiel mich eine entsetzliche Angst. Wie Schüttelfrost und Fieber. Ich wusste auf einmal, dass er endgültig gehen würde. Und ich nahm den Generalschlüssel von meinem Vater und lief hinauf in diese Wohnung, Miss Parsons Wohnung, und schloss sie auf. Alex saß da allein, am Schreibtisch. Dort drüben, unter dem Fenster, stand damals der Schreibtisch mit Blick auf den Park. Er schrieb einen Brief. Und er war gar nicht überrascht, mich zu sehen. Er fragte nicht einmal, wie ich hereingekommen war. Er schien es ganz selbstverständlich zu finden, dass ich da war. Und er fragte: ›Du willst mir Auf Wiedersehen sagen, Natalia?‹ Und ich fing schrecklich an zu weinen, ich konnte gar nicht mehr aufhören zu weinen. Ich muss irgendetwas gesagt haben, geh nicht, bitte, bitte geh nicht. Lass mich nicht allein. Und er legte den Arm um mich und sagte, es bliebe ihm nichts anderes übrig, aber ich, ich würde noch so viele wunderbare Dinge erleben, und eines Tages würde er sicher von mir in der Zeitung lesen.«

»In der Zeitung?«, fragte Emma.

Hunt schaute sie entgeistert an. War das wirklich die einzige Frage, die ihr nach dieser verstörenden Schilderung einfiel? Mrs. Geary ging auf Emmas Frage ein.

»Ich hatte ihm gesagt, ich wolle Balletttänzerin werden, wie Margot Fonteyn, die damals am Gordon Place lebte. Es war mein Geheimnis, nur ihm habe ich es gesagt. Ich wusste, mein Vater würde mich auslachen, wenn ich das gesagt hätte, aber Alex verstand mich. Er gab mir sogar Geld für Ballettstunden. Aber nachdem er fort war, bin ich nicht mehr zum Unterricht gegangen. Es war ja sinnlos. Können Sie sich das vorstellen? Eine Hausmeistertochter als Balletttänzerin?«

Emma griff jetzt nach Mrs. Gearys Hand. Vielleicht hatte sie Angst, die alte Dame würde anfangen zu weinen. Hunt interessierte sich nicht für die Ballettträume von Mrs. Geary. Ihm war etwas Wichtigeres aufgefallen.

»Er nannte Sie Natalia, nicht Natalie?«

»Natalia. Das ist russisch und ich fand es wunderschön. Sein Name erinnerte ja auch ein wenig an Russland, Alexander und Natalia, das waren wir.«

Durch Hunts Kopf schossen jetzt alle möglichen Fragen, aber Emma kam ihm zuvor.

»Sie sagten, Alex March habe an dem Tag einen Brief geschrieben?«

»Der Abschiedsbrief, ja. Er hat mir gesagt, bitte gib ihn Daphne. Ich kann's einfach nicht.«

»Wie hat Daphne reagiert, als Sie ihr den Brief gaben?«, fragte Emma.

Mrs. Geary blickte jetzt auf den Boden und schwieg. Emma ließ abrupt ihre Hand los.

»Sie haben ihr den Brief nicht gegeben!«

»Was?« Hunt war wirklich überrascht. Nicht nur von Emmas Intuition, sondern auch von seinem eigenen Versagen. Er hielt sich für einen guten Menschenkenner. In Mrs. Geary hatte er sich ganz offensichtlich getäuscht.

Ihr Gesicht nahm jetzt den Ausdruck eines trotzigen Kindes an.

»Es hätte auch nichts mehr geändert. Ich wusste ja, er würde nicht zurückkommen.«

Hunt wollte auf keinen Fall die nächste Frage stellen. Aus seinem Mund hätte sie aggressiv geklungen. Er bemerkte, dass Emma es auch nur mit großer Anstrengung schaffte, ihre Stimme unter Kontrolle zu halten.

»Haben Sie den Abschiedsbrief an Daphne Parson gelesen, Mrs. Geary?«

»Er war auf Deutsch und ich kann kein Wort dieser scheußlichen Sprache. Es war IHRE Geheimsprache. Alex und Miss Parson redeten oft deutsch miteinander. Sie flüsterten es und sie lachten dabei, ich habe nie verstanden, warum. Nur der letzte Satz des Briefes war auf Englisch, den kann ich noch heute auswendig: ›You have no idea how much I love you.‹«

»Haben Sie den Brief noch?«, fragte Emma. Ihre Stimme klang jetzt eiskalt.

»Er war in meiner Quality-Street-Dose, die ich Gerald gegeben habe, mit all den anderen Erinnerungen an Gordon

Place. Gerald hat gesagt, er würde ihn sich kopieren und dann übersetzen. Er hatte ein Übersetzungsprogramm auf seinem Computer.«

»Er hatte keinen Computer«, sagte Hunt.

»Meinen Sie übersetzen mit Google Translate?«, fragte Emma.

»Ich weiß nicht, wie das heißt!« Mrs. Gearys Stimme klang jetzt ungehalten. »Wieso ist das auf einmal alles so wichtig geworden? Diese alten Briefe, das ist doch so lange her. Es war in den Fünfzigerjahren. Alle sind tot. Parson und Alex.«

Sie fing jetzt an zu weinen. Hunt stand auf, um nach Taschentüchern zu suchen. Clarissa hatte neulich die ganze Box aufgebraucht, und er hatte vergessen, Nachschub zu kaufen. Aber wer rechnete schon damit, dass in so kurzer Zeit gleich zwei Frauen in seiner Wohnung in Tränen ausbrechen würden? Er fand eine Packung Taschentücher im Schlafzimmer und brachte sie Mrs. Geary. Sie warf ihm einen dankbaren Blick zu.

»Ich weiß … ich hätte Miss Parson den Brief geben sollen. Aber ich war doch noch ein Kind. Ich habe diesen Satz immer wieder gelesen: ›You have no idea how much I love you.‹ Das hätte er doch auch mir schreiben können. Ich habe mir vorgestellt, es wäre ein Brief an mich. Nicht für Miss Parson. Ein Liebesbrief für *mich*.«

Emma verlor jetzt doch die Kontrolle:

»Es war nicht *Ihr* Brief! Er gehörte Ihnen nicht. Er gehörte Daphne Parson. Sie hätte diesen Trost dringend gebraucht. Wissen Sie, was Daphne alles erdulden musste in ihrem Leben, was sie trotzdem geleistet hat, obwohl sie immer gedacht haben muss, dass der einzige Mensch, der ihr etwas bedeutete, einfach verschwunden war, ohne ihr ein Wort zu hinterlassen? Wissen Sie, wie einsam sich das angefühlt haben muss? Und all das nur, weil Sie ein egoistisches, eifersüchtiges Kind ...«

Hunt hätte nie gedacht, dass Emma so wütend werden könnte. Hatte sie den Abstand zu dem Fall verloren, identifizierte sie sich mit Daphne? Er musste sie und Mrs. Geary trennen, bevor die Situation eskalierte.

»Wir rufen Ihnen jetzt ein Taxi, Mrs. Geary, und lassen Sie nach Hause bringen.« Er drehte sich zu Emma um. »Haben Sie eine Taxi-App, Emma?«

Emma schien ihn nicht zu hören. Er sagte es noch einmal, etwas lauter jetzt: »Emma? Könnten Sie bitte *EIN TAXI RUFEN?*«

Emma stand wortlos auf. Sie zog ihr Handy heraus und ging damit ins Nebenzimmer. Hunt blieb mit Mrs. Geary allein zurück. Es entstand ein unangenehmes Schweigen zwischen ihnen.

Nach einer Weile sagte er: »Sie müssen verstehen, Miss Spencer bedeutet dieser Fall viel.«

»Sie hat keine Manieren«, sagte Mrs. Geary. »So redet man nicht mit einer älteren Dame. Es war ein Fehler hierherzukommen.« Sie griff nach ihrem Stock und stand leicht schwankend vom Sofa auf.

»Ich werde unten auf das Taxi warten.«

Hunt musste an das Theaterstück *Der Besuch der alten Dame* denken. Soweit er sich erinnern konnte, war der Besuch auch nicht gut verlaufen.

»Ich bringe Sie nach unten, Mrs. Geary.«

»Das wird nicht nötig sein.«

»Nein, ich bestehe darauf«, sagte Hunt.

Sie verließen gemeinsam die Wohnung. Als sie mit dem Aufzug im Parterre ankamen, saugte der Hausmeister Mr.

Carr gerade den Teppich in der Vorhalle. Mrs. Geary blieb stehen und sah ihm zu.

»Kann ich Ihnen behilflich sein, Madam?«, fragte Mr. Carr. Er stellte den Staubsauger aus.

»Mein Vater hat das früher gemacht«, sagte Mrs. Geary, »es war damals kein so schöner blauer Teppich, nicht so teuer wie dieser hier.«

Mr. Carr blickte sie überrascht an.

»Ihr Vater war hier Hausmeister?«

»In den Fünfzigerjahren«, sagte Mrs. Geary.

»Dann haben Sie sicher viele schöne Erinnerungen an Gordon Place?«

»Nein,« sagte Mrs. Geary vehement.

Der Hausmeister war von ihrer Abruptheit verwirrt und sah hilfesuchend zu Professor Hunt.

»Wir warten auf ein Taxi für Mrs. Geary«, erklärte Hunt. »Es müsste jeden Moment da sein.« Er ging zur Eingangstür, um auf die Straße zu sehen. Er hatte sich selten so sehnlich ein Taxi gewünscht wie in diesem Moment.

»Ich hoffe, man behandelt Sie hier gut«, sagte Mrs. Geary zum Hausmeister.

»Es ist ein sehr angenehmer Arbeitsplatz.«

Mrs. Geary sah ihn skeptisch an.

»Dem armen Gerald hat dieses Haus alles bedeutet.«

»Sie kannten Mr. Fraser?«, fragte der Hausmeister.

Mrs. Geary nickte. »Er war ein anständiger Mensch.« Sie blickte in Hunts Richtung. »Im Gegensatz zu den meisten Menschen heute.«

Die Lifttür ging auf und Emma kam in die Eingangshalle. Sie schien sich verabschieden zu wollen, aber Mrs. Geary drehte ihr den Rücken zu und ging zur Eingangstür.

»Ich glaube, Ihr Uber ist da, Mrs. Geary«, rief Hunt erleichtert.

Mrs. Geary antwortete nicht. Mit ihrem Stock stieg sie langsam die Stufen der Nr. 30 hinunter.

»Es ist eines von diesen Prepaidtaxis, Mrs. Geary. Sie werden dafür nichts zahlen müssen«, rief Emma, aber Mrs. Geary hatte bereits die Wagentür zugeknallt.

Mr. Carr schaute Hunt und Emma jetzt fragend an.

»War alles in Ordnung mit der alten Dame?«

»Alles in Ordnung«, sagten die beiden fast gleichzeitig. Der Hausmeister schien ihnen nicht ganz zu glauben.

»Die Dame kannte Mr. Fraser noch von früher«, fügte Emma hinzu. »Kurz vor seinem Tod hatte sie ihm eine Quality-Street-Dose gegeben, die wir nicht mehr finden können. Ich nehme nicht an, dass Ihnen bei der Müllsammlung eine alte Dose aufgefallen ist?«

»Nein. Leider. Daran kann ich mich nicht erinnern.«

»Sie erwähnten, dass Sie manchmal Besorgungen für Mr. Fraser machten. Hat er Sie kurz vor seinem Tod zufällig einmal in einen Kopierladen geschickt?«, fragte Emma.

Mr. Carr dachte nach.

»Das wollte er. Aber an dem Tag musste ich das Problem mit dem geplatzten Rohr in Mrs. Reynolds Wohnung lösen und am Ende hat Mrs. Barclay die Besorgung übernommen.«

»Clarissa?«, fragte Hunt.

»Ja, Mrs. Barclay half Mr. Fraser immer, wenn es um technische Dinge ging. Kopien für die Ämter, Scannen und so weiter. Mr. Fraser besaß ja nicht einmal einen Computer. Können Sie sich vorstellen, wie schwer das für alte Leute ist heutzutage? Wo man alles digital beantragen muss?«

Hunt schwieg. Er wusste nur zu gut, was Mr. Carr

meinte, aber er wollte auf keinen Fall in die Kategorie »Alt und Computer-trottelig« eingeordnet werden.

»Das war wirklich sehr nett von Mrs. Barclay«, sagte Emma.

»Ja, sie ist eine sehr hilfsbereite Frau. Sie kommt mit allen so gut aus«, sagte Mr. Carr.

»Nur mit Gray nicht«, meinte Hunt trocken.

Der Hausmeister ging zu der Steckdose, um seinen Staubsauger wieder einzuschalten.

»Was sich liebt, das neckt sich.«

Der Staubsauger ging an, aber Emma drückte mit ihrem Schuhabsatz ruckartig auf die Stopptaste. Der Hausmeister sah sie konsterniert an.

»Einen Moment«, sagte Emma, »was meinen Sie damit? Ich dachte, die beiden können einander nicht ausstehen?«

Mr. Carr starrte den stummen Staubsauger an. Ihm war die Situation sichtlich peinlich.

»Mr. Carr«, drängte Emma, »Sie müssen uns das sagen. Es ist wichtig.« Sie klang jetzt wieder wie die strenge Beamtin, die Hunt in New York erlebt hatte.

»Es ist mir sehr unangenehm, Ma'am, ich verabscheue Klatschereien.«

»Das ist keine Klatscherei, Mr. Carr. Hier ist jemand ermordet worden.«

Der Hausmeister schaute sie entsetzt an.

»Aber das hat doch nichts mit dem Mord an Mr. Fraser zu tun, Ma'am. Es ist nur, weil Mrs. Barclay verheiratet ist …«

»Was haben Sie gesehen?«, fragte Emma ungeduldig.

»Es ist mir ja nur aufgefallen, weil ich jeden Morgen gegen sieben Uhr meine Runde mache.«

»Sie meinen, wenn Sie unsere Mülltüten einsammeln?«, fragte Hunt.

Carr wandte sich erklärend an Emma.

»Ich sammle die Mülltüten vor den Wohnungen ein und bringe sie dann zum Container. Und da sieht man gelegentlich, ob jemand gerade erst nach Hause kommt oder seine Wohnung schon verlässt.«

»Und Mrs. Barclay hat Dorian Grays Wohnung in der Früh öfters verlassen?«, fragte Emma.

»Es fiel mir nur auf, wenn ich meine Runde etwas früher drehte. Sehen Sie, manchmal kann ich nicht schlafen, und dann sammle ich die Tüten schon gegen fünf Uhr morgens ein. Und ja, im letzten halben Jahr, da habe ich sehr oft Mrs. Barclay gesehen, wie sie in der Früh aus Mr. Grays Wohnung kam und in ihre eigene Wohnung zurückging. Sie hat mich nicht bemerkt. Diese Peinlichkeit wollte ich ihr ersparen. Sie ist eine so sympathische Frau.«

58

**Yogastudio
Chelsea, London**
März

Selbst im Yogastudio ließ der ständige Wirbel in Clarissas Kopf nicht mehr nach. Die Yogalehrerin nannte diese rasenden Gedanken »Monkeymind« – Affengeist. Clarissa fühlte sich genau wie so ein Affe, der von einem Baum zum anderem sprang. Es waren nicht nur Gedanken, es waren ganze Filmclips, die unablässig durch ihren Kopf vibrierten. Sie hatte gehofft, das Vibrieren würde mit der Zeit nachlassen, aber stattdessen wurde es immer schlimmer. Die Filmclips kamen jetzt stündlich in ihren Kopf. Sie verknüpften sich mit völlig alltäglichen Dingen – einer Pizzabestellung oder der Suche nach Unterwäsche für die Zwillinge. Die Bilder waren immer gleich: Sie sah Hunts leere Wohnung nachts, sie sah, wie Gerald Fraser plötzlich auftauchte mit diesem schrecklichen Gesichtsausdruck. Was war das für ein Gesichtsausdruck gewesen? Sie zoomte ganz nah ran. Ein fassungsloser, ein gekränkter Gesichtsausdruck? Nein, falsch. Es war stärker, es war Verachtung. Er verachtete sie. Womit hatte sie das verdient – *Verachtung*? Wie konnte *er* sie verachten? Nach allem, was sie für ihn getan hatte. Sie war immer nett zu ihm gewesen und hatte unzählige Formulare und Anträge für ihn ausgefüllt. Der dumme alte Mann hatte sich stoisch geweigert, einen Computer oder Drucker anzuschaffen. Er hatte es einfach nicht lernen wollen. Gerald war *lebensunfähig* gewesen, seine ganze Generation bestand aus Relikten einer untergegangenen Ära, höchste Zeit abzutreten. All das war wieder einmal überdeutlich geworden, als Gerald mit dieser alten Quality-Street-Dose bei ihr aufgetaucht war. Sie hatte ihn nie zuvor so aufgeregt erlebt. Er hatte irgendeine alte Freundin wiedergetroffen, die ihm diese Briefe gegeben hatte. Weil alte Leute ja nichts anderes mehr zu tun hatten, als in der Vergangenheit zu leben. Niemand, der bei Verstand war, wühlte doch in alten Briefen. Aber Gerald war nicht mehr zu halten gewesen. Er hatte sonst NIE geredet, aber mit einem Mal fing er an, von der Vergangenheit zu erzählen, von Gordon Place in den Fünfzigerjahren. Wie ihr Großvater Jacob damals das Haus renovierte, wie Ed Gray, Daphne Parson und seine Mutter hier einzogen und wie glücklich sie damals alle waren. Und dann verlangte er von ihr, diesen Brief zu übersetzen. Er hatte in einer Zeitung gelesen, dass es Übersetzungsprogramme im Internet gab. Das war typisch für ihn, er wollte nicht lernen, einen Computer zu bedienen, aber das Internet brauchte er dann doch.

Heigh-ho, heigh-ho, it's home from work we go …
Woher zum Teufel kam dieses Lied schon wieder?

Spielten die sogar im Yogastudio Disneylieder? Wie konnte man sich da entspannen?

Die Yogalehrerin sah jetzt zu ihr herüber. Es war ein besorgter Blick. Clarissa verstand nicht, was los war. Hatte sie einen Fehler gemacht und plötzlich laut gesprochen? Neulich war ihr das an der Kasse von Harrods passiert. Sie sagte immer öfter Dinge, die in ihrem Kopf kleben geblieben waren, Dinge, die für niemanden bestimmt waren. Vielleicht hatte sie es wieder getan. Sie lächelte die Yogalehrerin an und versuchte, sich auf die Übung zu konzentrieren. Welche Stellung machten sie gerade? Kobra? Es musste die Kobra sein. Passte perfekt.

Gerald hatte darauf bestanden, dass sie sich an ihren Computer setzten und den deutschen Text des Briefes eintippten. Sie hatte die Worte bei Google Translate eingegeben und da kam dann dieser Satz über »Jacobs Gold und Diamanten für Gerald« und die Details mit der Fensterbank. Sie hatte gelacht. Es kam ihr vor wie ein Witz. Wer machte schon so etwas Verrücktes? Versteckte Gold und Diamanten in einem Hohlraum unter einer Fensterbank? Vor *vierundsiebzig Jahren*? Aber Gerald hatte den Bildschirm angestarrt und dann Tränen in den Augen gehabt. Alte Leute weinten ja wegen jeder Kleinigkeit, aber bei ihm hatte sie so was noch nie gesehen. Sie verstand nicht, warum ihn das so bewegt hatte. Das war *vierundsiebzig* Jahre her, wieso war es jetzt noch wichtig? Wenn dieser Briefschreiber, dieser Alex, sich wirklich um Gerald und Mrs. Parson hätte kümmern wollen, hätte er ihnen das Zeug doch direkt geben können. Wieso spielte er dieses bescheuerte Schnitzeljagd-Spiel? Sie hielt die ganze Sache für völlig verrückt und sie sagte Gerald das auch. Er meinte nur, sie könne das alles nicht verstehen.

Nachdem er endlich gegangen war, brachte sie die Zwillinge ins Bett. Das dauerte immer ewig, und danach trank sie etwas, um sich zu beruhigen. Es drohte wieder einer dieser Abende zu werden, an denen sie über Simon und seine Hongkong-Nutte nachdachte. Sie brauchte Ablenkung, dringend Ablenkung, und sie ging deswegen zu David Gray hinauf. Vielleicht war der Sex mit ihm so gut, weil sie einander nicht ausstehen konnten. Vielleicht war es aber auch einfach nur ein Revanchefick. Ganz egal, was es war, es half für ein paar Stunden.

Jetzt drehte sich die ganze Yogaklasse nach ihr um. Was war los? Hatte sie das Wort »Revanchefick« laut ausgesprochen? Die waren alle solche Spießer hier. *REVANCHEFICK, REVANCHEFICK.* Durfte man das mittlerweile nicht mehr sagen? War das jetzt auch schon gecancelt worden?

Wie auch immer, David Gray hatte jederzeit Lust auf Sex. Aber bevor sie an jenem Abend anfingen, erzählte sie ihm noch von dem verrückten Erlebnis mit Gerald. Sie erwartete, dass er es komisch finden würde. Aber David lachte nicht. Stattdessen sagte er: »Das mit dem Gold kann stimmen.« Und dann fing auch er an, von früher zu reden, allerdings nicht mit Tränen in den Augen wie Gerald, sondern mit kalter Wut. Eine ewig lange Tirade kam aus ihm heraus. Gegen Gerald. Wie sehr er ihn hasste. Schon immer. Seit seiner Kindheit musste er sich anhören, wie sich alle um den guten, *braven* Gerald sorgten. Gerald zu beschützen schien damals nicht nur diesen Briefschreiber Alex beschäftigt zu haben, sondern auch Davids Vater Ed. Immer, wenn der zu viel trank, hätte er was von dem Gold gefaselt, das ihnen allen »Sicherheit erkauft« hätte. »Sicherheit für uns und Gerald.«

Es war eine spontane Idee, in Hunts Wohnung zu gehen und nachzuschauen. Sie hatten es nicht *geplant*. Clarissa hatte am Nachmittag gesehen, wie Hunt die Handwerker verabschiedet und kurz darauf seinen Koffer Richtung U-Bahn gerollt hatte. Sie wusste, die Wohnung würde leer stehen, und sie gingen einfach runter. David nahm Werkzeug mit.

Und jetzt kam der nächste, der wichtigste Filmclip. Alles war vorbei, Gerald lag am Boden in dieser Blutlache, und David beugte sich über ihn. Sie konnte sich das erst jetzt eingestehen, aber sie fand diesen Moment erregend. Sie hatte sich noch nie so lebendig gefühlt wie in diesem Moment.

Jetzt spielte das Lied schon wieder.

Heigh-ho, heigh-ho, it's home from work we go ...
We dig dig dig dig dig dig dig
In our mine the whole day through ...

Es musste in ihrem Kopf spielen, das war ihr jetzt klar. Es spielte nicht hier in diesem Raum.

Es war ja sowieso ihr Gold gewesen. Es stand ihr zu. Laut diesem Brief war es »Jacobs Gold und Diamanten«. Und sie war Jacobs einzige Erbin. Nicht Gerald Fraser, SIE. Und sie hatte den Brief durch Google Translate gejagt. Ohne ihre Übersetzung hätte kein Mensch jemals erfahren, dass es diese Goldbarren gab.

Clarissa versuchte, jetzt richtig durchzuatmen. Keine Filmclips mehr. Sie musste sich konzentrieren.

Ihre Atmung wurde besser. Langsam ein und aus. Die Lehrerin hielt das rechte Nasenloch zu, links durchatmen, rechts durchatmen. Es würde alles gut werden. Für ein paar Minuten war es ganz still im Yogaraum. Es war schön, sogar in ihrem Kopf wurde es endlich still.

Der erste Moment der Stille.

Und dann sah Clarissa, wie eine Gestalt in den Raum hereinkam. Ein Fremdkörper. Sie blinzelte von ihrer Matte hoch und sah zuerst nur den unteren Teil der Gestalt. Straßenschuhe mit leichtem Absatz. Das war falsch. Man durfte nicht mit seinen Schuhen in den Yogaraum. Sie hob den Kopf etwas an, Beine im grauen Hosenanzug. Wieder falsch. Kein Yogaoutfit! Sie setzte sich aufrecht und sah jetzt die ganze Person. Emma Spencer.

Zuerst dachte Clarissa, sie sei eine Erscheinung. Ein neuer Filmclip, der sich in ihren Kopf verirrt hatte. Aber die Yogalehrerin drehte sich jetzt zu der Erscheinung hin und auch die anderen Yogateilnehmer sahen missbilligend in diese Richtung. Sie schienen alle das Gleiche zu denken. Wie kann diese Frau es wagen, in ihrer Straßenbekleidung hier reinzumarschieren und die Atmungsmeditation zu unterbrechen?

Die Emma-Spencer-Erscheinung stand einfach nur da und sagte kein Wort der Entschuldigung. Sie sah in Clarissas Richtung. Es war ein eindeutiger Blick.

Das kluge St.-Paul's-Mädchen hatte gewonnen.

Clarissa stand langsam von ihrer Matte auf und rollte sie zusammen.

59

**Gordon Place
London**
März

David Gray schien auf Emma gewartet zu haben. Seine Wohnungstür stand offen und er saß in seinem großen Ledersessel. Emma stellte erleichtert fest, dass er nicht wieder seinen kurzen Bademantel trug, sondern komplett angezogen war.

»Lassen Sie mich raten, Medea hat endgültig den Verstand verloren.«

Emma setzte sich auf den Stuhl gegenüber von Gray.

»Wenn Sie Clarissa Barclay meinen, ja. Sie hatte einen Zusammenbruch. Unsere Psychologen kümmern sich um sie.«

»Psychologen? Das wird nicht reichen. Unterhalb eines *Psychiaters* macht es unsere Clarissa nicht. Sie war neulich schon mal in der Priory, da gibt's die teuersten Psychiater der Welt. Nicht dass es was geholfen hätte.«

Emma fiel es mittlerweile schwer, ihre Antipathie gegenüber Gray zu unterdrücken.

»Vielleicht hat es auch nicht geholfen, dass Sie mit ihr ein Verhältnis anfingen?«

David Gray lachte.

»Oh Gott, werden wir jetzt auch noch moralisch? Der alte Me-too-Scheiß? Sie liegen falsch. HASHTAG NOT ME! Ich hab ihr mit Sicherheit keinen Antrag gemacht! Clarissa wollte *mich*. Und zeigen Sie mir einen Mann meines Alters, der eine Frau wie Clarissa ablehnt. Da finden Sie *keinen*. Und wissen Sie was? Ich war gut für Clarissa. Sex war das Einzige, was sie normalisierte. Die Frau stand so unter Strom, da flogen sonst alle paar Tage die Sicherungen raus.«

»Gut, Mr. Gray, vielleicht waren Sie eine große Bereicherung für Mrs. Barclays Liebesleben. Aber was mich im Moment mehr interessiert, ist, was in der Nacht geschah, als Gerald Fraser ermordet wurde?«

David Gray drehte das Gesicht zur Seite. Er schien Emma nicht ansehen zu können, während er weiterredete. Sie war überrascht, dass dieser überhebliche Mann doch so etwas wie Scham empfand.

»Clarissa kam in dieser Nacht zu mir rauf. Es war gegen einundzwanzig Uhr, die Monster-Zwillinge waren endlich eingeschlafen, sie schien noch aufgedrehter als sonst. Sie wedelte mit diesem Brief herum. Sie sagte, Gerald Fraser und sie hätten das Ding übersetzt und in Hunts Wohnung könnten Goldbarren und Diamanten versteckt sein. Es klang irre, aber es passte.«

»Wieso?«

David atmete tief durch.

»Gut. Hier kommt jetzt Küchenpsychologie im Schnelldurchlauf. Sind Sie bereit? Mein Vater konnte mich nicht ausstehen. Ich habe keine Ahnung, warum, vielleicht, weil ich nicht wie sein Liebling Gerald Fraser hinter ihm herhechelte. Mit dem devoten Gerald ging er noch im hohen Alter auf Anglertouren, die zwei machten alles zusammen. Mitgenommen haben sie mich kein einziges Mal. Mein Vater hat mir auch nie im Leben etwas anvertraut. Aber wenn er etwas getrunken hatte, schwafelte er manchmal von den ›Goldbarren‹, die ihnen allen Sicherheit erkauft hätten. Wenn ich nachfragte, machte er sofort dicht. Auch seine Freundschaft mit Jacob Winner, Mrs. Fraser und Daphne hat er mir nie erklärt. Nur diesen Lover, den Daphne damals hatte, den hat er mal erwähnt.«

»Das sagten Sie neulich schon«, sagte Emma.

»Ja, es schien total abwegig. Aber man lernt eben nie aus. Denn dieser Brief, den Clarissa für Gerald Fraser übersetzt hatte, der war eindeutig ein Liebesbrief von einem Mann namens Alex an Daphne. Dieser Alex erwähnte darin Goldbarren und Diamanten, die er unter der Fensterbank gebunkert hatte. Ich dachte sofort, okay, jetzt verstehe ich das endlich. Die haben alle zusammen eine Bank ausgeraubt und davon ihre Wohnungen finanziert. Aber dieser Alex hatte seinen Anteil anscheinend nicht verjubelt. Der lag da seit fünfundsiebzig Jahren und wartete auf Abholung. Es bestand eine minimale Chance, das Zeug noch zu finden. Falls es nicht schon Handwerkern bei früheren Renovierungen in die Hände gefallen war.«

»Sie brachen also in Professor Hunts Wohnung ein?«

»Ja, ich nahm auch einen Vorschlaghammer mit. Hunt war ja gerade nach Amerika abgerauscht, es schien eine einmalige Gelegenheit zu sein.«

»Und Sie hatten Erfolg.«

»Wir brachen die Tür auf und suchten die Stelle unter der Fensterbank. Sie war intakt, keiner schien hier jemals etwas aufgebrochen zu haben. Natürlich ist es so gut wie unmöglich, *leise* eine Wand aufzuschlagen.« David Gray lachte und sah für einen Moment Emma an. Sie reagierte nicht und er drehte sich wieder zur Seite.

»Wir dachten, wir kommen damit durch. Ich wohne über Hunt und die Wohnung unter ihm war auch kein Problem. Die stand ja gerade leer. Gerald wohnte allerdings gleich neben Hunt. Er muss nach dem Brieffund vor Aufregung kaum geschlafen haben und wie die meisten alten Männer ging Gerald nachts ständig zur Toilette. Prostataprobleme.« Er schob schnell nach: »Ich habe natürlich nichts in der Richtung, aber ich habe davon gehört. Muss schlimm für alte Männer sein. Wie auch immer, Geralds Toilette grenzt genau an Hunts Wohnzimmer.«

»Er hat die Hammerschläge gehört, als er auf die Toilette ging?«

»Das nehme ich an. Normale Leute hätten wahrscheinlich die Polizei gerufen, aber er war ja nie ganz von dieser Welt. Er hat nicht einmal den Hausmeister angerufen, vielleicht wollte er ihn so spät nachts nicht aufwecken. Er war so ein altmodischer Mann, er ging auch nicht einfach rüber in Hunts Wohnung im Schlafanzug und Morgenmantel, wie normale Leute, um nachzusehen. Er zog sich vollständig an. So kam er bei uns rein, im Anzug! Mitten als wir in Aktion waren.«

»In Aktion?«

»Wir hatten das Loch geschlagen und die Goldbarren rausgeholt. Goldbarren und Diamanten. Wir waren natürlich high. Ganz ohne Alkohol absolut high und Clarissa saß halbnackt auf mir. Gerald Fraser starrte auf das Gold und dann schaute er Clarissa mit seinen waidwunden, alten Bambiaugen an. In flagranti ertappt. Es war wie in einem schlechten Lustspiel.«

»Aber Sie fanden es nicht lustig und haben ihn erschlagen?«, fragte Emma trocken.

»Ich? Nein! Das war Medea. Wir wollten beide das Gold.

Wir brauchten es dringend. Morden wollte ich dafür allerdings nicht. Ich hätte sofort mit Fraser geteilt, aber der fing plötzlich an zu reden. Der redete sonst nie, aber ausgerechnet in der Situation wurde er eloquent! Irgendetwas von Clarissas Großvater Jacob und meinem EDLEN Vater, die ihn gerettet hätten, und wie Jacob sich jetzt sicher schämen würde für seine böse Enkelin etc. Irgend so ein moralischer Scheiß. Das kam gar nicht gut an bei Medea. Sie rastete total aus. Ich bin ja kein Psychiater, aber wenn Sie mich fragen, erschlug sie auch stellvertretend ihren Ehemann und ein paar andere Leute, die sie hasste. Nennt man in Ihrem Fachjargon wohl Übersprunghandlung?«

»Ich verstehe«, sagte Emma sarkastisch. »Sie beide hatten also Angst, Gerald Fraser würde die Polizei rufen.«

»Nein! So weit haben wir gar nicht gedacht. Es war dieser Sermon von ihm, der redete so einen Quatsch über Krieg, Rettung, Verantwortung. Es ergab überhaupt keinen Sinn.« David Grays Stimme klang jetzt plötzlich unsicher. »Oder stimmt das, was Fraser gesagt hat? Mit meinem Vater und der Rettung?«

Emma stand auf, um zu gehen. Sie wollte Gray zum Abschied noch in Grund und Boden beschämen.

»Gerald Fraser starb am Ende nicht an seiner Kopfwunde, er starb an einem Herzinfarkt. Sie hätten das verhindern können, Mr. Gray, wenn Sie in dieser Nacht einen Arzt gerufen hätten. Was er Ihnen sagte, stimmte. Er war ein Flüchtlingskind, dem Ihr Vater und Jacob Winner 1948 in Wien das Leben retteten. Und Sie und Clarissa haben ihm dieses Leben genommen.«

60

Albert Memorial, Kensington Gardens
London
Juni 1950

Major Blanning hatte am Telefon betont, dass er Alex allein am Albert Memorial treffen wollte, ohne den »Rest der Bande«. Das Wort »Bande« sagte bereits alles. Alex konnte sich ungefähr vorstellen, was ihn erwartete. Seit dem Telefonat mit Blanning fühlte sich sein Körper taub und stumpf an, so als wäre er plötzlich um viele Jahre gealtert. Der kurze Weg vom Gordon Place nach Kensington Gardens kam ihm auf einmal endlos lang vor. Er ging vorbei am Natural History Museum. Daphne und Gerald besuchten das Museum jeden Sonntag. Gerald mochte Dippy, ein Dinosaurierskelett. Wenn man ihn nach Dippy fragte, fing er an, ganze Sätze auf Englisch zu sprechen. Vielleicht konnte man ihn eines Tages auf eine normale Schule schicken.

Alex ging an der Albert Hall vorbei und überquerte die Straße. Das Albert Memorial ragte vor ihm auf, es sah düster und heruntergekommen aus wie der Rest von Kensington Gardens. Im Krieg hatte man hier Gemüse angebaut, um die Bevölkerung zu versorgen, und der Rasen schien sich noch immer nicht ganz erholt zu haben. Vielleicht würde man irgendwann wieder Geld für Blumenanpflanzungen haben.

Er konnte sehen, dass Major Blanning direkt vor dem Albert Memorial stand. Er passte perfekt dazu – pompös und arrogant wie das düstere Denkmal.

»Prinz Albert. Ausländer wie Sie«, rief Blanning ihm entgegen. »Ein armer Schlucker aus der deutschen Provinz, den wir hier aufgenommen haben. Aber er hat sich wenigstens angestrengt und unserem Land etwas zurückgegeben. Er hat uns nicht *bestohlen*.«

»Es ist immer eine Freude, Sie zu sehen, Sir«, sagte Alex. Es kostete ihn einige Anstrengung, ironisch zu klingen.

»Sie leben in einer interessanten Wohngegend, March. Etwas heruntergekommen, aber mit Potenzial.«

»Ich lebe hier nur vorübergehend, Sir«, meinte Alex.

»Ach ja? Ich dachte, Sie haben sich hier alle fünf niedergelassen. In einem alten Haus am Gordon Place, das Jacob Winner renoviert hat?« Bevor Alex antworten konnte, sagte Blanning: »Kommen Sie, wir laufen ein paar Schritte.«

Sie gingen durch den trostlosen Park. Alex wusste, es war sinnlos, aber er versuchte es trotzdem: »Jacob Winner hat ein paar von uns Wohnungen vermietet, bis wir wieder gebraucht werden. Er ist im zivilen Leben sehr erfolgreich. Handwerkliche Fähigkeiten sind jetzt gefragt.«

»Und das *Kapital* für Renovierungen hat er ja«, sagte Blanning sarkastisch. Er blieb stehen und bedachte Alex mit einem besonders freundlichen Blick: »Ich lasse euch alle hochgehen.«

Alex spürte, wie das Taubheitsgefühl jetzt seinen Kopf erreichte. Es war noch schlimmer, als er es befürchtet hatte, es würde ein Massaker werden. Blanning hatte genug Zeit gehabt, um alle Beweise gegen sie zu sammeln.

»Ihr habt Gold im Wert von einhundertfünfzig Kilogramm gestohlen. Jacob Winner war der Anführer, er wird dafür dreißig Jahre ins Gefängnis gehen, etwas länger als Sie. Marjorie Aitken und Daphne Parson bekommen zwanzig Jahre wegen Beihilfe. Für den Wiener Bastard finden wir ein Heim, da müssen Sie sich keine Sorgen machen.«

Alex hatte Blanning bis zu diesem Zeitpunkt nie für einen Sadisten gehalten. Er schien sich getäuscht zu haben. Er nahm all seine Kraft zusammen, damit seine Stimme überzeugend klang: »Daphne, Marjorie und Ed hatten nichts damit zu tun!«

Er hatte es mit großer Vehemenz ausgesprochen, aber Blanning ging darüber hinweg.

»Ich fasse das jetzt der Einfachheit halber mal für die Anklage zusammen: Die kleine Friseuse Lisl war Parsons und Aitkens Kurierin. Völlig unwichtiges Mädchen, aber Jacob Winner verfällt ihr und macht ein großes Tamtam, als sie verhaftet wird. Er klaut das Gold aus unserem Tresor. Nur er konnte das schaffen, er hatte das Ding ja auch eingebaut. Und dann geschieht etwas Merkwürdiges. Parson wird plötzlich sentimental, das muss übrigens Ihre Schuld sein, Alex, Parson war früher ein Gletscher, keine Ahnung, was Sie mit der Frau gemacht haben. Die windelweiche Parson schickt ausgerechnet Sie los, um das Mädchen gegen Gold zu tauschen. Und was passiert dann? Wissen Sie, Alex, die Sache mit dem Safe habe ich schnell rekonstruieren können, aber den zweiten Teil der Geschichte kenne ich erst seit ein paar Wochen. Er wird sie interessieren: Einer der sowjetischen Wachsoldaten ist zu uns übergelaufen. Kleiner Fisch. Viel hatte er nicht zu bieten, aber eine seiner Geschichten fand ich dann doch interessant. Er hat uns von diesem britischen Offizier mit österreichischem Akzent erzählt, der eine kleine Friseuse namens Lisl gegen Gold tauschen wollte. Viel Gold. Die Beschreibung erinnerte mich sofort an Sie, Alex. Komisch, nicht wahr? Wussten Sie, dass diese Lisl zeitweise mal professionell ging? Nachdem ihre Großmutter einen russischen Soldaten abgestochen hatte. Eine ganz *reizende* österreichische Familie. Und im Austausch für die kleine Hure einhundertfünfzig Kilo Gold zu offerieren, das ist schon beachtlich.«

Sie kamen bei einer Parkbank an, die mit Taubenkot bedeckt war. Blanning zog die *Times* aus der Manteltasche und breitete sie für Alex und sich aus. Es war eine fast fürsorgliche Geste, die nicht zu dem passte, was er als Nächstes sagte.

»Sie waren nie ganz bei der Sache, Alex, nicht wahr? Sobald Ihre Affäre mit Parson anfing, machten Sie nur noch Fehler.«

Alex starrte auf die Tauben, die um die Parkbank hüpften. Er konnte sich nicht vorstellen, dass es hier viele Essensreste zu finden gab.

»Ich habe alles versucht, um den Auftrag auszuführen«, sagte er langsam.

Blanning stieß mit dem Schuh nach einer Taube.

»Sehen Sie, Alex, *genau das* glaube ich Ihnen nicht. Wir hatten das perfekt vorbereitet. Sie waren für die Sowjets interessant, Sie erfüllten alle Kriterien: kommunistische Jugend in Wien, lernt Russisch, unglücklicher Emigrant in England, kommt zurück und sieht die Wiener Freunde und Eltern alle ermordet. Sie hatten die *ideale* Biografie. Wir mussten das ja nicht mal erfinden«, er machte eine Handbewegung, als würde er Taubenfutter verteilen, »wir mussten es nur *streuen*. Und wie wir es gestreut haben. Über alle Kanäle. Und trotzdem wollen Sie mir erklären, dass die Russen nie versucht haben, Sie anzuwerben?«

Alex setzte sich neben Blanning auf die Parkbank. Er versuchte, so viel Abstand wie möglich zu halten.

»Es gab ein paar tentative Gespräche. Aber am Ende kam es zu keiner Anbahnung. Das ist nicht meine Schuld.«

»MACHEN SIE WITZE? Es ist *allein* Ihre Schuld, Alex. Sie und Parson haben diesen SS-Mann Gesrich umgebracht. Der hat den Russen die besten Leute geliefert, er war einer ihrer *Stars*. Glauben Sie, die haben nicht rausgefunden, wer ihren besten Spitzel über den Jordan schickte? Auch noch direkt vor ihrer Nase – im sowjetischen Sektor?«

Alex sah Blanning überrascht an. Daphne hatte ihm kein Wort davon gesagt. Sie hatte es also tatsächlich getan. Er musste lächeln. Zum ersten Mal an diesem Tag.

Seine Reaktion irritierte Blanning.

»Ich weiß wirklich nicht, was daran so amüsant ist, March. Ihr Auftrag in Wien war es nicht, die Russen zu *verärgern*. IM GEGENTEIL.«

»Der Mann war ein Sadist«, sagte Alex trocken.

Blanning lachte.

»Ein SS-Sadist, der in Österreich frei herumläuft! Eine wirkliche RARITÄT. Von der Sorte kann ich Ihnen Tausende zeigen! Seien Sie ehrlich, March. Sie hatten diese Liebelei mit Parson und wollten auf einmal solide werden und Familie mit Findling spielen. Aber daraus wird nichts. Sie und Ihre Freundin, die ganze BANDE, werden viele Jahre im Gefängnis verbringen.«

Eine zweite Taube hüpfte nahe an Blannings Schuhe. Er nahm einen Stein vom Boden auf und zielte auf sie.

»Man sollte die alle vergiften.«

Die Taube reagierte in letzter Sekunde und flog davon. Alex beneidete sie.

»Warum wollten Sie mich alleine sprechen?«

»Ich gebe Ihnen noch eine Chance, March. Die allerletzte. Ein paar Ihrer linken Emigrantenfreunde sind in diesen neu gegründeten ostdeutschen Staat gegangen. Im Grunde nicht zu fassen. Wir haben diese Leute 1939 in England aufgenommen, sie vor Hitler gerettet und jetzt danken sie es uns und laufen zu den Kommunisten über. Die sind das Gegenteil von Prinz Albert, dem anderen deutschen Habenichts. Die sind ein *undankbares, mieses Pack*. Aber gut. Wir können es für unsere Zwecke nutzen. Machen Sie es ihnen nach. Wechseln Sie die Seiten und gehen Sie nach Ostberlin. Bauen Sie sich eine Karriere dort auf und versorgen Sie mich ab und zu mit Informationen. Mehr verlange ich nicht.«

Alex starrte ihn an.

»Und wenn ich mich weigere zu gehen?«

»Sie werden gehen. Dieses Mal bleibt Ihnen nichts anderes übrig. Sonst wandert Ihre kleine Wahlfamilie hier für viele Jahre hinter Gitter. Die arme Parson, wäre schade drum. Sie liebt ihren Beruf. Und sie hat genug Opfer dafür gebracht. Finden Sie nicht auch?«

61

**Gordon Place
London
März**

Professor Hunt saß auf einer Parkbank am Gordon Place und wartete auf Emma. Es war endlich wieder wärmer geworden, vielleicht würde es ein schöner Frühling werden. Ihm fiel ein, dass es dieses Jahr wahrscheinlich nicht das übliche Sommerfest der Hausbewohner geben würde. Clarissa hatte es bisher immer organisiert.

Er sah, wie Emma das Parktor mit einer Chipkarte öffnete und auf ihn zukam. Obwohl sie recht behalten hatte, sah sie nicht besonders triumphierend aus.

»Es tut mir leid, Professor Hunt. Ich weiß. Sie mochten Clarissa.«

Hunt fühlte sich wie ein alter Trottel.

»Sie sind der Profi, Emma, und Sie hatten recht. Hatte Clarissa den Abschiedsbrief von Alex March in ihrer Wohnung?«

»Clarissa wollte ihn wahrscheinlich vernichten, aber die Zwillinge haben die Quality-Street-Dose mit dem Brief zum Spielen hergenommen. Wir fanden sie im Kinderzimmer unter einem großen Piratenschiff.«

Emma reichte ihm ein Blatt. Hunt holte seine Brille

aus dem Jackett. In seiner langen Karriere als Historiker hatte er viele private Korrespondenzen gelesen, aber in diesem Fall fühlte es sich besonders voyeuristisch an. Er konnte sich genau vorstellen, wie Alex March an dem Schreibtisch mit Blick auf den Park von Gordon Place gesessen hatte.

Daphne,

ich hatte nicht mit Dir gerechnet. Du warst nicht Teil des Plans. Bevor wir uns kannten, habe ich mich immer irgendwie durchgemogelt. Seit der Nacht, als wir aus der Guglgasse flohen, wusste ich, es würde schwer werden, ohne Dich weiterzuziehen. Ich hatte keine Ahnung, wie schwer. Weißt Du, was Du aus mir gemacht hast? Du warst das erste Gute, was mir seit langer Zeit widerfahren ist. Mit Dir habe ich nie Theater gespielt. Dich wollte ich immer.

Erinnerst Du Dich an die Fabel vom guten und schlechten Bären, die mein Vater mir erzählte? Meine Eltern, sie waren glühende Wiener Kommunisten, die eine gerechte Welt aufbauen wollten. Es war besser, dass sie am Ende nicht erleben mussten, was aus ihren Idealen wurde. Ihre Welt hast Du nicht auf den Straßen Wiens gesehen, das war nur die hässliche Seite des russischen Bären. Die bessere Seite, vielleicht kommt sie eines Tages doch noch einmal. Ich wage schon lange keine Prognosen mehr. Ich kenne nur meine eigene Prognose. Blanning hat sie mir gestern in Kensington Gardens gegeben. Sie ist nicht besonders gut für uns alle. Ich werde gehen müssen. Ausnahmsweise werde ich der gute Bär sein.

Ich weiß, Du willst nichts damit zu tun haben, aber bitte nimm Jacobs Gold und die Diamanten. Du wirst das Geld brauchen, für Gerald und für Deine eigene Sicherheit. Ich habe sie eingemauert unterhalb der Fensterbank, mit Blick auf den Park.

In meiner idealen Welt gibt es keine Gesrichs, Haaks und Blannings. In meiner idealen Welt bist Du, Daphne – Du und ich, in einem kleinen Haus in Griechenland. Wir haben keine Nachbarin wie in der Guglgasse und wir drehen jeden Morgen das Radio auf, um miteinander zu tanzen. Morgens, mittags und abends. Wann immer Du willst. Das ist meine ideale Welt, und ich weiß, wie unwahrscheinlich sie ist. Vielleicht habe ich doch noch mal Glück und sehe Dich wieder. Ich würde alles dafür geben.

You have no idea how much I love you.
Alex

62

**New College
Cambridge**
Juni

Es war der Gründungstag von Professor Hunts Cambridger College. New College war 1791 eröffnet worden und seitdem wurde dieser Tag im Juni mit einem großen Fest gefeiert. Hunt hatte lange im New College gearbeitet, und auch wenn es am Ende einigen Ärger gegeben hatte, kam er immer zum Gründungsdinner zurück. Ein kostenloses Sechs-Gänge-Menü wollte er sich nur ungern entgehen lassen. Ein anderer Vorteil des Festes war, dass man einen Gast mitbringen durfte. Hunt hatte sich in diesem Jahr für Emma entschieden.

Als er im New College ankam, konnte er auf dem Rasen schon dreißig seiner alten Kollegen mit ihren Gästen sehen. Es war ein »Scarlet Day«. Jeder, der in Cambridge promoviert hatte, heftete an diesem Tag rote Streifen an seinen schwarzen Talar. Hunt hatte nach dem letzten Fest vergessen, seine Streifen in die Reinigung zu geben, und es waren ein paar alte Weinflecken darauf zu sehen. Im Sonnenlicht schimmerten sie jetzt dunkelrot auf hellrot. Er hoffte, Emma würde es nicht bemerken und von der Pracht des Colleges abgelenkt sein. New College war eines der ärmsten Colleges von Cambridge, aber wenn man im 1810 erbauten New Court stand, hätte man das nicht für möglich gehalten. Die Sandsteingebäude wirkten wie frisch renoviert und der Getränketisch war mit Champagnerflaschen bestückt.

Hunt sah, wie Emma jetzt in den Toreingang vom New College trat und über den Rasen auf ihn zuging. Auch das war ein besonderes Privileg am Gründungstag. Normalerweise durften nur Dozenten den Rasen betreten, Studenten und Gäste mussten um ihn herumgehen. Das »Rasen-Privileg« war zwar vollkommen lächerlich, aber wenn Hunt an die langen Arbeitszeiten und geringen Gehälter der Cambridge-Dozenten dachte, dann zählte jeder symbolische Bonus. Er bemerkte, wie ein paar seiner männlichen Kollegen Emmas Gang über den Rasen sehr genau beobachteten. Er hatte sie in den letzten Wochen nur in Stresssituationen erlebt und dabei ganz vergessen, wie attraktiv sie aussah. Für das Fest hatte sie ihren üblichen Hosenanzug gegen ein elegantes kornblumenfarbenes Kleid mit weißem Gürtel getauscht. Sie trug dazu knallrote Schuhe. Die Farbkombination erinnerte Hunt an den Union Jack, aber vielleicht sollte ihn dieser Patriotismus bei einer MI6-Agentin nicht überraschen. Er hatte sie nie gefragt, wo sie politisch stand, und er war froh darüber, es nicht genau zu wissen. Jetzt hielt er ihr ein Champagnerglas entgegen und sie griff danach.

»Cambridge im Juni ist wunderschön, überall Leute in Talaren, Fracks und Ballkleidern.«

»Es ist auf jeden Fall beschaulicher hier als am Gordon Place. Die Nr. 30 ist ja jetzt offiziell kein *ehrenwertes* Haus mehr: Wir haben Golddiebe und Mörder beherbergt. Ich nehme an, Sie werden beim Anblick vom

Gordon Place nie wieder an ein hübsches Retro-Puppenhaus denken?«

»Retro-Puppenhaus?«

»Als wir mit unserer Recherche anfingen, sagten Sie, die Nr. 30 würde Sie an ein georgianisches Puppenhaus erinnern, so eine Art Eaton Place.«

»Ich bin von allen Illusionen geheilt.«

»Ich habe nie verstanden, wieso Jenny mir diese Wohnung vermacht hat, Emma. Sie wären doch die bessere Erbin gewesen. Sie standen ihr viel näher. Der Hausmeister sagte, Sie seien ständig bei Jenny am Gordon Place gewesen.«

»Nur als Kollegin. Aber ja, es gab einen Grund, warum Sie die Wohnung bekamen. Jenny war davon überzeugt, dass Sie den Fall lösen werden.«

»Welchen Fall?«

»Jenny sagte mir: ›Sobald Hunt in dieser Wohnung lebt, wird er sich für Daphne Parsons Geschichte interessieren. Er kann gar nicht anders, es wird ihn reizen. Er wird die Lösung finden.‹«

»Jenny neigte dazu, mich zu überschätzen. Was sollte ich lösen?«

»Jenny hatte das Gefühl, dass etwas mit Daphnes und Alex' Geschichte nicht stimmte. Aber die entscheidende Frage haben dann erst Sie gestellt.«

»Habe ich?«, fragte Hunt. Er hatte keine Ahnung, wovon Emma jetzt redete.

Sie nippte an ihrem Champagnerglas.

»Ich erzähle Ihnen jetzt eine Geschichte und Sie behalten die für sich, ja?«

Hunt sah sie belustigt an.

»Wissen Sie, Emma, das liebe ich so an Ihnen. Die

wichtigsten Informationen geben Sie mir immer erst hinterher.«

Emma zog ihn vom Rasen, Richtung Collegekapelle, damit ihnen niemand zuhörte.

»Sie wollten ganz am Anfang unserer Recherchen wissen, ob Daphne in ihrer Wohnung am Gordon Place starb.«

»Ja, ich kann mich daran erinnern. Ich fand die Vorstellung etwas gespenstisch, aber Sie sagten mir ja, sie starb 1990 in Griechenland.«

»Davon gingen wir immer aus.«

»Sie starb *nicht* in Griechenland?«

»Erinnern Sie sich an unser Gespräch am Albert Memorial? Sie fragten mich damals auch nach der Todesursache. Darüber hatte ich nie weiter nachgedacht. Ich hatte einfach angenommen, eine etwas übergewichtige neunundsechzigjährige Frau wie Daphne könnte in der griechischen Hitze leicht einen Herzinfarkt bekommen.«

»In Ihrem Alter, Emma, habe ich auch selten über Todesursachen nachgedacht.«

Emma lächelte.

»Wir hatten den Totenschein in den Unterlagen und es existierte ein Grab auf dem Athener Friedhof. Als ich es mir genauer ansah, war beides nicht ganz koscher.«

»*Inwiefern?*«

»Der Totenschein war eine Fälschung, das hätte meinen Kollegen schon 1990 auffallen müssen, aber es war leider eine sehr gute Fälschung. Wenn man sich Daphnes Lebenslauf genauer ansieht, wird klar, warum wir darauf hereingefallen sind. Fälschungen waren ihre Spezialität, sie war darin Jahrgangsbeste bei der SOE. Sie fälschte auch in Wien immer Ausweispapiere für das Team. Daphne wusste besser als jeder andere, wie man so etwas macht. Wir haben also das Grab geöffnet. Es ist leer.«

»Sie machen Witze, ja? Wieso sollte eine pensionierte Frau wie Daphne ihren eigenen Tod vortäuschen? Niemand war hinter ihr her.«

»Haben Sie schon mal von Jewgeni Brik gehört?«

»Nein. Was hat das jetzt mit Daphne zu tun?«

»Sie werden gleich verstehen, worauf ich hinauswill. Die Brik-Geschichte ist kein Geheimnis mehr. Sie wurde Anfang 2000 von uns deklassifiziert. Jewgeni Brik war in den 1950er-Jahren ein KGB-Agent in Kanada. Sein Cover als Fotograf war gut, wir wären ihm nie draufgekommen, aber er hatte vor lauter Stress ein schweres Alkoholproblem entwickelt und wollte überlaufen. Er kontaktierte den MI6 und wir nahmen ihn natürlich gerne. Wir gaben ihm den Codenamen GIDEON. Um es kurz zu machen: Brik ging noch einmal auf Heimaturlaub in die Sowjetunion und wurde dort sofort verhaftet. Wir nahmen an, er sei exekutiert worden, und legten ihn zu den Akten. Aber fünfunddreißig Jahre später erhielten wir plötzlich einen Telefonanruf.«

»Mir ist immer noch nicht klar, was das mit Daphne zu tun hat«, sagte Hunt.

»Sie sind Historiker, Professor Hunt. Sie wissen, was nach dem Zusammenbruch der Sowjetunion plötzlich möglich war. Leute, die seit Jahrzehnten in Gefängnissen dahinvegetiert waren, kamen frei und konnten plötzlich mit der Außenwelt in Kontakt treten. Brik schaffte es, sich nach Litauen durchzuschlagen, und kontaktierte dort die britische Botschaft. Kein Mensch wusste, wer er war. Sie müssen sich vorstellen, Brik war 1956 verhaftet worden, und alle dachten, er sei tot. Und dann gibt dieser

Mann seinen alten Code durch und die Kollegen rennen ins Archiv, um nachzusehen, wer er ist. Die haben gedacht, da macht einer einen Scherz! Sie finden Briks Akte, sie schlagen die drei Sicherheitsfragen nach, die nur er beantworten konnte …«

»Wirklich? So machen Sie das? Nur drei Sicherheitsfragen wie bei meiner Bank, wenn ich das Passwort vergessen habe?«

»Ja, wir lieben altmodische Methoden«, sagte Emma. »Also niemand anderes wusste die Antwort auf diese drei Fragen. Und er beantwortete sie nach fünfunddreißig Jahren.«

»Er hatte die sowjetischen Gefängnisse überlebt?«

»Ja, das hat uns überrascht.«

»Was wollte er?«

»Er wollte wieder nach Kanada. Er liebte das Land. Und wir haben das möglich gemacht.«

Hunt verstand langsam, worauf sie hinauswollte.

»Hat das etwas mit Alex Marchs Geschichte zu tun? Lief das bei ihm ähnlich?«

Emma sah erleichtert aus, dass er es verstanden hatte.

»Ich hatte ihnen gesagt, Marchs Personalakte ist verschwunden. Niemand wusste irgendetwas über ihn. Jenny und ich rannten gegen eine Mauer des Schweigens, als wir versuchten, den Fall noch einmal aufzurollen. Was genau hatte Alex getan? War er übergelaufen? Hatte er all seine MI6-Kollegen an die DDR oder die Sowjetunion verraten? Es gab viele Gerüchte, aber keine Fakten.«

Hunt dachte einen Moment nach.

»Im Abschiedsbrief stand: ›Ich kenne nur meine eigene Prognose. Blanning hat sie mir gestern in Kensington Gardens gegeben. Sie ist nicht besonders gut für uns alle.

Ich werde gehen müssen.‹ Das bedeutet doch, Blanning hatte etwas damit zu tun?«

»Sie haben die Passage auswendig gelernt, Professor Hunt? Ich bin beeindruckt. Ja, das war das Puzzlestück, das Jenny und ich nicht kannten. Wir wussten, dass es eine von Blannings Aufgaben war, westliche Agenten in den Ostblock einzuschleusen. Wir vermuteten, dass er dafür auch Alex vorgesehen hatte. Auf dem Papier war Alex ja ideal. Er hatte eine kommunistische Vergangenheit in Wien. Viele seiner linken Emigrantenfreunde kehrten sich vom Westen ab und gingen Ende der 1940er-Jahre in die DDR oder sogar in die Sowjetunion. Blanning plante wohl schon in Wien, dass Alex sich den Russen als Überläufer anbieten sollte.«

Hunt begann zu verstehen.

»Aber Alex wollte nicht mitspielen, weil er sich in Daphne verliebt hatte?«

»Davon gehe ich aus. Der Abschiedsbrief zeigt, Alex wollte bei ihr bleiben. Blanning muss ihn mit dem Golddiebstahl erpresst haben rüberzugehen.«

»Aber wieso holte später keiner Alex zurück? Wieso gab es nie einen Spionageaustausch?«

»Blanning verursachte 1951 schwer betrunken einen Autounfall und starb am Unfallort. Doch selbst wenn er überlebt hätte – ich glaube mittlerweile, er hat Alex' Personalakte verschwinden lassen. Es war seine Art von Rache an Alex und Daphne. Sie hatten ihn mit dem Golddiebstahl in eine schreckliche Situation gebracht. Seine Vorgesetzten verdächtigten ihn. Einige müssen vermutet haben, er habe das Gold selbst eingesteckt. Über seiner Karriere lag seitdem ein Schatten.«

»Und was wurde aus Alex?«

»Seitdem ich auf Daphnes *Nachleben* in Griechenland gestoßen bin, verstehe ich endlich, was passierte. Alex überlebte, genau wie Brik. Er überlebte, aber er war schwer krank und misstraute jedem. Nur Daphne nicht. Als der Ostblock zusammenbrach, muss er sie kontaktiert haben, und sie kam sofort. Das war 1990.«

Hunt konnte es kaum glauben.

»Sie gab alles in London auf, um mit Alex noch einmal neu in Griechenland anzufangen?«, fragte er verwundert.

»Ja.«

Der Gong fürs Dinner wurde geschlagen und die Festgäste machten sich auf den Weg in den Speisesaal.

Hunt nahm Emmas Hand und sagte:

»Das ist die beste Liebesgeschichte, die ich jemals gehört habe. Ich hoffe, sie ist wahr.«

63

Athen
August 1990

Der Sommer 1990 war, wie alle Sommer in Athen, brütend heiß. Um die Mittagszeit gingen Einheimische nicht mehr aus dem Haus. Durch die Stadt schleppte sich nur eine Horde von rot verbrannten Touristen. Sie folgten lethargisch dem Sonnenschirm ihrer Reiseleiterin und bemerkten nicht das alte Paar, das langsam die Straße herunterkam. Die beiden hielten sich an den Händen und gingen auf das Shoppingcenter in der Merlinstraße 6 zu. Die Frau war Ende sechzig und rundlich. Sie wirkte gesund und voller Energie, während der hochgewachsene Mann sehr viel gebrechlicher aussah. Gemeinsam näherten sie sich dem Shoppingcenter und gingen auf einen Kosmetikladen zu. Die hochwertigen Produkte in der Auslage interessierten sie nicht. Sie blieben vor einem Denkmal gleich rechts neben dem Haupteingang stehen. Es zeigte einen nackten Mann, der an den Füßen und Händen gefesselt war. Daneben war eine alte Zellentür angebracht, umgeben von Gittern.

Daphne und Alex blieben eine Weile vor der Zellentür stehen. Dann drehten sie sich um und gingen zurück zu ihrem Haus am Meer.

Nachwort
Fakten und Fiktion

Die Figur Daphne Parson basiert in Teilen auf einer authentischen MI6-Agentin: Daphne Park (1921–2010), später Baroness Park of Monmouth. Ich lernte sie 2008 bei einer wissenschaftlichen Konferenz über Nachrichtendienste kennen. Daphne war eine der wenigen Frauen, die schon Ende der 1940er-Jahre für den MI6 arbeiteten und in den 1980er-Jahren darüber öffentlich sprechen durften. Im Gegensatz zur fiktiven Daphne in diesem Roman hatte sie keine griechische Mutter. Ihre Eltern waren weiße britische Siedler, die unter sehr prekären Verhältnissen in Afrika lebten. Daphne konnte dieser Armut nur dank ausgezeichneter Schulnoten entkommen. 1940 erkämpfte sie sich ein Stipendium für das Somerville College in Oxford.

Ihre ersten Erfahrungen mit dem Geheimdienst machte sie bereits während des Zweiten Weltkriegs in der SOE. Sie wurde jedoch nicht in Griechenland eingesetzt, ihr Spezialgebiet war Frankreich. Im Gegensatz zu der fiktiven Daphne Parson hätte Daphne Park mit Sicherheit auch keinem Zellenspitzel ihre Kontakte verraten. Im Gegenteil, Daphnes Sinn für Loyalität und ihre Nervenstärke waren legendär. Aus diesem Grund wollten Menschen für sie arbeiten.

Im Jahr 1949 schickte der MI6 sie nach Wien. Sie erlebte dort die Kidnappings der sowjetischen Besatzungsmacht. In einer BBC-Radiosendung sagte sie über ihre ersten Erfahrungen mit den Russen: »Ich habe sie auf den Straßen Wiens gesehen und erlebt, was sie getan haben. Und ich verspürte Wut darüber. Aber ich interessierte mich auch für Russland und die Menschen, die sich von der Ideologie unterschieden, die ich hasste.«

Daphne lernte aus diesem Grund Russisch. 1954 wurde sie an die britische Botschaft in Moskau versetzt. Bereits in mittleren Jahren sah sie aus wie Miss Marple und dieses Aussehen wusste sie zu nutzen. Die sowjetischen Geheimdienstler hielten Daphne anfangs für die Haushälterin in der britischen Botschaft und konzentrierten sich bei Observationen auf ihre männlichen Kollegen. Für Daphne bot es Vorteile, übersehen zu werden, sie konnte ihrer Arbeit dadurch sehr viel besser nachgehen. Unter anderem war sie verantwortlich für die Betreuung des Überläufers Jewgeni Brik, dessen Geschichte Emma Spencer am Ende dieses Buches Professor Hunt erzählt.

Die beste Anekdote über Daphne beschreibt Paddy Hayes in seinem Buch *Queen of Spies*. Sie ereignete sich während der Suezkrise 1956. Damals befürchteten die Briten, dass die Sowjetunion militärisch eingreifen könnte und es im schlimmsten Fall zu einem Krieg mit Großbritannien kommen würde. Daphne saß zu diesem Zeitpunkt in der britischen Botschaft in Moskau und musste die Warnungen aus London dechiffrieren. Es war ihre unangenehme Aufgabe, dem Botschafter darüber Mitteilung zu machen. Er gab gerade einen Ball und hatte das Haus voller neugieriger Gäste. Daphne bat um einen Tanz, um ihm die schlechte Nachricht diskret mitzuteilen und ihn anschließend gut »festzuhalten«, falls er vor Schock umfiel: »It was on the dancefloor – I thought we shouldn't

be overheard there and I could keep a good hold of him.«*
So war Daphne.

• • •

Der authentische Wiener Abhörtunnel wurde 1948 von dem MI6-Geheimdienstoffizier Peter Lunn in Auftrag gegeben und existierte bis 1955. Der Tunnel war tatsächlich unterhalb eines Ladens gebaut worden, der offiziell Tweedjacketts verkaufte. Obwohl es sich nur um ein Tarngeschäft handelte, lief der Laden zur Überraschung des MI6 sehr erfolgreich. Die begeisterten Kunden wussten nicht, dass britische Soldaten den Tunnel mit Maschinengewehren bewachten.

Im Tunnel selbst hatte man ein Aufnahmezentrum installiert, das den sowjetischen Telefonverkehr anzapfte. Bis heute hat der MI6 keine Fotos vom Tunnel freigegeben. Wir wissen daher nur aus Erzählungen von ehemaligen Mitarbeitern, dass es nicht einfach war, dort unten zu arbeiten. Wegen der schlechten Luft nannten sie den Tunnel »Old Smoky«.

Eine extra Abteilung, die Sektion Y, musste in London aus dem Boden gestampft werden, weil der Fluss von abgehörten Gesprächen zu groß für das Wiener Übersetzungsteam geworden war. Bis heute sind keine Abschriften dieser Gespräche vom MI6 freigegeben worden.

Viele der Übersetzer in der Londoner Sektion Y waren Weißrussen, die vor den Kommunisten geflohen waren und ihre Aufgabe mit großer Überzeugung ausführten. Sie arbeiteten in einem Haus in der besten Wohngegend – Nr. 2 Carlton Gardens, an der Pall Mall, ganz in der Nähe vom Buckingham-Palast. Für die Älteren von ihnen legte man ein eigenes Handbuch an, damit sie den

---

* Hayes 2016, S. 125

neuen sowjetischen Jargon verstanden. Darunter waren auch unzählige neue Schimpfwörter. Das Handbuch trug deshalb den Vermerk: »TOP SECRET. OBSCENE!«

Für einen russischen Exilanten, der sich noch gut an die Zeit vor 1917 erinnern konnte, muss dieses Handbuch ein weiteres Zeichen für den Niedergang der russischen Kulturnation gewesen sein.

Ausgerechnet der niederländische Emigrant George Blake (1922–2020) wurde 1953 der zweitwichtigste Mann der Sektion Y. Er spionierte zu diesem Zeitpunkt bereits für die Sowjetunion, und natürlich erfuhr Blake innerhalb kürzester Zeit, woher das Abhörmaterial kam. Er gab die Information an seine sowjetischen Auftraggeber weiter, die klugerweise erst einmal nichts taten. Sie wollten auf keinen Fall, dass der Verdacht auf ihren wichtigen Agenten Blake fiele. Der Wiener Tunnel wurde daher nicht offiziell enttarnt. Er lief weiter und wurde mit dem Ende der Besatzungszeit 1955 von den Briten stillschweigend geschlossen.

Es existierten insgesamt drei Abhörtunnels in Wien, aber über die zwei weiteren Tunnels ist nichts bekannt.

Peter Lunn erfand auch das Konzept des Berliner Tunnels, der ein paar Jahre später von den Amerikanern finanziert wurde (Operation Gold). Lunn war alles andere als begeistert, dass sich die Amerikaner letztlich als die alleinigen Erfinder des Berliner Tunnels ausgaben.

Nur für den Verrat dieser Operation machten sie die Briten verantwortlich. In diesem Punkt hatten sie sogar recht. Der Verräter war wieder George Blake. Er hatte die Russen lange vor dem ersten Spatenstich über die Pläne des Berliner Abhörtunnels informiert.

1956 inszenierte die Sowjetunion dann die »Entdeckung« des Tunnels. Diese »Entdeckung« lief ähnlich ab, wie Daphne Parson es in diesem Roman für den Wiener Tunnel befürchtet hatte: Bewaffnete sowjetische Soldaten drangen in den Berliner Tunnel ein und standen entgeisterten Abhörspezialisten der CIA gegenüber. Die ließen alles stehen und liegen und rannten in die entgegengesetzte Richtung.

• • •

Die Figur von Marjorie basiert auf einer authentischen SOE-Kollegin von Daphne Park, die auf »Provokationen« von männlichen Mitarbeitern spezialisiert war.

• • •

Die Figur des Alex basiert auf Emigranten, die 1938 Österreich verlassen mussten. Sie waren entweder Juden oder politische Gegner Hitlers. Ihre Sprachkenntnisse machten sie zu idealen Mitarbeitern für die alliierten Geheimdienste. Die bekanntesten von ihnen sind der spätere DDR-Schriftsteller Stefan Heym (1913–2001) und der konservative Henry Kissinger (1923–2023). Mein Vater gehörte ebenfalls zu dieser Gruppe von Emigranten und ich habe sein geheimes Nachkriegsleben in Wien bereits in *Das Buch Alice* beschrieben.

• • •

Die Figur Emma Spencer basiert auf Interviews mit aktiven MI5- und MI6-Mitarbeiterinnen, die operativ oder als Analystinnen arbeiten. Sie wurden 2022 von Helen Warrell, in anonymisierter Form, für die *Financial Times* interviewt.

• • •

Die im Buch erwähnte Beamtin Dr. Margarethe Ottillinger war an der Marshallplanhilfe für Österreich beteiligt und wurde im November 1948 von sowjetischen Soldaten verhaftet und nach Moskau gebracht. Sie kam erst 1955 wieder frei.

Es gibt viele gut dokumentierte Fälle von österreichischen Mädchen wie Lisl, die von der sowjetischen Besatzungsmacht wegen Spionage hingerichtet wurden. Nur die wenigsten hatten wirklich spioniert. Sie wurden von Ex-Freunden denunziert oder hatten versucht, ihrem sowjetischen Liebhaber beim Desertieren zu helfen. Nach Artikel 17 des Strafgesetzbuches der Russisch Sozialistischen Föderativen Sowjetrepublik (RSFSR) standen für »Anstifter oder Gehilfen« auf Fluchthilfe lange Gefängnisstrafen oder die Todesstrafe.

Der Autor von *Der dritte Mann*, Graham Greene, plante in einer früheren Fassung, seine Heldin Anna von den Russen verhaften zu lassen. Er strich am Ende diese Passage:

»Sie stiegen in einen Jeep; Anna saß stumm vor Angst vorne zwischen den beiden Russen ... ›Es kommt so, wie ich es vorausgesagt habe‹, wandte sich O'Brian an Starling, ›sie bringen sie in die russische Zone.‹«*

• • •

---

* Timmermann/Baker 2002, S. 88; Graham Greene (in: *Der dritte Mann* 1994, S. 10) schreibt hierzu in einem Vorwort seines Romans: »Die Episode, in der die Russen Anna entführen wollen (ein in Wien durchaus möglicher Vorfall), wurde in einem ziemlich späten Stadium ausgeschieden. Sie war mit der übrigen Handlung nicht zufriedenstellend verknüpft und drohte, aus dem Ganzen einen Propagandafilm zu machen.«

Die Kapitel über die Dreharbeiten zum *Dritten Mann* beruhen auf zeitgenössischen Zeitungsberichten und meinem Interview mit dem letzten noch lebenden Mitglied der britischen Filmcrew, Angela Allen. *Der dritte Mann* war ihr erster Job als Script-Assistentin, später wurde sie für ihr Filmschaffen mit dem British Academy Film Award (BAFTA) geehrt.

Der Schriftsteller Graham Greene, der Regisseur Carol Reed, der Schauspieler Orson Welles, die Filmberaterin Elizabeth Montagu und der Neffe von Alexander Korda haben ihre Version der Ereignisse in Buchform oder in Interviews veröffentlicht.

Die Geschichte mit dem Wiener Schnitzel erlebte zum Beispiel Elizabeth Montagu mit einem »angeekelten« Crewmitglied.

Was bisher jedoch wenig Aufmerksamkeit erhielt, ist, dass es sich beim *Dritten Mann* nicht nur um einen Filmklassiker handelt, sondern dass dieser Film mit großer Wahrscheinlichkeit auch als ein Ablenkungsmanöver genutzt wurde. Wie wir heute wissen, leitete Korda für Winston Churchill ein eigenes Spionagenetzwerk und setzte dafür seine Filmkontakte ein. Seine Geheimdienstarbeit führte er auch nach dem Krieg fort. Korda gab Greene den Auftrag, eine Wiengeschichte zu schreiben, und machte von Anfang an klar, dass *Der dritte Mann* an Originalschauplätzen gedreht werden müsse, angeblich aus finanziellen Gründen. Er baute zwar die Kabinen des Riesenrads in den Londoner Studios nach, bestand jedoch auf dem Dreh im sowjetischen Sektor Wiens.

Greene machte zwei Recherchereisen nach Wien vom 12. bis 23. Februar und vom 10. bis 30. Juni 1948. Man gab ihm ein Zimmer im Hotel Sacher, in dem damals zwei britische Geheimdienststellen untergebracht waren. Dass Greene hier wohnen durfte, überrascht, er arbeitete zu diesem Zeitpunkt nicht mehr im Geheimdienst und das Hotel war nur für Militärpersonal bestimmt. Es ist daher anzunehmen, dass Greene seinen ehemaligen Kollegen noch einmal »aushalf« (oder wie Emma es in ihrem Gespräch mit Hunt beschreibt: »You can check out anytime you like, but you can never leave«).

Fast alle wichtigen Mitarbeiter des Films – Greene, Korda, Reed und Montagu – standen also dem britischen Nachrichtendienst nahe. Welche Art von Operation sie im November 1948 im Prater und in den Abwasserkanälen wirklich durchzogen, ist bis heute nicht bekannt. Aber am Set tauchten Mitarbeiter auf, die ganz offensichtlich nicht aus der Filmindustrie stammten. Der Tontechniker Jack Davies erinnert sich an einen mysteriösen Mitarbeiter: »Es war offensichtlich, dass dieser Kollege nicht aus der Branche kam, sein Handwerk aber überaus schnell erlernte. Genauso mysteriös, wie er aufgetaucht war, verschwand er nach Beendigung der Dreharbeiten wieder.«* Davies hörte nie wieder von ihm.

Auch Angela Allen zeigte sich nicht überrascht, als sie Jahrzehnte später von Kordas engen Verbindungen zum britischen Geheimdienst erfuhr. Korda habe mit seinem großen Charme »alles bei seinen Mitarbeitern erreichen können«.**

• • •

---

* Timmermann/Baker 2002, S. 85f.
** Interview Angela Allen mit Karina Urbach, London, August 2023. Siehe zu Kordas Spionagetätigkeit auch: Sweet 2020

Die Operation Animals fand im Sommer 1943 in Griechenland statt. SOE-Kollegen von der authentischen Daphne Park waren daran beteiligt.

Das im Roman erwähnte Gestapogefängnis in Athen befand sich tatsächlich in der Merlinstraße 6. Heute steht dort ein Einkaufszentrum. In den ehemaligen Zellen ist ein Kosmetikladen untergebracht. Daneben steht jedoch ein Denkmal für die hier gefolterten und ermordeten Griechen.*

• • •

Alfred Gesrich, Walter Haak und der »Norweger« Jansen sind Amalgame aus SD-Männern, die nach dem Krieg von westlichen Nachrichtendiensten, u. a. der CIA, weiter beschäftigt wurden. Einige dieser Karrieren nahmen überraschende Wendungen, wie die des Österreichers Johann Sanitzer. Der SS-Mann Sanitzer war während des Krieges auf das Aufspüren von NKWD-Agenten spezialisiert. 1945 arbeitete er vorübergehend für die Amerikaner, dann wechselte er 1950 nach Ostberlin, wo er bei der Volkspolizei als Ausbilder Karriere machte.

• • •

Den James-Bond-ähnlichen »Toyshop« der SOE gab es während des Zweiten Weltkriegs tatsächlich im Natural History Museum in London. Die Museumsbesucher

---

* https://www.atlasobscura.com/places/gestapo-interrogation-memorial (letzter Abruf: 01.12.2023) und https://www.occupation-memories.org/de/Gedenken/Gedenkorte/Merlin/index.html (letzter Abruf: 01.12.2023)

hatte keine Ahnung, was hinter den abgetrennten Räumen passierte.*

• • •

Das Vorbild für Gordon Place ist Onslow Square, eine teure Wohngegend in South Kensington, in der ich Anfang des Millenniums vorübergehend leben durfte. Onslow Square war meines Wissens nie Schauplatz eines Mordes, aber es hatte ein paar »ungewöhnliche« Bewohner, darunter Claus von Bülow (1926–2019), der verdächtigt worden war, in den USA seine Millionärsgattin »Sunny« umgebracht zu haben, und den man häufig im Vorzimmer der örtlichen Chiropraktikerin antraf. Er litt unter starken Rückenschmerzen. Vielleicht waren sie psychosomatisch.

---

* Siehe dazu: https://www.youtube.com/watch?v=0s5pfIgTPQA (letzter Abruf: 01.12.2023) und https://www.nhm.ac.uk/discover/the-museum-during-wartime.html (letzer Abruf: 19.01.2024)

Quellen und Literatur
(Auswahl)
Quellen

Die im Text zitierten Zeitungsartikel sind authentisch und im ANNO Zeitschriftenkatalog für Österreichische Zeitschriften 1945–50 nachzulesen:

S. 54: »Nebenbei. Willkür oder Recht?«, in: *Weltpresse*, 19.11.1948

S. 131 oben: »Wiener Geschäftsleute Opfer von Erpressern«, in: *Wiener Kurier*, 25.05.1950

S. 131 unten: »Verfahren zur Todeserklärung«, in: *Wiener Zeitung*, 18.05.1949

S. 132: »Todeserklärung Netti Stein«, in: *Wiener Zeitung*, 27.07.1946

S. 134: »Mehr Bigamieprozesse als je vorher«, in: *Weltpresse*, 14.12.1948

S. 140: »Rot-Weiß-Rot sendet«, in: *Wiener Kurier*, 08.11.1948

S. 145: »Wie wird das Wetter? Unfreundliches Herbstwetter«, in: *Wiener Kurier*, 08.11.1948

S. 153: »100 000 Lucky Strikes, Marke Wienerwald«, in: *Weltpresse*, 08.09.1948

S. 212: »Wiener Eisoperette auf dem Heumarkt«, in: *Weltpresse*, 19.11.1948

S. 237: »Ministerrat wird morgen die Verhaftung von Frau Dr. Ottillinger behandeln«, in: *Wiener Kurier*, 08.11.1948

S. 253: »Im Labyrinth des unterirdischen Wien«, in: *Weltpresse*, 19.08.1948

S. 263: »Kanalbrigade vor der Kamera«, in: *Weltpresse*, 19.11.1948

S. 268: »Abenteurer des 20. Jahrhunderts. Orson Welles spielt Hauptrolle im Wiener Carrol-Reed-Film«, in: *Wiener Kurier*, 08.11.1948

S. 307: »Totentafel«, in: *Wiener Zeitung*, 18.05.1948

S. 311: »Im Dorotheum blieb es ruhig«, in: *Wiener Zeitung*, 18.05.1949

S. 323: »DIAMANTEN: Begehrtes Schmuggelobjekt«, in: *Weltpresse*, 02.06.1948

Literatur

Richard J. Aldrich, *GCHQ. The Uncensored Story of Britain's Most Secret Intelligence Agency*, London 2011

Christopher Andrew/Julius Green, *Stars and Spies: The Story of Intelligence Operations and the Entertainment Business*, London 2021

Maik Baumgärtner/Ann-Katrin Müller, *Die Unsichtbaren. Wie Geheimagentinnen die deutsche Geschichte geprägt haben*, München 2022

Thomas Boghardt, *Covert Legions. US Army Intelligence in Germany, 1944–1949*, Washington 2022

Christian Bommarius, *1949. Das lange deutsche Jahr*, München 2018

Peter Bushell/Sara Van Loock, *Onslow Square. A history*, London 1997

Gordon Carrera, *The Art of Betrayal. Life and Death in the British Secret Service*, London 2011

M.R.D. Foot, *SOE 1940–1946*, London 1999

Helen Fry, *The London Cage. The Secret History of Britain's World War II Interrogation Centre*, Yale 2018

Graham Greene, *Der dritte Mann*, Neuaufl. München 1994

Richard Greene, *Russian Roulette. The Life and Times of Graham Greene*, London 2020

Hans Habe, *Wien so wie es war. Ein Bildband*, Düsseldorf 1969

Jonathan Haslam, *Near and Distant Neighbors. A New History of Soviet Intelligence*, New York 2015

Jonathan Haslam, *Russia's Cold War*, Yale 2011

Paddy Hayes, *Queen of Spies. Daphne Park. Britain's Cold War Spy Master*, London 2016

Keith Jeffery, *MI6. The History of the Secret Intelligence Service, 1909–1949*, London 2010

Michael Korda, *Charmed lives. The Fabulous World of the Korda Brothers*, London 1980

Ib Melchior, *Case by case. A U.S. Army Counterintelligence agent in World War II*, Novato 1993

James V. Milano, *Soldiers, Spies and the Ratline. America's undeclared war against the Soviets*, Washington 2000

Elizabeth Montagu, *Honourable Rebel*, London 2003

Robert Neumann, *Die Kinder von Wien* (Originalausgabe: *Children of Vienna*, 1946), deutsche Erstausgabe München 1974

Gerhard Paul/Klaus-Michael Mallmann, *Die GESTAPO. Mythos und Realität*, Darmstadt 2000

Thomas Riegler, »The Spy Story Behind *The Third Man*«, in: *Journal of Austrian-American History*, 4 (2020), S. 1–37

Norman Sherry, *The Life of Graham Greene*, Bd. 2, 1939–1955, London 1994

Barbara Stelzl-Marx, *Stalins Soldaten in Österreich: Die Innensicht der sowjetischen Besatzung 1945–1955*, Wien 2011

Matthew Sweet, *Alexander Korda. Producer, Director, Exile, Spy*, BBC Radio Feature 2020; www.bbc.co.uk/programmes/m00057gv (letzter Abruf 04.12.2023)

Brigitte Timmermann/Frederick Baker, *Der dritte Mann. Auf den Spuren eines Filmklassikers*, Wien 2002

Helen Warrell, »The secret lives of MI6's top female spies«, in: *The Financial Times*, 8.12.2022

Musikstücke

Oscar Hammerstein/Jerome Kern, »All the Things You Are«, aus: *Very Warm for May*, 1939

Larry Morey/Frank Churchill, »Heigh-ho, heigh-ho, it's home from work we go …«, aus: *Snow White and the Seven Dwarfs*, Walt Disney Studio 1937

Danksagung

Ich konnte den Wienteil dieses Buches nur schreiben, weil meine Mutter Wera Frydtberg († 2008) mir viel über diese Zeit erzählte. Sie war damals am Theater in der Josefstadt engagiert, während mein Vater in Wien eine andere, sehr viel gefährlichere Form von Theater spielte. Er arbeitete für das amerikanische Counter Intelligence Corps und erlebte zur selben Zeit wie Daphne Park die Kidnappings. Die Erfahrungen von Daphne und meinem Vater waren der Auslöser für dieses Buch.

Nicole Geismann gab einen weiteren Anstoß. Sie brachte 2017 meinen ersten Kriminalroman *Cambridge 5 – Zeit der Verräter* heraus, der damals noch unter dem Pseudonym Hannah Coler erschien. Nicole wollte mehr über diese Geheimdienstwelt wissen. Als enthusiastischer Englandfan ging sie sogar die Wege in South Kensington ab und besuchte den John-Sandoe-Buchladen (es gibt ihn wirklich).

Ihren Kolleginnen bei Limes – Stefanie Heim, Astrid von Willmann und Berit Böhm – bin ich für ihr Engagement ebenfalls sehr dankbar. Mit Angela Kuepper zusammenarbeiten zu dürfen, die schon *Cambridge 5* redaktionell betreute, war ein Geschenk. Ganz vorne in dieser starken Frauenriege steht auch meine kluge Agentin Andrea Wildgruber.

Meine Freunde wissen, wie dankbar ich ihnen bin. Andreas Fahrmeir und Stephan Malinowski kannten noch das authentische Haus am Onslow Square (die Vorlage für Gordon Place). Harald Stolzenberg ging mit mir auf *Dritte-Mann*-Touren und stieg unerschrocken in die Wiener Kanalisation hinab; Paul Hoser las eine erste Fassung des Manuskripts; Olivia und Usch versorgten mich mit guten Anekdoten.

Der größte Dank geht wie immer an meine Familie: an Timothy und an Jonathan Haslam.